智慧女人

墨 微 著

中国社会出版社

图书在版编目（CIP）数据

智慧女人／墨微著．—北京：中国社会出版社，2008.12

ISBN 978－7－5087－2245－0

Ⅰ．智…　Ⅱ．墨…　Ⅲ．长篇小说—中国—当代

Ⅳ．I247.5

中国版本图书馆 CIP 数据核字（2008）第 119046 号

书　　名：智慧女人

著　　者：墨　微

责任编辑：张友华

出版发行：中国社会出版社　邮政编码：100032

通联方法：北京市西城区二龙路甲 33 号新龙大厦

电　话：（010）66080300　（010）66083600

（010）66085300　（010）66063678

邮购部：（010）66060275　电　传：（010）66051713

网　　址：www. shcbs. com. cn

经　　销：各地新华书店

印刷装订：中国电影出版社印刷厂

开　　本：160mm×245mm　1/16

印　　张：21

字　　数：322 千字

版　　次：2008 年 12 月第 1 版

印　　次：2008 年 12 月第 1 次印刷

定　　价：38.00 元

目 录
CONTENTS

——孙膑公司。

孙膑公司开业的当天，就受到了奔马公司的攻击。孙膑公司在奔马公司的几个大的攻势面前，无还手之力，面临倒闭。

陈雪雅想帮孙膑公司，可是，人们劝说陈雪雅先采取隔岸观火的态度和做法，以教训孙朴直。

第十二章　草船借箭/190

孙朴直在倒闭的前夕，向陈雪雅求救。

陈雪雅告诉孙朴直，再挺一段时间。奔马不断地向孙膑公司发起攻势，在全市引起轰动，媒体频频曝光，报道。陈雪雅给孙朴直的计策是，草船借箭，借机吸引更多媒体和百姓的目光，以提高自己的知名度。这些都是不花钱白白得到的好处。

第十三章　狐假虎威/209

在孙朴直的乞求下，陈雪雅决定援救孙膑公司。孙膑公司重新加入三人公司，但这次加入，是松散的联盟，只是借助三人的品牌优势来扭亏为盈。

这一招果然奏效了，孙膑公司第一次赢利。

第十四章　欲擒故纵/213

奔马公司竟然采取了欲擒故纵的方式，俘虏了吃喝嫖赌的陈雪松，他们聘请陈雪松担任奔马公司的副总裁，并且先给陈雪松支出了报酬。

陈雪松拿到金钱，就是吸毒和嫖娼。

王莹决定立刻离开陈雪松，再也不和这样的男人生活在一起了。

之后王莹从三人公司分出，自己也开商场了。

第一章　釜底抽薪

在一座城市，有两大商业集团——奔马公司和三人公司。

奔马公司为和三人公司竞争，挖走了三人公司的众多人才，给三人公司来了个釜底抽薪。三人公司董事长兼总经理老陈气急身亡，儿子陈雪松接替父亲，但他却极不争气，只知道吃喝嫖赌。陈雪松的妹妹陈雪雅在国外读博士，回国奔丧，在母亲的要求下，不再出国，而是留下来帮助三人公司渡过难关。

陈雪雅的第一个计谋就是回敬奔马公司，也给奔马公司来了个釜底抽薪，将奔马公司用来加工产品的原料，全部收购。

1

故事发生在当代一个大都市里。

故事开始的时候，是在这个城市最大的富翁之一的陈家别墅。别墅是欧式建筑，尖顶是红色的，墙壁上雕刻着裸体的欧洲人，门窗都非常高大，门窗上还镶嵌着铁艺，不过被涂抹成了金色，弯曲着向人们展示着这建筑的粗犷与细腻。别墅外面的花园，是各种果树，有柿子树、苹果树、桃树、梨树，证明主人对这些果实的偏爱。正是秋天，树上结满丰硕的果实，柿子是土黄色的，苹果是红色的，梨是白色的，果实掩映在绿色的叶子中间，点缀着，摇曳着，煞是好看。正是初秋的下午，秋日撒满了花园，也爬满了树枝，将果树上的果实染得格外艳丽。一群鸽子，在树枝上落下，再飞起，在别墅上空盘旋着。鸽子尾巴上的哨子，在鸽子飞动时，发出“呜呜”的响声，像是为主人哀鸣。

别墅的进门处，是一个宽阔的客厅，客厅中间摆放着香案。香案上，香烟缭绕。香的后面,是陈家老爷子的照片。

陈夫人坐在香案旁边,兀自抽泣着,她的胸前,戴着白花。

几个保安喊叫着,情绪激动地对夫人说:“夫人,就让我们去吧,给董事长报仇……杀死奔马那个老狐狸……”

夫人看着他们,训斥道:“现在是法治社会,你们杀人,是要受到惩处的,明白吗?”

保安发誓着:“董事长待我们那么好,为董事长报仇,为董事长去死,我们心甘情愿……”

保安们越发激动,高声喊道:“给董事长报仇……杀死那个老狐狸……杀死那个姓何的……”

夫人怒声道:“不许去……不许去……”

可是,情绪愤怒的保安还是向门口拥去。

夫人阻拦他们:“你们要去,就先杀死我……”

保安们无奈地看着夫人。

这时保姆提着箱子进来,对夫人说:“小姐回来了。”

陈雪雅急匆匆地进来,跪倒在遗像前,悲哀地号啕起来:“爸爸啊……爸爸啊……为什么这么早就离开了我们啊……爸爸啊……女儿没有看见你走……爸爸啊……为什么不等我回来啊……”

陈雪雅刚刚26岁,在欧洲留学,是典型的现代女子。头发修剪得短短的,像个男孩子似的。她面容清秀,皮肤白嫩,一件白色的连衣裙,裹着那丰满的身体。此时,她神情悲切,难以控制自己的情感,泪珠不停地往下落。

陈夫人和保姆全都跟着落泪。

夫人走到女儿面前,扶起女儿:“孩子,别这么悲伤了,要注意身体,节哀啊。”

陈雪雅伏在母亲的肩膀上抽泣起来。

母亲轻轻地拍着女儿的后背。

陈雪雅问道:“妈妈,为什么不等我回来再下葬啊?”

母亲说:“你在国外……唉,怕耽误你的学业啊。可是,又不能不告诉你,我左思又想还是等你这个学期结束了再告诉你。”

陈雪雅擦着眼泪说:“没能见父亲最后一面,总觉得遗憾。”

陈夫人问道:“小孙跟你一起回来的?”

陈雪雅说:“是,我们一起回来的。”

母亲说:“这我就放心了。一个姑娘家,走上万里的路程,我实在不放心啊。”

陈雪雅说:“妈妈,人家外国的女孩,十几岁就自己出去旅行,还到非洲的沙漠里去呢。”

母亲说:“外国人跟咱们中国人不一样。”

陈雪雅问道:“妈妈,我爸爸到底是什么病去世的?你怎么在电话里吞吞吐吐的啊?”

母亲说:“哎,全是让他们气死的。”

陈雪雅问道:“他们是谁啊?”

母亲说:“咱们的老对手啊。”

陈雪雅说:“妈妈,您详细说说。”

母亲说:“他们啊,把咱们几个主要的工程师、经理全都拉到他们公司去了,说给他们股份。那几个小人,就见利忘义,辞职就走了,害得咱们公司停工了,你爸爸生气,就这么……就死了。”

陈雪雅喃喃地说:“这是釜底抽薪啊。”

母亲说:“是啊,看见咱们的火烧得旺,就把咱们的柴偷走了,让咱们的锅变成了冷锅。”

陈雪雅愤怒地说:“妈妈,我不回去了,退学帮妈妈和大哥把公司搞下去,把咱们的对手打垮。”

母亲说:“妈妈需要你啊,可是,你的学业……就这么耽误了,妈妈也觉得可惜啊。”

陈雪雅说:“妈妈,到外国留学为什么啊?不就是为了回来用吗?!如今家里遭了大难,我不能看着不管,我一定回来帮助妈妈大哥把咱们的公司办下去。”

母亲抹着眼泪说:“孩子啊,咱们家的产业,只能依靠你了,你大哥算是指不上了。”母亲难过地哭着。

陈雪雅惊愕地问道：“怎么，大哥也去世了？”

母亲说：“没有去世，可是跟去世一样，甚至还不如去世好呢。”

陈雪雅惊愕地问道：“怎么，大哥他……瘫痪了？”

母亲说：“自从你爸爸死了以后，他就开始吃喝嫖赌，甚至还吸毒。”

陈雪雅惊骇地问道：“怎么，还吸毒？”

母亲哭着：“我上一辈子算是造孽了啊。”

陈雪雅问道：“那妈妈怎么不教训他呢？”

母亲说：“人啊，一吸毒就完了，再也不能正常工作了。我怎么说也不行啊。”

陈雪雅说：“那就报警，让他上公安局的戒毒所去。”

母亲不忍心地摇头说：“我就这么一个儿子，我怎么舍得啊，那样他的名誉不就完了吗？！”

陈雪雅坚持着自己的观点，说：“可是，放纵他也不行啊。”

母亲说：“所以，妈妈不得不给你打电话啊，妈妈对这个家，对这个公司，实在是无能为力了。闺女，妈妈可就指望你了啊。”

陈雪雅环顾了一下家里，没有多大变化：“大哥在哪里，我要跟他谈谈。”

母亲悲哀地说：“还会有什么地方去啊，无非是那种地方。”

陈雪雅警惕地问道：“什么地方？”

母亲说：“还不是色情场所。”

陈雪雅惊愕地说：“啊，父亲刚去世，他就到那种地方去？太没良心了，太不像话了。”

母亲说：“可不是吗，唉，我生了这么个儿子，算是造孽了啊。”

陈雪雅说：“大哥过去不是那种人啊，现在怎么变成这样了呢？”

母亲说：“我也不清楚。不过，我觉得苍蝇不叮无缝的蛋，还是你大哥自己有问题，才会被人家拉拢腐蚀的。”

陈雪雅说：“我马上去找他。”

2

夜总会里，灯光时隐时现，穿着暴露的擦着红嘴唇的舞女们向客人们卖弄着风骚。

陈雪松走到小曲子面前，拉起她，慢慢地舞了起来。

小曲子有些西方人的轮廓，个子很高，脸颧骨也很高，鼻梁也是很高，白嫩的脸颊上还有些雀斑。这是她和普通的舞女最大的区别。这对那些寻求刺激而又厌烦了东方女子的浪荡男人来说，搂抱小曲子的确和搂抱其他舞女不一样。特别是小曲子的曲线特别明显，乳房和臀部比起东方女人来，特别突出。没有人知道小曲子来自何方，也没人知道小曲子姓什么叫什么，大家都叫她小曲子，听说，有俄罗斯血统。

逐渐地，小曲子将陈雪松拉进了一个包间，将客人拉进这样的包间，舞女们可以提更多的钱的。

包间里就他们两个人，两个人贴得非常近，在音乐声中，两个人慢慢地摇晃着身体，最后就贴在了一起。

陈雪松抚摸着小曲子那暴露出的两个乳房的上半部分，索性将手插进她的衣服里，揉着整个乳房。然后，他又将手往下伸。

小曲子没有一点羞涩的神情，好像习惯了似的，用硕大的蓝眼睛紧紧地盯住陈雪松的眼睛，试图将陈雪松紧紧地勾住。

陈雪松将小曲子压到长沙发上。

忽然，小曲子喊道："哎呀，忘记了一件事情。"

小曲子挣脱陈雪松，坐在沙发上，打开一瓶酒说："陈先生，我忘记了，咱们今天还没喝酒呢，到我们这里，怎么能不喝酒呢？"

陈雪松说："好，喝酒就喝酒。"

小曲子将一杯酒递给陈雪松。

陈雪松一饮而尽。

小曲子说："啊，好豪爽啊，我小曲子就崇拜和喜欢你这样的男人，好豪爽啊。"

陈雪松说："你刚知道我陈雪松豪爽？我陈雪松无论是喝酒，还是和女人交朋友,都是好男人。”

小曲子接连地劝着酒:“陈先生,好气派啊,好有气魄啊,我就崇拜你这样的男人啊。”

陈雪松喝了几杯酒,已经是醉眼蒙胧。

陈雪松一下就抱住了小曲子,说:“从今天起,我就包下你了,你不许再和别人了,否则我就不来了,我的钱你们就赚不到了。”

小曲子在陈雪松的怀抱里娇滴滴地说:“哎呀,我可当不了家啊,这要跟老板商量啊。”

陈雪松说:“商量,我陈雪松在这个城市什么事情需要跟人家商量?我想什么时候买下这个夜总会,就什么时候买下,到时你就给我管理这个夜总会。”

小曲子说:“我知道,你们是有名的富哥,想买什么,不眨眼就能买下,不要说这个夜总会了,就是买100个这样的夜总会,你也没问题啊。”

陈雪松说:“知道就好,从今以后你就是我的了,明白吗?”

小曲子说:“我当然愿意。听说男人要想有力气啊,就要喝这种酒,这是专门为你们男人配制的酒,让你们男人喝了有力气。”

小曲子再次将一杯酒递给陈雪松,执意要他喝下去。

陈雪松喝了以后,倒在了沙发上,烂醉如泥。

小曲子斜睨了陈雪松一眼,系好衣服,走了出去。

在另外一个房间,小曲子对孙希有说:“孙老板,我已经给他喝下去不少酒了,他现在是烂醉如泥。那是什么兑的酒啊,可千万别毒死他,我害怕啊,千万别毒死人啊,那样,我可就是杀人犯了。”

孙希有是个30多岁的男人,头发已经脱落,脸色灰暗,像是欲望强烈又耗费了过多精力无法恢复似的,无精打采的,一双眼睛也污蒙蒙的,没有一点光泽。

孙希有说:“不会,他不过是没有了力气,越来越没有力气。”

小曲子问道:“里面没有毒?”

孙希有骂着:“胡说,我为什么要毒死他,我不过是要让他失去力气。”

小曲子说:“怪不得呢,他喝酒以后,就没有力气了呢。”

孙希有对小曲子说:“不许对别人说,否则你是直接给他喝酒的人,你是直接责任人。”

小曲子吓得哭了起来:“我……你们逼迫我,你老板逼迫我,我不敢不干啊。”

孙希有将一把钱塞到小曲子裸露的乳罩里,说:“别害怕,那里面没有毒药,无非是一些中药,明白吗?”

小曲子说:“我害怕……”

孙希有说:“另外,不许让陈雪松和外人知道,我买下了这个夜总会。”

小曲子急忙点头答应着:“是,老板。”

孙希有说:“一会儿,他就醒来了,你们几个轮番跟他睡觉。”

小曲子说:“那他怎么受得了啊?”

孙希有说:“一会儿,那药就起作用了。”

小曲子说:“可是,陈雪松的身体这么虚弱……”

孙希有说:“就这样,我给你们奖金。”

小曲子说:“是,老板。”

说完,孙希有急匆匆地走了。

3

孙家住在郊外,房子更是宽敞,由几幢房子组成。房子完全是中式的平房,房间里的摆设也都是中式的。梨木的家具,涂着栗子色,在并不明亮的房间中,越发显得古老。房间里还摆满了各种瓷器,看着像古董,其实那都是假货,是这家主人孙朴直花钱在市场买来的。

孙希有进来,兴奋地对孙朴直说:“爸,那个陈雪松又烂醉如泥了。”

孙朴直说:“好。让这小子醉死在女人的怀抱才好呢。”

孙朴直的头发早脱落光了,那光光的脑袋没有一点头发根,他平时还习惯用手抚摸自己的光脑袋,尤其在激动的时候。此时,他再次用那肥胖的手抚摸着自己的光头。他一副中国农民的打扮,农民的布上衣,里面不穿背心,只是穿着特意定做的兜兜,脚下是一双中国式的懒汉鞋。

孙希有说:“是啊,他家没有了男人,那个老太太就不得不把公司的领导权交给咱们孙家了,爸爸这个谋略叫釜底抽薪。”

孙朴直说:“让他们家的两个男人都消失吧,这回陈家不得不把公司的领导权交给咱们孙家了。”

孙希罕从里面的房间走进,脸上露出鄙夷和不快。他是孙朴直的二儿子,和陈雪雅一起在海外留学,对陈雪雅心存爱意,不过因为孙家遗传的秃顶,不敢追求陈雪雅。孙希罕在陈雪雅面前一直自卑,但是心里一直暗恋着陈雪雅。另外,孙希罕这个人的心也的确比父兄善良。

孙希罕说:“爸爸,大哥,咱们家和陈家不是世交吗?爸爸和陈家老先生共同创建了这个公司,两家共同持股,当初不就是因为志同道合吗?如今怎么这样糟蹋人家呢?未免太不道德了吧?!”

孙朴直说:“你刚从国外回来,不知道现在的情况,别瞎插嘴。”

孙希有说:“是啊,二弟,你刚从国外回来,不知道详情。”

孙希罕说:“我不知道详情,你们跟我说说,我不就知道了吗。”

孙朴直说:“当初创业的时候,陈家是50%的股份,我们和王家,各是20%,另外的10%,给了小户。我当初加入这个三人公司,也不是情愿的,是让那个陈老板逼迫的无奈之举啊。咱们家的公司小,让他们陈家的大公司挤对得差点倒闭,我恨他们。可是我又不得不让他们吞并啊,如果不让他们吞并,咱们家的产业、房子都会没有了啊,公司倒闭的日子不好受啊。所以,我至今对他们陈家耿耿于怀,我要报仇。”孙朴直那秃顶越发地光亮,眼睛里放射出一种憎恨和忌妒。

孙希有说:“爸爸,当初加入三人公司不是坏事,您决策是对的。我们公司小,在市场上没有名气,没有竞争力,没有资金,早晚要破产。加入了三人公司,我们定期分红,安全又可靠,虽然说话不算,可是也有了固定的收入了,而且收入还不少,我弟弟能够到国外留学,多亏了这几年稳定的收入啊。”

孙希罕说:“是啊,爸爸,大哥说得对。咱们加入三人公司是对的,要是凭咱们家的小公司在市场上孤军奋战,早就让他们挤对倒闭破产了。”

孙希有说:“话虽这么说,可是谁愿意总做人下之人,大丈夫岂能永远当人家的下属?附属品?凭爸爸的能力、资历、威信,早就应该当总经理了。老陈死了，小陈接班，还是不让爸爸当总经理，你看看，他们陈家多小气。小陈当董事长就可以了，可是没有什么能力，却要当董事长兼总经理，这多不公平啊。”

孙朴直说：“他家的股份多，他们可以当董事长。可是总经理应该让位给有本领的人干啊，陈雪松会什么，就会玩女人，他能当总经理吗？”

孙希有说：“是啊，我们曾经建议过，可是陈雪松当仁不让，他老娘也坚决反对父亲当总经理。你说他们可恨不可恨？”

孙希罕说：“爸爸，您老了，应该休息了，何必争夺总经理的位置呢？这样对您的身体不好。”孙希罕给父亲倒了一杯水，放在了父亲的面前。

孙朴直说：“我是给你们争，给你和你大哥争，明白吗？你们比陈雪松强一万倍，那小子就会吃喝嫖赌，把公司搞得要倒闭了，他懂得公司如何经营吗？狗屁不懂啊。”孙朴直眼睛望着儿子，对儿子充满了希望。

孙希有说：“二弟，爸爸说得对。咱们兄弟的才华，全都高于那个花花公子，这个总经理应该是咱们的。”孙希有附和着父亲。

孙希罕说：“这点道理我明白，可是咱们不应该采取不正当的手段啊。”

孙朴直生气地看着二儿子：“什么，说你爸爸什么，不正当？”

孙希罕喃喃地说：“我只是担心……担心……别人后面骂我们……”

孙朴直说：“量小非君子，无毒不丈夫。老陈刚死，陈雪松这么不争气，就知道吃喝嫖赌，正是咱们孙家争夺总经理位子的最佳时机。我这一辈子就知道两个字：时机，干什么都要把握时机。做生意、做人、做事，全都要把握时机，否则就会事倍功半，白费力气。”

孙希有说：“对，就按照爸爸说的办。一鼓作气把经营权、销售权、财权都握到咱们的手里，咱们孙家要崛起，再也不能听从陈家的调遣指挥了，咱们要做公司的老大，把金钱全都抓到咱们孙家的账号上。”

孙希罕问道：“这可能吗？”

孙希有：“当然可能，现在的时机正好。”

孙希罕说：“我不同意这样做。”

孙朴直气恼地说：“我白送你留学去了，你读书读得都痴了。”

孙希有说：“还有懦弱。”

孙希罕说："我觉得不应该这样，这样做太没道德了。"

孙希有说："道德？金钱就是肮脏的，跟道德没有任何关系。金钱就是血腥的，明白吗，兄弟？"

孙希罕说："我才不相信赚钱就必须迫害别人，打击别人。"

孙朴直说："儿子，你说错了，赚钱就必须打击对手、迫害对手、算计对手，把对手的钱赚到咱们手里。"

孙希有说："咱们三人公司的对手奔马公司，就时刻在算计咱们、迫害咱们啊，他们把咱们公司的好工程师全都挖走了，用了釜底抽薪的计谋，迫使公司停产了，为了这个，老陈才死的啊。"

孙希罕说："对手奔马公司如此攻击咱们，咱们三人公司的三家应该团结一致，共同对付奔马公司啊，为什么咱们还要内耗呢？这样做，对公司实在不利啊。"

母亲进来，说："二儿子说得对，不应该内耗。再说了，二儿子跟陈家姑娘在一起留学，感情深厚，将来也许能成为夫妻呢，那样，陈雪雅就是我的儿媳妇，孙希罕就是陈家的女婿了，咱们就是一家人了，就不应该这样对付人家陈家了。人家老陈刚死，正是危难的时候。"母亲是个贤惠的女人，不漂亮，但是非常能干。这是当年孙朴直刻意选择的媳妇，普通的小家碧玉，样子不美，附和"丑妻近地家中宝"的原则。

孙朴直说："现在那陈雪松还是雏鸡，如果等到他的羽翼丰满，咱们肯定夺不回总经理的位子了，我的两个儿子就会和我一样，被他们陈家人永远压在下面，听从他们的调遣和指挥，我心不甘啊。"

孙希有说："所以咱们也应该给陈家来个釜底抽薪，让陈雪松这个顶梁柱彻底垮掉，把他们的干柴抽走，让陈家的锅底没有干柴，让他们陈家的锅永远烧不开水。"

孙希罕激动得脸颊通红："我听了你们的谈话，实在惊讶。过去我年龄小，没有注意过你们的谈话，如今我注意到了，你们这样做，太不符合现代人的道德水准了。"

孙朴直狠狠地给了二儿子一个嘴巴："混账，我告诉你，赚钱就别谈道德，否则就赚不到钱，金钱就是人家的了。"

孙希罕捂住脸，气恼地说："我也听说过，君子爱才，取之有道。"

孙希有说："二弟，我告诉你，你在国外花天酒地地活着，看西洋景，实在不知道金钱是怎么来的，这金钱，就是不干净的。"

孙希罕惊愕地看着哥哥："怎么不干净呢？"

孙希有说："算了，不说了吧。"

孙希罕说："不，我一定要知道。"

孙希有看着父亲，用眼光请示着父亲。

父亲说："没有什么不干净的，做生意的人，几乎都有过这样的经历，就是以次充好，以假冒伪劣产品冒充优质产品。"

孙希罕看着父亲："怎么，你们竟然做不法商人？"

父亲说："不是我做不法商人，是董事长老陈创业时做了不法商人。我们董事呢，不得不同意，我们是随从。"

孙希罕说："爸爸，我没想到，我花的钱，竟然这样不干净，我……不要你们的钱了。"

父亲母亲全都惊愕地看着二儿子："儿子，你……"

孙希罕说："我自己打工，在外面给餐厅打工，刷盘子，自己赚钱上学。"

母亲心疼地说："哎呀，儿子，那多辛苦啊，不能这样啊！儿子，你从小就娇生惯养的，没有受过苦，不能自己打工，妈妈心疼啊。"

孙希罕说："总比花不干净的钱要好。"

父亲说："钱，本身并没有干净不干净之分，只有花钱的人，赚钱的人，才有干净不干净之分。"

孙希罕说："反正，我再也不花咱们家的钱了。"说完孙希罕气呼呼地跑出家门。

4

陈家客厅里，一直萦绕着悲哀的气氛。那花圈，那挽联，那老陈的照片，总是让人想起死去的人。

陈雪雅和母亲一直在客厅相对而坐，看得出两个人对死去的人怀念至深。

儿媳妇王莹走了进来:“妹妹回来了?”

王莹是个白白胖胖的女人,眼睛小,但是特别的亮。和别人说话的时候目光总是不敢盯着别人的眼睛,给人一种老实诚实的感觉。王莹一头卷发,穿一条裙子,胳膊和大腿都是肥胖白嫩的,透露出一种富有和休闲的样子。

陈雪雅急忙站起来:“大嫂,我正要去看你呢。”

王莹眼含着泪花说:“妹妹,咱们家出了大事了。”

陈雪雅看了一眼父亲的遗像说:“唉,爸爸本来身体不错,可是……”

王莹眼圈红红地说:“还有你大哥,他……也不争气。”

母亲看着王莹问:“这么晚了,他还没回来?”

王莹说:“又去那个夜总会了。”

母亲问道:“你怎么知道的?”

王莹说:“司机说的。他睡在了那里,让司机回来了。”王莹一副无可奈何的神情。

母亲愤怒地骂着:“这个不争气的东西。”

王莹无可奈何地看着小姑说:“我也管不了他,他愿意怎样就怎样吧,身体每况愈下,我没有办法。再说他现在还染上毒瘾了。”

陈雪雅惊愕地说:“真让人不敢相信啊。”

母亲说:“唉,也不知道我作了什么孽啊。”

陈雪雅说:“妈妈,大嫂,别着急,咱们共同想办法帮助大哥。”

王莹说:“他堕落到这个地步,真让人不敢相信。”

陈雪雅神情很是坚定地说:“我去找他。”

母亲阻止说:“那可不行。你一个女孩家不能去那个地方。”

陈雪雅说:“可是我不能看着大哥这样堕落不管啊。”

王莹说:“是啊,不能去。姑娘家去那种色情场所不好。”

陈雪雅说:“我必须去。”

陈雪雅一副男孩的神情,天不怕地不怕的样子。

王莹说:“去了,大闹夜总会,一定会闹得满城风雨的,那样,对咱们家的名声不好啊。”

陈雪雅说:“现在,咱们家的名声就好了?人家在外面说咱们家什么,我在国外读书不知道,但是,我猜得出来,一定不会是好话。”

王莹说:“如果他不回来,咱们强行让他回来,他一定不高兴,肯定会埋怨我。”

陈雪雅说:“哎呀,我的大嫂,你也太贤惠了,丈夫到那种地方去,夜不归宿,你竟然不敢找他,害怕他埋怨,害怕他什么啊?”

王莹抽泣起来:“我是害怕人家笑话我。”

陈雪雅问道:“妈妈,大嫂,你们说,我大哥在外面吃喝嫖赌凭什么啊?”

母亲问道:“凭什么啊?”

大嫂说:“凭手里有钱啊。”

母亲说:“有钱人不一定都堕落啊。”

陈雪雅说:“对于我大哥这样的人,要想改变他,必须切断他的财路,也就是来一个釜底抽薪,让他没有钱,看看他还怎么吃喝嫖赌,拿什么来吃喝嫖赌。”

王莹说:“这可能吗?”

陈雪雅说:“怎么不可能,家里的钱公司的钱全都不给他。”

王莹说:“家里的钱……他掌握着。”

母亲说:“他现在是三人公司的董事长兼总经理,想要什么,公司的财务人员都给他。”

陈雪雅说:“那就免除他的董事长兼总经理的职务,再来一个釜底抽薪,他没了权力和职务,还怎样去支钱呢?”

母亲说:“这样……咱们家就这一个男人了,恐怕不能这样做吧。”

陈雪雅说:“男人做的事情,女人也能做到。我出任董事长,我停止我的学业。”

王莹说:“这样的事情,需要董事会才能决定啊。”

陈雪雅说:“那就找董事们,跟他们讲清楚现在的实际情况,为了挽救我大哥,我看还是心狠一些为好。等大哥变好了,再把董事长和总经理的职务还给大哥,怎么样?你们首先应该支持我啊。”

母亲说:“现在三人公司里,你大嫂的父亲是副董事长,孙朴直也是副董事长,你大嫂的父亲为人厚道,不会反对你出任董事长的,可是那个孙朴直,就不一定支持你了,他现在正趁你爸爸去世,争夺总经理的位子呢。"

王莹说:"咱们陈家的股份最多,当然要由陈家出任总经理和董事长了。他孙家凭什么争夺总经理的位子?"

母亲说:"我相信女儿,可是董事们会相信你吗?一个博士没有毕业的女孩,能承担起这么大的重任吗?"

王莹说:"是啊,我也担心董事们不支持你。"

母亲说:"一定不会支持。"

陈雪雅说:"首先是你们要支持我,否则我就不能成功。你们支持我吗?"

母亲说:"我当然希望你大哥干好这个职务,但他不争气,会让公司倒闭,他自己也会堕落到泥潭的,所以我没有别的选择了。就看你大嫂的了。"

王莹说:"我对妹妹的能力深信不疑。"王莹和陈雪雅一直合得来。

陈雪雅说:"本来我是打算祭拜完父亲就回去的,但是看到家里的破败景象,我决定还是不回去了。"

王莹说:"那你的博士学位……你已经读了二年博士了吧,多可惜啊?"

陈雪雅说:"我在国内的大学拿吧。边工作,边读书。"

母亲赞同地说:"你爸爸没有读过大学,全凭着在实践中学,现在我们不是也让小公司变成大公司了吗?"

王莹说:"妈妈,时代不同了,妹妹想怎样就怎样吧。"

母亲说:"我是担心她的身体。"

陈雪雅说:"你们就算支持我了是吗?"

王莹说:"我支持妹妹。我保证我爸爸也支持妹妹,我马上就去我家说服爸爸,让他支持妹妹出任董事长兼总经理。"

陈雪雅激动地握住王莹的手说:"大嫂,谢谢你的支持。"

母亲说:"我就担心董事们说,有儿子为什么让女儿出任董事长兼总经理呢?他们会怀疑咱们家出了大事,我不想让咱们家的事暴露在众人面前。"

陈雪雅说:“妈妈,这么说您不支持我?那我就出国走了,继续我的学业了。”

王莹说:“妹妹是唯一能够让陈雪松转变的人了,也是咱们家唯一能够出任董事长兼总经理的人了,妹妹如果不能干这个工作,我看陈雪松早晚要把公司和这个家败光了的。”

母亲说:“好吧,我也支持你。”

陈雪雅抱住了妈妈:“妈妈,我也是为了这个家啊。”

母亲高兴地流出了眼泪:“我以为你大哥变坏了,咱们这个家这个公司就完了呢,没想到啊,没有完啊,我还有女儿,争气的女儿啊。”

陈雪雅说:“我请求大嫂支持我,帮助我,做我的副手怎样?”

王莹急忙推辞:“别,别,我不行,我不行。我有孩子,我还是帮妈妈扶持这个家吧。”

陈雪雅说:“有保姆看孩子,你这么年轻就在家当家庭妇女我真为你可惜,你也是大学毕业啊,为什么不想干一番呢?”

王莹流出了眼泪:“我当然想。可是你大哥不支持我,我爸爸也不支持我到公司工作,我没有办法啊,只好闲在家里。”

陈雪雅问母亲:“妈妈,您支持大嫂到公司工作吗?”

母亲笑了笑,但没有说话。

陈雪雅说:“妈妈,大嫂也是大学毕业,为什么就不能到公司工作呢?家里有保姆,不应该把大嫂拴在家里呀。”

母亲说:“我没意见,你们说可以我就支持你们。”

王莹笑了起来,感激地看着小姑说:“妹妹,你是第二次解放我的恩人,我应该感谢你。”

陈雪雅说:“妈妈,现在公司的事情谁当家呢?”

母亲说:“当然是你大哥当家了。”

陈雪雅说:“我是说……底下办事的,办公室的。”

母亲说:“你还是先不要着急,等到董事们全都支持你了,你再过问公司的事情。”

陈雪雅说:“我是说,我现在要报复奔马公司。”

母亲问道:“怎样报复?把咱们原来的工程师再招回来?”

陈雪雅说:“我看没有不可能的事情,他们走的原因,一定是因为报酬、待遇、福利,我就来一个提高薪水,他们肯定会回来的。”

母亲说:“你爸爸和你大嫂的爸爸还有孙朴直曾经想这样做,可是现在公司经营不景气,咱们没有能力和奔马公司比,人家的实力比咱们强啊。”

陈雪雅说:“那就先从别的方面报复他们。”

母亲说:“怎样报复呢?”

陈雪雅说:“切断他们的原材料供应,让他们的服装厂和陶瓷厂的原料全都停止供应。大嫂,你就干这个去。”

大嫂说:“我可干不来,我摸不着门路,不知道他们是从哪里进的服装。”

陈雪雅说:“求求妈妈,还是把办公室的人叫来吧,宣读我暂时代理董事长兼总经理吧!”

母亲说:“孩子,这件事不能心急,不能违背公司决定,没有董事会的决议,你不能上任。”

陈雪雅说:“好吧,我不上任,但是我有建议权吧,每个职工都有建议权。”

母亲说:“好吧,建议可以。我现在就给你大嫂的爸爸和孙朴直打电话,你和他们沟通一下吧。”

5

陈家会客厅今天迎来了两个重要的客人,这就是三人公司的另外两个股东孙朴直和王云舟。王云舟是王莹的父亲,女儿继承了父亲厚道的秉性,王云舟过去一直是老陈最好的朋友。

孙朴直和王云舟走进陈家,再次给老陈的遗像鞠躬,一副悲痛的神情。王云舟的悲痛是真实的,而孙朴直的悲痛就显得虚伪,一副做出来的表情。

陈雪雅和母亲、大嫂急忙迎接。

陈雪雅说:“原本只是想请教两位伯伯,却惊动了两位伯伯,真是对不起。”陈雪雅说着,接过保姆的茶杯,亲自递给两位老人。

王云舟说:“我顺便看看你母亲,家里出了这么大的事情,老嫂子怕是经不起折腾啊。”

孙朴直问道:“我那世侄到哪里去了?我要见见他,想和他聊聊公司的事情。”孙朴直说完眼睛四处寻着。

王云舟看着女儿:“是啊,他到哪里去了啊?”

王莹羞愧地说:“不知道,也许外面有应酬吧。生意人,总是少不了应酬的。”

王云舟和孙朴直坐下。

陈夫人说:“我女儿刚从国外回来,听说奔马公司把咱们的工程师和经理给挖走了,就说要提建议,请教两位。”

王云舟问道:“世侄女刚刚从国外回来,就为公司的事情分忧,真让我这老朽佩服和惭愧啊。”

孙朴直问道:“世侄女,是对付奔马公司的计谋吗?”

陈雪雅说:“我是想,奔马公司挖了咱们的人,给咱们来了个釜底抽薪,气死了我爸爸,也让咱们公司受到了重大的损失,咱们为什么不给他们也来个釜底抽薪呢?”

王云舟急忙问道:“如何抽法,快讲。”

陈雪雅说:“咱们把他们的原料全部阻断,让他们的工厂也无法生产。”

孙朴直说:“这不可能。现在不是过去,供应原料的不是咱们公司,咱们没有那个能力阻断人家的原料。”

陈雪雅说:“咱们当然不能用强硬的方法。但可以用市场经济的方法,阻绝他们的原料。咱们两个公司的产品基本一致,都有服装和陶瓷,还有木器,供应原料的公司也大致相同,咱们呢,就多给他们钱,收购那些原料,全部收购,怎么样?两位伯伯请指教。”

孙朴直说:“简直是孩子话。姑娘,把人家的原料全部买来,咱们公司用不了那么多,不是要堆积吗,不是要占用资金吗?那样先倒闭的应该是咱们公司而不是奔马公司了。再说了,那需要多少钱啊,至少几千万吧,咱们公司现在没有那么多流动资金,要贷款就要付利息,成本更高了,咱们没有那么大的能力啊。”

陈雪雅说:"可咱们也不能就这样等着奔马公司挖咱们的墙角,把咱们三人公司挤垮啊!"

王云舟说:"世侄女说得有道理,但是需要冒险。"

孙朴直说:"咱们公司在和奔马公司的竞争中,始终处于劣势,公司接连亏损,恐怕不能再冒这个险了。"

陈雪雅说:"生意就是冒险啊,就像探险一样。"

王云舟大笑起来:"好啊,世侄女的性格非常像她爸爸。哈哈,喜欢冒险,精明、胆子大,而且有恼子。我看可以试试。"

孙朴直说:"我不同意这样冒险,这样做,太冒险了。一旦奔马公司从别的公司找到原料怎么办?咱们那么多原料,还不是白白地浪费,要扔到大海里去吗?"

王云舟说:"我支持你,世侄女。"

孙朴直说:"现在不过是一比一。"

夫人说:"我们家还有一票呢,而且我们家这一票,占了一半呢。"

孙朴直说:"陈雪松是董事长兼总经理,还是听听他的吧。"

陈夫人说:"我们家希望推荐陈雪雅代替陈雪松,担任董事长兼总经理。"

孙朴直说:"哎呀,这个问题太大了,还是以后再商量吧。先说说这个问题吧,反正我不同意你们购买原料的事情,那样会把公司拖垮的。"

孙朴直显然没有估计到陈夫人的这一决策,他还以为陈雪松倒下,陈夫人就要哭哭啼啼地求助孙家来接管董事会呢。他那秃顶再次明亮起来,眼睛慢慢地闭上,唯恐别人通过那里看出他内心的卑劣。

陈雪雅自信地说:"干什么都有风险啊。"

王云舟说:"就这么办吧。兵贵神速,马上就办,我吩咐人和你配合。"

听见王云舟同意,陈雪雅孩子似的笑了起来。几天了,这是她第一次笑。

第二章　趁火打劫

三人公司由三家组成，即孙朴直、王云舟和陈家。

孙朴直一直想当公司的董事长兼总经理，但是由于资金少，按照公司的规定，无法担任。于是孙朴直和大儿子想出诡计，陷害陈雪松。他们先是在自己开的夜总会让三陪女小曲子引诱陈雪松，然后又引诱他吸毒。陈雪松的身体垮了，无法正常工作，孙朴直在董事会上大肆攻击陈雪松，逼迫他让出总经理的位子。

6

陈雪雅开着父亲的奔驰汽车在街头穿行着，几年没有回来，这个城市的变化令她惊奇。高楼大厦越来越多，甚至超过了欧洲的一些著名城市，而且建筑风格各不相同，但都很气派、现代。高楼上的灯光，星星点点，给夜晚增添了几分温暖。几年没见，家乡也是日新月异啊。

她将汽车开到了王莹说的那家夜巴黎夜总会。大嫂是从司机那里得来的消息。

夜巴黎夜总会的门口，汽车并不多，装修也不豪华，除了名字吓人，气势、规模都不大，甚至可以说是冷清，可以用门可罗雀来形容。但是就是这样一家夜总会，作为本市最富有的陈雪松，为什么偏偏要来这里呢，为什么呢？

陈雪雅将汽车停放在远处，拿出摄像机拍摄着夜总会的门口。等了一会儿，也看不见几个客人，她有些寂寞，将摄像机放进包里，掏出一绺当年在学校演戏用的胡须，贴在了嘴唇上方。

陈雪雅化妆成男人，走进了夜巴黎夜总会。

陈雪雅坐在一个偏僻的角落。几对男女在跳舞。

一个女孩走近陈雪雅:“先生,需要什么服务呢?”

陈雪雅故意将自己那戴着金表的胳膊放到桌子上:“你们……都有什么服务呢?”

女孩问道:“只要先生提出来,我们全都能满足。”

陈雪雅故意惊愕地站起来:“什么,你们全都能满足?”

女孩压住自己的手,示意陈雪雅小声:“哎呀,先生,不要喊了,让外人听见报告给公安,我们可就完了。”

陈雪雅小声地问道:“我想包一个女孩,像你这样的。”

女孩的脸红了一下:“先生要是真的喜欢,我当然可以陪先生唱歌跳舞说话了。”

陈雪雅摇了摇头:“不是这个意思。”

女孩问道:“那是什么意思?”

陈雪雅说:“你不是说,什么都可以满足吗?”

女孩说:“我是说……唱歌跳舞说话,还有喝酒吃饭,什么都行啊。”

陈雪雅说:“真遗憾,本来听说你们夜总会服务齐全、周到,才开车走了一百多公里来的,没想到和我们那里一样,真遗憾,再也不来了。”

陈雪雅打开自己的皮夹,拿出几张百元的钱,扔到桌上。

女孩捡起钱:“先生,钱多了。”

陈雪雅说:“不必找了。”

女孩兴奋地鞠躬:“谢谢先生,谢谢先生,我还没有遇到过这么大方的先生呢。”

小曲子走出来,抢过钱,说:“还不快追上客人,这样的大鱼,咱们不能让他跑出去,这是咱们的财神爷。”

女孩答应着,追出大门。

陈雪雅已经上了汽车。

女孩急忙跟着上了陈雪雅的汽车:“先生,慢着,别走,不然我们老板就要开除我了。千万不能走啊,您要走了,我们老板就说我服务不到位,就该开除我了。我还有一个吃奶的孩子呢,千万别走啊,我求求您了,我给您作揖了。”她不停地给陈雪雅作揖。

陈雪雅关上车门问道：“你还是孩子啊怎么就有孩子了呢？你多大了？”

女孩说：“20岁了。早恋，什么都不懂，就这样怀孕了，我们也不敢去医院。真后悔啊，不然我怎么会这么年轻就到这地方打工呢？”

陈雪雅说：“我不能留下，你们没有我需要的那种服务。”

女孩说：“有，一定有的，什么服务都有的。”

陈雪雅说：“你知道我需要什么样的服务。”

女孩说：“我当然知道，我在这里已经干了3个月了。”

陈雪雅说：“好吧，那就给我包间吧。”

女孩兴高采烈地说：“好啊，好啊，这下我今天的奖金就不会被扣了。”

陈雪雅问道：“怎么，我走了你们还要扣奖金吗？”

女孩说：“是啊，我们新老板定的，只要是没留下客人，我们一天就算白干了。”

陈雪雅说：“你们新老板太苛刻了，他叫什么？”

女孩急忙捂住自己的嘴：“我可不敢说，我还想要这个饭碗呢。”

陈雪雅说：“我的公司比你们老板的这个夜总会大千倍，你不会怀疑吧。”

女孩说：“不会怀疑，我看样子就知道您是个大老板，一定是身价千万的老板。”女孩奉承着，就伏在了陈雪雅的肩膀上。

陈雪雅下意识地皱了一下眉。

女孩急忙离开陈雪雅：“老板，我告诉您，如果您不喜欢我，我还可以给您介绍我们夜总会里最漂亮迷人的、最有经验的，她叫小曲子，还是白种人血统呢，蓝眼睛、大鼻子，皮肤白嫩着呢，走，我给您介绍。”

陈雪雅说：“听说，有一个叫陈雪松的老板，也经常来这里？”

女孩说：“是啊，那个老板也是千万身价的老板呢，比您当然还差一些。”

陈雪雅说：“我是从他那里听说有这样一个夜总会的，所以才来这里玩一次。”

女孩说："那就快请吧。"

陈雪雅随女孩重新走进了夜总会。

女孩问其他小姐："小曲子呢？"

陈雪雅说："是啊，那个小曲子呢？"

女孩们回答说："陪陈老板了，是孙老板的主意，专门让她陪陈雪松。"

陈雪雅的脸上露出不快。

女孩对陈雪雅说："先生，实在对不起，就由我陪先生吧，小曲子有客人了。"

陈雪雅皱眉说："岂有此理，让你们的老板马上来见我，不然我就砸了你们的牌子。"

陈雪雅气恼地将自己的手机拿到手掌中："我在公安可是有兄弟的。"

孙希有急忙走出来："哎呀，这位老板，千万别生气，千万别生气。不能找公安，不能找公安，找了公安，我们这生意可就完了啊！"

陈雪雅把鸭舌帽压低问道："听说，我要的小曲子陪陈先生了？"

孙希有说："是啊，她有人了，我给先生再找一个年轻貌美的怎么样？"

陈雪雅说："我没见过小曲子，能够让我见识一下吗？"

孙希有说："没想到小曲子这么大的名声啊。"

陈雪雅说："我见一下小曲子就走。"

孙希有说："哎呀，您千万别走啊。我们这里有规矩，客人走了，要扣小姐们的奖金呢，您如果走了，这些小姐可就惨了。"

陈雪雅问道："那奖金是谁扣的呢，这规矩又是谁定的呢？"

孙希有说："是……"

陈雪雅问道："先生就是这里的老板吧？"

孙希有说："是，我是老板。"

陈雪雅说："那么我把该出的钱出了，你就别扣小姐们的奖金了好吗？"

孙希有说："不过，您千万要在这里接受服务，不然我就不能接受您的钱。"

陈雪雅说："好吧，我就要这个女孩。"

陈雪雅将身边的那个早恋的女孩搂在自己身边，然后说："不过，我还是要见见小曲子,她到底什么样,为什么名声那么大呢?"

孙希有说:"其实,小曲子也就一般人,就是会玩会陪罢了。"

陈雪雅点头:"啊,是这样啊,走。"

女孩和陈雪雅走到里面。

7

夜总会里的房间包得很严密,关上,和外面就完全隔绝了。

女孩和陈雪雅走了进来。

女孩慢慢地脱下衣服,一双眼睛看着陈雪雅,露出挑逗的神情。

陈雪雅有些尴尬,不知所措地看着女孩丰满的乳房在眼前晃荡。

女孩慢慢地脱下裙子,依旧挑逗地看着陈雪雅:"老板,您嫌我不美吗?"

陈雪雅说:"我希望看看小曲子,然后再……和你……"

女孩失望地说:"我告诉您,小曲子就是有名气罢了,她既没有我年轻,也没我漂亮,真的。她那皮肤上都能看见汗毛孔,没我细腻,不相信,你就看看她去吧。"

女孩说着,赌气地穿上了衣服。

陈雪雅说:"好吧,那就领我去看看小曲子吧。如果她真像你说的那样,我加倍给你钱。"

女孩提起钱就来了兴致,问道:"老板给我多少?"

陈雪雅掏出钱来:"给你2000元。"

女孩惊喜地看着陈雪雅:"老板,您真大方,我还是第一次遇到这么大方的老板,出手就是2000,其他人临走的时候,总是想方设法克扣我们,就是答应好的200元钱还要减少一半呢。先生,您什么要求我都答应。"

陈雪雅说:"我就是想见见小曲子。"

女孩说:"小曲子正在陪客人,您等一会儿好吗,我先陪您坐一会儿,好吗?"

陈雪雅说:"好吧。"

女孩端来瓜子、水果给陈雪雅吃。

陈雪雅伸出手,接水果的时候,女孩突然抓住了她的手说:“老板,您是女的。”

陈雪雅惊讶地问道:“胡说,你凭什么说我是女的?”

女孩说:“第一,我扑向您的时候摸到了您的乳房,是软绵绵的。第二,您的耳朵边有小孔。第三,您的手那么白嫩、纤细。第四,您的脸颊没有胡须。第五,您的脖子上没有喉结。”

女孩说完,惊讶地继续观察着陈雪雅:“老板,我说的对吗?”

陈雪雅把钱塞到女孩的手里说:“你愿意跟着我在我公司里干吗?”

女孩问道:“难道老板就是来拉我离开这里的吗?”

陈雪雅说:“是啊。”

女孩说:“我有些不相信。您是保护妇女协会的?”

陈雪雅说:“如果你答应,我就宣布你是我公司的职员了,如果不答应,我拿钱走人。”

女孩捂住了手里的钱,唯恐陈雪雅真的把钱拿走似的,问道:“您不是警察吧?”

陈雪雅说:“女警察怎么会到这里来呢?而且是一个人?”

女孩问道:“那您是干什么的?”

陈雪雅说:“我是一家公司的老板。如果你答应,我真的愿意接受你做我公司的职员,我不希望你这么小就在这地方干,这儿太脏了。”

女孩问道:“啊,您是挽救失足少女协会的吗?”

陈雪雅说:“像吗?”

女孩摇头:“不像。”

陈雪雅问道:“你又看出什么来了?”

女孩说:“挽救失足少女协会的人,没有那么多钱,我见过他们。他们劝我们不要干这个工作,可他们没能力给我们提供其他工作。我们需要钱,要养活自己和家人。”

陈雪雅叹息着说:“你们这么小就不幸失足,我真的很同情你们,我希望尽我的微薄之力帮助你们。如果你愿意,我真的愿意接受你做我们公司的职员。”

女孩说：“您肯定不是为我来的。”

陈雪雅说：“的确。但是我遇见了你，我需要你的帮助，我也愿意帮助你。咱们来个交换怎么样？”

女孩说：“我觉得您没能力帮助我。到头来我还是要被控制我们的人整死整残疾了。到那时我就不是这样花容月貌了，我的脸上也许被硫酸烧得全都是疤痕，也许是让人挖了两个眼睛、割了鼻子，成了丑陋的怪物。您说我还怎么活下去？我的孩子还怎样活下去？”

女孩说着，将2000元钱塞给了陈雪雅：“您如果来玩的，我可以要您的钱；如果是来干别的的，我不敢要钱，也不敢帮助您。就赶快走吧，咱们井水不犯河水，好吗？快走吧，不然老板知道了，没准还会把您整残废了呢。”

陈雪雅惊恐地问道：“真的会像你说的这样恐怖？”

女孩说：“我不知道，您问我什么，我都不知道，您就快走吧，我求求您了。为了您的好心，我不会出卖您，但我也不会帮您，真的。因为我的确没有那样的胆量和能力帮您。”

陈雪雅问道：“你有电话吗？”

女孩：“有手机。但我不会告诉您号码的。”

陈雪雅把2000元钱再次塞到了女孩的手里，说：“其实，只要你到了我的公司，就什么危险也没有了。你相信我吗？你的危险来自这个夜总会吗？”

女孩说：“跑了和尚跑不了庙，我就是不在这个夜总会干了，可他们还是能够找到我的，您相信吗？他们能够控制我们这些女孩，包括小曲子，就一定有本领。不然我们这些女孩不都跑没了吗？”

陈雪雅说：“我可以在公司给你找一间宿舍，借给你住好吗？”

女孩问道：“我不明白您为什么要死缠住我不放呢？”

陈雪雅说：“因为我需要你的帮助啊。”

女孩摸着那2000元钱，犹豫不决地看着陈雪雅。

陈雪雅打开皮包，将自己的手表递给了女孩：“瑞士的，金的，至少值2

万元。”

女孩看着那金色的手表问道:“我真的不明白,我有这么大的价值吗?”

陈雪雅说:“是的,你有这么大的价值。”

女孩说:“好吧,您带我走吧。就说包夜,给老板1000元钱,我就是这个身价。”

陈雪雅点头说:“可以。”

女孩急匆匆地将金表和2000元钱塞到了自己的内衣里,然后挽着陈雪雅,走出了房间。

夜总会大堂里站着打手,眼睛总盯着那些可怜的女孩。

陈雪雅戴着墨镜和假胡须,挽着那个女孩走了出来。

孙希有急忙迎接着:“先生,老板,包夜吗?”

陈雪雅掏出钱,放到柜台上:“够吗?”

孙希有急忙说:“够,够。”

陈雪雅和那个女孩走出了夜总会,两人又上了陈雪雅的汽车。

那个女孩在陈雪雅的后面,欣赏着那金表。陈雪雅突然将汽车开进了公安局。

女孩面色如土:“啊,你真的是警察啊。”

陈雪雅说:“不是警察,但是咱们都需要警察的帮助。”

女孩恐惧得脸都变了形,颤抖着说:“你还是警察,撒谎。”

陈雪雅说:“我真的不是警察,我就是一家公司的老板。我答应过的,要你做我们公司的职员,我是不会食言的。”

女孩问道:“你想干什么?”

陈雪雅说:“我说过了,我要知道这个夜总会的一切黑幕。这个老板是谁,他们如何控制女孩,如何让客人下水,我就是这些要求。希望你配合公安,把情况全都讲出来,我不会亏待你的。我是知识分子,我的良心不允许我看见这么肮脏的事情而置若罔闻,你明白吗?”

女孩点头说:“好吧。”

在公安局的一间办公室里,警察将女孩安置在了一个椅子上:“说吧。”

女孩慢慢地讲述着:“自从那个孙希有买了这个夜总会以后,就用黑社会的方法,经常要挟我们。要我们卖淫,谁不听话,他就说要往我们的脸上泼硫酸,让我们变成丑陋的人,还说要杀死不听话的人……”

女警察气恼地连连摇头。

深夜,天高云淡,警察包围了夜总会,突然闯了进去。

孙希有被带出来了。卖淫女和嫖客们也被带出来,押上了警车。

8

陈家的客厅里,兄妹俩第一次发生了冲突。

陈雪松不断地摔着花瓶。

陈雪雅喊着:“住手。”

陈雪松也高声喊叫着:“你们不要我快活,我也不让你们快活……”

陈雪雅严厉地说:“我们是为了救你,明白吗?”

陈雪松斜睨着妹妹:“救我? 这下好了,所有人都知道我被公安拘留过,处罚过,我吃喝嫖赌。那个夜总会停了,我那个相好的女人也被遣散了,我到哪里寻找我的快乐呢?”

陈雪雅说:“你知道这个夜总会是谁开的吗?”

陈雪松说:“现在才知道是孙希有开的。可是这有什么关系呢?”

陈雪雅说:“他就是为了让你经常去这个夜总会,才花钱买下了这个地方。然后让女人们引诱你吸毒,让人给你在酒里加一种药,让你喝了以后每天都昏昏欲睡,还让你每天都离不开女人,你知道吗? 孙希有是在迫害你啊!”

王莹和母亲全都惊讶地看着陈雪雅。

陈雪雅接着说:“小曲子和里面的小姐都交代了,那个孙希有是怎样迫害你引诱你的。没想到你竟然把泥潭当安乐窝,还要感谢人家孙希有吧?”

王莹大惊失色地说:“那个孙希有太坏了,咱们两家不是世交吗?”

母亲说:“是啊,他们和咱们还是一个公司的呢,他们为什么这样对待咱们陈家呢?”

陈雪雅说:“据公安局的同志讲,孙希有交代说,他这样做,就是想趁我爸爸刚去世，把我们家唯一的男人变成吃喝嫖赌加吸毒的废人，然后逼我大哥退位，让他们孙家担任总经理。”

王莹说：“这也太坏了吧，这不是趁火打劫吗？”

陈雪雅说：“是啊，就是趁火打劫。”

王莹说：“可是孙希有不怕坐牢吗？”

母亲说：“是啊，这样孙希有一定会坐牢的，这是犯罪啊。”

陈雪雅说：“为了金钱，他们不惜铤而走险，这就是那些贪婪之徒的本性。”

母亲说：“还引诱你大哥吸毒，太恶毒了，我真没想到，真是笑里藏刀啊。”

突然，陈雪松的毒瘾上来了，在地上翻滚起来，痛苦地呻吟着：“啊……你们救救我吧，给我打一针吧……求求你们了……快啊……小曲子……给我注射……”

陈雪雅说：“看，他的毒瘾上来了。”

母亲悲哀地哭了起来。

王莹也哭了起来：“还喊着小曲子。”

陈雪雅说：“他这是神志不清了，毒瘾发作就是这样啊。”

王莹哭着说：“小妹，怎么办啊？”

陈雪松如野兽一样地叫喊着：“啊……我要……快……”

陈雪雅说：“马上把他绑起来，送到戒毒所去，让人家给他治疗。”

家人们不动。

陈雪雅命令几个男保安：“快，想不丢掉饭碗的，就把他绑起来，送到戒毒所去……快……”

保安说：“我们都是董事长聘来的，我们怎么可以绑董事长呢？”

陈雪松往墙上撞着，喊叫着：“给我……白粉……我要……白粉……求求你们了，谁给我弄到白粉，我给他发奖金……一万元……”

陈雪雅说：“唉，都是让孙希有害的啊。”

母亲说：“你们看看，多老实的孩子啊，竟然变成了这个样子。”

陈雪雅说：“好吧，你们保安不听话，我只好求助公安局的同志了，我报警。”

王莹拉住了她:“小妹,千万别这样,你大哥刚从拘留所出来,你再把他送进去,他怎么过啊?”

陈雪雅说:“我是为了让他戒毒啊,如果不能戒毒,以后我大哥还不定出什么事呢。”

王莹抹着眼泪,犹豫不决。尽管丈夫总是对她横眉冷对,总是欺骗她,还和别的女人约会睡觉,但是王莹却总是不忍心让丈夫吃苦受罪。

母亲说:“你小妹说得对,咱们就狠狠心送他到戒毒所吧,这样他也许会变好,要不这个孩子就完了。”

第三章　李代桃僵

孙朴直希望自己或者儿子担任总经理，来一个李代桃僵。而陈夫人则让女儿陈雪雅担任了公司的董事长兼总经理。孙朴直的野心被董事们看出，董事们也都支持陈雪雅。

陈雪雅逼迫孙朴直下台，不再担任副总经理，而是把这个位子让给了他的二儿子孙希罕。

9

陈雪雅现在完全变成了另外一个人。黄色的假发披散在肩膀上，鼻梁上架着一副黑色的宽边眼镜。衣服是随意在夜市买的便宜货，前卫但不结实，下身是牛仔裤，脚下是高跟皮鞋。

她是从一个杂志上知道这个地方的。那个杂志说，这个地方虽然破烂，远在郊区，但是有很多艺术家居住，是成名艺术家的摇篮。现在很多成名的艺术家都曾经在这个地方居住过，闯荡过。关键是这里有许多沙龙，每个沿街的房子，都是茶馆、酒馆、咖啡厅，都是那些落魄的艺术家开的。

她不敢开父亲那辆奔驰汽车，担心被别人发现，而是坐出租汽车来的。出租车司机将她带到了这个地方，她给了司机 100 元钱，下了汽车，慢慢地在那条肮脏的街道上走着。

秋天的夜晚是美丽的，特别是郊外秋天的夜晚，没有汽车喇叭声和马达声，没有汽车尾气，更没有大烟囱排放的污浊气体。天是洁净的，每个星星都好像格外明亮。她特意抬了一下头，看了一下那越来越圆的月亮，心想谁说有月亮的天空星星就特别稀少呢，这里就是星星和月亮共繁华啊。

每个街道上的酒馆、茶馆和咖啡厅几乎都开着门,里面几乎都不装修,特别的随意。偶尔有装修过的,反而显得有些不合时宜。都是农村的没有了油漆的破旧桌子,周围围拢着打扮并不时髦甚至有些邋遢的男人和女人,大声地毫无顾忌地谈论着艺术、足球、咖啡和性。

陈雪雅也说不清楚为什么想到这个地方来,也许是最近自己太压抑、太痛苦、太郁闷了。反正夜里,她灵感一现就想到了这里。这里和那个杂志上说的真的一样,那么破,那么脏,那么简陋,那么……说不清楚,反正和自己想象的一样。

其实,她小时就有当艺术家的梦想,她学过钢琴、油画,还学过舞蹈,甚至还写过诗。她上高中时本来想上文科班,希望以后学艺术或者文学,可是父亲却坚持要她学管理。唉,现在想起来,如果自己真的成为诗人会怎样?也许就不会面对公司那上亿元的资产,上千人的员工,不会面对父亲的仇人,不会面对那些枯燥的数字报表和经营策略发愁了吧。

她慢慢地走着。

夜晚的秋风很凉,从她裸露的脖子及前胸钻进了她的身体,她不禁打了个寒战。

忽然,她听见路旁的一个咖啡厅里面传出一个男子的声音,那声音真好听,就像磁石一样吸引着她,她已经很久没有听见这么好听的男人的声音了。

她希望马上找个地方暖和一下,另外,也是这声音的吸引,她走进了那个叫天使的咖啡厅。

咖啡厅里很昏暗,只有一只蜡烛燃烧着,蜡烛的火苗在人们喷出的烟雾中摇晃着,蜡烛周围是一群男女,可笑的是他们手里拿的不是咖啡而是酒。他们有的端着酒杯,有的干脆握着二锅头瓶子,拼命地往嘴里灌,还有的叼着香烟,时而吸进烟雾,时而将烟雾吐出来。

一个大胡子男人正在高声阔论:“你们知道什么叫做超现实派吗?超现实派认为现实世界之外还有一个梦幻世界的存在,因此画面全都是梦境幻觉中出现的险境。”

陈雪雅走进咖啡厅,竟然引起了那个大胡子男人的注意,他突然停止了讲话,注视着陈雪雅。那些围拢在他身边的人,也停止了注视大胡子,将目光转向了陈雪雅。

陈雪雅忽然觉得脸颊有些发热,被这些人这样注视着她不知如何是好。虽然她也接触过艺术家,但是没有同时接触过这么多,这是艺术家的沙龙啊。

大胡子先发问:“我怎么没见过你?”

陈雪雅问:“你们这里不是咖啡厅吗,不对外营业吗?”

大胡子嘿嘿地笑了起来:“啊,原来是喝咖啡的啊。当然欢迎,我是这里的老板。看,我都忘记我开的是咖啡厅了,因为来的人都要喝酒,所以我也就没有煮咖啡。”

陈雪雅不知该如何面对这些人,是退出来呢,还是继续和他们攀谈?自己就是来开心放松的,现在反弄得这样紧张,这是何必呢?

大胡子将一个酒杯递给了她:“我这里有葡萄酒、白酒、啤酒,你想喝什么?”

陈雪雅:“不,我不能喝酒。”

大胡子:“既然来了,就是沙龙的朋友,怎么能不喝酒呢?”

大胡子将啤酒倒进陈雪雅的酒杯子里,不管她愿意不愿意就说:“请,干杯,祝贺咱们相识。”

陈雪雅将啤酒喝了一口:“谢谢。我刚才听见你们讲超现实派,我非常想听,你们继续谈啊。”

大胡子问道:“你也喜欢超现实派的作品?”

陈雪雅羞涩地说:“我看过达利的油画《记忆的永恒》。”

陈雪雅发现那些艺术家们的脸上立刻生动起来,他们羡慕地看着她:“你真的看见过那油画?”

陈雪雅点头。

大胡子问道:“你出过国?”

陈雪雅:“是啊。”

大胡子问道:“学艺术?”

陈雪雅摇头:"不,不是,我就是喜欢。"

大胡子微微笑着:"啊,你叫什么名字? 到这里来,就算认识了啊。"

陈雪雅迟疑了一下,想起刚才门口的牌子,就说:"我叫安琪儿。"

大胡子和众人都笑了起来。

大胡子说:"不,你的名字肯定不是真的。不然为什么和我的咖啡厅同名?"

陈雪雅也微笑着说:"不,是真的。就是因为同名,你这咖啡厅才吸引我进来了。"

大胡子点头:"好吧,你就说说你对超现实派的高见吧。"

陈雪雅脸颊越发地发热:"别,在你们这些艺术家面前,我怎么敢班门弄斧呢。"

大胡子摇头:"我看出来了,你就是个艺术家。"

陈雪雅问:"天,你怎么就看出我是艺术家呢?"

大胡子:"你具有艺术家的气质。看,你的眼睛那么幽雅、忧郁。"

陈雪雅急忙捂住自己的眼镜:"啊,我戴着眼镜,你还看见我的眼睛了,而且蜡烛那么昏暗。"

大胡子说:"是啊,艺术家就是有一双洞悉世界的眼睛,一双忧郁的眼睛。正好,我的眼睛可以洞悉一切,而你的眼睛又是那么忧郁,所以……"

陈雪雅问:"所以什么?"

大胡子哈哈笑着:"所以,我们就是知音了啊。"

陈雪雅被这大胡子的开朗活泼潇洒激发出活力,索性将酒杯举起:"好吧,就庆祝我们认识吧,还不知道您的名字呢?"

大胡子:"我也叫安琪儿。"

陈雪雅不相信地看着大胡子那双深邃的目光:"取笑我?"

大胡子的嘴唇特别有特色,非常温柔,就像专门是为亲吻女人生的。陈雪雅注视着大胡子的嘴唇:"真的吗?"

众人都说:"是真的。不然,他的咖啡厅怎么就叫天使呢!"

陈雪雅有些兴奋了。自从父亲死后,自己还是第一次这样兴奋。看来自己的确不虚此行啊!

大胡子指着墙上的画说:“看,这就是我的超现实派的作品。当然,不敢和达利相提并论,可是在中国,还应该是首屈一指的吧?”

画面是痛苦的梦境世界。画面当中有美元、英镑、欧元,而被这些强势金钱挤压的人的脸已经扭曲,眼睛变成了吸尘器,嘴巴变成了喇叭,鼻子变成了枪。

说句实话,这画作技法一般,构思也一般。但是在这普通的艺术家里,你还想寻找出类拔萃的画作吗?不过,思想还是有的。

大胡子逼问着陈雪雅:“安琪儿,我的画怎么样?”

陈雪雅支吾着:“应该说,这作品思想大于形式。”

大胡子显然有些不高兴:“你的意思是我的技法不成熟?”

陈雪雅微笑着不说话,只是慢慢地品着啤酒。

大胡子为了掩饰尴尬,忽然高声叫唤了一句:“来,知音朋友们,来跳舞吧。”

一个女孩将CD机打开,激动人心的摇滚音乐在这小咖啡厅响起。

大胡子自己先手舞足蹈起来。陈雪雅也跟随着大胡子手舞足蹈起来。

大胡子俯在陈雪雅的耳边说:“这里就是你说得是实话,他们都奉承我,说我是中国的达利。”

陈雪雅问道:“为什么奉承你?”

大胡子嘿嘿地笑着:“还不是为了在这里蹭我的酒?”

陈雪雅恍然大悟似的:“啊,原来他们不是真心说你好啊。”

大胡子说:“他们这群艺术家都是自恋狂,不会说别人好的。”

陈雪雅反驳道:“刚才,你还说他们说你是中国的达利呢。”

大胡子叹息道:“这就是我画的主题,在金钱和生存的压力下,人们的心都变形了。”

陈雪雅说:“我也奉承你一句吧,你还挺有思想的。”

大胡子得意地说:“什么思想啊,还不是现实生活的体验!”

陈雪雅忽然问道:“你很有钱吧?”

大胡子急忙否认道:“不,我怎么会有钱呢?有几个有钱人来这里的,来这里的都是没有成功的人,穷困潦倒的人。”

陈雪雅一双美丽的眼睛紧紧地盯着大胡子的眼睛："既然没有钱，为什么让人家蹭酒喝？"

大胡子叹息道："没有办法，我已经借了十万元了。"

陈雪雅问："跟谁借的？"

大胡子可怜兮兮地说："跟我的一个长辈，他有钱。"

陈雪雅刚将杯中的啤酒喝光，大胡子又给她倒了白酒。在这样的环境中，陈雪雅只好学着其他人的样子，将杯中的酒喝干净。

她有些醉了，急忙扶着门框，走出门，向出租车招手。

大胡子追出来："小姐，给我个名片啊。"

陈雪雅坐在出租车上，睁开了一只眼，喃喃地说："艺术家，有几个有名片的？"

大胡子拿出画笔："那也应该留给电话号码啊。"

陈雪雅说："放心，周末我还来。"

大胡子像是恋恋不舍地向她招手："说话算话啊。"

10

孙家的院子里，一弯月亮高高地挂在殷实的葡萄架上，给院子投下斑驳陆离的影子。

孙朴直在葡萄架下呆呆地坐着，如梦一般。头上是硕果累累的果实，红的如宝石，绿色的如玛瑙。平时孙朴直就喜欢在葡萄架下欣赏着自己的劳动成果，这些葡萄，都是他亲手栽种的，亲自给它们浇水、剪枝，就像对待自己的孩子。如今大儿子让公安局抓去了，眼看就要判刑，他不禁见景生情，潸然泪下。这对待陈雪松的主意，都是他想出来的然后又支使儿子干的。如今儿子替自己背了黑锅，进了监狱，自己到底该怎么办呢？

他做梦都没想到事情的结局完全出乎他的预料，不仅不能把陈家的大权夺过来，反而把自己的儿子也搭进去了。唉，早知如此何必当初呢！他现在才感到奇怪，自己堂堂一个大企业家，怎么会给儿子出这个主意，毫无道德底线，甚至是下三烂的计谋。

妻子走了过来，给他披了件毛衣说："秋天凉，别在外面坐着了。"

孙朴直叹息了一声："唉，我是发愁啊。"

妻子催促着说："总在这里发愁有什么用处啊，想办法找找门路，把孩子弄出来，别让孩子蹲监狱啊。"

孙朴直说："找了，人家说孙希有犯了胁迫别人卖淫罪，还有什么引诱别人吸毒罪。"

妻子说："哎呀，这要判刑了吧？"

孙朴直说："差不多。"

妻子哭了起来："全都怪你，说要笑里藏刀，要趁火打劫，趁机把陈雪松整垮，然后你们父子就可以当总经理了，孩子就是听从了你的话才这样做的啊。"

孙朴直说："你这样说，好像是我教唆孩子似的。好了，我马上就去自首，让孩子出来，我替他蹲监狱好不好？"

妻子说："也怪那个陈雪雅太厉害了，竟然不顾情面，把咱们儿子送到监狱去，忘记咱们是世交了。"

孙希罕走来，埋怨地说："是你们忘记了咱们两家是世交，你们想想是不是这样？你们怎么能做这种事呢？这是迫害人家陈雪松啊。"

孙朴直看着二儿子，眼睛一亮说："儿子，有办法了。"

孙希罕看着父亲问："什么办法？"

孙朴直说："你愿意救你哥哥吗？"

孙希罕说："手足之情，怎么不愿意呢？"

孙朴直又问："你跟陈雪雅的关系到底怎么样？"

孙希罕说："我们就是同学关系啊。"

孙朴直说："哎呀，废物。我不是说过，那个陈雪雅非常有用，你如果追到她，就可以成为这个公司的顶梁柱了，就可以和陈雪松较量一番了，就可以成为总经理了。因为，陈雪雅的母亲，再加上陈雪雅的资金、地位，完全可以推举你接替陈雪松成为董事长或者总经理。"

妻子不满地说："哎呀，大儿子进了拘留所，你还念念不忘你的董事长和总经理。"

孙朴直说："我们男人和你们女人不一样，男人，就是要追逐权力和金钱。俗话说,大丈夫不可一日无权。两者比较,权力比金钱还重要一些。”

孙希罕垂头丧气地说:“我不明白,你们想让我干什么。”

孙朴直说:“废物,悟性如此差,我白送你到国外留学了。”

孙希罕说:“我的确不明白,你到底要我干什么,我和陈雪雅的关系,对救我大哥真的那么重要吗?”

孙朴直说:“当然重要。如果你是陈雪雅的未婚夫,那就可以求陈雪雅别起诉你大哥了,咱们私了。”

妻子说:“不是陈雪雅的未婚夫,也可以求求陈雪雅啊。”

孙希罕说:“唉,我也是正人君子,可我的哥哥、父亲,竟然为了权力,引诱人家的哥哥,还有逼良为娼,你们说,我怎么有脸见陈雪雅,还向人家求情啊。”

母亲说:“你如果不去,你爸爸也许也要进监狱。”

孙朴直说:“只要陈雪雅不起诉,我就可以躲过这一劫。”

母亲说:“为了你爸爸,你就去吧。”

孙希罕说:“好吧,我去丢脸吧。”

孙希罕下了汽车,走进陈家大院的时候,心里还是忐忑不安的,觉得自己的脸颊发热。本来他在陈雪雅面前就有点自卑,担心陈雪雅瞧不起自己,轻视了自己。没想到越是这样,自己的家人就越是做出那些龌龊的事情,让陈雪雅嗤鼻,让外人耻笑。就凭这个,自己也没脸追求陈雪雅啊。陈雪雅多高尚啊,多纯净啊,她怎么会容忍、接受一个龌龊家庭的子弟呢?!可是为了父亲和哥哥,他又不得不来到陈家。他站在门口犹豫了一会儿,最后还是硬着头皮走进了陈家的客厅。

孙希罕面带羞赧地对陈雪雅和陈夫人说:“我是来向你们道歉的。我大哥竟然做出那种事,我真遗憾,也很惭愧。”

陈雪雅望着他说:“这件事情不是你做的,你何必惭愧呢?”

孙希罕说:“可是,我……也是孙家人,我怎能不感到内疚呢?”

陈雪雅说:“唉,为了权力,为了金钱,为了欲望,现在的人啊,真是欲望大膨胀,胆量大膨胀,手段大膨胀。”

孙希罕说:“我希望看在咱们两家世交的面子上,你们陈家能够原谅我们孙家。”

陈雪雅问道：“怎样原谅呢？”

孙希罕说：“就别起诉我们家人了。”

陈雪雅说：“你大哥触犯了法律，他组织卖淫，胁迫卖淫，引诱别人吸毒，他应该受到法律的惩处。公安局说，不能放过他，一定会将他移交到法院的，我也没有办法了。”

孙希罕叹息道：“我大哥……的事情，你没有办法，可是，我爸爸……就别追究责任了，别起诉我爸爸了，他那么大年纪了，也是你爸爸的老朋友，一时糊涂，就铸成大错，你就原谅他吧。”

陈雪雅说：“好吧，我就原谅你爸爸，我的孙伯伯。”

陈夫人叹息道：“没有想到，孙朴直竟然做出这样的事情来。”

孙希罕说：“我再次代表我爸爸向伯母道歉，向陈雪松大哥道歉。”说完，他深深地鞠了一躬。

陈夫人说：“手段也够毒的。”

孙希罕说：“我实在没想到他们会这样。”

陈雪雅说：“那就看在你的面子上，我们就原谅他吧。”

孙希罕说：“那，我是实在是太感谢了。”

陈雪雅又问：“你还去读博士去吗？”

孙希罕说：“回去，为什么不回去呢？好不容易去国外留学，怎么说也要毕业，拿到博士学位再回来啊。”

陈雪雅说：“我就不回去了，你一个人走吧。”

孙希罕惊讶地看着陈雪雅说：“为什么？应该争取毕业啊。”

陈雪雅说：“你也看到了，我爸爸去世了，大哥又是这样的不争气，家里公司里全都指望我呢，我要退学。”

孙希罕说：“我说一句话，你千万别生气。”

陈雪雅说：“说吧。”

孙希罕说：“其实，即使你大哥不行，公司还有王伯伯和我爸爸呢，他们全都是老资格的企业家，都比你有经验；家里呢，伯母年纪并不大，也能管好家，所以你应该继续读书把学位拿回来。”

陈雪雅说:“也许……我是为了自己。我留下,是因为我不想读书了,我想马上投身到商海中去实践。再说我已经是硕士了,在国外读书不过是为了拿博士学位,没有这个博士学位,我也一样可以干一番大事业。”

孙希罕说:“如果你不回去我也不回去了。”

陈雪雅说:“你是为什么啊?”

孙希罕说:“我的理由和你的理由是一样的,就是不想读书了,要马上投身实践。”

陈雪雅说:“其实你是读书的料儿,应该马上回去。”

孙希罕说:“你才是读书的料儿呢,你的学习成绩比我好。”

陈雪雅说:“好了,我不劝你了,你自己选择吧,反正我是不想回去读书了。”

孙希罕说:“好吧,咱们一起留下来,在公司里干,振兴咱们的三人公司,一定要把奔马公司超过去。”

陈雪雅说:“我也是这样想的。”

孙希罕说:“这么大的事情,我要先说服我爸爸妈妈。”

孙希罕走出了陈家。

陈夫人冲着孙希罕远去的背影说:“孙家,就这一个像样的人才。”

陈雪雅说:“是啊。”

陈夫人说:“他……没有追求你吗?”

陈雪雅说:“妈妈,怎么看见男人就认为人家在追求我呢?”

陈夫人说:“我看孙希罕不错,可以谈谈。”

陈雪雅说:“到现在为止,我还没有对他产生爱情,他好像也没对我产生爱情,以后的事情,难说。”

陈夫人说:“可是你的年龄也不小了。”

陈雪雅说:“我宁可等几年,也要等到一个真正爱我我也爱他的人。”

陈夫人说:“好吧,千万别等到30以后啊。”

陈雪雅说:“在国外,30多岁的单身女人非常多,没什么的,妈妈。”

母亲叹息着:“想起来,全都是不愉快的事儿。”

陈雪雅说:“妈妈,我看咱们就别起诉孙朴直了。”

母亲说:“好吧,就依你。”

陈雪雅说:“可是咱们也要来一个趁火打劫。”

母亲看着她:“怎么个打法?”

陈雪雅说:“他们趁我爸爸去世向咱们发动了攻击,咱们不能等闲视之,应该趁热打铁,一举将孙朴直打败,让他不敢再窥伺总经理的位子了。”

母亲问道:“你不是说不起诉他了吗?”

陈雪雅说:“我们可以不追究他的法律责任,但我们不能再重用他了,不要他当副董事长兼副总经理了。如果他不愿意,咱们就要挟他,说要起诉他,把他送进监狱去。”

母亲说:“这未免太狠了吧,咱们可不能学孙家的人,咱们应该以慈善为怀啊,宽容为本啊。”

陈雪雅说:“要挟他,就是让他退位。不然我当了董事长、总经理,身边有这样一个心胸狭窄、自私自利的老年人在一旁捣乱,我怎么干事业?”

母亲说:“对了,应该马上召开董事会了,让你大哥下台,你接替你大哥担任董事长兼总经理。”

陈雪雅说:“我好像是篡夺权力的武媚娘。”

母亲说:“不是你的主意,是妈妈的主意,你没有错。为了家,为了公司,咱们必须这样做。”

陈雪雅说:“大哥也会认为咱们是趁火打劫,趁大哥遭到拘留,就……”

母亲说:“如果再迟疑下去,咱们公司就完了,让你大哥败家败光了啊!王云舟已经婉转地说过这个话题了,咱们家可以让你大哥败,可是公司是大家的,人家有股份,不能这样败下去了。”

陈雪雅说:“妈妈,您怎么也变得这样坚定了?”

母亲说:“跟你学的,女人也要坚定坚强啊。”

母女两人互相望着,希望从对方那里得到一些力量。

11

王云舟走进陈家客厅。王老先生是个慈眉善目的老人，目光和蔼，面带笑容。

王莹和陈夫人、陈雪雅急忙迎接。

陈雪雅叫着："王伯伯好。"

王云舟说："好闺女。"

陈雪雅说："快请坐，王伯伯。"

陈夫人说："我家儿子不争气，让你的女儿受了委屈，我向你道歉了。"

王云舟问道："听王莹说陈雪松变成这个样子，全都是孙希有引诱的，它买通了妓女引诱陈雪松是吗？"

陈夫人说："也是这个孩子意志不坚定，染上了好多坏毛病，孙希有已经被公安抓去了。"

王云舟说："孙朴直一直是心怀不轨，野心勃勃，希望公司全都归他家所有。希望天下的金钱、权力全都归他一个人，用计谋害人，这已经不是第一次了，我知道的就有很多次了。"

陈夫人说："唉，全怪我家儿子不争气啊。"

王云舟说："抓紧治疗，到戒毒所戒毒，我看还是可以改好的。"

陈夫人问道："兄弟，你说以后的事情怎么办呢？"

王云舟沉吟着："这个……我听王莹说了，大嫂的意思是让女儿代替儿子担任董事长兼总经理，是吗？"

陈夫人问道："你看行不行？"

王云舟说："好啊，这个闺女在外国读的就是经济管理，我看她可以。上次她出主意，切断奔马公司的原料来源，确实让奔马公司着急了一回，也教训了他们一次，听说他们也停产了几天，损失不小呢。而我们公司那几天确实销售量大增。哈哈，这个闺女是好苗子，我看可以。"

陈夫人说："就是……她是个女孩。"

王云舟说："女孩怎么了，中国自古就有巾帼不让须眉之说，穆桂英就是女的啊，哈哈……"

王莹和陈雪雅也高兴地笑了起来。

陈夫人说:“陈雪松是王莹的丈夫,可王莹也支持陈雪雅担任董事长兼总经理,你们父女的境界的确是一般人不能比啊。”

王云舟说:“还是应该以公司的利益为重。公司就是一条大船,这个大船载着咱们三家人和全公司的员工呢,公司这个船漏了,船沉没了,咱们三家人,全都没有经济来源了,所以,还应该以公司的利益为重啊!我支持这个决定,让陈雪雅担任董事长兼总经理。”

陈雪雅起身给王云舟鞠躬:“谢谢王伯伯。”

陈夫人说:“你们家和孙家是大股东,你们两家如果同意,我看这件事就好办了。”

王云舟说:“董事长必须由你们家的人担任,总经理吗,我也同意陈雪雅担任,不过孙朴直不一定支持这个决定。他历来主张他自己担任总经理,反对你们家的人出任总经理。”

陈夫人说:“在董事会上讨论总经理的时候,希望兄弟你多说几句吧。”

王云舟说:“自然,自然。我坚决支持陈雪雅担任总经理。”

王莹说:“我也想加入公司的工作,爸爸,你们支持我吧。”

王云舟说:“你婆婆不反对,我怎么会反对呢?!”

王莹说:“我要好好向小妹学习。”

陈雪雅说:“大嫂,你可比我强啊。”

王云舟说:“王莹不如你。但你过去只是学习了理论,还没有实践经验,千万不能拒绝实践啊。”

陈雪雅说:“我会向王伯伯请教,把伯伯当成老师。”

王云舟叹息道:“我也老了,你们现在的知识、管理理论,我全都不懂。”

老人说完,就告辞了。

王莹送走了父亲,回到了自己的卧室。

她走进卧室,观察着陈雪松。自从丈夫进了戒毒所,已经基本戒毒了。所以王莹让人将丈夫接了回来,她是可怜丈夫,担心丈夫受折磨。其实,她对眼前这个男人,一点爱情也没有了,她这样的女人,是个对待爱情很不挑剔的人,不美,追求的人又非常少,自己也就对男人不那么苛刻挑剔了。父亲和陈雪松的父亲希望她和陈雪松结婚，她就任凭老人们的决定了。因为她接触的男人太少了，谈过恋爱的男人更少。但王莹又是个及其善良的女人，也是个守妇道的女人。在家，尽的是女儿的责任；出嫁了，就尽妻子和儿媳的责任。

陈雪松躺在床上，脸色蜡黄，一副病态。

王莹端着药喂他。

陈雪松问道："这是什么？"

王莹说："医生给的药啊，是治疗毒瘾的。"

陈雪松说："不，你们只有给我注射，我才喝这个药。"到了家里，陈雪松的毒瘾又开始发作。

王莹说："那样不是互相抵消了吗？"

陈雪松说："你们可怜可怜我吧，我要白粉，我实在难过痛苦啊。"

陈雪松说着，就将那个杯子打碎，喊叫着："给我买白粉去……快……快……"

王莹说："不行，再戒毒不成功，还送你到戒毒所。"

陈雪松说："我不去，那里没有自由，千万别送我到戒毒所。"

王莹说："如果你不去，就好好地在家里实行戒毒计划，好吗？"

陈雪松说："我实在难受啊。"

王莹说："大夫说了，过了这个阶段就好了。"

陈雪松说："我现在恐怕过不去了啊。"

王莹说："咬牙就能挺过去了，想想自己的前途，想想这个家，想想孩子，想想我……"王莹流出了眼泪。

陈雪松说："我对不起你……"

王莹难过地说："你还知道对不起我，竟然在外面和妓女鬼混，我想起来就心如刀绞。你说，你变成什么人了？"

陈雪松看着一点也不美丽性感的妻子说："咱们离婚吧。"

王莹说："不，现在我不想抛弃你，你在危难之中，我抛弃你不道德。"

陈雪松说："我已经让小曲子迷上了，我离不开小曲子了。我已经答应她，要娶她做妻子……"

王莹愤怒地将床上的东西砸向他："你这个无耻的东西，竟然堕落到这种地步，吃喝嫖赌，还要娶一个妓女当妻子。好，我走，咱们离婚。我再也无法忍受了，咱们马上就离婚……"

陈雪松说："好啊，你说什么时候离，我就马上娶小曲子。"

王莹跑了出去，一会儿，将婆婆和陈雪雅领进屋来。

陈夫人对儿子说："你的一切过错都是由于你的地位、权力和金钱造成的，你是一个意志薄弱的人，没有一点自制力，因为有了金钱、地位、权力，你才有了这些毛病，这些过错。从现在起，我希望你别再担任公司董事长兼总经理了，马上把印章拿出来，交给我。"

陈雪松问道："为什么？"

母亲说："为了挽救你，为了公司的利益，也为了我们家。"

陈雪松问道："我是这个家的顶梁柱，我不担任董事长，谁担任？"

母亲说："由你妹妹担任。"

陈雪松清醒了，看着母亲："妹妹？"

母亲说："是你妹妹，担任董事长兼总经理。"

陈雪松笑了起来："笑话，一个黄毛丫头，怎么可以担任董事长兼总经理？还不让人笑话，说我们陈家没有男人了？"

母亲说："你才让人笑话呢！人家说我们陈家多了一个败家子，一个吃喝嫖赌的浪荡公子，一个纨绔子弟，一个不会赚钱只会花钱的混账。"

陈雪松说："人活在世上就应该享受。不然，留着那么多钱干什么，还不是白白地耗费了生命？"

母亲训斥着："住口，那些钱是你爸爸辛苦赚来的，不许你挥霍。你上任一个月就挥霍了上百万了，你知道吗？"

陈雪松说："那有什么，咱们是大公司，咱们还有几千万，上亿呢。"

母亲说："那是公司的钱。"

陈雪松说："公司公司，公司还不是咱们家的钱，咱们家占50%的股份呢，不花白不花啊，给别人留下金钱干什么呢？"

母亲被儿子气得颤抖，脸色铁青道："胡说，满嘴胡言乱语，马上把印章拿出来。"

陈雪松说："我是儿子，我继承了父亲的财产、权力，谁也不能改变这个事实。"

母亲说："你妹妹也有继承权。"

陈雪松哼了一声，说："我怀疑，你是不是我的亲妈。"

母亲说："越发胡说了，我怎么不是你的亲妈？"

陈雪松说："你做的事，总是对我不好，对妹妹好。"

母亲说："我是为了这个家，为了这个公司，你明白吗？你只是想着自己的欲望，所以我不跟你浪费时间了，马上把印交出来吧。"

陈雪松说："无论如何我也不会交出公司的印。"

母亲说："在你手里公司早晚要破产的。"

陈雪松说："宁可破产，我也不许别人向我的继承人的地位挑战。"

母亲问道："宁可破产？你也太混账了，公司破产了，咱们一家人怎么生活？"

陈雪松说："你不是还有首饰吗，可以变卖自己的首饰活着啊。"

母亲气恼地说："你真是太不像话了，竟然说出这样的话来。"

王莹说："他还说要和我离婚，娶小曲子为妻呢。"

母亲说："好吧，如果你坚持这样，就让律师来吧。"

陈雪松说："这样吧，你们把你们的财产拿走，我的财产你们给我。我要买白粉，娶小曲子，我需要钱。"

母亲说："你堕落到这种程度，我还会让你掌握公司的大权吗？"

陈雪松说："可是我也有一份财产啊，到哪里我都要自己的财产，这个不违法吧？"

过了一天，陈雪雅的家里来了个律师。

律师带着金丝眼镜，温文尔雅，让别人不得不相信他学识的渊博。

陈家人都坐在客厅里，等待着那个庄严时刻。

母亲介绍着："这位是咱们公司的律师，请律师先生宣读你父亲的遗嘱吧。"

律师宣读道："本人遗嘱，本人在公司占有50%的股份，这50%的股份，分成三份，一份留给我的妻子，占其中的百分之50%，另外两份分别留给我的儿子和女儿,他们各占其中的百分之25%。"

母亲说:"我现在才让律师宣读你爸爸的遗嘱,是因为雪雅刚回来,现在咱们就签字吧。"

陈雪松高喊着:"这是假的……我怀疑它的真实性。"

母亲问道:"为什么怀疑它是假的?"

陈雪松说:"因为我爸爸不可能把财产的一半给你,我是他儿子,他应该给我。"

母亲说:"这是为了让我掌控公司25%的股份,至少可以和其他两家平起平坐,明白吗? 如果咱们分开,咱们就是小股东了,明白吗?"

陈雪松说:"可是,我是他的儿子,这25%的股份,50%的财产,应该是我的啊。所以我怀疑这是假的。"

母亲说:"你可以问律师,律师事务所办理的遗嘱,还有公正。"

律师说:"你不能随便怀疑这个遗嘱的真实性,它现在具有法律效力。"

陈雪松说:"总之,我不承认这个遗嘱。"

律师说:"你可以怀疑,但必须接受这个遗嘱。"

陈雪松说:"不,我不接受。"

律师说:"如果你不接受,那我也没有办法,只有把你的财产和股份搁置起来了,我没有其他办法。"

陈雪松无奈地说:"那……25%的财产,可以马上让我处置吗?"

律师说:"自从发现了你吸毒、嫖娼,我们就冻结了你的账号,这是有法律依据的,也是根据公安局的指示,还有你家人的请求这样做的。"

陈雪松暴跳如雷:"你们要毁了我啊……"

突然,陈雪松再次犯了毒瘾,痛苦地抽搐着。

王莹急忙给他端药。

他把药打翻在地。

律师说:"陈夫人,应该马上把他送戒毒所。"

母亲哭泣着:"好,好,我们送他去。"

律师说:"现在,你们还是先签字,我就完成我的工作了。"

母亲说:"你看,我儿子现在这个样子,还怎么签字啊?"

律师叹息着，摇头："您和女儿先签吧。"

母亲说："好吧，我先签字，我的股份归我的女儿支配。"

陈雪松这时清醒过来，说："你们马上把我的钱给我，我要买白粉。"

律师说："这是……哎，真没想到啊，陈雪松竟然变成了这个样子。"

陈雪松说："我撤出三人公司，你们把我的股份给我。"

母亲说："你啊，把你的毒瘾治好，我们保证把你的股份给你，律师在这里，你有法律保证，我们不会侵犯你的合法权益的。"

王莹说："是啊，应该相信妈妈和妹妹。"

陈雪松说："咱们三人公司的章程有规定，我已经查看过了，不能随便撤出股份，这是为了公司不至于因为股份突然撤出而倒闭。"

陈雪松又说："不撤出也可以，你们必须把我的钱给我，我要买我自己需要的东西。"

母亲说："你啊，除非改了自己的坏毛病，否则我们是不会给你一元钱的。"

陈雪松说："我有章，我还是董事长兼总经理，我可以在公司里支取我的钱，哈哈……"陈雪松摇晃着向外走。

母亲追着他："我告诉你，我们已经通知财务了，以后你的章不起作用了。"

陈雪松气恼地说："你们已经预谋好了，然后再通知我。"

母亲说："为了公司的利益，为了这个家，也为了你，我们只能这么做。"

陈雪松面对着妹妹说："啊，我的好妹妹，刚从国外回来，就导演了这样一场篡夺董事长和总经理位子的闹剧，我原来以为你贤惠、老实，没想到你如此狠毒。"

陈雪雅说："哥哥，你误会、冤枉我了。我愿意回去读书，可为了这个家，为了公司，我牺牲了我的一切。"

陈雪松冷笑道："牺牲，牺牲了你大哥的利益，是不是？为了自己的权力欲望，为了自己的地位、金钱，你就如此地算计你大哥。"

陈雪雅说："大哥，你不能这样冤枉我。"

王莹说："是啊，是我和妈妈求小妹留下的，你已经不中用了，已经腐败了,还不许撤下你这所谓的顶梁柱,换一个新的吗?”

陈雪松说:“哈哈,你们都想撤下我,连我的妻子也想撤我,是吗?”

王莹说:“是你想换了我,想娶小曲子为妻。”

母亲说:“没有了金钱,小曲子就会逃之夭夭的。”

王莹说:“我现在是为了这个家,为了母亲,为了小妹才留下的,为了你我早就走了。”

陈雪松喊叫着:“哈哈……你们全都走吧……走吧,我自己留下来,哈哈……”

母亲说:“如果不是你妹妹接手这个公司,三人公司就完了,咱们这个家就完了。”

12

三人公司会议室里,气氛非常紧张。孙朴直和王云舟不断地吸烟,使会议室里烟雾缭绕,看不清楚人们脸上的神情。荧光灯发出惨淡的光,照得烟雾越发浓郁。

陈夫人、陈雪雅、陈雪松、王莹、孙朴直、王云舟,还有几个小股东都围着桌子坐着。

陈夫人扫了各位股东一眼说:“各位董事,你们知道了,我陈家的股份,我丈夫分成了三份,一份是我的,占50%,占有公司的25%,其余的由我儿子和女儿平分。现在我们陈家决定由我女儿陈雪雅代替陈雪松担任公司的董事长兼总经理。你们是否同意?”老太太神情严肃。

陈雪松蜡黄的脸上一副怒容,说:“我可没说同意。”

陈夫人说:“其实,没有陈雪松的支持,我的股份和陈雪雅的股份加在一起,照样是公司的最大的股东,我们照样可以担任公司的董事长。”

孙朴直说:“我对你们家的人担任董事长没有异议,但是,希望你们把总经理的位子让出来,由我担任公司的总经理。”孙朴直将香烟头狠狠地按在了烟灰缸里。

陈夫人问道:“这是为什么?”

孙朴直说:“因为你们陈家没有适合担任总经理的,而我是公司老一代的创业者,也是不小的股东,关键的问题是,我可以率领公司转危为安,扭转目前的亏损局面。”

陈夫人说:“我认为亏损是陈雪松造成的,所以我们才李代桃僵,让陈雪雅代替陈雪松担任董事长任总经理。”

孙朴直说:“陈雪雅还是孩子,不能担任总经理。”

陈夫人说:“18 岁以上就不是孩子了,况且陈雪雅已经有硕士头衔,博士也差不多了,怎么说是孩子呢?”

孙朴直说:“我认为任何公司都应如此。担任董事长的,不一定是总经理,总经理应该是有经验的企业家,我就是这样的企业家。我的资历相信你们都知道吧,陈雪雅再过 20 年恐怕也不能赶上和超过我吧?”

陈夫人看着王云舟。

王莹也向父亲使着眼色。

王云舟说:“我支持陈雪雅担任董事长兼总经理。因为这孩子在外国的名牌大学学的就是经济管理,而且硕士毕业了,博士也快拿到手了,有这样的能力。还有人家陈家的股份占了公司一半,咱们不能改变这个事实。”

孙朴直看着王云舟:“如果我支持你担任总经理,你会同意吗?”

王云舟急忙摆手:“不,我不会同意,我没有这个能力。我只能坐享其成,享受我的利润。”

孙朴直说:“我有这个能力,我的能力大于陈雪雅几十倍。”

王云舟说:“公司的章程里写得很清楚,董事长兼任总经理。”

孙朴直说:“咱们应该改改这个章程了。”

王云舟说:“那不是你说得算的。”

孙朴直说:“你们知道现在的形势是什么?自从老陈去世以后,咱们的对手,特别是奔马公司对咱们虎视眈眈,几次挑起事端,釜底抽薪,挖走我们的工程师。我们公司呢,却重用了陈家的陈雪松,一个败家子,把公司整得亏损,使公司的市场份额急剧减少,现在几乎只有过去的 10% 了,我们还不应该清醒吗?还让陈家人这样糟蹋公司吗?如果我们再不换有经验的总经理,我们公司的前景就完了,马上就要倒闭了。”

王云舟说："老孙，你还是别和人家孤儿寡母抢夺权力了吧。"

孙朴直说："不，我一定要争总经理这个位子，为了公司，为了公正，我就要当这个总经理。我支持陈雪雅担任董事长，但是我要当这个总经理。"

陈雪雅说："你们听听这个录音，就知道孙朴直先生是什么人了，这样的人，我想是不应该担任总经理的。"陈雪雅说着，打开了录音机。

录音机里传出孙希有的声音："我为了父亲的心愿，为了让陈雪松下台，就让人勾引陈雪松，让陈雪松吸毒。另外，收买妓女和陈雪松睡觉，还给陈雪松注射毒品，让他垮掉，这些都是我爸爸的主意……"

众人惊愕地看着孙朴直。

孙朴直脸色苍白，尴尬地为自己申辩着："这个录音是假的。"

陈雪雅说："我还有你二儿子求我们不起诉你的录音，我还放这个录音吗？"

孙朴直垂头丧气地低下了头。

陈雪雅说："我不起诉您了，孙伯伯。但是您也不能担任副总经理了，应该由您的儿子孙希罕担任副总经理，您可以担任副董事长。"

孙朴直擦着冷汗说："我想想。"他就像被霜打了的茄子似的，没精打采地低下了头。

陈雪雅说："您应该享受了，已经60了，还这样操劳干什么呢？"

陈夫人说："老孙，咱们是世交，你不能这样害我们陈家人啊，把陈雪松害成这个样子，我应该把你送进监狱。可是，看在你们和我们是世交的面子上，我们就不起诉你了。但是你应该知趣啊，别这样挤对我们陈家人了，如果你二儿子真的有能力，我们将来可以让孙希罕担任总经理，但现在我们不让出总经理的位子。"

陈雪雅进一步施加压力说："希望您在退位和受到起诉两方面，选择退位。但是，选择退位并不是选择退出副董事长的位子，您还可以继续担任副董事长，而您的儿子孙希罕担任副总经理，这样实际上您家是占了便宜了，您说呢？"

孙朴直无可奈何地说："好吧，我只好如此了。"

王莹看着父亲说："爸爸，您怎么想的？"

王云舟开玩笑说:“怎么,你们也要逼我退位吗?”

王莹说:“天下是你们老年人的天下,但更是我们年轻人的天下啊。”

陈夫人笑着说:“也许他们年轻人会干得比咱们更好呢。”

王云舟说:“好吧,我也选择担任副董事长,把副总经理让给我的女儿王莹。”

大家都鼓掌。

王云舟说:“但是,我们担任副董事长并不是没有权力,在重大决策方面,我们还是要参与意见的。”

陈雪雅说:“当然,您和孙伯伯的经验就是我们公司的财富,也是我们公司的无形资产啊。”

第四章　抛砖引玉

奔马公司和三人公司全都生产保暖内衣,保暖内衣的原料竞争,也就成了两大集团竞争的焦点。

生产保暖内衣原料的公司经理,两面讨好,又两面挑拨离间,挑起双方的价格大战,陈雪雅抬高了价格,而为了迫使三人公司停止生产保暖内衣,奔马公司竟然将保暖内衣的原料全部包下。

13

孙朴直走进院子,摘下帽子,露出光脑袋。他站在葡萄架下,仰面长叹了一声:"唉,今生看来我是没有机会出头了……"

妻子急忙走出,问道:"会议怎么样,你担任总经理了吗?"

孙朴直摇头叹息着,坐了下来。

儿子孙希罕说:"我还是决定留下来,和陈雪雅一样退学,在国内干一番事业。"

母亲说:"就是可惜了点儿,几年的博士白念了啊。"

孙希罕说:"也许以后还有机会,不愿工作了,再到国外读书,也是可以的。反正他们是学分制,我可以休学。"

妻子问丈夫:"到底怎么样?"

孙朴直说:"他们要我继续担任副董事长,把副总经理的位子让给孙希罕。"

妻子笑着说:"还是没有斗过陈家人啊!"

孙朴直叹息道:"在公司里股份就是决定一切的权力,谁让咱们家的股份少呢?"

妻子说："让儿子担任副总经理，是好事还是坏事？"

孙朴直说："也许是好事。"

妻子说："儿子更斗不过陈家人。"

孙朴直转向二儿子说："儿子啊，我希望你继承父亲的副总经理的位子，以后再代替陈雪雅，担任公司的总经理，也来一个李代桃僵。"

孙希罕说："其实，陈雪雅比我有才华，他担任总经理更合适。"

孙朴直骂着："没有用处的东西，竟然臣服一个女人。"

孙希罕说："女人也是人，只要她的本领比我们大，我们都应该臣服她啊。"

孙朴直说："我就有这样一个愿望，就是希望咱们孙家人代替他们陈家，担任公司的总经理甚至董事长，明白吗？"

孙希罕问父亲："如果实在想担任董事长和总经理，何不自己成立一个公司呢？"

孙朴直叹息了一声说："我盘算过了，咱们现在的资金少，没有竞争力，如果自己成立一个公司，必然要被人家吃掉。"

孙希罕说："好吧，既然知道自己不行，那就老实地给人家工作吧，给人家工作，也是给自己工作。公司发达了，咱们也是股东之一啊。"

孙朴直说："还有一条路，你可以选择。"

儿子问道："什么路？"

孙朴直说："就是俘虏陈雪雅，让她做你的妻子，这样你就可以担任公司的总经理了。"

儿子说："这是一条没有出息的路。"

孙朴直说："我们商人就是这样，只要能达到目的，什么手段都可以采用。"

儿子念叨着："怪不得大哥进了监狱呢，你们都是这种想法。"

父亲咆哮起来："胡说……你现在唯一的办法就是征服陈雪雅，让她当你媳妇。以后就什么都好办了。"

孙希罕苦涩地笑着，钻进了自己的卧室。

孙希罕何尝不想征服陈雪雅。从小他就喜欢陈雪雅，她是他心中最美丽最聪明的女孩。所以这么多年来,他一直陪伴在她的左右,甚至跟她到欧洲读书,读他本来就不喜欢的现代经济管理专业。在欧洲那个人生地不熟的环境里,他也充当着她的保护人。这次,她回家奔丧,不再回去读书了,他也牺牲了自己的学业,留下来陪她。哎,自己为这个姑娘牺牲得太多了,可是陈雪雅好像对他所做的一切都不屑一顾,根本就没有注意到这里面包含着多么深的感情呀。

唉,也怨自己,为什么从来都没有向陈雪雅表露过自己的爱意呢,人家女孩怎么可以随便展示自己的内心世界呢?

看来,自己还有希望。

他这样想着,迷迷糊糊地睡着了。

第二天一早,孙希罕就兴奋地去上班了。坐在汽车上,他盘算着,如何在适当的时候,向陈雪雅表白自己的爱慕之情,让陈雪雅成为自己的妻子,一是圆了自己的美梦,另外就是让父母满意知足了。

没想到,陈雪雅和王莹早就坐在办公室了。

王莹和陈雪雅、孙希罕坐在总经理办公室,互相观察着。同时,几个人全都笑了起来:"哈哈……"

朝阳从落地窗射进,办公室里一片橘红,给人以温暖和鼓舞,几个年轻人的心情都特别开朗。

陈雪雅笑着说:"没想到咱们几个又坐在了一起。"

王莹说:"小妹,你就吩咐,我们应该做什么。"

孙希罕痴情地看着陈雪雅说:"是啊,你就吩咐吧。"

陈雪雅相信他们说的都是真心话。大嫂王莹憨厚正派,不会说假话。但她也的确没有经商经验,她没学过经济,是师范毕业,曾经希望当个老师,后来嫁给了陈雪松,就不工作了。孙希罕呢,一直追求陈雪雅。他这样的男人,爱谁,就会听命于谁,陈雪雅很了解他的性格。他不是那种要降服谁、征服谁的野心勃勃的男人,他是那种一心一意跟着别人干的人。不过自己是不会嫁给他的,她这样想着。

陈雪雅看了他们一眼:"咱们还是研究一下目前公司最需要做的工作吧。"

孙希罕问："公司目前的情况怎么样？"

陈雪雅忧虑地说："亏损200万了。"

孙希罕站了起来："怎么会这样？"

陈雪雅说："奔马公司先是挖走了我们的工程师，使我们陶瓷厂和服装厂的生产陷入瘫痪，而后又乘机强占市场，把我们的市场份额由50%挤成了20%。"

孙希罕说："李代桃僵啊。"

王莹问道："小妹，你的意见是什么，也是釜底抽薪，切断奔马公司的原料来源吗？"

陈雪雅说："我们高价收购了一些原料，所以占用了一些资金。"

王莹说："那咱们现在该怎么办？还要继续收购原料的计划吗？"

陈雪雅说："我看还应该继续我们的计划，特别是一些制造保暖内衣的原料。我们收购以后，奔马公司就会捉襟见肘了。"

孙希罕问道："这个消息可靠吗？"

陈雪雅说："我成立了情报室，情报来源非常可靠。"

孙希罕说："如此说来，我们还可以继续收购那些原料，不过总是用高价收购，我看公司会无法承受的。"

陈雪雅说："下一步我就将那些原料卖给奔马公司。"

王莹问道："啊，卖给咱们的对手？"

陈雪雅说："我们需要资金，而我们的对手需要原料，我们当然不会白白地卖给他们了，我们的价格将是我们买价的两倍。"

王莹说："啊，这当然好了。"

14

奔马公司的办公室，有一个肥胖的中年人来回踱步，这就是奔马公司的董事长兼总裁何彤。他自信的脸上戴一副黑框眼镜，金鱼眼躲藏在茶色玻璃的后面，轻蔑地看着别人。这就是此人的特点，就是瞧不起任何人，总认为自己的智商天下第一，别人都是弱智。

儿子何有身材和父亲非常相似，不到30岁，已经是大腹便便了。和父亲一样，也是戴一副眼镜，不过镜片是蓝色的，镜框也不是黑色而是金色。

儿子何有说："爸，我的情报网有消息，三人公司已经完成了新老交替，新的一代已经接班了。"何有观察着父亲，露出野心勃勃的神情。

父亲何彤说："早晚，我也要把奔马公司交给你的，但不是现在。"

儿子点头："我也不能适应总裁的工作，我没那个能力。"

父亲说："商场险恶，必须学习再学习，你再担任几年副总裁，我看就可以接班了。"

奔马公司总裁办公室布置得和其他总裁的办公室不一样，颇具个性。这和何彤当年的经历有关。当年，何彤曾在内蒙古下乡，放牧。所以在这个办公室里，放置了好多马，有木的，有铜的，还有泥塑的。马的形象也是各异，有昂扬向上的，四肢奔驰的，也有纵横驰骋的，还有低头吃草的。就连墙壁上，也悬挂着马的画，有仿徐悲鸿大师的，也有本地画家的作品，这些体现了何彤对当年的留恋，对马的喜爱。为了经常重温当年放牧的乐趣和豪放，何彤在郊外买了几匹马，雇人饲养，自己经常到郊外骑马寻乐。

何有对正在欣赏马的父亲说："听说那个陈雪雅的确文净、高雅。"

何彤斜睨了儿子一眼说："如果你喜欢她，可以把她买过来。"他不希望儿子敬佩别人，崇拜别人。

何有问道："人家现在是三人公司的董事长兼总经理，怎么买啊？"

何彤说："我是说把她的公司买过来，让她没有了实力和靠山，她自然就会服服帖帖地到你身边了。"

何有有些不自信地摇了摇头说："人家三人公司可是大公司，跟咱们公司的实力不相上下。以前一直是咱们奔马公司的主要对手，这个陈雪雅又是留学的硕士，我看咱们购买三人公司似乎是不可能的事情。"

何彤愤怒地喊叫道："你啊，就是这样胆小窝囊，没有魄力。我告诉你，世界上的事情都是人做出来的，包括建立大财团，购买其他公司。我当初就是一个普通的售货员，可是经过 20 多年奋斗，我成了亿万富翁，还收购了几十家小公司，为什么我不能收购三人公司呢？"

何有说："三人公司也有几千万，甚至上亿，有商业，还有工厂，几十家子公司，我看不能把三人公司和咱们过去收购的小公司相提并论。"

何彤说："我告诉你，我这几年的计划就是要收购三人公司。"

何有说："瘦死的骆驼比马大。现在三人公司虽然遭受了挫折，但是三人公司凭借经验和实力，一定会重整旗鼓，重新振兴的。"

何彤狠狠地拍了一下桌子："没有用的东西，为什么总是长别人的志气灭自己的威风呢？"

何有说："爸爸，我不是灭自己的威风，我是说应该实事求是。"

何彤说："我现在这样估价形势，就是实事求是。咱们公司过去的确跟三人公司的实力不相上下，可是自从咱们用高薪挖来了他们服装厂、陶瓷厂的几个工程师以后，他们工厂就一蹶不振，差点倒闭了。而这些工程师一来就为咱们设计出几个新花样，所以公司的利润大增，可他们公司却出现了亏损。照此下去，我看用不了几个月，他们公司就该倒闭了，到时我们再低价收购这个三人公司，有何难的？"

何有说："但愿如此。不过现在他们收购咱们制造保暖内衣的原料，咱们工厂也遇到了难题，咱们工厂原料不足了。"

何彤哈哈地笑了起来："真是幼稚。别害怕缺原料，这里没有咱们就到外面买，现在是市场经济，什么都有卖的。"

何有说："到外面购买原料，势必会加大成本。"

何彤说："那么，就和他们较量一番，他们用多少钱买原料，咱们就加三分之一的钱，我就不相信我的实力不如三人公司，我斗不过那个小丫头。"

何有说："可是，咱们的资金……"

何彤说："没有钱就去贷款，要有魄力，有多大的魄力，就能做多大的事业。"

何有无可奈何地说："好吧，爸爸。"

15

王莹急匆匆地走进办公室，对陈雪雅和孙希罕说："奔马公司开始加价收购保暖内衣的原料了，那些生产保暖内衣的工厂纷纷把原料卖给了奔马公司，咱们切断奔马公司原料的计划要失败了。"

孙希罕骂着："全都是市侩小人。"他知道经商应该唯利是图，但没想到商界竟然那么多像自己父兄一样的市侩小人。

陈雪雅说："是啊，商场上没有真正的朋友，只有真正的伙伴和对手。咱们不能怪人家，商人吗，就是唯利是图，谁给的价钱高就把货卖给谁，这也是人之常情。"

孙希罕说："可是这些原料厂在困难的时候，是咱们三人公司帮助了他们，使他们转危为安的。"

陈雪雅说："你们看，咱们该怎么办？"

王莹说："我看，咱们马上停止和奔马公司竞争，让他们高价购买那些原料吧，反正咱们的原料也够用了。再说咱们购买原料的价钱比奔马公司低三分之一呢，生产出来的保暖内衣也一定比他们的便宜。这样咱们就可以重新夺取市场的份额了，咱们马上就可以打一个胜仗了。"

孙希罕说："我同意王莹姐的意见，马上停止收购保暖内衣的原料。"

王莹说："是啊，小妹，再说咱们的贷款不少，公司正在亏损，咱们没有实力跟奔马公司较量，就住手吧。"

陈雪雅走到落地窗前，望着外面那随风摇曳的钻天杨说："让我想想。"

孙希罕看着陈雪雅那线条优美的后背问道："怎么，你难道还拿不定主意？"

陈雪雅说："我觉得现在正是咱们的机会。"

王莹说："是机会，咱们现在就开始重新生产保暖内衣，马上将保暖内衣推上市，这样就可以将奔马公司打败。"

陈雪雅回过头来说："不知道奔马公司购买了多少保暖内衣的原料，如果非常多，我们就可以停止；如果他们购买得非常少，咱们停止了购买，那么他们也会停止购买，那样咱们在原料上还是要高于奔马公司。"

王莹说："不知道，我马上问问信息部。"

王莹拿起电话问道："请问，奔马公司购买的保暖内衣原料是多少？"

王莹放下电话："非常少。"

王莹看着陈雪雅，失望的情绪溢于言表。

陈雪雅说："我敢于断定，他们是在试探我们，他们并不甘心当冤大头，高价购买保暖内衣的原料。"

孙希罕说:“也许是吧,不知道那个何有卖的什么药。”

陈雪雅说:“我们可以派信息部的人打听一下。”

忽然,一阵急促的电话铃声响起。

孙希罕急忙拿起电话。是秘书打来的,说内衣原料厂的老板要请陈雪雅吃饭。孙希罕看着陈雪雅。

陈雪雅点头:“应了他们。”

孙希罕急忙告诉秘书:“安排汽车,答应他们吃饭。”

傍晚,陈雪雅和孙希罕、王莹一起到了那个饭店。

这是一家商业大亨们经常出入的酒店,不是因为酒店有多豪华,而是因为酒店经常邀请各个菜系的大师们前来献艺,甚至邀请法兰西的俄国的名家来酒店做菜,这对于那些每天忙碌没有胃口的工商老总们,的确是个不错的好地方。

今天保暖内衣原料公司的总裁黄山宴请陈雪雅、王莹和孙希罕。

陈雪雅坐了下来,问道:“不知道黄总今天为何如此破费呢?这不符合黄总的惯例啊。”

陈雪雅似乎在讥讽黄山,因为过去,黄山总是很小气,经常吃别人的,自己从不愿花钱。

黄山小眼睛盯着美丽的陈雪雅说:“哎呀,我求求你们了,几位总裁,希望你们继续购买我们的保暖内衣原料。”黄山的黄脸上现出一副可怜相。

陈雪雅问道:“听说你们已经把原料全都卖给奔马公司了,不再给我们三人公司供货了,是吗?”

黄山说:“我啊,我只是……只是……我一言难尽啊。”

陈雪雅和王莹、孙希罕全都笑了起来。

王莹说:“黄总以为要发大财了吧,奔马公司愿高价收购保暖内衣原料了,所以就用不着我们这样的老朋友了,就可以忘恩负义了吧。”王莹总是那样直爽,说话也毫不客气。

黄山尴尬地笑着:“不,不,我黄山绝对不是那样的人。”

孙希罕训斥道:“你小子就是那样的人。当初你们原料卖不出去的时候,是我们三人公司帮了你们,高价收购了你们的原料,让你们由亏损变为赢利。可你却忘了我们的帮助,竟然在奔马公司高价收购你们原料的时候,断绝了给我们的供应,你说,你这个老板不是忘恩负义吗?"

王莹也说:"是啊,黄老板,你当初可是一个卖不出产品的公司老板。是我们三人公司救了你,大批定购了你的保暖内衣原料。但自从奔马公司要加价购买你的原料后,你竟然对我们说以后你们专门对奔马公司销售,现在看奔马公司不再大批定购你的产品了,你又主动找上门来,你说,你让我们怎样相信你呢?"

黄山说:"唉,我也是有苦难言啊。"

陈雪雅说:"你想怎样说,就怎样说吧。"

黄山说:"唉,我也是没有办法啊。奔马公司的老板说,只要我们保证以后原料只供他们一家,他们就高价买我们的原料。这样我这个老板就可以不必再为产品的销售奔波操劳了,就可以一劳永逸了。可没想到,那个何彤不讲信用,竟然只是购买了一小部分原料就罢手了,唉,你们说,我怎么办呢?"

孙希罕说:"如果那个何彤真的高价全部要你的原料,那你就会真的将原料都给奔马公司了?"

黄山赔着笑脸说:"我……你们知道,做生意就讲赚钱,谁给的价钱高,我们就卖给谁。"

孙希罕说:"那么信用呢,合同呢,友谊呢? 咱们可是合作单位啊,咱们可是有合同的啊。"

黄山说:"所以我特意向你们道歉来了,请你们原谅我。"

王莹说:"我们希望你保证以后不再出现这样的事情。"

黄山说:"好吧,我保证,我发誓,以后一定按合同办事,绝对不违反合同了。"

孙希罕问道:"如果再违反合同怎么办?"

黄山说:"甘愿受罚。"

王莹问道:"如何罚?"

黄山说:"我……嘿嘿……"

王莹说:"来干的,说怎么受罚?"

黄山说："你们就别要我的产品了。"

陈雪雅说："不，我们要你们赔偿我们的损失，全部损失。"

黄山支吾着。

陈雪雅说："要写在合同上啊。"

黄山说："好吧，就写在合同上。我向你们道歉，敬各位一杯。"

众人哈哈地笑了起来。

酒店服务员端来法国大餐。

黄山讨好地说："陈小姐是留学博士，我这是特意为小姐准备的。"

陈雪雅说："可是我特别想吃咱们中国菜。"

16

奔马公司的高楼里，也有一个马的雕塑，矗立在大厅里。

何彤走进自己的公司，第一个动作就是抬起眼帘，望一眼自己的马。他经常讲的故事是一次他放牧，遇到了暴风雪，是那匹老马将他驮到了村子，老马却活活地累死了。他最想念的就是那匹老马，他希望员工都像那匹老马，对主人忠心耿耿。他也要做一匹老马，他经常背诵的就是：老骥伏枥志在千里，烈士暮年壮心不已。

员工们知道何彤的用意，当何彤站在老马雕塑面前时，员工们都要站住，给老马鞠躬，说一些赞美老马的话。

今天，何彤再次遇见了几个赞美老马的员工，就特别高兴，在老马雕塑前和那些员工攀谈起来。

何有急匆匆地走来，问父亲："爸爸，为什么停止收购保暖内衣的原料了？"

何彤说："唉，加价三分之一，这样算起来，我们的原料就贵了，那么我们生产出来的保暖内衣就会比三人公司的高出许多，在市场上就无法和三人公司竞争啊。"

何有说："爸爸，您不是特别有魄力吗？应该趁机将黄山的保暖内衣原料全部收购，永远地收购，这样三人公司就没有了原料，咱们就可以彻底地击败他们了。"

父亲叹息道："话虽这样说，可是我担心咱们的保暖内衣价格昂贵，竞争不过那个黄毛丫头。"

何有说："爸爸，您可是瞧不起那个黄毛丫头的啊。"

父亲说："瞧不起，当然瞧不起。但是，这不等于我就可以在竞争中小看她，明白吗？这叫做战略上蔑视，战术上重视。"

何有说："爸爸，我觉得咱们应该把黄山的保暖内衣原料全部收购来。"

父亲说："我说过了，现在不能随便多花钱，我们资金紧张。我们如果想收购黄山的保暖内衣原料，就必须比三人公司的贵，否则黄山就不会给我们，人家和三人公司有协议，明白吗？"

何有若有所思地点了点头。

何彤指着老马雕塑："应该学老马的精神。"

儿子没有明白父亲让自己学老马什么，但是这是父亲经常说的话。老马已经成为这个公司文化的象征，公司未来的象征，公司精神的象征。比如老马的韧性，老马的老实、厚道，老马的对主人的忠心耿耿，可今天和三人公司进行的是价格战，和老马有什么关系，何有没有多想。

17

黄山再次走进了三人公司的办公室，脸上露出讨好的笑容。但是，黄山是个小商人，永远脱不掉小商人的小家子气，笑容后面永远藏着奸诈。

王莹和孙希罕、陈雪雅看着他，不知道他葫芦里又装着什么药。

黄山咳嗽了一声说："我希望三人公司继续和我们签订协议，永远用那个价格购买我们的保暖内衣原料。"

王莹看着陈雪雅说："我们的价格比奔马公司的价格如何？"

黄山说："相同。"

陈雪雅问道："既然价格相同，为什么一定要和我们签订合同呢？"

黄山说："你们虽然和奔马公司的价格相同，但你们愿意签订长期协议，这一点，奔马公司就和你们不一样。他们虽然也购买我们的原料，但是他们是在骑马找马，如果有比我们价格更便宜的、更好的，他们就会抛弃我们。"

陈雪雅说:“我们可以和过去一样,永远购买你们的产品,但是你们必须保证只把产品卖给我们而不能卖给别人。和过去的合同一样,怎么样?”

黄山说:“你们是要切断奔马公司的原料供应,可我们是小公司,我们不敢得罪奔马公司啊。过去我们按照你们的要求做了一段时间,但他们马上就给我们颜色看了。”

陈雪雅问道:“什么颜色?”

黄山说:“他们说要到外地购买原料,永远甩开我们。”

陈雪雅摇头说:“他们不会那样做。”

黄山问道:“为什么?”

陈雪雅说:“这方圆几百公里,除了你们公司,没有生产保暖内衣原料的公司。如果奔马公司要到更远的地方购买原料,势必大幅度地提高成本,这样他们就更没有优势了。”

孙希罕说:“是啊,现在的高速公路过路费都很贵,而铁路的价格也不便宜,所以他们是不愿到外地去购买原料的。”

陈雪雅说:“你们答应不答应呢?”

黄山狡猾地说:“现在是市场经济,我们也是小公司,不敢得罪大公司,这一点希望你们能谅解。”

陈雪雅说:“如果我们也到外地购买原料,你怎么想?”

黄山说:“刚才,你们已经说了,到外地购买原料是不划算的。”

孙希罕说:“看,我给自己算计了。”

黄山笑了起来:“商人也要说实话。”

王莹愤怒地喊了起来:“黄山,我再次警告你,不能做那种势利小人、忘恩负义的事,知道吗?”

黄山说:“这样吧,你们三人公司也是大公司,你们要再提高一点价格我就答应你们,永远不再将原料供应给奔马公司了。”

王莹说:“啊,我们已经几次提高价格了啊。”

孙希罕说:“是啊,为了和奔马竞争,我们已经几次提高价格了。”

黄山狡诈地笑着说:“你们为了报复奔马公司,切断奔马公司的原料来源,你们是提高了价格了,可人家奔马公司还在你们旁边虎视眈眈地看着你们呢。”

陈雪雅说:“如果你不答应我们这个条件,我们就无法合作了。”

黄山不再说话,沉思着。

陈雪雅道:“希望你们永远和我们合作。”

孙希罕说:“没有不散的宴席,无论哪个企业,我们也不能永远地依靠他们。”

陈雪雅说:“我们希望这样,但黄总如果不拿信用当回事,我们就只好说再见了。”

黄山说:“我知道你们两个企业,都不会不生产保暖内衣,但我又不能和你们任何一个公司做对,因为你们都是我们的衣食父母,所以我希望你们再多给我加一点价,这样我就有理由回答奔马公司了。”

陈雪雅说:“好吧,再加一点,但是你们必须答应,不再把原料供应给奔马公司。”

黄山说:“好吧。”

黄山以为自己聪明,在奔马和三人公司两个大公司的竞争中,能够游刃有余。他从三人公司出来,就找到何彤父子说:“我告诉二位先生,我的保暖内衣的原料再次提高了价格。”

何彤立刻火冒三丈:“胡说,你们的价格已经超出了外地同类产品好多了,为什么还要提高价格?”

黄山说:“市场经济,关键的问题是需要就是价格,这个城市有需要,而且是两家大公司需要,所以我就可以令我的同行羡慕了。”

何彤说:“什么,你在我们两个企业之间穿梭,让我们争斗,你好从中渔利,是吗?”

黄山说:“没有办法,你们两个公司争斗已经有10年了,从陈雪雅的爸爸开始,你们就是天敌,这不是从我开始的,过去没有保暖内衣的时候,你们就开始斗,现在我当然要利用这个机会从中渔利了。”

何彤说:“如果你再涨价,我们奔马公司就到外地购买原料了,我们不再和你打交道了。”

黄山说:“我已经算过账了,现在即使我们的价格比外地的高,但外地的产品运到本市,还是比我们的价格高。所以我希望你看清形势,也与我签订合同。"

何彤说:"好吧,我可以继续给你提高价格,但是你必须马上切断对三人公司的原料供应,这样我才可以和你签订长期合同。"

黄山说:"三人公司也是这样要求我的。"

何彤问道:"怎么,你答应了他们?"

黄山说:"当然。"

何彤说:"那你为什么还要来我们这里呢?"

黄山说:"那样的合同是不法竞争的合同,所以即使我违约,三人公司也不敢到法院起诉我,追究我的法律责任的。"

何彤说:"所以你就到我这里来继续你的美梦吗?"

黄山说:"你是老企业家,你知道,即使我跟你签订了合同,我也不会真的那样做的,那是违法的。"

何彤说:"你是来继续涨价的吗?"

黄山说:"不是我想涨,而是市场经济的杠杆在起作用,明白吗?"

何彤说:"好吧,我们核算一下,如果不超过外地的产品到本地的价格,我们可以提高一点。"

黄山说:"反正哪个公司出的价格高,我就会将产品卖给谁。"

何彤望着自己的那些马的雕塑说:"黄山啊,你要是有一点马的品格就好了。"

像黄山这样的卑鄙小人,永远是小商人,因为他只看重眼前的利润。

从奔马公司出来,黄山的汽车又到了三人公司。

黄山狡诈地拿出合同给三人公司的几个当家人看:"几位女士先生,我现在告诉各位,奔马公司已经高价收购我们保暖内衣的原料了,如果你们三人公司不加价,我黄山可就把保暖内衣的原料全部卖给奔马公司了。"

孙希罕气愤地抓住了黄山的衣服:"你这无耻的市侩小人。"

黄山推开孙希罕:"你这书呆子,千万别和我动手,否则吃亏的还是你。"

孙希罕青筋暴露,但双手却是无缚鸡之力:"我要揍你,你这无耻的小人，你是怎么说的，怎么和我们签订的合同？"

黄山笑着说："你啊，真是书呆子，就不知道这商场就是战场，商人之间全都是敌人、对手。"

孙希罕颤抖地喊着："我起诉你。"

黄山嘿嘿地笑道："你啊，净是孩子话，那合同是怎么签订的？以后保证不将保暖内衣的原料卖给奔马公司，那是合同吗？那符合公平竞争的原则吗？你们这样提出来，就是一种幼稚的想法，你是不敢到法院起诉我的。起诉了，败诉的也会是你们。"

王莹看着陈雪雅，问道："小妹，我们如何应付这个无耻之徒？"

陈雪雅美丽的脸上倒是很平静，看不出她内心怎么想。"让我研究研究黄山和奔马公司的这个合同，是否是假的。"

王莹说："像黄山这样的市侩小人，伪造假合同，我看也是做得出来的。"

黄山说："你们不要中伤我，诽谤我，我不过是在合理地运用价值规律而已。"

王莹说："可开始你是怎么说的，怎样乞求我们的，怎样向我们保证的？"

黄山说："开始……我没有办法，我的确乞求过你们，现在我依然在乞求你们，乞求你们把价格再次提高，这样我就可以将我的产品卖给你们了。"

孙希罕看着合同说："再提高价格，我们可就赔本了。"

黄山说："你们也可以加价吗，将保暖内衣加价，现在50元的成本，卖到100元，还是有市场的啊。"

孙希罕说："那样我们的产品就比奔马公司的价格高了。"

黄山说："如果你们再提高一点价格，我的保暖内衣的原料就全部卖给三人公司，那奔马公司就得不到原料了，你们就可以不战而胜了。"

王莹说："我们如果再提高价格，你的价格就高于外地产品运到本地的价格了。"

陈雪雅说："是啊，黄总，就高抬贵手吧，看在我们过去帮助过你的分上,按照过去的合同卖给我们原料吧。”

王莹说:“是啊,吃水不忘挖井人,你现在公司规模大了,千万别忘记当年帮助过你的三人公司啊。”

黄山说:“过去咱们也是需求关系,不只是我需要你们的帮助,你们同时也需要我的帮助。我的产品需要销售,你们需要我的产品做原料,制造保暖内衣,咱们不存在帮助和被帮助的关系,如果存在,那也是互相帮助互相需要。”

孙希罕骂着:“你这骗子,利用我们和奔马公司的竞争,达到从中渔利的目的。”

黄山看着他们:“如果你是我,你会怎样做呢?”

孙希罕说:“我当然要遵守合同了。”

黄山说:“可是我和奔马公司也是有合同的啊。”

王莹说:“你竟然如此直截了当,让我们惊讶。”

黄山说:“我就是不说你们也会猜得出,事情原来的样子。”

陈雪雅说:“好吧,我答应你。不过,现在已经到了极限了,你再涨价,我就不能购买你的原料了。因为外地的同类产品到本地以后的价格将是我们的极限,明白吗?”

黄山说:“明白。”

陈雪雅说:“不过,我还有一个要求,我希望将你们的产品全部购买。”

“好吧,我同意。”黄山阴险狡诈地笑着。

黄山马不停蹄地又回到了奔马公司。

黄山来到何彤面前:“哎呀,何总裁,对不起了,三人公司已经将我们的产品全部购买了,你看,这是我和三人公司的合同。”

何彤看着他,陡然色变:“你这无耻的小人……”

何有拍着桌子喊着:“我们要起诉你。”

黄山冷笑道:“起诉,我不是说过,咱们的合同不符合公平竞争的市场经济原则,你们要我不将产品出售给三人公司,这我怎么能做到呢?”

何彤说:“我有最后的极限。”

黄山说:“我知道,知道你的最后的极限是什么。”

何彤说:“是的,我的最后极限就是外地产品到本地以后的价格。”

黄山说:“我知道,知道。但是我现在的产品价格还真的没有到那个极限呢,还低于那个极限呢。”

何彤说:“好吧,我签。但是我要包了你的全部产品。”

黄山眉飞色舞地说:“好的,好的。”

黄山已经不在乎别人骂他是无耻小人,他做人的原则就是赚钱,当小人和当君子没有任何关系,只要赚钱就是君子,有钱就受别人尊敬,没有钱就是小人。

之后黄山再次来到三人公司。

黄山在陈雪雅和王莹面前问:“几位老总,你们可想知道,我与奔马公司达成了什么协议吗?”

王莹说:“我们知道,你这无耻小人会做出什么的。”

孙希罕说:“我们知道,我们可以起诉你。”

黄山依然是无所谓的样子,嘿嘿地笑着:“各位,你们知道,我是不害怕你们起诉的,我害怕的是我的产品价格永远在一个高度上。”

王莹说:“你如果再这样涨价,我们就到外地购买原料了。”

黄山说:“即使我再涨价,我的产品也不比外地产品到达本地后的价格高。”

孙希罕说:“如果是同等价格,我们就选择外地的产品做原料了。”

黄山说:“不,不比外地产品价格高。”

黄山说着,将价格表递给了孙希罕:“请看,这就是全国各地的价格表。”

孙希罕看着。

陈雪雅突然问道:“你和奔马公司签订的合同,愿意给我们看看吗?”

黄山说:“我从来不隐瞒和别的公司签订的合同,这就是我和其他企业家的区别。”黄山说着,将合同给陈雪雅看。

突然,陈雪雅大笑起来:“哈哈……哈哈……”

几个人全都莫名其妙地看着陈雪雅。

陈雪雅说:“好了,黄山先生,你可以走了,我祝贺你们合作成功。”

黄山问道:“怎么? 你是说,贵公司不购买我们的原料了?”

陈雪雅说:“我们买不起了,太贵了,你还是把全部产品卖给奔马公司吧。”

黄山求助的眼神看着陈雪雅:“别,陈小姐,别这样。”

陈雪雅问道:“怎么,你的目的达到了,你还要什么?”

黄山说:“我的目的是……希望你再给我涨一点。”

陈雪雅微笑着说:“不可能的。现在你的价格已经到了极限,我们不想再和你合作了。”

黄山说:“好吧。我只好把产品卖给奔马公司了,是全部产品。”

陈雪雅说:“祝贺你们永远合作。”

黄山说:“如果你们后悔,再次求我,我会答应你们的。”

陈雪雅说:“从来都是你向我们公司求助,还没发生过我们公司向你们求助的事情。”

黄山无奈地走了。

王莹急迫地问道:“小妹,你这样拒绝了黄山,咱们以后的原料怎么办?”

孙希罕说:“就应该拒绝这个小人,太无耻了,几次反悔合同,几次敲诈咱们,太无耻了,我这一生算是长见识了。”

王莹说:“你们两个年轻,不知道日子是怎么过的,你们真的拒绝购买黄山的原料,咱们的保暖内衣还能生产吗?”

孙希罕说:“我相信咱们有办法,咱们购买外地的产品吧。”

陈雪雅问道:“你们忘记了,咱们曾经为了切断奔马公司的原料来源,给奔马公司来一个釜底抽薪,大量地购买过原料吗?”

孙希罕问道:“真的有那么多,可以维持咱们的正常生产吗?”

陈雪雅说:“至少可以维持一个月的生产。”

王莹问道:“一个月以后怎么办呢?”

陈雪雅自信地笑起来,说:“看吧,好戏在后面呢。”

王莹思考着:“小妹的意思是……”

陈雪雅说:“我的意思是来一个抛砖引玉,咱们几次答应黄山,给他的产品涨价,为什么?你们以为我真的会容忍这个无耻之徒高抬价格榨取咱们的钱财吗?我的意思是让奔马公司跟着高抬价格,把奔马公司的最高价格引诱出来,然后咱们就可以以低廉的原料跟他们高昂的价格竞争了,他们的产品还能在市场上和我们竞争吗?质量相同,名气差不多,就看谁的价格便宜了,我相信我们击败奔马公司的日子快到了。"

王莹和孙希罕点头:"啊,是这样啊。"他们明白了陈雪雅的用意。

陈雪雅再次走到落地窗前,看着外面,思考着下一步该怎么走……

18

黄山将希望全部寄托在奔马公司了:"我已经按照合同,把我们公司的全部产品运到了奔马公司,我们可是没有给三人公司一件保暖内衣的原料啊,我可是按合同办的啊。你们也要按合同办事,马上给我验收,付账。"

何彤在窗口看着院子里的奔马塑像说:"好吧,让何有马上组织人验收,如果你确实是按照合同办了,我当然要按合同给你钱了。"

黄山说:"我就知道,何彤兄是讲信用的人,我也是一个讲信用的人。"

何有不理解地问道:"过去黄山先生总是不讲信用,今天为什么又讲信用了呢?"

黄山说:"关键的问题是我们的价值在贵公司得到了体现,我本人的价值,我公司的价值,我产品的价值,都达到了物有所值,所以我也就不再做别的了。一个商人,最终还是要走向信用,不然他就无法生存下去。"

何彤说:"说得好,一个商人,就是要讲信用啊。"

黄山说:"先生,祝咱们永远合作。"

何彤说:"好吧,只要你帮助我彻底地击败三人公司,我就答应永远购买你们的产品。"

黄山说:"我希望三人公司马上灭亡。"

何有问道:"黄山先生为何如此憎恨三人公司呢?我记得三人公司曾经是黄山先生最大的买主啊。"

黄山说:"有了奔马公司,我还需要三人公司吗?他们的实力和奔马公司比起来,简直是沧海一粟,九牛一毛,无法相提并论啊。"

何彤说:“这样的话,我喜欢听。”

何有说:“这是奉承。”

何彤说:“我喜欢奉承。”

何有说:“奉承后面都有不可告人的目的。”

何彤说:“得了,儿子,抓紧时间组织人验收,马上将黄山的产品留下,我要看看三人公司没有原料的日子怎么过。哈哈……”

何有走了出去,很快又走了进来,焦急地对父亲说:“爸爸,咱们上当了。”

父亲看着他说:“慢慢说。”

何有说:“人家三人公司根本就不缺原料,也没停止生产保暖内衣,人家的价格比咱们的价格整整低 20 元呢,人家的产品畅销,咱们的产品滞销了。”

何彤焦急地站起来:“难道说黄山这小子给三人公司的价格低于咱们?”

何有说:“不可能,黄山是个唯利是图的小人,不会白白地让三人公司占便宜的。”

何彤说:“也许是三人公司故意亏损,跟咱们打价格战?”

何有说:“那咱们也亏损,就跟三人公司打到底。”

何彤摇头:“不能故意亏损,咱们现在没有多少家底了,亏损不起。”

何有问道:“那怎么办,咱们的产品滞销,卖不出去啊。”

何彤说:“马上让信息部调查,到底是怎么回事。”

何彤将目光移向了大厅里的老马雕塑,对那些不讲信用的人来说,这老马真的让他怀念。此时的老马,好像也明白了他目光的含义,也在看着他,问他:难道你就那么讲信用吗?

第五章 出奇制胜

陈雪雅为和奔马竞争,采用了出奇制胜的战略,不再打价格战,而是设计出数种新款式保暖内衣,将风头再次抢夺过来。

19

三人公司的商场格外火暴,人们争相购买三人牌保暖内衣。

王莹和陈雪雅、孙希罕站在商场里面,欣赏着这喜人的景象。

一个经理走进来,对陈雪雅说:“董事长,咱们的保暖内衣卖得非常快,让人振奋。”

王莹问道:“是因为我们的价格低吗?”

商场经理说:“咱们的内衣质量也不错。”

陈雪雅说:“不是不错,是最好的。”

商场经理急忙说:“对,是最好的。”

陈雪雅说:“应该敢于这样说,几次检验,咱们的保暖内衣都不比奔马公司的差,应该说有的地方已经超过了奔马公司。”

孙希罕说:“是啊,咱们再到奔马的商场看看去。”

王莹说:“别让他们发现了。”

孙希罕说:“我觉得没什么关系。”

陈雪雅也说:“没有关系,知己知彼,百战百胜嘛。了解一下现在的奔马公司,我看有必要。”

王莹说:“那咱们就去看看吧。”

20

奔马的商场内门可罗雀，和三人公司的商场形成巨大的反差。

何彤和何有站在商场里，恼怒地看着那冷清的场面。

商场经理说："都是因为咱们的价格高于三人公司，所以消费者就选择了他们的产品。"

何彤说："我看咱们也降价，宁可亏损。"

何有摇头："爸爸，何必亏损呢？"

何彤说："这样下去，势必影响咱们奔马公司的信誉，使咱们的人气下降。另外，占用咱们大量的流动资金，会影响以后的发展啊。"

何有说："既然咱们制造出这个产品，就应该保证每个产品都赢利啊，不然也会坏了咱们的名誉，让人家说咱们的保暖内衣不得不降价。"

何彤说："你说怎么办？"

何有说："我说……让他们先卖去，咱们先等待时机，反正他们的原料也不多，他们迟早要停止生产的，到那时咱们再卖。"

何彤摇头说："不行，那样冬天就过去了，天气暖和了，谁还穿保暖内衣？那样咱们的保暖内衣就彻底地存下了，积压了，咱们的流动资金就被死死地占用了。不行，不能采取这样的方法。"

这时，王莹和陈雪雅、孙希罕走了进来。陈雪雅那美丽的眼睛注视着何有，露出轻蔑的神情，这让何有非常气恼。

何彤气愤地问道："你们来看我的笑话吗？"

陈雪雅说："兵书上说，知己知彼，才能百战百胜，我是亲自来了解你们公司的动向的。"

何彤说："我的动向……我可以告诉你，我并不在乎你们的保暖内衣销得快，我的公司家底大，我不在乎的，我可以跟你们耗下去。"

陈雪雅说："希望你们永远不降价，这样既对你们有利，可以保证你们不亏损，也对我们有利，可以保证我们三人公司的产品销得快，怎么样，咱们签订一个协议？"

何彤说："我的经营总是变幻莫测的，所以你就不必猜疑了，也许我今天就降价。”

陈雪雅说:“那样你就亏损了啊。”

何彤说:“我说过,我的家底大,我宁可亏损,也要把人气夺回来。”

陈雪雅说:“用金钱购买什么也不如购买人气,我相信何总的精明,不过所有的保暖内衣全部降价,你的资金不能回收,我看人气也不会帮助你发财赢利啊。”

何彤说:“竞争是长期的事情,你何必这样着急呢?”

陈雪雅说:“是啊,长期的竞争。多长的征途,也是从脚下开始,现在你们已经失败了,以后还需要多努力啊。”

何有说:“陈雪雅,你看似斯文,可竟然如此无理。我看你的企业也不会有多长的路可走了。”

陈雪雅说:“怎么,你的意思是……我的企业很快就会倒闭?”

何有说:“我看差不多。”

陈雪雅问道:“凭什么这样诅咒我们?”

何有说:“凭你们的无理。”

陈雪雅说:“你的父亲更无理。我去拜访你们,你们竟然如此对待我,我不过是礼尚往来罢了。”

何有说:“好一个礼尚往来,我一定会记住你的话的。”何有理解了女人的这句话。

何彤说:“现在我宣布你们是不受欢迎的人,让保安把你们轰走。”

几个保安走了过来。

何有觉得父亲有些过分,既然是用智慧角逐,就应该继续用智慧,何必用义气呢?就劝说着:“爸爸,别这样。”

何彤说:“他们是来讥讽我们的,你没看见吗?”

何有说:“爸爸,如果让保安轰走人家,说明我们太失礼了。”

陈雪雅说:“我们到了你的商场,就是消费者,你如果那样做可要吃官司了。”

何彤说:“只有购买我们产品的人,我们才能把他视为消费者。”

陈雪雅说:“这么说不购买商品的人,就要被商场驱赶走吗?”

何有说："得了，爸爸，让他们在这里吧，我们走。"

王莹说："冷清也是一道好看的景色啊。"

孙希罕说："是啊，幽静，冷清，寂寞，无聊，都是风景。"

何彤气恼地骂着："你们混账……"

王莹问道："哎呀，何老先生，你为什么骂人啊？"

何彤说："我……"

何有拉着父亲走出了门。

21

天有些凉了，晚秋的风特别猛烈，将树上的叶子刮黄，将树叶里的水分刮干净。让那些树木眨眼间就从水灵的小姑娘变成了枯萎的老太婆，特别难看。

汽车急速地行驶着，不断有树叶落在汽车前面的玻璃上。陈雪雅和王莹、孙希罕在汽车里坐着。

陈雪雅忽然想起了那个天使咖啡厅，不知那些艺术家现在在干些什么，难道他们只是喝酒、画画？也许他们在恋爱吧。陈雪雅想：如果自己和那些艺术家恋爱会怎样，会很浪漫吗？反正不会比和孙希罕相处更枯燥吧。

王莹问道："小妹，你说，何彤今天会降价吗？"

孙希罕说："有可能。那个老家伙是个爱生气的人，看得出来，他一气之下就会失去理智的。"

陈雪雅说："可是他也是一个吝啬鬼，想降价，最后一定又舍不得。"

王莹说："不降价就卖不出去，就占用资金，那样奔马公司的损失就更大了。"

孙希罕说："他们也许等咱们销售完存库再说，他们知道咱们的原料不多。"

陈雪雅说："那样可就过了人们的需求期。现在正是晚秋，人们需要保暖内衣，如果过了这个时机，他们也就不能销售了。"

王莹思索着说："不知道这个何彤会采取什么方法对付咱们。"

孙希罕说："在商场上的确比在课堂上有意思，和人较量，比和书本较量有意思。"

王莹说："取胜有意思，特别是反败为胜，如果总是失败，就没意思了。"

陈雪雅说："关键的问题是要精于算计，说明咱们这次算计对了。"

几个人全都兴奋地笑了起来。

22

何彤在屋子里踱步。大肚子在踱步中颤巍巍地颤抖着，他一边踱步一边看着那件马的雕塑。凡是在困难的时候，他都要在马的身上吸取精神和力量，就像当年救过自己的那匹老马，在暴风雪中，老马浑身是汗但还是将他带到目的地。啊，自己真的要学老马了，没有那老马的精神，在商海是站不住脚跟的。

儿子何有突然说："爸爸，您觉得和三人公司比较，咱们的特长是什么？"

父亲说："特长……两家的产品不相上下，没有什么特殊之处。"

儿子说："这我们就不好办了。"

父亲问道："你有什么主意呢？"

儿子说："既然不想降价，也不想把产品保留到他们卖完为止，那咱们只有想其他办法了。"

父亲摇头说："我如果知道怎么办，就不发愁了。"

儿子说："我看，还是应该好好研究一下三人公司的产品，然后把咱们的产品设计得和三人公司的不一样，某些方面要优于他们，这样咱们的产品既可以不降价，又可以吸引顾客了。"

父亲的眼睛一亮："啊，好儿子，我没有白培养你，关键时刻，你还是帮爸爸想出了一条妙计啊。"

儿子说："这算不上什么妙计，不过是突发灵感而已。"

父亲说："商战和打仗一样，需要计谋，而这计谋也需要灵感。说不定这灵感就可以帮助我们不被三人公司打垮啊。"

儿子说："我看，咱们还是买几件三人公司的产品吧，好好研究研究。"

父亲叹息着:“好吧,过去我从来不把这个黄毛丫头当回事儿,更不把他们的产品当回事儿。现在我不得不研究他们的产品了,唉,我何彤真是堕落了啊!”

儿子说:“爸爸,没有常胜将军。世界上的大公司,几乎都有过走麦城的经历,所以爸爸千万不要悲伤。再说了,较量还没有结束,怎么能说我们失败了呢?”

父亲拍了一下儿子的肩膀:“儿子啊,爸爸年纪大了,以后就让位给你吧。”

儿子说:“爸爸,我看您还不老,再干几年吧。”

父亲说:“和三人公司的领导比起来,我的确老了,思维方式也老了,所以我不能适应现在的节奏了,干脆你就担任总经理吧,我任董事长。这个企业是咱们家族的企业,咱们怎么办,不需要请示别人,就这么决定吧。”父亲说着,把公章交给了儿子。

儿子郑重地接过了公章说:“爸爸,您看着,我保证打垮三人公司。”

父亲问道:“先说说你的想法。”

儿子说:“我第一步就是研究三人公司,包括他们的产品,然后制订出咱们的对策。”

父亲说:“好吧,我同意。”

23

何有在三人公司的商场买了一件保暖内衣。商场经理跑来打量着何有,蹊跷地问:“怎么,奔马公司也来购买我们的产品了?”

何有说:“我也是消费者啊?”

商场经理说:“可是,你也是保暖内衣的制造者啊。”

何有说:“那有什么呢?”

商场经理说:“不行,我不能把产品卖给你。”

何有问道:“为什么?”

经理说:“你买产品,有盗窃我们商业机密的嫌疑,我要承担责任的。”

何有哈哈地笑起来。

经理说:“请何先生原谅,我只是工作人员,我没有权利把产品卖给你。”

何有说:“你的产品是公开卖的,还有什么机密而言?再说了,我也是消费者,为什么不许我购买商品呢?”

经理说:“可你不是一般的消费者,你是我们的对手,所以我不能把商品卖给你啊。”

何有说:“好吧,我不买,我让我的司机买,好吧?”

经理无可奈何地说:“那也让我为难啊。”

何有说:“好吧,我的司机不买,我买别人手里的好吧?”

经理说:“这样吧,我请示一下我们董事长兼总经理。”

何有说:“好吧。”

经理拿出手机,给陈雪雅打了个电话。

陈雪雅允许经理将自家的产品卖给何有,说何有也是消费者。

何有把买来的内衣放在桌上,对父亲说:“爸爸,看,这就是三人公司的产品。”

何彤仔细看着:“我实在看不出这个保暖内衣有什么不同,和咱们的差不多。其实,咱们的保暖内衣和三人公司的保暖内衣没有质量和外形的差别,关键的问题是价格。咱们不肯降价,所以才有了销售上的差别。”

何有说:“我就是要制造出和三人公司不同的保暖内衣,这样我们才有理由在增加成本的前提下不降价,还要比三人公司的好销。”

何彤说:“好吧,就干吧,好主意。”

何有说:“我想发动设计师提出设计方案,凡是受大众欢迎的,我将重奖,最高奖励10万元。”

何彤说:“这么多钱……太多了吧。”

何有说:“爸爸,这个钱绝对物有所值,不会白花的。奖励可调动起大家的设计热情,可以让几十种新产品脱颖而出,也可以把大家关心企业关心市场的积极性调动起来,所以这个钱是不白花的。”

何彤说:“好吧,就拨专款,给大家奖励。”

24

记者们涌进了奔马公司的大厅。

何有坐在前面，对记者们说："各位记者女士、先生，今天我邀请大家来，是要发布我们奔马公司保暖内衣的新款式。这些新款式，包括多种，有为小孩预备的，还有为老人设计的；有为少女预备的，还有为小伙子设计的；有为孕妇设计的，还有为超级胖子设计的，当然我们也不能忘记瘦子。"

各位记者笑了起来，会场上出现了轻松的气氛。

这时，何有退到一旁，大幕徐徐拉开，几个模特走上台来。

记者们争抢着照相。

一个美丽的少女走到前边，笑容可掬地说："各位女士、先生，我们奔马公司现在发布的是我们设计师自行研制设计的保暖内衣的新款式，是引领时代新潮开业界之先河的创举，为的是展示我们奔马公司的实力，让社会各界真正认识我们奔马公司，认识奔马公司的产品。"

几个婀娜多姿的少女走进人们的视线，展示着她们身上的内衣。

主持小姐说："请看大屏幕，这是过去的保暖内衣。"

大屏幕上出现了三人公司的保暖内衣。

主持小姐说："这些过去的保暖内衣，让少女没有花季，没有婀娜的曲线，没有迷人的胸部，更没有展示女人身段的腰身，这样的保暖内衣，应该及早淘汰。"

这时，一个臃肿的模特上来，展示着过去的内衣。

主持小姐说："两个时代的内衣，诸位女士、先生，你们比较一下吧，哪个更美丽，哪个更时尚。"

人们说："当然是过去的丑陋，现代的美丽时尚了。"

主持小姐说："对啊，这现代的内衣就是我们奔马公司刚刚设计的，与此同时，我们也在我们奔马公司的各个商场同时推出我们的花季牌新式少女内衣。"

几个少女穿着新式内衣在舞台上扭动着腰身，走着。

那个穿着旧式内衣的臃肿的模特，捂住自己的脸，做出惭愧的动作和表情。

主持小姐说："看看吧，她都不好意思了。"

更多的少女走上舞台，扭动着腰身走着，展示着内衣和身段。

主持小姐说："啊，春天般的花季来到了，无数的鲜花，无数的少女，无数的美丽的内衣。是鲜花，是少女，还是内衣，我们根本就分不清楚，这就是我们奔马的新设计。"

少女们走进走出，更换着自己的内衣，少女们穿着花朵似的内衣在舞台上走着，台下不时传来人们的阵阵掌声。

25

陈雪雅看着电视，看着本市的财经新闻。这是本市的大亨们最喜欢看的节目。

母亲低声说："你大哥在戒毒所表现很好，要求出来呢。"

王莹走进来说："妈妈，那就让他快点出来吧。"

母亲说："好啊，咱们娘几个去看看他，如果他戒毒成功了，咱们就让他快些出来吧。"

王莹答应着。

这时，电视屏幕上出现了奔马公司的模特，还有那位主持小姐。

播音员说："各位观众，奔马公司今天隆重推出了多种款式新颖的保暖内衣，在新闻发布会上，就引起了巨大的轰动，在各个商场，也引起巨大的轰动。"

陈雪雅惊愕地看着电视。

王莹说："媒体，谁出钱，就给谁吹。"

屏幕上出现了模特穿着的保暖内衣。

陈雪雅说："的确新颖啊，的确新颖啊。我没有想到。"

王莹说："的确……的确……"

屏幕上出现了一个老人，他说："我作为服装界的元老，第一次看见把保暖内衣做得如此出奇，如此华丽，如此超出人们的想象，这就是服装的魅力吧。”

陈雪雅如被电击了一下，摇头说：“啊，咱们失败了。”

王莹说：“现在这样说为时过早吧。”

陈雪雅急匆匆地往外走，王莹紧随其后。

母亲喊着：“哎，陈雪松的事，咱们还没有定下来呢？”

王莹说：“妈妈，明天，咱们就去……”

母亲说：“咱们还没有定下来，什么时间去呢？”

陈雪雅和王莹在院子里已经上了汽车。

母亲在玻璃窗前看见那汽车急匆匆地驶出了大门。

26

这回轮到三人公司的商场冷清了。

陈雪雅和王莹疾步走进。陈雪雅一脸焦虑，这本市的消费者为什么就那么不成熟呢？就那么没有人情呢？一有风吹草动就马上变脸，就马上抛弃你，为什么如此无情？

商场经理跟着陈雪雅，也是一脸的无奈。

陈雪雅问道：“今天销售怎么样？”

商场经理说：“一件也没卖出去。”

陈雪雅严厉地问道：“出现这么严重的情况，为什么不报告？”

商场经理说：“我觉得这不是固定的情况，明天也许就会好呢。”

陈雪雅训斥道：“闭塞，愚蠢，现在出现什么情况了，你知道吗？”

经理说：“不知道。”

陈雪雅说：“如此，我们还不输吗？”

经理不敢说话了，看着陈雪雅。

陈雪雅拿出手机，播号，骂着：“孙希罕，你小子还在家里享福呢，咱们商场的保暖内衣一件也没卖出去，什么？不可能，马上来吧，咱们商量商量吧，不然，咱们的保暖内衣就让奔马公司击败了。现在已经失败了，不可能？你小子就是乐观，快，马上来。”

陈雪雅放下手机，和王莹走向门口。

经理说:“董事长,我检讨,我有错,我销售不利。”

陈雪雅笑了起来:“得了,这又不是你的过错,人家的保暖内衣出新款式了,消费者让那些新款式吸引走了。”

经理说:“我在这商场闷了一天,还不知道发生什么事了。”

陈雪雅说:“得了,这不是你的过错。”

经理说:“谢谢董事长。”

27

陈雪雅再次化妆,戴着鸭舌帽、墨镜,乘坐出租汽车来到了那个艺术村的咖啡厅。

咖啡厅里没有暖气,很冷。

只有一个小姑娘和几个闲散的颓废的艺术家在那里轻轻地弹奏着吉他,唱着悲哀的恋爱歌曲:

再见了我的姑娘,
离恨断情肠,
风送雨别情更凄凉,
归途相失望。

生活啊,捉弄我,
心啊,多悲伤,
欢乐一去不复返,
痛苦留心上。

那个大胡子没在这里。

陈雪雅有些失望,她想走。不知为什么,这里的几个颓废的艺术家一点也不吸引她。

没想到,那个小姑娘发现了她:“小姐,别走啊,添点人气吧。”

陈雪雅只好走了回来:“好吧,给我一杯葡萄酒。”

小姑娘倒了一杯葡萄酒递给了陈雪雅,陈雪雅慢慢品尝着。

蜡烛比第一次来的时候更脆弱了,摇摇欲坠的样子,火苗一闪一闪的,照着那些艺术家的脸颊。

那个弹奏吉他的艺术家问道："小姐，我们怎么好些天没有看见你了？"

陈雪雅问道："难道，你们天天来？"

弹奏吉他的说："是啊，天天来。不，我们没有地方住，就住在这里。"

陈雪雅问："既然你们天天来，我怎么没看见那个大胡子艺术家呢？"

陈雪雅说完，还指了一下那个大胡子的画作："就是那个中国的达利。"

几个艺术家都摇头："我们也不知道，他和你一样，也很神秘。"

陈雪雅的心动了一下："怎么神秘了？"

弹奏吉他的说："他在这里投资办了这个咖啡厅，可是自己并不常来，我们也不知道他现在在哪里。"

陈雪雅看了一眼那个小姑娘："看样子你是被雇来的，是吗？"

小姑娘点头："是啊，我是来这里寻找机会的歌手，没有钱，看见这里招工，就给这个大胡子看咖啡厅，顺便在这里住，不但不交住宿费、饭费，我还可以赚钱。"

陈雪雅问："那你也不了解他吗？"

小姑娘忽闪着大眼睛："不了解。他啊，不知道是干什么的，反正看样子挺有钱的。"

陈雪雅问："怎么，开个咖啡厅就算有钱？"

小姑娘惊诧地看着陈雪雅："哎呀，你不知道，他开咖啡厅不但不赚钱，反而赔钱。你想想，哪个没成功的艺术家敢这么糟蹋钱？"

陈雪雅说："那他就是个成功的艺术家了？"

那几个唱歌的艺术家一脸的不屑："没听说过他的名字。"

陈雪雅想着，安琪儿，和自己的假名字一样。难道他这个名字也是假的吗？陈雪雅把这个疑问提出来。

小姑娘笑了起来："到这里来的，都是为了赚名声的，怎么会不用自己真实的名字呢？"

正说着，大胡子老板走了进来。

大胡子老板看见了陈雪雅："安琪儿，哈哈，相同名字的人。哈哈……"大胡子老板说着，就趁机拥抱了陈雪雅一下。

陈雪雅没在乎，她留学在外，和男生也不止一次地拥抱过。可是，在大胡子拥抱她的时候，她明显感受到了一个成熟男人对女人的渴望。

大胡子不情愿地将两个胳膊松开，问道："安琪儿，你怎么好久没来了？"

陈雪雅说："听说你也不是天天都来的。"

大胡子哈哈地笑着："我还跑得了吗?！俗话说，跑了和尚跑不了庙。我在这里投资了，还能不来？"

弹奏吉他的问："那你这些日子在干什么呢？为什么没有在这个村子？"

大胡子愣了一下："我在外面有个项目。"

大家显然对项目这个词有了兴趣。艺术家很少有人提到这个词汇的。

大胡子说："我想在城里开一个画廊。"

几个艺术家就像遇见了救星似的，一下子抓住了他的手："那你可救了我们了，我们到处寻找画廊，希望卖我们的画，展出我们的画作，可是就是没有人赏识我们啊。这下，我们可有了出头之日了。"

没想到大胡子只是嘿嘿一笑说："哎呀，人家要价太高，我没有钱租啊。"

几个艺术家失望地继续喝酒，而且是狠狠地喝酒，恨不得将大胡子的酒全都喝光。

陈雪雅问道："要多少钱？"

大胡子："一个月四千元。"

陈雪雅的心再次动了一下。心想这些艺术家真可怜，一个月四千元都拿不出来。她是个义气人，真想说自己可以帮助他们，但她张了一下口，还是没有说出来。她知道，自己来，就是为了换一副面孔生活的，自己现在装扮的也是一个穷困潦倒的艺术家，千万不能暴露身份，让人家知道自己是本市最大民营企业的董事长，那样自己就成了新闻媒体爆炒的佐料了。

大胡子盯着她的脸看:“要不,你投资?”

陈雪雅反问:“你这咖啡厅一个月要多少?”

大胡子:“就五千元。”

陈雪雅叹息道:“这和城里的价格的确没法比啊。”

大胡子噘了一下嘴说:“没有办法,我们都是没有成功的艺术家啊。”

陈雪雅问:“你不是中国的达利吗?”

大胡子平静地回答说:“可惜,中国人不认达利,就认……”他说了一个家喻户晓的名字。

陈雪雅有些同情地说:“是啊,艺术家成名前都有一段坎坷的经历。”

大胡子的眼睛有些放光:“你是说,我以后真的会成名?”

陈雪雅的脸上露出一丝微笑:“是的,能成名。”

大胡子高兴起来,一下子将陈雪雅抱起:“哈哈,有你这句吉言,我就不那么伤心了,哈哈……”

陈雪雅再次感觉到大胡子对她的渴望,这是一个成熟男人,一个渴望女人的男人。

大胡子将陈雪雅放下,做了一个绅士的邀请动作:“咱们跳舞吧。”

那个小姑娘急忙打开了CD机,咖啡厅里立刻迷漫起美妙的音乐。

大胡子再次将陈雪雅揽在自己怀里,轻轻地迈着舞步。

大胡子的眼睛热辣辣地盯着陈雪雅,探听着陈雪雅的身世:“我看你根本就不像我们这些没有成功的艺术家。”

陈雪雅警惕地问道:“怎么不像?难道你们这些没有成功的艺术家和我有什么不同?”

大胡子点头:“当然不同。我们满脸的颓废,满脸的无所谓,满脸的不负责任;而你呢,满脸的朝气,满脸的昂扬,满脸的责任感。”

陈雪雅摇头说:“不可能,我怎么就满脸的昂扬,满脸的责任感呢?我为什么感觉不到?”

大胡子趁机将陈雪雅拉得更近,让自己的胸紧紧地贴着陈雪雅的乳房。

陈雪雅第一次感到了一个男性身体的亲近,两个人就像一个人一样了,紧紧地粘到了一起。

大胡子将自己的嘴巴凑到了陈雪雅的嘴上。陈雪雅感觉到了烟草和酒的气息,有些恶心,就用手推开了大胡子。

大胡子轻轻地说:"对不起,对不起,也许,我性子太急了。"

陈雪雅感觉脸颊热辣辣的:"啊,我要走了。"

大胡子望着她:"为什么走这么早?"

陈雪雅委婉地说:"我……一个女孩……不应回家太晚吧。"

说完陈雪雅走出了咖啡厅。她回头望了一眼,忽然看见那个大胡子狠狠地将那个女孩搂抱在自己的怀里,揉着那个女孩的乳房,甚至将手伸进了那个女孩的衣服里。

陈雪雅的脸颊有些发热,心跳也加快了。

她无意识地再看了一眼咖啡厅,发现那大胡子已经将那女孩的上衣脱下,正抱着那女孩向里面的房间走去。

那些艺术家们好像根本就没有看见大胡子和女孩的亲昵似的,依然弹奏着吉他唱着……

陈雪雅摇了一下头,走了。

一辆出租汽车停下,陈雪雅上了出租汽车,把自己的鸭舌帽压得更低了。

28

奔马公司的商场人流如潮,人们争相购买新式内衣。

何彤和何有站在远处,欣赏着这一景象,一番得意的神情。

何有劝慰着:"爸爸,您年纪大了,歇一会儿吧。"

何彤说:"我不累。看着消费者争相购买我的产品,比看天下最美丽的景色还惬意,哈哈……我奔马公司还是奔马公司,就是要快步领先,就是要一马当先,就是要遥遥领先,就是如奔马一样,一泻千里,万马奔腾,哈哈……"

何有说:"爸爸,有了您的想象力,我们就可以永远地战胜三人公司了。"

这时,王莹、孙希罕走了进来。

何彤一眼就看见了他们:"看,三人公司的代表来了。"

何有说:"他们一定是来学习取经的。"

何彤走近王莹:"怎么样,来学习的?"

王莹:"是的,来学习的,知己知彼,百战百胜嘛。"

何彤问道:"怎么,你们还想战?"

王莹笑着说:"当然,怎么会就此罢休呢?"

何彤说:"真是不到黄河不死心啊。"

王莹说:"我们总裁说了,现在刚开始,还没分清胜负,是吗?"

何彤说:"已经初露端倪了,是吗?"

孙希罕说:"我想,这大概是何有的杰作吧?"

何有说:"不,是我父亲的主意。"

孙希罕说:"我不相信。何老先生一贯保守,怎么会进行样式的改革呢?"

何有说:"父亲一贯致力于出新、出奇。"

王莹拉了一下孙希罕说:"啊,好了,我们可以走了。"

孙希罕道:"还没有看完啊。"

王莹说:"我已经受到启发了,咱们走吧。"

何彤问道:"你受到什么启发了?"

王莹说:"就是……新、奇、怪。"

王莹说完,急匆匆地走了出去。

何彤埋怨儿子:"为什么告诉她这个秘诀?"

儿子说:"相信陈雪雅会比我聪明。"

何彤说:"我确信她像她爸爸一样愚蠢。"

儿子说:"但愿如此。"

何彤说:"但愿如此吧,不知明天这个丫头又会搞出什么来。"

儿子说:"咱们也不能停止。热销之后,马上就应该继续我们的新奇创意。"

何彤说:“我支持你,儿子,给你发奖金。”

儿子说:“谢谢爸爸。”

29

在三人公司的会议室,王莹和孙希罕拿出偷拍的录像带,将录像带放在电视机上,让陈雪雅看。

陈雪雅问王莹和孙希罕:“你们看见奔马什么了?”

孙希罕说:“新、奇、特。”

王莹说:“还有美。”

陈雪雅说:“对啊,创新是一切的源泉,咱们怎么就忘记了呢?怎么就可以躺在我们过去的辉煌上一劳永逸呢?”

孙希罕说:“我愚蠢,竟然没有想到奔马公司会出奇制胜。”

王莹说:“我还以为奔马公司会被咱们一拳打死了呢。”

几个人都笑了起来。

孙希罕说:“我也是低估了奔马公司,特别是何有那小子。”

王莹说:“小妹,那小子提起你的时候,好像有些敬佩的神情。”

孙希罕焦虑地看着陈雪雅说:“雪雅怎能爱上敌人呢?”

王莹说:“要是真的能够俘虏那小子,咱们不就是朋友了吗?”

孙希罕说:“除非咱们彻底战胜奔马公司,否则永远是敌人。”

陈雪雅说:“是啊,奔马公司是大公司,即使一时战败,也不会永远认输。这次就是教训,咱们太疏忽了,让奔马公司抢先了,把咱们一下就打蒙了。”

孙希罕问道:“你蒙了吗?”

陈雪雅说:“是的,手足无措。看见那个录像带,我才恍然大悟,就是要出奇制胜啊。”

这时,母亲走了进来:“哎呀,你大哥来了几次电话了,说大夫说了,戒毒所说了,他已经戒毒成功了,咱们可以把他接出来了。”

陈雪雅看着胖胖的王莹说:“大嫂,咱们去吧。”

王莹点了点头,但脸上掠过一丝难过的神情,心中再次打翻了五味瓶。

唉,这个丈夫啊,自己拿他怎么办?自己和他早就没有夫妻情分了,更没有了肌肤之亲。听见别人说丈夫如何亲近那个叫小曲子的小姐,她就反胃。一个让无数男人都上的女人,自己的丈夫说不定会在她那里染上什么病毒,没准是艾滋病毒,也许是梅毒。想起那些,她就恶心。唉,自己怎么办啊?

30

戒毒所在郊外,周围是高墙,像监狱一样森严。

陈雪雅和王莹拿着身份证,登记后,才进了戒毒所。

陈雪松在一个护士的陪同下走到她们面前。

陈雪松脸色憔悴,目光中藏着仇恨,看见妻子和妹妹,那仇恨的目光在眼睛中放射出来。

陈雪雅问道:“大哥,彻底好了吗?”

陈雪松装作轻松地说:“彻底好了。”

王莹问道:“是用什么方法戒毒的?”

陈雪松说:“主要是中医、针灸、吃药。”

陈雪雅突然眼睛一亮说:“大嫂,你说,咱们可以把咱们的内衣做成中医用的专用内衣吗?”

王莹说:“好啊,不过一定要请专家设计啊。”

陈雪雅说:“我有主意了,我一定会战胜奔马公司的。”

陈雪松问道:“怎么,咱们还没有战胜奔马公司?”

陈雪雅说:“谈何容易?”

陈雪松看着妹妹说:“全都怪我,耽误了三人公司。”

王莹说:“我们都不怪你。”

陈雪松依然装成忏悔的模样说:“太谢谢你们了。”他现在知道,如果不忏悔,妹妹和妻子是不会答应让他出去的。自己在这里太难受了,什么都有人管。自己不但失去了自由,还不能和女人睡觉,不能喝酒,不能跳舞,不能吸毒。

啊,他喜欢纸醉金迷醉生梦死的生活,这里都不允许。而他离了女人和毒品,还有山珍海味,就难受得度日如年。

王莹在戒毒所的接人证上签名,同意让自己的丈夫出戒毒所。

陈雪松看着妻子那肥胖的小手颤抖着写上王莹的名字,想亲吻一下王莹的脸,表示感激。

王莹急忙推开陈雪松。

陈雪松明白了妻子的内心依然憎恨自己,嫌弃自己。

陈雪松的脸上露出一丝麻木的神情。其实,自己早就不想亲近这个女人了,自从父亲死后,自己有了钱,玩遍了全市有名的小姐,甚至还到外国玩过女人。他确信,所有的小姐,都让他有激情,而眼前这个胖胖的女人,他似乎一点也不想接近。刚才,纯粹是一种虚情假意。

陈雪雅开着车,在郊外的路上行驶着。王莹和陈雪松坐在后座上,几个人都沉默着。

31

三人商场花高价请来了模特,为三人公司的新服装走台。

模特们高挑的身材,穿着各种内衣,在众人面前来回走着猫步。

年轻貌美的模特们下场后,乐队忽然高奏得胜曲。

音乐声中,陈雪雅走了出来,对众人说:“我们三人公司除了做出了普通人的保暖内衣以外,我们还做出病人和老年人等特殊人群需要的内衣,大家看,这是我们专门为老年人设计的可以按摩的内衣。”

老年模特在音乐声中走了出来。

一个老太太走出来,对众人说:“自从我穿了这个内衣啊,我的高血压竟然好了。”

众记者拍摄着。

忽然,一个记者喊叫道:“听说,三人公司的董事长吸毒嫖娼?”

会场立刻安静下来,老年模特仓惶跑进后台。

陈雪雅推着哥哥走出。

陈雪松走出来,对大家说:“前一阵,被媒体吵得沸沸扬扬的陈雪松吸毒事件,今天终于结束了。我走近大家,告诉大家,我就是陈雪松,我现在好了。我现在穿着我们三人公司生产的专门为戒毒人员设计的内衣，我现在没有复发。”

众记者拍摄着。

何彤忽然走到前面：“这是欺骗……这是不可能的……”

陈雪雅说：“大哥，把戒毒所和市医学鉴定委员会的文件给这个老先生看看。”

王莹说：“在我这里。老先生，你也太没风度了吧？”

王莹拿出文件。

何彤突然晕倒。

32

孙希有被释放回家的时候，正是快过年的时候。天上下着雪，雪花慢慢地飞舞，给城市披上了白色的服装。汽车无法行走，孙希有只好在家人的搀扶下冒雪回到了家。院子里的葡萄架全都秃了，没有了葡萄，只有白色的雪落在上面，像干梅一样。

孙希罕将他搀扶到房中。

孙希有看见豪华的客厅、沙发，忽然，伏在沙发上号啕起来。

孙希罕劝慰道：“大哥，你终于回来了，就别再伤心了。”

孙希有伏在沙发上痛苦地哭着。

孙朴直说：“得了，儿子，既然回来了就应该高兴，不应该这样悲伤。咱们家还是富人，咱们还有钱，有财产，你的生活没有问题，包在我身上。”

孙希有说：“那个陈雪雅害得我身败名裂，坐了那么长时间的牢，我绝对饶不了她，我一定要报仇……”孙希有歇斯底里地喊叫着。

母亲给儿子擦着眼泪：“好儿子，千万别再招惹是非了，妈妈害怕，怕你再进去。”

孙希有说：“妈妈，别害怕了，以后我知道如何对付陈雪雅了，绝对不会像过去那样愚蠢了，我会用计谋对付那个陈雪雅。”

孙朴直说：“我的儿子，监狱没有白坐。”

孙希罕说："大哥，我说话你也许不爱听。"

孙希有问道："你要说什么？"

孙希罕说："俗话说，害人之心不可有。过去爸爸和你总是想害陈家人，所以才落得身败名裂，成了囚犯。如果你以后再想着害人家，我看下场还不会好。"

孙希有蹦起来："混账，你这混账，我为了谁？还不是为了咱们家，为了咱们战胜他们姓陈的吗？为了咱们能够在三人公司当家做主吗？难道你就一点不理解我、不同情我吗？"孙希罕那光秃秃的脑袋竟然流着汗，他太激动了。

孙希罕说："现在陈雪雅领导的三人公司，已经进入了鼎盛时期，公司接连打了几个胜仗，连续赢利，我们家也分了不少红利，大概也有百万了。大哥，人应该有良心，应该感谢人家陈雪雅的工作，感谢陈雪雅为我们带来的财富，为什么要恩将仇报呢？我就不明白，你刚出狱，就做出要报仇要整陈雪雅的打算，我真为你担心和惭愧。"

孙希有看着弟弟说："我问你，现在三人公司是你当家还是陈雪雅当家？"

孙希罕说："当然是陈雪雅当家。"

孙希有鄙夷地说："你和那个丫头是同学，也是留学生，你就不为自己总是做人家的奴才感到惭愧，羞耻？不为咱们孙家总是在陈家的阴影下生活感到难堪，痛苦？你还是人吗，还有自尊吗？"

孙希罕说："陈雪雅有深谋远虑，雄才大略，还有坚强的意志，善良的心，我格外敬佩她。我觉得陈雪雅理所当然地应该成为三人公司的领袖，第一领袖。人家陈家的股份占多数，即使占少数，我也会同意陈雪雅当三人公司的当家人，这就是我对陈雪雅的评价。我在陈雪雅面前感到惭愧、难堪，因为人家是女孩，竟然处处高于我，智谋高、才华高，我的确感到惭愧。"

孙希有看着孙朴直说："爸爸，您看，您竟然培养了一个汉奸，竟然如此地长陈家人的威风，灭咱们孙家的志气。"

孙朴直说："如果孙希罕你能够俘虏陈雪雅，我们就可以罢休，让陈雪雅成为我们家的儿媳妇。可是如果她成为别人家的媳妇,我看我和你大哥绝对不能永远在陈雪雅的阴影下生存,永远不能。”

孙希罕问道:“你们不愿在陈雪雅的手下工作,难道你们比人家更有能力吗?”

孙朴直说:“是的,应该对自己自信,没想到你竟然不如我自信。当年我就是不服气那个老陈,总是试图取代他,如今你们更不应该服气,要试图取代陈雪雅,成为三人公司的当家人,这就是我给你们的奋斗目标,也是我的遗嘱。如果我死了,你们一定要完成我的遗愿,战胜陈家人,成为三人公司的当家人。”孙朴直说着,老泪纵横。

他的夫人忙着给丈夫擦眼泪。

孙希有喊叫着:“我要喝酒,快,在监狱馋得我几乎要疯了,快,我要喝酒。”

母亲急忙让保姆将准备好的美酒佳肴端到餐厅。

孙希有大口地喝酒吃肉,那光秃秃的脑袋上汗津津的。妈妈心疼地给儿子夹着鱼:“儿子,别光吃肉,吃点鱼。”

孙希有说:“肉香,解馋。”

孙朴直感叹地说:“过去,我儿子都不吃肉,现在馋得……唉,是应该报仇啊。”

孙希有说:“我余下的时间就是为了报仇而活着。我要把整倒陈家人作为我的终生目标。”

孙希罕说:“我就反对你们这样,刚从监狱出来,还不接受教训,难道还想进去吗?”

孙希有说:“不,我绝对不会进监狱了,我不会那么愚蠢。我也要用智谋夺取三人公司的领导权。”

孙希罕说:“大哥,你的智慧和陈雪雅比起来,简直就是天壤之别,我希望你别白浪费自己的时间和精力了。”

孙希有说:“我有你这样的兄弟,也不会成功。”

孙希罕说:“我不过担心你再进监狱。”

妈妈说:“你们兄弟别争吵了,快吃些鱼和螃蟹吧。”

孙朴直说："你大哥一个人的确斗不过陈雪雅，那么你这当弟弟的就应该帮助你大哥啊。"

孙希罕说："不，我不会做吃里爬外的事情，不会当内奸。"

父亲气急败坏地喊叫起来："你这混账……竟然如此不懂事，你爸爸一辈子的心愿就是要你们翻身，成为三人公司的当家人，别在陈家的压迫下生存了。没想到，你小子竟然如此窝囊、无用，竟然甘心做人家的奴才，大丈夫岂能永远甘居人下？除非是弱智、傻瓜、窝囊废……"

孙希罕说："和陈雪雅比起来，咱们就是弱智、傻瓜、窝囊废。"

孙朴直气得将酒杯摔碎："我怎么养了这样一个窝囊废啊……啊……"

孙朴直伤心地哭了起来。

孙希有也气急败坏地将酒杯摔碎说："你不帮助爸爸和大哥，你就不是人，你是畜生，没有良心，没有人性。"

孙希罕说："我正因为有良心、有人性，才不愿整人家陈雪雅呢。现在正是企业竞争的关键时刻，我不能整董事长兼总经理，我应该支持她的工作。"

父亲说："我相信三人公司在我们孙家手里，会更加强大，也许会成为中国的500强大企业呢。"

孙希有说："我相信父亲的话，弟弟，就相信父亲，支持父亲，把三人公司的领导权夺过来吧，这是爸爸的心愿啊，也是大哥的心愿啊，大哥就是为了这个才做出那些肮脏的事情，招揽妓女，引诱陈雪松吸毒嫖娼的啊，没有这个心愿，大哥怎么会做出那些事情来呢？"

孙希有说："我为那些事情感到羞耻。"

孙希有说："弟弟，我再也不会做出那些事情来了，我一定会用计谋夺取总经理的位子的，到时，总经理就是弟弟你的，你是留学生，资质不比陈雪雅差，应该出人头地，应该振兴咱们孙家。我没有那个资质没有那个前途了，我一个刑满释放犯……啊……"

孙希有说着，再次喝了一杯酒，然后呜呜地哭了起来。

妈妈劝慰着："儿子，咱们家有钱，何必这么悲哀呢，自己干。"

孙希有说:“爸爸,妈妈,你们的儿子一定会争气的,一定会让爸爸的心愿变成现实的,你们就相信吧。”

父亲说:“现在咱们还没有那个能力。”

孙希有惊愕地看着父亲:“爸爸,怎么又灰心丧气了呢?是你鼓励我们跟陈家较量的啊。”

父亲说:“我是说可以利用外力,借助外力。”

孙希有看着父亲:“借刀杀人?”

父亲点头:“对,借刀杀人。”

第六章 借刀杀人

孙朴直和奔马公司相勾结，利用陈雪松的毒瘾，引诱陈雪松偷出三人公司的公章，和奔马公司签订合同，购买奔马公司1000万元的保暖内衣。

为不让哥哥进监狱，陈雪雅没有揭发这件事。

33

秘书带着孙希有走进了奔马公司。孙希有站在大厅老马的雕塑前，凝视了一刻，然后走进了何彤的办公室。

何彤和何有惊愕地看着他。

孙希有自我介绍说："相信你们认识我。"

何彤点头："认识，孙家的大公子，是吗？"

孙希有向奔马公司的创始人鞠了一躬："我父亲向你问好。"

何彤敷衍着说："谢谢。"

何有问道："孙先生来……一定是有要事吧？"

何彤说："是啊，我记得你进了监狱，是因为陈家进的监狱，我猜一定是为了陈雪雅来的吧？"

孙希有说："何彤先生不愧为人杰，一语中的。"

何彤说："我也怀疑你是代表你的弟弟来探听虚实的，是吗？"

孙希有说："我和弟弟、父亲是一家人，我们都希望取代陈雪雅，成为三人公司的当家人。"

何彤说："那是你们三人公司内部的事情，不知道我们奔马公司对你们有什么帮助。"

孙希有说："当然有帮助了，不然我不会舍脸来求你们的。"

何彤冷静地打量观察着孙希有："说吧，我们可以帮你们什么呢?"

孙希有说："让陈雪雅失败一次，我们就有理由击败陈雪雅，追究她的责任，让她从总经理的宝座上下来。"

何彤说："可是，她不会失败的。她知识渊博，诡计多端，聪明绝顶，我们没有办法战胜她。"

孙希有说："当然可以失败了，在商战中不能战胜她，你们可以在其他的方面战胜她啊。你们也是希望她马上下台的啊，是吗?"

何彤说："是的，我们对她恨之入骨，我曾经让她气死过去。"

孙希有说："所以，你们也是我们的同盟军啊。"

何彤说："你们孙家不是有对付陈家的办法吗? 比如，你用引诱的方法，让陈雪松吸毒、嫖娼，借此打败了陈雪松，你们还可以用这样的办法，打败陈雪雅的。"

孙希有说："我也为此进了监狱，我不会再做那样愚蠢的事情了。"

何彤冷笑道："我们也不会做那样愚蠢的事情，让自己进监狱。"

孙希有说："我有其他建议。这样既可以整垮陈雪雅，还不至于让我们进监狱。"

何彤说："我们洗耳恭听。"

孙希有伏在何彤的耳朵边说着。何彤说："我相信这不是你的计谋，你没有这样的计谋。"

孙希有说："不错，这是我父亲的计谋。"

何彤说："好吧，我们可以这样做。不过，我们需要报酬。"

孙希有说："当然，赢利，是咱们孙家和何家的。"

34

陈雪松在看武打影碟。其实他头脑简单得就像孩子，不知当年父亲是如何教导他的。陈雪松读书不用功，和外人交往也不多，只有在家享受多，所以这个纨绔子弟，还属于比较简单幼稚的一类。

手机铃声响起，陈雪松拿起电话："喂……"

电话里传出小曲子的声音："陈大哥，还记得我吗，我是小曲子。我好想念你啊,想死我了啊,让我想得好苦啊……”小曲子说着,抽泣起来。

陈雪松的心动了一下,似乎看见了小曲子那白嫩的乳房和丰满的臀:“你现在在哪里?”

小曲子说:“怎么,你真的还想见我?”

陈雪松说:“我当然想见你。”

小曲子说:“好吧,你马上出来吧,不过这不可不是我引诱你的啊。”

陈雪松说:“咱们现在是朋友,没有谁引诱谁的事。”

陈雪松急切地奔出,乘出租汽车来到和小曲子约会的旅馆。

小曲子和陈雪松热烈地拥抱着,接吻着。

小曲子主动将衣服脱下,坐到了陈雪松的大腿上。

小曲子说:“陈大哥,我好想你啊。”

陈雪松动情地说:“我也好想你。”

小曲子说:“别忘了,你说过要娶我为妻的啊?”

陈雪松说:“我现在权力、金钱都没有了,我就是一个穷光蛋,我拿什么娶你,咱们怎么生活?”

小曲子说:“我不相信。你是陈家的大公子,董事长兼总经理,怎么没有钱没有权力了呢?还不是骗我,唯恐我粘上你。放心吧,我小曲子就是死,也不会粘上不爱我的男人的。”

小曲子说着,哭了起来,一副委屈伤心的样子。

陈雪松抱着小曲子说:“真的,我要是撒谎,就让老天把我劈成两半。”

小曲子急忙捂住了他的嘴:“千万别这样说,我相信你了。我想你,不是因为你有钱,是因为咱们有缘分,你就是要饭,我也会想你的,明白吗?”

陈雪松问道:“你现在住在哪里?”

小曲子说:“唉,我哪里有地方住啊,我……四海漂泊,见见你,我就走了。”

陈雪松紧紧地抱住她:“别走,我舍不得放你走。”

说着,陈雪松就将她压在了身子下面,急切地脱下她的衣服。在她的身上,他就有激情,在王莹的身上,陈雪松觉得自己就没有激情。这到底是怎么回事呢?他自己也说不清楚,总之,和她在一起,自己就想做那种事,在王莹的面前,自己就不想。

小曲子依然清醒地观察着他,问道:“怎么,你可以养我?”

陈雪松说:“当然可以了。我即使没有权力、金钱,也可以养自己喜欢的女人啊。”

小曲子说:“只要你愿意养我,就是吃冷馒头,我也绝对不跟别人了。以后我就专门跟着你了,你就是我的丈夫,我的亲人了。”

说着,两个人继续紧紧地拥抱、接吻。

小曲子说:“我听说,现在你们家是你妹妹当家,她好厉害啊。”

陈雪松说:“是啊,她特别能干。”

小曲子问道:“你老婆和妹妹,会答应你接纳我吗?”

陈雪松说:“我怎么会告诉她们呢?告诉她们,她们当然不会答应了。”

小曲子说:“你没有经济来源,要手心向上向人家要钱呢,你怎么可以不请示人家呢?”

陈雪松说:“放心吧,我一个大男人,不会那样无能的。”

小曲子将了陈雪松一军,说:“大丈夫一言,驷马难追啊。”

陈雪松说:“是的,我要报她们夺我董事长兼总经理位子的仇,我要夺回我的董事长兼任总经理的位子。”

小曲子偷偷地乐了起来:“啊,那样我可就是董事长的二奶了。做你的二奶,我也愿意。”

35

陈雪松喝醉了酒,醉醺醺地走进家。酒让他醉,人也让他醉。恍惚着,他总是在抱着小曲子那白嫩的肉体,亲吻着小曲子那柔软的乳房。边走,边喃喃着。啊,这才是女人,才有女人味。

母亲和王莹、陈雪雅都用怀疑的目光看着他。

母亲问道:“你怎么还喝酒啊?不是说把不好的毛病都改了吗?”

陈雪松说:“我心里难过,我不喝酒,不麻醉自己,我就要精神崩溃了。”

母亲看着他:“至于吗,不就是过去那些事情吗?过去了就别再悔恨了,妈妈、小妹和你妻子都会原谅你的。”

陈雪松说:“什么,你们原谅我?”

母亲说:“是啊,我们原谅你啊。”

陈雪松说:“你们策划了阴谋,李代桃僵,你们夺取了我的董事长兼总经理的位子,你们还要原谅我了,哈哈……”陈雪松阴阳怪气地笑了起来。

几个女人全都惊愕地看着他。

陈雪松逼近了王莹:“王莹,没想到你吃里爬外,你是我的妻子,却和别人一起夺我的权和位子,没想到啊,你们都是我的亲人,却都和我过不去……”

王莹说:“你啊,真糊涂。当初的事情忘记了,是你让公司亏损了上百万,你每天吃喝嫖赌还吸毒,这些你都忘了吗?你怎么可以做这么大公司的董事长呢?是小妹让公司转危为安,扭亏为盈的,是小妹挽救了公司,挽救了这个家,你应该感谢小妹才是啊,怎么能恩将仇报呢?”

陈雪松冷笑道:“啊,你们好有本领啊,转危为安,扭亏为盈。哈哈……如果没有爸爸的公司,没有我的努力,这个公司会支撑到现在吗?你们是踩着我的肩膀往上爬,我是真正的继承人,明白吗?”

母亲说:“没想到,你刚出了戒毒所就这样放肆了,真没想到啊!”

陈雪松喊叫着:“我希望你们……马上还我的权力,还我的董事长兼总经理的位子,否则,我就让你们……全都……”

母亲看着他:“怎么样?”

陈雪松说:“全都完……”

王莹说:“陈雪松,这是董事会的决定,你没有资格当董事长兼总经理。”

陈雪松冷笑着:“董事……哈哈……还不是你们行贿……”

王莹说:“胡说,这是诬陷。”

陈雪松说:“我也会行贿……哈哈……”

36

孙希有兴奋地喊着:“爸爸……爸爸……成功了,成功了。”

父亲看着儿子:“快说,怎么成功的,现在到什么程度了?”

孙希有说:“那个小曲子又把陈雪松迷上了。哈哈……小曲子可真有办法，就会迷男人，哈哈……小曲子的话激怒了陈雪松，陈雪松要夺回自己的董事长兼总经理的宝座，哈哈……”

孙朴直说：“我知道陈雪松不会成功的，但还是希望他们兄妹继续闹下去，让他们陈家乱成一锅粥。”

孙希罕突然从里面的房间出来：“别忘记教训，过去你们把公司搅和得亏损百万元，自己又进了监狱，别忘了啊！”

孙朴直骂着二儿子：“放屁，我这是为了你们兄弟代替陈家兄妹，暂时的亏损可以让陈家兄妹下台，明白吗？别做内奸。”

孙希罕说：“现在你们做的就是内奸的事情，搅乱公司，就是内奸。”

孙朴直狠狠地给了二儿子一个嘴巴：“混账……”

孙希罕也激怒了，喊叫着：“你们这样做，就是内奸，就是没有良心，就是内奸……”

孙朴直说：“如果陈家兄妹下台了，你大哥担任董事长，你就靠边站。”

孙希罕说：“我现在就辞职，我不想做你们这样的坏人……”

孙朴直骂着：“说我是坏人，你这小王八蛋……”孙朴直打着儿子。二儿子逃出了门。

孙朴直气喘吁吁地坐下来说：“马上给陈雪松打电话，我要见他。”

孙希有说：“我……他可能已经不相信我的话了。”

孙朴直说：“好，我自己打电话。”

孙朴直拿起电话，打着：“哎呀，贤侄啊，出来了，怎么不说一句呢，我非常想念你啊，马上来一趟吧，我要给你接风啊，对，马上来。”

孙朴直放下电话：“你还是回避一下吧，免得陈雪松疑心。”

孙希有点头：“好吧。”

37

一间偏僻的餐厅里，孙朴直迎来了陈雪松。

孙朴直和陈雪松对坐。孙朴直拿起酒杯说：“贤侄啊，大伯给你接风，来，干。”两人一饮而尽。

孙朴直说：“本来我们两家是世交，可为了董事长和总经理的位子闹得有些不愉快,我现在向你们陈家道歉。本来你们陈家的股份最多,就应该担任董事长、总经理,我以后再也不会和你们陈家人争夺总经理的位子了。”

陈雪松说:“那就谢谢了。”

孙朴直说:“以后啊,我们孙家人一定要在你陈雪松的领导下,废寝忘食地工作,我发誓。”

陈雪松叹息道:“老伯啊,难道你不知道,我妹妹当了董事长兼总经理了吗?”

孙朴直故作惊讶地问:“啊,你回来了,她还没有把权力让给你啊?”

陈雪松说:“她……不会让的。”

孙朴直说:“哎呀,她一个女孩子,怎么能领导这么大的公司呢?应该把董事长兼总经理的位子让给你啊,这样我们才放心啊。”

陈雪松说:“她说,她的权力是董事会给的,我对此也没有办法。因为董事会是最高的决策机构,我……”

孙朴直拍着胸膛说:“贤侄啊,我保证支持你官复原职,恢复董事长兼总经理。”

陈雪松激动地握住了孙朴直的手:“谢谢大伯。”

孙朴直说:“可惜,我们孙家只有一票啊,如果你妻子王莹的父亲王云舟把他那一票也投给你,我看你的位子就可以失而复得啊。”

陈雪松说:“可惜,我妻子对我已经失去了信心,我岳父也不相信我的能力了,还有我妈妈,也是偏袒我妹妹。”

孙朴直说:“那就需要你的工作了,你可以向他们表态啊,求求他们。”

陈雪松摇头,叹息着说:“不可能的。”

孙朴直说:“哎,还是求求他们吧,也许他们真的会同情你呢,到时你就可以依靠这同情,战胜你妹妹。”

38

小曲子的房间,是陈雪松花钱临时租来的,也就40平方米,但是小曲子已经很满足了。她在房间里贴满了自己的照片,大都是裸体的,为的是在陈雪松到来时诱惑他。

门铃响了7次,这是陈雪松规定的。小曲子打开门,陈雪松带着冷气走了进来。小曲子用拥抱和热吻迎接着情人。

小曲子问道:"哎,怎么样,你的梦实现了吗?"

陈雪松说:"不可能实现的,我妹妹太强大了。"

小曲子冷笑着说:"哼,一个大男人,竟然战胜不了一个女人,真无能。"

陈雪松忽然哭了起来。

小曲子说:"哎呀,越说越窝囊了,男子汉竟然学会哭了。"

陈雪松说:"我也不知道为什么,自从我学会了吸毒,我就变得脆弱、敏感、爱哭了。"

小曲子给他擦着泪说:"别毁了自己。"

陈雪松说:"不会的,我一定要战胜自己,战胜陈雪雅,把董事长的位子夺回来。"

小曲子伏在他的怀里,娇滴滴地说:"现在你暂时不能掌握三人公司,那就先做笔买卖赚钱,自己开一个公司吧。"

陈雪松犹豫着:"自己开公司……我没有资金啊。"

小曲子说:"我的一个朋友有一笔货物,如果你签这个合同,当然是代表三人公司,他们就可以给咱们一笔钱。"

陈雪松说:"我怎么有权利代表三人公司呢?"

小曲子说:"我们就是……想赚钱啊,没有三人公司的章,人家怎么会给咱们钱呢?"

陈雪松问道:"给多少?"

小曲子说:"每件提10元,一共是10万件,可以提取100万元。"

陈雪松问道:"什么东西?"

小曲子说:"保暖内衣。"

陈雪松说:"啊,我们三人公司就是生产保暖内衣的,怎么会要人家的保暖内衣呢?"

小曲子说:"他们是生产保暖内衣的,咱们把保暖内衣运进三人公司的仓库,神不知鬼不觉地就能赚100万元,这个钱太容易赚了。有了钱你就开一个公司,自己当老板、董事长,我担任副董事长,怎么样?没有你们家,咱们也可以发财。赚钱以后,咱们就到海外,我做你的明媒正娶的太太,你呢,和王莹离婚,怎么样?"

陈雪松说:"当然好,我签字,就可以……代表三人公司吗?"

小曲子说:"我不是说过吗,你把三人公司的章拿出来盖上,明白吗?"

陈雪松说:"那……我觉得这事情不好办,公章在保险柜里,我怎么可以拿出来呢? 再说了,我签字也没有效啊。"

小曲子生气地指着陈雪松说:"真无能,怪不得人家三人公司不用你,的确窝囊、无能。你对你们三人公司的职员就没有任何办法? 他们不给你公章,你就没有办法制裁他们?"

陈雪松说:"我不是三人公司的领导,我有什么办法?"

小曲子说:"好吧,我离开你,你太无能了,我需要一个有本领的男人养我,包我,不然我这一生怎么过?"

陈雪松拉着小曲子:"别,我想想办法,别走。"

小曲子说:"好吧,你就想办法吧。"

陈雪松在房间里踱着步:"啊,我想起来了,我这里还有空白合同,是我当董事长兼总经理时候用的,是盖过章的,对,我就用这个签合同。"

陈雪松打开自己的包,拿出空白合同给小曲子看。

小曲子如获至宝地看着:"啊,我们有办法了,有了这个空白合同,就可以发财了,就可以赚100万了。"

陈雪松忧心忡忡地说:"我们这是犯罪吧?"

小曲子说:"什么犯罪,三人公司你也有股份啊,你也有权啊。"

陈雪松说:"我就担心我妹妹追究我的责任,这是假合同。"

小曲子说:"你啊,就是胆小如鼠,不然早就成功了。你害怕她什么,到时就来个死不承认,看她陈雪雅怎么办?"

陈雪松问道:"她要是请公安局怎么办?"

小曲子说:"这个……我也害怕。"

陈雪松说:"好吧,我就试试吧。反正也不是坑外人,坑的是自己家。"

陈雪松兴奋地将小曲子压在身下,在她的身上实践着男人的勇敢。

第七章　上屋抽梯

陈雪雅无可奈何中想出一计，答应奔马公司，收购他们积压的保暖内衣。

奔马生产出的保暖内衣，因天气暖和，无法销售。于是逼迫三人公司购买，否则就到法院起诉三人公司违约。

39

外面的雪已经变成残雪了，但还没有完全融化。

春天的脚步，走得非常缓慢，似乎边走边看，唯恐被寒冷的冬季伤着自己。

何有走进三人公司，欣赏了一会儿三人公司的院子，就摇头自言自语道："太没有企业文化了。"奔马公司有马，马的精神，马的形象，而三人公司什么都没有，不，就有雪，还是残雪。他断定，三人公司就因为没有企业文化，必然会败在奔马公司手里。

他迎面碰见了王莹，将合同拿给她看。

王莹气恼地走进总裁办公室："小妹，咱们生产保暖内衣，怎么还购买别人的保暖内衣啊？"

陈雪雅问道："冬天都过去了，咱们的保暖内衣都不好卖，怎么会购买别人的保暖内衣呢？"

王莹说："还是咱们对手的，奔马公司的。"

何有带着合同走了进来，把合同放在桌上："请陈董事长兼总经理付款吧，一共是 1000 万元。"

陈雪雅仔细看着那合同说："不是诈骗吧？"

何有说:“是诈骗,我就进监狱。我一个亿万富翁,不会为了诈骗1000万元把自己送进监狱去吧?”

陈雪雅说:“可我从没签过这个合同啊?”

何有说:“上面有你的签字,还有你们三人公司的公章,我不会说谎话吧?请律师打官司吗?我们奉陪!”

陈雪雅摇头说:“不,我从来没有签字,更没有签合同购买你们的保暖内衣。我们的内衣还销售不出去呢,怎么会购买你们的内衣呢?我是疯子吗?”

何有说:“你到底是什么我不知道,可你们必须付1000万。”

陈雪雅说:“好吧,马上请公安来,我相信这是别人模仿我的笔迹签的字。”

王莹突然捂住了合同说:“小妹,这是你大哥的笔迹。你千万别找公安来,那样他还得进监狱。”

何有偷偷地笑了。

陈雪雅无力地捂住了自己的头,坐了下来。

何有逼迫着陈雪雅:“马上付款吧?”

陈雪雅慢慢地揉着自己的太阳穴:“等……一下,我要查一查。”

何有说:“我不管别的,那是你们家的事。但这合同是有效的,否则我们就到法院起诉你们。”

王莹骂着:“这个混账,怎么干起这个勾当来了呢,越来越坏了啊!”

40

董事们围坐在桌子周围。依然是烟雾缭绕,几个董事都吸烟,连王莹都学会了吸烟,也许这是她排解内心压力与痛苦的一种方式吧。

孙朴直侃侃而谈:“我之所以要求召开董事会议,是希望大家认清我们董事长陈雪雅的真实面目。她为了自己的私利,竟然和我们的对手奔马公司签订了购买奔马公司保暖内衣的合同。本来我们就是生产保暖内衣的,我们的内衣还无法销售呢,为什么还要购买奔马公司的呢?啊,原来奔马公司有规定,凡是购买一件保暖内衣,就奖励10元,购买了1000万元的保暖内衣,那么咱们的董事长就得到了100万元的奖励,哈哈……也许这是陈雪雅的嫁妆钱吧?不过,陈雪雅需要钱,可以说话,不应该坑害公司啊!我们公司平白无故就这样亏了1000万元啊,太可惜了!因此我建议撤销陈雪雅的董事长兼总经理的职务,希望大家支持我。”

陈雪雅点头:“我终于明白了,原来这是一场借刀杀人的恶剧。”

孙朴直说:“你解释清楚。”

陈雪雅说:“我已经调查清楚了,现在我就将真相告诉大家。”

陈雪雅将真相说完,感觉轻松了一点,就奔出大厅,躲开那些男人的香烟,奔向了院子。院子里的空气,冷而清新,陈雪雅在院子里慢慢地奔跑着,那白嫩的脸颊逐渐由青白而泛起红晕。

孙希罕远远地跟在她的后面,似乎在保护着她。

孙朴直站在窗前,观察着儿子和陈雪雅。他心里实在矛盾,希望儿子别那么敬佩陈雪雅,甘心做陈雪雅的下属,每天伺候陈雪雅。但是他还希望儿子追到陈雪雅,让陈雪雅做孙家的儿媳妇。如果陈雪雅做了孙家的儿媳妇,再生了孩子,陈雪雅就会将权力让给孙希罕的。到时候,他也就可以安心养老了。

41

陈雪雅无力地坐到沙发上。这几年的劳累,让她花容失色,原本带有弹性的白嫩的皮肤,变得苍白,脸颊上的红晕,要依靠胭脂了。她经常照镜子,为自己的不再年轻憔悴而焦虑,但是,越是焦虑,那脸色越是憔悴。每天,上千万的资金从自己的手上过,一有闪失,就会亏损。而且,除了来自对手奔马公司的压力,自己的公司、孙家甚至自己的哥哥都给自己拆台,难道他们真的都愿公司垮台吗?公司倒闭了,他们有什么好处?

王莹跟随着她:“小妹,别这么难过了,我去找你大哥,让他承担责任。”王莹其实比陈雪雅大不了几岁,但总是像大姐姐,为陈雪雅分忧解愁。

陈雪雅叹息道:“他承担责任有什么用?咱们还不是要付1000万?那合同上有咱们的公章。”

王莹说:“那个合同没有效力,不是你签的字,是陈雪松签的,他不是法人代表。”王莹也变得懂法了。

陈雪雅说：“如果我们这样说，就会把大哥毁了。他又要进监狱，他已经毁了一半了，我不想再毁了他另外一半。”

王莹说：“我就奇怪，他怎么就突然想出这样的主意来，坑害咱们公司呢？他不是那样的人啊！他这个人无赖，我知道，可他没有那样的坏主意，更没有那么精，这里面一定有问题。”

陈雪雅说：“是啊，为什么孙朴直马上就知道了这个情况？他在后面是什么角色？”

王莹问道：“难道后面又是这个老家伙捣的鬼？”

陈雪雅说：“咱们只是猜测，目前还没有证据啊。”

王莹说：“我去问问这个混账东西。”说完王莹急匆匆地走了出去。

母亲走了进来对女儿说：“闺女，妈妈全都知道了，你大哥这个人太混账了，怎么可以做出这样的事情来呢？这不是帮助奔马公司搞垮咱们三人公司吗？他的目的是什么？”

陈雪雅说：“目的，大概是想当董事长吧。”

母亲说：“我是你们的母亲，我对你们最了解。我知道他没有那个能力，他要是真的当了董事长，就还要亏损的。”

陈雪雅说：“妈妈，别埋怨大哥了，也许他后面有黑手操纵着。”

母亲说：“那就告诉公安局吧。”

陈雪雅说：“别，那样就毁了我大哥了。”

母亲说：“可这1000万元，咱们就这样白白地送给奔马公司。咱们只有不承认那个合同，才会有转机，不然公司亏损，你的名声也完了。我听说孙朴直正鼓动董事们撤销你的董事长兼总经理的职务呢。”

陈雪雅说：“好吧，让他们撤吧，也许我这样更好。”

母亲说：“不行，闺女，那样就等于宣布你失败了。”

陈雪雅说：“有时，自己无法左右自己，更无法左右别人对自己的左右。”

母亲说：“其实，你没有失败，是你大哥从中制造的麻烦。”

陈雪雅说：“我不能追究我大哥的责任，更不能说我大哥什么，那样我大哥还得进监狱,这属于诈骗公司的钱财。"

母亲说:"可是怎么会出这种事情呢?"

陈雪雅说:"我怀疑大哥后面有黑手。"

母亲说:"难道又是孙家人?"

陈雪雅说:"也许是奔马公司的人。"

这时,王莹走了进来,气喘吁吁地说:"小妹,妈妈,那个忘恩负义的人跑了。"王莹说着,把信件给了母亲。

母亲看着,念着:"王莹,我走了,为了我的自由、幸福、快乐,我走了,希望你照顾好我妈妈还有这个家。"

母亲愤怒地说:"这个人毫无一点感情,竟然做了坏事就逃跑,将这个家和妻子置之不顾。"

王莹说:"看来,那个合同真是陈雪松签的,从他的笔迹上看,还有现在的行踪看,这一切都是陈雪松做的。"

陈雪雅说:"可以断定那个合同就是陈雪松签的,他的笔迹咱们都认识。"

王莹问道:"下面,咱们怎么办?"

陈雪雅说:"大嫂,你就专心地找大哥吧,公司的事情我办吧。"

王莹说:"我估计,你大哥一定又是和那个小曲子在一起了。"

陈雪雅说:"让那个女孩帮帮你吧,她肯定知道小曲子的地址。"

陈雪雅说着,拿起电话:"哎,过来一趟,我在家里呢。"

一会儿,那个夜总会的女孩就来了。现在她已经在陈雪雅的公司担任了销售经理了:"董事长,找我?"

陈雪雅说:"你帮助副总经理找一下那个小曲子,看看陈雪松是不是跟她在一起。"

女孩答应着:"哦,我认识的好多人都知道小曲子的行踪,王总,咱们走吧。"王莹跟着她出去了。

母亲脸颊上的皱纹似乎又多了,她叹道:"唉,我怎么生了这么个儿子啊,真不争气。"

陈雪雅说:"哎,我也不知道怎样做才好。"

陈雪雅现在又想起了那个安琪儿咖啡厅,还是那些艺术家好,虽然贫穷,但是他们自在,没有什么牵挂,不像自己。唉,自己真的应该再去那个咖啡厅了,也许应该也和那个女孩一样,让大胡子艺术家亲吻一次,搂抱一次,甚至……

42

王云舟的家养了无数的鸟,八哥最多,还有鹦鹉,他们鸣叫着,喳喳的。王云舟自从老婆去世后就一直以鸟为伴,和鸟度日。

孙朴直走了进来。鸟儿高声起哄着:"来了……来人了……"

王云舟冷漠地看着他:"啊,你是无事不登三宝殿啊。"

孙朴直说:"的确有事。"

王云舟说:"那就请坐吧。"

孙朴直说:"我喜欢开门见山。王兄,上次的董事会你也参加了,我的提议你为什么不支持?"

王云舟说:"第一,人家陈家是最大的股东,董事长就应该是人家的;第二,总经理也是董事长兼任,咱们三人公司历来如此,所以我不能支持你的提议。"

孙朴直说:"陈家可以出人当董事长,但是陈雪雅不合适。"

王云舟说:"谁合适,那个陈雪松还是陈夫人?"

孙朴直说:"另外,总经理的位子可以由别的姓氏的人担任,现在好些公司都是这样干的。"

王云舟说:"那要看董事长的,董事长有能力,愿意当总经理,我看这也没什么不行的。"

孙朴直说:"可陈雪雅的这个合同就让我们三人公司损失了1000万,这是有能力的表现吗?"

王云舟说:"我听说陈雪雅根本就没签这个合同。"

孙朴直说:"笑话,只有陈雪雅有签字的权利,而且就是陈雪雅签的合同。另外,陈雪雅也承认了,那个章是真的。"

王云舟说:"也许是公司里别的什么人做的。"

孙朴直说:“那就是犯罪了,陈雪雅应该追究这个人的责任?”

王云舟说:“别着急吗,陈雪雅不是正在采取行动吗,也许会很快追究那个人的责任的,会转危为安的,会把合同的事情搞清楚的,别着急啊!我们应该对年轻人宽容一些,不能这样急功近利吧。”

孙朴直说:“说得好听,你们是一丘之貉,根本就不管我们广大股东的利益,只考虑你们陈家和王家两个家族的利益。我宣布与你们断绝往来,我和广大小股东站在一起,把你们彻底拉下来。”

王云舟冷笑道:“拉下来,说得好听。公司由最大的股东当家,别忘了公司是什么实体,是经济实体,不是机关。”

孙朴直说:“既然是经济实体,就应该充分考虑经济效益,陈雪雅把公司带到了悬崖边上,我们还不考虑公司的前途和效益吗?你为什么总替他们陈家说话,就因为你们是亲戚?你的女儿是陈家的儿媳妇吗?”

王云舟说:“我是在维护公司的利益。”

孙朴直说:“既然是维护公司的利益,就应该支持我的提议,让陈雪雅下台。至少让她把总经理的位子让出来,让给我们孙家。”

王云舟讥讽道:“这才是你孙朴直的真实用心吧!”

孙朴直说:“我跟着你们干了几十年了,也应该得到这个位子了,你们为什么总是压制我?为什么?我孙朴直干好了,公司赢利了,你们不是也跟着发财吗?”

王云舟说:“你老了,咱们都老了,别考虑这些了。”

孙朴直愤愤不平地说:“我老了,可是我有儿子,我的儿子资质比陈雪雅高,他们为什么注定要在陈雪雅的领导下工作,终生在陈雪雅的阴影里生活,为什么这样?这是血统论,我不如陈雪雅的爸爸有钱,我的儿子就必须比陈雪雅的地位低吗,为什么要这样?”

王云舟说:“老孙啊,你的想法很好,这么老了还在为子女奔波。如果你的子女真有本领的话,不要你如此操劳,他们也会大展宏图的。即使在三人公司无所作为,将来到了别的公司也会有所作为的,你就不必这样激动了,过于激动了不好啊!”

孙朴直愤然地走出了王家。

43

还是陈雪松给小曲子租的那个房子，房间里的胭脂气浓郁了。小曲子由于有了固定住所，还经常吃好的，就有些发胖，偶尔看上去，有些像中年女人了。可陈雪松现在就喜欢她，无论她变成什么样，他都会对她着迷。她过去年轻，身材苗条，婀娜多姿，陈雪松不愿离开她；现在她臀部肥大，乳房高耸，陈雪松还是不愿离开她；过去喜欢她纤细的腰，现在迷恋她那丰乳和肥臀。

陈雪松走了进来。小曲子一下就抱住了陈雪松，亲吻起来："亲爱的，怎么样，三人公司把钱给奔马公司了吗?"她将陈雪松的手放在自己那高耸的乳房上。

陈雪松说："没有，三人公司的钱由陈雪雅把着，她怎么会把钱轻易地给奔马公司呢?"陈雪松见到她就会激情燃烧，他觉得这肉欲就是爱情，他将她狠狠地摔在沙发上。

小曲子撅起嘴，将陈雪松推到一旁："我以为签订合同了，咱们就发财了，没想到现在还是不能发财。"小曲子起来穿衣服，她总是用自己的这身肉来要挟陈雪松，凡是陈雪松不答应她，没有按照她的要求做的时候，她就穿起衣服，遮挡起自己的肉体，她知道陈雪松最怕的就是看不见摸不着她的肉。

陈雪松说："他们可是说过，签了合同，就把钱给咱们，现在他们不能变卦，应该把钱给咱们啊。"

小曲子说："哎呀，人家凭什么把钱给咱们呢?三人公司不把钱给人家，人家会把钱给咱们吗?人家是傻瓜吗?"

陈雪松说："话可不能这样说，你说得清楚，只要咱们签字，他们就把钱给咱们，是这样说的吧?"

小曲子说："他们是这样说的，是……这样跟我说的啊。"

陈雪松气恼地说："到底是谁说的，告诉我?"

小曲子不说话，支吾着。

陈雪松威胁着她："说，到底是谁说的，我找他算账去。"

小曲子说："哎呀，你就别问了，我不会告诉你的。"

陈雪松说："你不告诉我，我就……离开你。"

小曲子说："随便。"

陈雪松惊愕地看着她："怎么，你对我的离开一点也不留恋？"

小曲子轻蔑地说："我为什么要留恋你？你是什么人？你是大款吗？是董事长、经理还是明星？什么都不是，不过是让人家甩了的菜帮子。"

陈雪松气恼地给了她一个嘴巴。

小曲子疯子似的扑到陈雪松的身上，一下就把虚弱的陈雪松扑倒在地，狠狠地打着他："你以为我真的爱你吗？笑话，我怎么会爱你呢？一个大烟鬼，一个要死的活死人……"

陈雪松问道："既然不爱我，为什么要找我？"

小曲子说："为了赚钱啊，为了给别人做事啊？"

陈雪松问道："你说，到底是谁支使的你？"

小曲子说："这个，你就不必问了。"

这时，夜总会的那个女孩领着王莹和司机赶到了。

女孩说："啊，果然在这里，就在这里。"

王莹和司机把小曲子推下去，把陈雪松扶起来，问道："陈雪松，到底发生了什么事情？"

陈雪松羞愧地摇头，叹息着。

小曲子趁机跑了出去。

王莹喊叫着："抓住她……"

女孩拦住司机："别，她们都有匕首，别出人命啊。"

司机没有再追小曲子。小曲子扭动着肥胖的臀下了楼梯。

王莹在那个房间里转着，捡起床铺上的安全套，给陈雪松看："看，她每天就是卖淫，看见了吧，这就是你的情人……"

王莹羞愧地痛苦地走出了房间。她不理解，为什么男人都对那些淫荡的女人感兴趣，而对她这样纯洁的忠诚的女人不感兴趣呢？为什么呢……

44

陈雪松慢慢地走进了家,他觉得没有了这个家,自己也许就要夜宿街头了。他没有钱,也没有能力赚钱,现在手无缚鸡之力,脑无生存之计,他只有回家才能活下去。连自己包养了的野鸡都看不起自己,哎,自己真是太无能了。

王莹走近他,逼问着丈夫:"你说,你是不是要和那个女人逃走?"

陈雪松狠狠地吸烟,就是不说话。

小妹和母亲走了进来。母亲狠狠地给了儿子一个嘴巴。陈雪松依然不说话。

陈雪雅问道:"大哥,你说实话,那个合同是不是你签的?"

陈雪松依然不说话,只是狠狠地吸烟。

陈雪雅说:"如果不是你签的合同,我们就把这个合同拿到公安局了,我们决不会白白受人敲诈。"

母亲说:"那是1000万啊,三人公司不能善罢甘休。你说话啊,是不是你啊?"

王莹说:"本来,应该到公安局报案去,但是小妹担心你再进监狱,才将事情压下来的。现在孙家人逼小妹下台,他们要取而代之,奔马公司的何有来了几次了,来逼债,要那1000万。你说,你为什么吃里爬外胳膊肘向外拐帮助外人欺负咱们家害咱们家呢?为什么啊?"

陈雪松还是不说话。

母亲问道:"儿子啊,难道你就这样糊涂吗?你不知道,你这样做是犯罪,是要进监狱的啊!"

陈雪松终于说话了:"你们把我送公安局去吧,的确是我签的字。"

母亲问道:"你为什么做这样的事呢?"

陈雪松说:"因为……我想得到钱。"

王莹问道:"是那个小曲子给你出的主意吗?"

陈雪松点头承认了。

王莹问道:"你就这样弱智,如此卑劣的行为你也敢做?"

陈雪松说:“我……想得过于幼稚了,你们还是把我送公安局去吧,我宁可……坐牢去……”

陈雪雅说:“不,我们不会报案的。大哥,我们宁可承担经济损失。”

几个人全都惊愕地看着陈雪雅。

陈雪雅说:“如果不承认这个合同,就必须将案件报到公安局,那样我大哥肯定要坐牢了。”

王莹说:“孙朴直正是拿着双刃剑来杀咱们陈家的,让小妹两面受敌。报案吧,陈雪松就要进监狱;不报案吧,自己就要承担1000万的经济损失。孙朴直就是想借此逼小妹下台。”

陈雪松捂住脸哭了起来。

母亲数落着儿子:“没有用的东西,几次被别人利用,为了自己的私利私欲坑害你小妹,坑害三人公司。”

陈雪松忽然狂躁地喊起来:“还是让我进监狱吧……”

陈雪雅说:“得了,大哥,咱们是手足,我怎么会把你送到监狱里去呢?”说完陈雪雅走了出去。

45

陈雪雅看见何有时,差点喊叫出来。啊,这个人的眼睛和那个大胡子艺术家的眼睛太相像了,都是那样深沉。虽然那个大胡子艺术家有胡子,眼前这个何有,脸颊干净,没有胡子,但是他们的确非常相像。

何有坐在陈雪雅的对面,观察着陈雪雅,也是非常惊奇。眼前这个女孩,与那个叫做安琪儿的爱好美术的女孩为什么那么相像?难道这个女孩就是那个女孩?她和他一样,为了缓解压力,也是假冒艺术家到那个艺术家村换脑子的?

两个人的眼睛对峙了一会儿,又都将目光躲闪着,不敢直视对方的眼睛了,但是那脸上的神情,分明告诉对方,这个人真的就像那个人……唉,这不是现代人的所作所为啊。可是没有办法啊,现代人为了逃脱人们的视线,恢复人的本能,真是什么办法都想得出来了,这也是可以理解的吧。

两个人再次礼貌地握了一下对方的手。

陈雪雅可以断定,此人就是那个所谓的大胡子艺术家。也许他和她一样吧,为了逃避枯燥的生活,或者释放工作的压力才去那里的吧。

心里这样想着,她于是说了句:“很高兴认识你。到底有什么事? 不是来专门看望我的吧?”

何有问道:“怎么样,董事长女士,咱们的合同……你们不能违约吧?那样对你们可没什么好处。所以我希望你们马上履行合同,否则我们就到法院起诉你们了。”

王莹说:“何有,你这么年轻,应该比你父亲更明白事理。”

何有说:“我当然明白事理。我父亲就不知道利用赔偿获得资金,只知道辛苦获得利润,他不知道,外国人都把赔偿当做赚钱的一种最好的方法呢。”

陈雪雅冷笑道:“赔偿,你怎么知道我会给你赔偿?”

何有问道:“不赔偿好啊,那你们想怎么办?”

王莹说:“合同不是我们总经理签的,你们这是伪造合同,是犯罪。”

何有反问道:“既然是犯罪,我们伪造了合同,那你们为什么不把我们奔马公司告上法庭呢?”

王莹说:“别着急,我们三人公司的律师正在调查这件事,正在研究。”

何有说:“我估计,你们是不会把官司打到法庭去的。”

王莹说:“是你们心虚,是你们伪造合同,我们为什么不敢到法庭呢?”

何有说:“你们比我清楚,那个合同是怎么回事。是陈雪松代表你们三人公司签的,至于陈雪雅的签字吗,也是陈雪松签的,我们只知道陈雪松是原三人公司的董事长兼总经理,只知道是三人公司现任董事长兼总经理的大哥,我们认为他说可以代表三人公司签合同就一定可以代表了,而且他还有三人公司的章,我们当然就应该相信他了,我们有什么心虚的呢? 如果你们愿意到法院起诉,我们时刻奉陪。相反,你们如果不到法庭,又拒绝履行合同,我们就要到法院起诉。到时,看谁会败诉,谁会身败名裂。”

王莹喊叫着:“你们奔马公司太欺负人了。”

何有说:“欺负人的是你们三人公司。签了合同不执行,却说那个合同是假的,如果合同真是假的,那好啊,咱们现在就报警,就报案,让公安局去查吧。”

王莹气恼地喊叫着：“你……给我出去……”

何有摇着头说：“不，我不会出去的，除非你们让保安把我绑出去，那样你们又多了一个罪名。”

王莹说：“好，我就叫保安。”说完王莹按了铃，几个保安迅速地跑了来。

王莹说：“把这个人给我推出去。”

几个保安将何有包围。

陈雪雅说：“得了，大嫂，还是给这位绅士一点面子吧。”

何有微笑道：“我就知道，陈雪雅更有风度。”

陈雪雅说：“何先生，你先回去，我明天一定给你消息。”

何有问道：“是你们履行合同的消息吗？”

陈雪雅说：“不管是什么消息，我一定给你。”

何有这才走了出去。他回头，再次看了一眼陈雪雅。

对方的声音，也是那样相像。真的就是那个人吗？人啊，真的就是双面人吗？

孙朴直和几个人迫不及待地走了进来。

陈雪雅说：“啊，孙伯伯，快请，几位董事，请坐。”

孙朴直说：“我们几位董事来，是希望你马上辞去董事长兼总经理的职务。”

陈雪雅的脸上闪过一丝无奈。

王莹说：“大伯，别太欺负人了，应该给别人留条后路，给自己留条后路。”

孙朴直说：“我们是代表公司的董事们来的，是代表所有的董事来的，希望陈雪雅小姐知难而退，马上辞去职务，免得给公司造成更大的损失。”

陈雪雅问道：“你已经说过几次了，让我辞去职务。我只是听命于董事会，我个人不会随便听从别人的劝告。”

孙朴直说：“你给公司造成了那么大的损失，为什么还要留在董事长和总经理的位子上呢？”

陈雪雅问道：“我造成了什么损失，请教伯伯。”

孙朴直说:“你明知故问,和奔马公司签订的合同,不是你签的吗?”

王莹说:“不是董事长签的,是陈雪松签的。”

孙朴直故作惊讶地说:“哦,既然如此,你们为什么不告诉大家,不追究陈雪松的责任呢?你们应该把陈雪松送进公安局啊。”

王莹支吾着。

陈雪雅说:“得了,大嫂,别说了,合同就是我签的。”

孙朴直说:“既然如此,陈雪雅小姐就应该承担责任了,是吗?”

王莹说:“不,不是陈雪雅签的合同。应该实事求是,不能冤枉人。”

陈雪雅问道:“我不明白,为什么签了一个合同就要辞职呢?”

孙朴直说:“因为你给公司造成了巨额损失,1000万元。我们三人公司是大家的公司,不是你们陈家一家的公司,所以我们不能让你随意糟蹋我们的血汗,我们要追究你的责任,你必须辞职。”

陈雪雅问道:“我造成损失了吗?”

孙朴直说:“是的,现在已经是春天了,没有人再购买保暖内衣了,你的合同只能造成我们公司的亏损,货物积压。如果我们公司违反合同,就必须赔偿奔马公司,那样我们的损失更大。”

陈雪雅说:“如果我真的给公司造成了1000万的损失,你们追究我的责任。可现在,那个合同刚签订,是吉是凶我们还不知道啊。”

孙朴直说:“你不可能赚钱的。”

陈雪雅问道:“为什么这么说呢?”

孙朴直说:“我们都是商人出身,谁也别欺骗谁。什么可以赚钱,什么会赔钱,我们心里都明白。”

陈雪雅说:“好吧,既然这样我也表态,如果这个合同赔了,我再辞职好吗?”

孙朴直说:“好吧,你马上写出来,免得到时反悔。”

陈雪雅说:“好吧,我马上写。”

王莹劝阻着:“小妹,这个合同肯定会亏损的,你不能写。”

陈雪雅说:“我必须写。”

46

已经是深夜了，陈雪雅独自呆在自己的房间里，拉开了窗帘，不开电视，不开电脑，就这样静静地坐着，望着窗外出神。她现在几乎每天都这样度过，不像外界传说的那样，每天坐在电脑前工作，一直到天亮。此时她就是这样，不想工作，只是信马由缰地胡思乱想……

严寒已经过去了，天逐渐地暖和起来，连月光好像也比寒冬时温暖温馨了许多。

陈雪雅就这样呆呆地坐了一夜。不知从什么时候开始，她还得了失眠的毛病，躺在床上，就睡不着觉，像这样坐在沙发上，也许还可以睡一会儿。她想起那个大胡子艺术家，想起那个何有，她猜测他们就是一个人。现在的人可真奇怪，她差点爱上那个落破的潇洒的艺术家，没想到他原来是自己的敌人。

这一夜，一会儿是大胡子艺术家，像脱下那个女孩衣服一样，脱下了她的衣服，她躺在他那宽阔的温暖的怀抱，任凭他摆弄自己，抚摸自己的隐私部位，然后进入自己的身体。

一会儿，那男人又变成了何有，他阴险地看着她，冷漠的目光注视着她的私处。

好像刚刚睡着，天就亮了。

保姆进来说孙希罕来了，问她见不见。

陈雪雅说见。她希望尽快忘记那个何有和大胡子。

保姆出去，将孙希罕领进。

陈雪雅问道："怎么几天没有看见你了，你为什么不辞而别了呢？不应该这样啊，公司出大事了。"

孙希罕说："我是来向你辞别的。"

陈雪雅惊愕地看着他："啊，你真的要走啊，到哪里去？"

孙希罕说："我要到国外继续读书去。"

陈雪雅摇头："不应该现在走，咱们已经说好了，把三人公司搞好了，再到国外读书啊。"

孙希罕说:“我……对不起你。”

陈雪雅问道:“胡说,你做什么了就对不起我?”

孙希罕说:“不是我做的事,是我爸爸和我大哥做的事。”

陈雪雅说:“还是过去的那些事情吧?”

孙希罕说:“他们又……设陷阱害你,那个合同就是陷阱,你大哥糊涂,就跳下了那个陷阱。我不能跟着他们陷害你,但是我也无法帮助你,我为我爸爸我大哥感到羞愧、内疚,所以,我……不能再在这个家在这个公司呆下去了。”

陈雪雅笑了起来,笑得非常单纯、甜美。

孙希罕看着陈雪雅的笑容,喃喃地说:“我不能对不起你啊。”

陈雪雅说:“你别把自己和你爸爸、大哥联系起来,就像我不能把我自己等同于我大哥一样。这种家族式的企业就是这样,互相关联,千丝万缕,错综复杂。可咱们是咱们,他们是他们,跟咱们没有关系。我相信你是个好人、善良人,我需要你的帮助,真的。千万别走,我需要你的支持,没有你我会更孤独、更无助的。”

孙希罕点头:“好吧,我就留下来吧。”

陈雪雅深情地看着他:“谢谢你。”

过去,孙希罕在她心里一点地位也没有,他各方面都一般,没风度,不潇洒,没有才华,没有……好像离女孩心中的白马王子的形象相差较大。但是经过这几年的接触,陈雪雅发现这是一个非常敦厚老实的男人,可靠的男人。现在这样的男人实在太少了。

不过,现在让陈雪雅爱上他,还不可能,甚至永远也不会爱上他,她只是相信他。

但是,陈雪雅知道,孙希罕肯定是爱自己的,他看自己的眼神,就让陈雪雅害怕。她害怕孙希罕真的为自己做出傻事,比如,不顾一切地追求她,让她难堪,这样会破坏现在两人在公司的关系。自己真不知道爱谁,她眼前的这些男人,距离她心目中的理想爱人,似乎都有些距离,无法改变的距离。

47

一辆奔驰车开进了三人公司的大门。

何有都快将三人公司的门槛踏破了。不知他是为了验证陈雪雅到底是不是那个经常到艺术家村的小姑娘,还是为了现实中那笔债务而来。

何有进来,对陈雪雅和王莹、孙希罕说:"信誉是企业的生命,你们三人公司恐怕不会拿自己的生命当儿戏吧?"他目光直勾勾地看着陈雪雅。

陈雪雅的心颤抖了一下,她可以断定眼前这个对手,就是开艺术咖啡厅的大胡子。难道他和自己一样,也是感到商场太紧张、太劳累,因此就换一副面孔换一种方式的吗?

王莹和孙希罕愤怒地看着何有。

王莹说:"你这是逼人。"

孙希罕说:"你们这是阴谋,我知道。是我爸爸我大哥和你们共同制造的阴谋。"

何有微笑着说:"别这样,孙先生,你的大哥可是刚从监狱出来,难道你愿意让他重新回到监狱吗?"

孙希罕说:"我做人的原则就是真诚、真实。"

何有说:"那可不是一个好企业家啊,企业家就是兵家,'兵不厌诈'这句成语你听说过吧。"

孙希罕说:"为了金钱,不惜毁了自己的荣誉,你觉得值吗?"

何有说:"我只认合同,尊重合同。"

孙希罕说:"可是,那是假合同。"

何有说:"我已经表态了,我希望你们马上到法院起诉去。"

孙希罕说:"我们的律师会这样做的。"

何有转身:"好吧,我走了,上法庭的将是陈雪松、孙朴直和孙希有,没有我们何家什么事,我们依然要按照合同办事。"

何有走到门口,他在陈雪雅的目光中,无法再装成严肃的样子了。

陈雪雅喊着:"慢。"

何有停下脚步,转过身来看着陈雪雅。

陈雪雅说:“我答应你们,购买你们奔马公司的保暖内衣,1000 万元的保暖内衣,你们马上开始生产吧。”

何有惊喜地看着陈雪雅:“真的?”

陈雪雅说:“真的。”

王莹和孙希罕全都吃惊地喊着:“董事长……”

陈雪雅说:“我不想让我大哥和孙朴直先生、孙希有先生进监狱,所以我就要遵守合同。”

王莹说:“可是,咱们要损失 1000 万啊。”

陈雪雅说:“反正咱们保暖内衣的原料也不多了,购买保暖内衣也是一种办法。”

王莹说:“可天气暖和了,没有人会再买这种内衣的,咱们要亏本了。”

陈雪雅没有理睬王莹,而是催促何有说:“马上回去吧,告诉你父亲,我们按照合同办事。”

何有说:“可是,你们还没有把 1000 万打到我们公司的账号上呢。”

陈雪雅说:“我仔细研究了合同,上面没有说马上将资金打到奔马公司的账号上,只是写着,三人公司购买奔马公司的 10 万件内衣,资金为 1000 万元。”

何有说:“可是……”

陈雪雅说:“货到交款,合同上这么写的。”

何有问道:“如果你们食言,不要我们的保暖内衣了怎么办?”

陈雪雅说:“到时,你们再到法院起诉我们啊。”

何有说:“好吧,我相信你们不敢那样做。”

何有幸灾乐祸地走了。

王莹和孙希罕都走近陈雪雅,怀疑地看着她。

陈雪雅说:“你们放心吧,我不会让公司吃亏的。我要教训一下这个纨绔子弟,让他知道我们的厉害。”

王莹说:“我相信你,小妹。”

孙希罕摇着头,叹息着。

陈雪雅慢慢地在房子里踱步。想象着生活中的何有和那个大胡子艺术家是如何转换的。

这个人,倒有些才华,懂得中国智慧,还懂得外国艺术。

但是,想起他抱起咖啡厅小姑娘时如牲口般的贪婪和凶猛,还有将小姑娘的外衣狠狠地撕扯下来然后在姑娘的乳房上用力揉搓的情景,她无论如何也不敢相信,那个大胡子就是眼前这个文雅的年轻人。

他开那个艺术咖啡厅,难道就是为了发泄,为了性欲,为了缓解精神压力?

他撕扯姑娘衣服的那一幕一直深深地印在了她的脑海里,就从那时起,她肯定自己不会再爱上他了。

第八章　无中生有

陈雪雅面临多重压力，一是不敢把哥哥送上法庭，二是不敢和奔马到法庭上打官司，三是孙朴直逼陈雪雅下台，攻击陈雪雅和奔马私自签订合同，从中渔利。

陈雪雅在南半球联系销售保暖内衣的消息不胫而走，因为南半球现在正是冬天。

奔马公司唯利是图，毁了合同，竟然自己到南半球销售。

48

眨眼间，天就暖和了。裹着春天气息的风吹来，到处充满春的生机。绿色开始映入人们的眼帘，树木花草都迫不及待地告诉人们，自己又要充当主要角色了。

何有看着窗户外面的汽车，得意地说："我们的汽车马上要将保暖内衣全部运到三人公司了。"

院子内，汽车将奔马公司生产的保暖内衣装满，即将起运。

何彤得意地说："我们不是雪中送炭，而是夏天送热。哈哈……"

何有说："协议上规定呢，货到付款。如果三人公司不接受，我们就到法院起诉他们，到时三人公司就身败名裂了。"

何有说到这里，眼睛中闪过一丝犹豫。他爱那个经常到咖啡厅的装作单纯的爱好艺术的小姑娘，但是他惧怕甚至恐惧厌恶现实生活中的陈雪雅。这简直就是两个人，一个是妖魔，一个是天使。现实生活为什么让人如此快地变幻角色呢？

他轻轻地摇头。是啊，别责怪别人，自己不也是那么快地变幻角色吗？

在年轻美丽的女人面前,自己是潇洒的公子哥;在公司,自己是严酷的魔鬼;在商场,自己是狐狸;在咖啡厅,自己是浪荡的艺术家。

何彤说:“也许,为了自己的大哥,陈雪雅会咽下这个苦果的。因为她的董事长的位子本来就是他大哥的,她要还大哥一个人情呢。”

何有说:“也许是吧,但愿如此。”

突然,一个工作人员跑了进来:“董事长,总经理,三人公司不要我们的货。”

何彤问道:“为什么不要?”

工作人员说:“就是不要。”

何有说:“我去找他们。”

他下了楼,坐进自己的汽车。

他慢慢地走进了陈雪雅的办公室。他掂量着,自己和陈雪雅以后如何打交道,是公开两个人的秘密,还是就这样,互相装成谁也不认识谁?为了生意,为了金钱,自己现在还是要变成魔鬼。

何有气呼呼地走进了陈雪雅的办公室。

陈雪雅看着他:“啊,保暖内衣做完了?”

何有说:“明知故问,我们的保暖内衣已经运到了三人公司,可是你们的人竟然不要。”

陈雪雅问道:“为什么不要?”

何有说:“我也正要问你。”

陈雪雅慢条斯理地说:“如果你要知道,我就告诉你,你们的保暖内衣不符合我们的要求?”

何有问道:“什么要求?我们的保暖内衣有最严格的质量检验,我们是按照国家标准制造的内衣。”

陈雪雅说:“我是说样式、花色。”

何有说:“合同上没有规定你们需要特殊的样式、花色,所以我们就做了普通样式的内衣。”

陈雪雅说:“正因为合同上没有规定,你才应该问问我们,我们需要什么花色和样式啊,不应该想当然啊。”

何有说:“我去起诉你们。”

陈雪雅说:“我们的律师已经准备好了,我们不会败诉的,合同上没有规定,我们才可以作更多的解释,我们才可以说,你们没有按照合同办事。”

何有咬牙切齿地说:“啊……这么热的天,谁买我们的保暖内衣?”

陈雪雅说:“应该问问你们自己啊,这么热的天,谁买保暖内衣呢?为什么一定要强迫我们购买呢?”

何有说:“合同上说,你们愿意购买。”

陈雪雅说:“我们愿意购买的是别的样式和花色的保暖内衣。”

何有痛苦地喃喃着:“我们生产出这么多的保暖内衣,你让我们怎么办?”

陈雪雅说:“应该问你自己啊,应该怎么办呢?”

何有踉跄地走了出去。

啊,这个妖女。没想到她这个女人竟然如此狡猾、凶狠。先答应自己,让自己浪费那么多人力、财力,然后再将他推下山崖。现在的女人,表面看如花似玉,可是心却如此狠毒。

不过,这也怨自己的父亲,为什么支使小曲子骗陈雪松签合同呢?那也是欺诈。人家陈雪雅这是用其人之道,还治其人之身啊!

此时孙希罕正得意地慢慢拍手。他愿意看到陈雪雅和这个花花公子闹翻,他讨厌眼前这个人。他知道,除了眼前这个人,陈雪雅现在不会爱上别人,因为别人的各方面条件都不足以让陈雪雅动心。

孙希罕说:“雪雅,你这上屋抽梯的计谋,真厉害啊。”

王莹说:“是啊,让对手爬到屋顶,然后再把梯子抽走,我又学了一招啊。”

陈雪雅建议:“春天来了,咱们到外面走走吧,我快成黄脸婆了。”陈雪雅说完,看了孙希罕一眼。

孙希罕摇头:“不,你……还是那么美。”

王莹看着他们,没有跟出去。

陈雪雅和孙希罕慢慢地走了。

49

迷人的春天,让街头的柳枝全都发芽了,春风吹拂着柳树,柳叶摇曳着,给人们带来无限惊喜。

可是,奔马公司和三人公司的老板们,却没有喜悦,虽然他们腰缠万贯,但他们还是为赚钱每天都在绞尽脑汁。

何有见到父亲,发现父亲明显地消瘦了,也好,父亲这样的胖人正好可以减肥,消瘦一些也好。

父亲何彤急切地问道:“儿子,陈雪雅说了吗?到底要不要咱们的保暖内衣?”

何有摇头,气恼地说:“不要。”

何彤脸色铁青说:“我起诉她去。”说着又拿起了电话:“马上叫律师来。”

儿子按下电话:“爸爸,咱们不会胜诉的。”

何彤看着儿子:“为什么,官司还没有打呢?怎么就知道咱们一定败诉呢?”

何有说:“合同上没有说,那保暖内衣是什么样式、花色的。”

何彤说:“这样太好了,咱们做什么样式什么花色的,陈雪雅都必须要。”

何有说:“话是那么说,陈雪雅说,样式、花色,必须口头协定。”

何彤说:“在法庭上,我们就说,口头协定,就是这样的样式、花色的。”

何有说:“这样的官司不会胜诉的,她也会找出一群证明人来,说不是这样约定的。”

何彤问道:“你再找她谈谈,求求她。”

何有说:“求,求对手?这不是爸爸的风格啊。”

何彤说:“我是不是那样的风格,我这个人历来就高傲无比,轻蔑别人。可现在是什么时候,咱们的1000万全都投进去了,咱们不能压货啊,一压就是一年啊,要压到冬天才会有人来买。那样咱们就没有周转资金了,什么事情都办不成了,没准就要垮台的。”

何有说："当初咱们低估了陈雪雅，以为这丫头掉在了咱们的陷阱里了呢，没想到是咱们掉在了她的陷阱里了。"

何彤叹息着："这都怪我，做生意想投机取巧，想发不义之财。"

何有说："我……再想想办法。"

何彤问道："什么办法？"

何有说："再跟这丫头谈谈。"

何有犹豫着，给陈雪雅打了一个电话："陈总，我们能谈谈吗？"

陈雪雅的心再次动了一下："好吧。"

陈雪雅放下电话，发现孙希罕和王莹都在注视着自己。

孙希罕警觉地问道："是何有？"

陈雪雅点头。

孙希罕："我们必须跟你去。"

王莹："是啊，谁知道他们用什么策略？"

孙希罕："也许，会伤害你的。"

陈雪雅微微笑了一下："他们就那么没风度？"

孙希罕："竟然用妓女欺骗陈雪松签合同，这样的人，什么坏主意用不出来？"

陈雪雅点点头说："好吧，你们都跟着我去。"

陈雪雅觉得，自己还没有到和何有单独谈话的时候。

黄昏来到了，春天的黄昏是美丽的。风，将云彩都刮得无影无踪了。天，特别的透彻，清亮。

何有坐在酒店的沙发上看着电视。电视里是那些半裸体的模特在表演，是专门给来酒店娱乐的男人预备的。何有打算在和陈雪雅谈判完后，就去找一个这里的女人，他已经几天没有碰女人了。但是，他忽然想到陈雪雅，觉得现在还是应该收敛些，至于为什么收敛，他自己也笑了。为什么？难道自己真想在陈雪雅面前装成君子？绅士？其实，在商场不可能有君子和绅士的，像他这样的腰缠万贯的年轻人，有绅士吗？哪个不是钱烧得痒痒的？四处吃喝嫖赌玩乐的？他玩乐的算是高雅的，他在艺术村开办了咖啡厅，现代派画廊，还召集了一些穷困潦倒的艺术家，嘿嘿……

服务小姐将陈雪雅和王莹、孙希罕领进来:“何先生,陈小姐来了。”

何有急忙站起来,热情地和陈雪雅握手:“哎呀,欢迎欢迎,我有幸邀请到陈雪雅小姐。”何有打量着陈雪雅,发现陈雪雅的确老了,脸色苍白,眼睛周围甚至有了鱼尾纹。唉,这商场,太糟蹋佳丽美女了。我如果是女人,就在家享福,为什么一定要来煞费苦心地和男人争斗呢?

陈雪雅说:“欢迎我自己?欢迎我的同事吧,王莹女士、孙希罕先生。”

何有向王莹和孙希罕伸出手:“当然包括王莹女士和孙希罕先生了,请坐。”

几个人落座。服务小姐将酒杯倒满酒,酒是红色的。

何有说:“来,请。”

陈雪雅问道:“何有先生还没有说清楚为什么邀请我们呢?我们怎么就可以喝酒呢?这酒不能喝得不明不白的吧?”

何有说:“没有别的意思,我觉得咱们身在同一个城市,应该互相合作,为振兴咱们这个城市共同努力。”

陈雪雅说:“好啊,我同意这个建议。”

几个人喝下酒杯里的葡萄酒。

陈雪雅说:“我和我的两个副总经理,响应何有先生的建议,愿意和奔马公司精诚合作,所以我们就来赴约了。”

何有说:“过去我们的误会太深了。”

陈雪雅说:“这没什么,真的没什么。我们既然做生意,是生意场上的对手,就免不了要互相竞争,这应该是正常的关系。”

何有说:“可是我们经常出现不正常的关系。”

王莹说:“如果说有不正常的关系,那也是奔马公司造成的。”

何有说:“是奔马公司造成的?这样说未免太绝对了吧?”

孙希罕说:“反正,这次保暖内衣的合同事件,是你们奔马公司一手导演策划的,我非常清楚。”

何有说:“说到这里,我告诉你们,我父亲为了这个合同,非常恼火,血压高又犯了,所以我邀请几位来,希望你们能高抬贵手,收下我们的保暖内衣。”

陈雪雅说："收下是一定要收下的，因为我们在合同上已经答应了。如果拒收那才是违反合同呢。"

何有高兴地说："好，陈小姐痛快，豪爽，我非常感谢，来，喝酒。"

陈雪雅说："不过，你们的保暖内衣不符合我们的要求，我已经说过了，我们现在不能收下。"

何有问道："要等到什么时候收下？"

陈雪雅说："要等到……你们的样式、花色彻底符合我们的条件。"

何有说："那我们的损失就大了，拆开保暖内衣，还要换花色、换样式，等于是重新做，还要投资1000万啊。"

陈雪雅说："没办法，我们必须坚持我们的原则。不然我们要了那样的保暖内衣也没有用处，也是我们的巨大损失。"

何有说："我有个建议。"

陈雪雅问道："什么建议？"

何有说："你们先收下一半怎么样？先付给我们一半的资金，这样我们公司就可以渡过难关了，不然我们公司就要倒闭了。"

孙希罕说："这样的建议不能接受。现在保暖内衣一件也卖不出去，天气这么热，谁还买保暖内衣啊？"

何有说："求求你们，为我们想想吧，我们公司的损失太大了。如果我们公司倒闭了，你们就没有了竞争对手，就会失去动力，失去竞争力的，这对你们公司也没有任何好处啊。"

王莹说："我看，好处非常多。"

何有说："不一定吧？"

王莹说："第一，没有了奔马公司竞争，我们的产品销售就可以增加一倍，那样我们的利润就可以翻番。第二，没有了奔马公司，我们的员工也会稳定了，也就没有釜底抽薪趁火打劫的事情了。"

孙希罕鼓掌："好啊，我们的王副总说得太好了。我再加上一条，没有了奔马公司，本市的工程师、优秀人才就会全都投到三人公司的门下。"

何有说："可是，你们会兔死狐悲的，没有了兔子，你们这些狐狸还有什么用处？"

陈雪雅说："我们可以安心地到外地发展啊。免得在本地浪费时间、精力、钱财、人才，那样我们就可以巩固后方，大力推进外地的市场了。"

何有摇头："你们啊，看得太近了。其实，我们奔马公司的实力你们是知道的，我们有上亿元的资金，我们不会为了区区1000万就倒闭的，相反我们可以利用这个机会拖垮你们。"

王莹问道："是拖垮奔马公司吧？怎么会是我们？"

何有说："我们和你们的合同已经签了，那就是我们生产出10万件保暖内衣，交货以后你们就付款，是吧？"

陈雪雅说："没错。"

何有说："你们并没有要求什么特殊的样式、花色，是吧？"

陈雪雅说："但是我们也没说就要普通的样式、花色啊。"

何有说："这样我们就要打官司了，如果真要闹到法庭，到最后是两败俱伤，谁也不会胜利。所以我觉得，你们不如退一步，不再强调花色、样式了，先收下我们一半的保暖内衣，这样对两家都有利。"

王莹说："不，我们不可能收下你们的保暖内衣的。既然是你们首先发难，向我们进攻，我们决不能轻易收兵。"

何有没有和王莹对抗，而是转向了陈雪雅："陈小姐，咱们跳舞吧？"

陈雪雅点头："奉陪。"

何有和陈雪雅牵手走进舞池，两个人在音乐声中翩翩起舞。

何有对陈雪雅说："啊，你可真高雅，我和那么多小姐跳舞，第一次遇见这么高雅的小姐。"

陈雪雅讥讽说："那太遗憾了，你和多少小姐跳过舞了？"

何有说："记不清楚了。"

陈雪雅说："真遗憾，你竟然接触的全都是低俗之人，竟然全都不高雅。"

何有说："是遗憾，有钱人难免被一些低俗之人缠着，她们看重的是我的金钱，所以就更加低俗，更加俗不可耐，更加庸俗不堪。"

陈雪雅说："你如此咒骂那些女孩，她们知道了不会咒骂你吗？"

何有说："即使咒骂，她们也会缠着我不放的。"

陈雪雅说:“全都是钱惯的。如果你没有那么多钱,你就不会如此中伤女孩子,更不会如此骄傲,甚至蛮横。要知道,那些女孩也是人,和咱们是平等的人,她们也有人权,有追求男人和被男人尊重的权利,明白吗?她们喜欢你,追求你,是她们的权利,你不应该剥夺她们这种权利。同时你应该尊重她们,不应该因为自己有钱就有恃无恐,就蛮横无理甚至欺辱那些女孩。”

何有问道:“你是因为有钱,才如此喜欢教训别人吗?”

陈雪雅说:“其实,我平时并不怎么教训别人,除非他太让我不能接受了。”

何有说:“情同此理。你教训了我这么多,我也教训你几句,好吗?”

陈雪雅说:“我知道,你不会白白忍受这几句的,因为你有钱。”

何有说:“你也是因为有钱,所以才如此傲慢、无理,对男人同样是蛮横的、无理的。比如,对我,肯定还有其他的男人,你都是无理的、蛮横的,如果你非常贫穷,你敢这样教训我吗?”

陈雪雅说:“遗憾的是我并不贫穷,所以我就有了不在金钱面前折腰的习惯。其实,好多穷人也和我一样,并不喜欢在金钱面前卑躬屈膝,他们同样有人格,有自己的主见。”

何有问道:“陈小姐,咱们还是别探讨这样的问题了,因为咱们不可能谈到一起,咱们还是谈谈咱们的合同问题吧。”

陈雪雅说:“好吧,咱们就谈谈合同。”

两个人跳完一支曲子,实在没有兴趣再跳了,就坐了下来。

何有狠狠地吸烟,问道:“陈小姐,你说实话,是不是还坚持不要我们的保暖内衣呢?”

陈雪雅略微思考了一会儿说:“当然不会。因为咱们有合同,如果我们不要你们的保暖内衣,你就一定会到法院起诉我们的。”

何有说:“那是想刁难我们一下吗?”

陈雪雅说:“不,也不是。”

何有说:“如果是的话,我可以告诉你,你的目的达到了。我请你跳舞、吃饭,就说明我已经向你陈小姐低头了、认输了。”

陈雪雅说:“我还没看出来你是低头认输呢,我还以为咱们是要联谊一下呢,这原来是认输啊。”

何有说:“对,这是认输。为了我父亲,为了公司,我现在就表示认输,怎么样?把我们的保暖内衣收下吧。”

王莹这时对孙希罕低声说:“看,何有正在给我小妹施展美男计。”

孙希罕忌妒地说:“这小子,我看是笑里藏刀。”

王莹说:“你千万不能让陈雪雅投入到何有的怀抱,这是大嫂给你的任务。”

孙希罕说:“如果陈雪雅真的想投入何有的怀抱,我又有什么办法?”

王莹说:“哎呀,一个男人,竟然说这样的话,这是无能的话。”

孙希罕说:“我真的没有办法,陈雪雅心很高,而且有主见,她一旦确定了的事情,别人很难改变她。”

王莹说:“我告诉你,一个女人,即使智商再高,她在爱情上也是低能儿。”

孙希罕问道:“这怎么可能?”

王莹说:“女人吗,被男人追的时候,理性马上就消失了,这个女人就不是平时的女人了,就马上变成了另外一个女人了,一个没有了理性的女人了,一个只是被感情支配的女人了。我这样说,你明白吗?”

孙希罕说:“我明白。”

王莹说:“如果明白,就应该马上到前边去,拆散何有和陈雪雅。”

孙希罕说:“这是两个总经理在谈话,我怎么打断他们?”

王莹说:“我总觉得何有的眼光不对。”

孙希罕问道:“你是说何有爱上了陈雪雅?”

王莹说:“好像是。”

孙希罕说:“如果他真的爱上了陈雪雅,我也没有办法。”

王莹说:“我实在不希望陈雪雅和何有结成夫妻。”

孙希罕说:“我也不愿意。但是咱们没有办法啊,陈雪雅那么有主见,谁能劝说得了她。”

王莹问道:“你就心甘情愿地看着陈雪雅成为何有的妻子?”

孙希罕说："当然不愿意，可是我没有别的办法。"

王莹训斥道："哎呀，好窝囊啊，我就没有见过像你这样窝囊的男人。我问你，你喜欢陈雪雅吗？"

孙希罕羞涩地笑了。

王莹说："还是留学的呢，国内的小伙子都已经没有你这样的了。说，你爱她吗？"

孙希罕点头，脸颊已经红了。

王莹说："如果是爱，就大胆地追求，晚了她可就是何有的了。"

孙希罕说："总觉得……和陈雪雅说这个，不好意思。"

王莹问道："哎呀，难道你不知道怎么追女孩吗？"

孙希罕说："不知道，只是从小说里面看见过，自己没有尝试过。"

王莹说："追女孩啊，就是两种方法，一呢，就是不断地和女孩接触，奉承她，体贴她，让她高兴。二呢，就是阻止别的男人追求她，不让她接触别的男人，这两条，能做到吗？"

孙希罕摇头。

王莹问道："为什么做不到？"

孙希罕说："不断地奉承陈雪雅，我不是那样的人。另外我不可能阻止陈雪雅接触别的男人，我没有那种权利。"

王莹说："你啊，如果做不到这两条，那么你就不可能成功。"

孙希罕无可奈何地说："那就看自己的运气了。"

王莹说："世界上原本就没有什么运气，所谓运气也是要努力争取的。"

孙希罕说："可是我的确不敢大胆地追求陈雪雅啊。"

这时，远处的陈雪雅和何有已经举起了酒杯，两个人同时将杯中的酒一饮而尽。

王莹看着那场面，说："坏了，他们已经达成什么协议了，我希望不是他们成为恋人，也希望不是接收奔马的保暖内衣。"

王莹拉着孙希罕走了过去。

王莹问道："好像你们已经达成什么协议了？"

陈雪雅说："我给奔马重新设计了几个样式的内衣，奔马公司决定生产这样的内衣。”

王莹问道:“不是保暖内衣吧?”

陈雪雅说:“当然是保暖内衣,咱们和奔马的合同就是保暖内衣的合同啊,如果是普通的内衣,我们就不发愁了啊。”

何有说:“如果是普通内衣,我们也不这么着急了啊。”

何有已经带着微笑走了。

王莹问道:“小妹,真的让何有的美男计迷惑了?”

陈雪雅哈哈地笑了起来。

王莹问道:“笑什么?”

陈雪雅说:“何有并不是美男啊。”

王莹说:“可是他施展的美男计好像很成功。”

陈雪雅说:“我不是那么轻易上男人当的女人。”

王莹说:“可你已经上了何有这个男人的当了。”

孙希罕也很生气:“是啊,好像何有非常得意。”

陈雪雅说:“是双赢嘛。”

孙希罕问道:“难道你不知道那些保暖内衣现在根本就卖不出去吗?”

陈雪雅说:“当然知道。”

孙希罕问道:“知道,为什么还要这样做? 还要奔马的保暖内衣?”

陈雪雅说:“没有办法,合同上就是这样说的,我们不能抵赖啊。”

孙希罕说:“可是你已经成功地找到了借口,就是上面没有规定花色、样式。”

陈雪雅说:“人家说了,人家可以改样式、花色,在原有的基础上改一改,你们说我怎么办?”

孙希罕说:“本来,他们奔马是要敲诈咱们的,这个合同的由来就是这样的。咱们不接收他们的保暖内衣,就是对奔马的回敬,这叫做以其人之道还治其人之身,他们自己也明白。”

陈雪雅说:“是这样。”

孙希罕也许是为了刚才陈雪雅和何有的亲热,竟然妒火中烧,大声喊叫起来:“陈雪雅,既然知道是这样为什么还要答应他,接收奔马的保暖内衣呢?”

王莹也说:“是啊,不能接收。即使奔马改进了,我们也不能接收。如果我们接收了保暖内衣,就等于给自己增加了库存,给自己下绊,让自己跌跟头,搬起石头砸自己的脚,不能赢利啊。”

陈雪雅说:“我已经和何有签订合同了。”

王莹和孙希罕都惊愕地看着她:“什么,就那么短的时间?”

陈雪雅点头。

王莹说:“那么说何有的美男计真的成功了?”

陈雪雅笑着说:“也许是吧。”

陈雪雅的话,越发激怒了孙希罕。

孙希罕竟然愤怒地把一个酒杯摔碎:“你……为什么这么独断专行,这么独裁?我们两个都在这里,为什么不和我们商量一下?”

陈雪雅说:“我觉得你们总是支持我的决定,所以我就这样决定了。我认为你们这次还会支持我的。”

孙希罕愤怒地喊道:“不,过去是我们错了。我们支持你,让你养成了这样的毛病,如此独裁,如此独断专行,如此不尊重我们,竟然轻易地败倒在何有手下,成了他的俘虏。”

陈雪雅没有受过孙希罕这样的训斥,也恼怒起来:“胡说,你小子有什么权利这样训斥我?谁给你的权利?”

孙希罕说:“我是公司的副总经理,我有这样的权利。”

陈雪雅说:“咱们公司的章程上规定总经理董事长有权签订合同。”

孙希罕说:“上面也规定签订百万元以上的合同,总经理必须和副总经理商量。”

陈雪雅说:“原来那个协议,根本就不是我签的,我不过是签了一个补充的合同,就是在原来的基础上增加了一些内容。”

孙希罕说:“无论如何,也不应该要奔马的保暖内衣。只要收了他们的保暖内衣,就等于亏损,等于失败。”

陈雪雅好像很有把握地说:“这可不一定啊。”

王莹说:“小妹,孙希罕说得对啊,咱们不能要奔马的保暖内衣啊,要了就等于失败，等于亏损啊。”

陈雪雅说：“你们就相信我吧。”

孙希罕说：“我们相信你，但是我们不相信何有。何有那小子，看着就不地道。”

王莹也说：“是啊，何有那小子，好像心怀叵测。”

孙希罕说：“不是好像，是一定。”

陈雪雅说：“好了，你们别这样计较人家了，我是不会轻易让咱们公司吃亏的，更不会拿着公司的钱去换取个人的好处。”

王莹问道：“那你到底怎样才能不让公司亏损呢？那保暖内衣可是不好卖啊。”

陈雪雅说：“大嫂，你们就相信我吧，我一定有办法的。”陈雪雅斜睨了孙希罕一眼，她断定，这小子爱上自己了，要不他为什么要那样忌妒何有呢？

50

孙希罕慢慢地走进家。

家里永远弥漫着温馨、亲密的气氛。虽然孙朴直对别人特别苛刻，但对自己的家人，尤其是对两个儿子特别的好，有时甚至是溺爱。所以他虽然蔑视父兄的下三烂的招数，但是因为父母从小到大的爱，他还是不愿和家人决裂，甚至要迁就家人。

孙朴直和孙希有都围上来，问道：“陈雪雅和何有谈什么了？”

孙希罕气恼地说：“哼，何有施展美男计将陈雪雅骗了，陈雪雅竟然答应了要接收奔马的保暖内衣。”

孙朴直高兴地笑了起来：“好，好，何有真有一套。”

孙希有也拍手称快。

孙希罕恼怒地问道：“你们不是三人公司的人吗？没有公司股份吗？你们不知道这是对我们公司不利的决定吗？”

孙朴直说：“不利才好。”

孙希罕顶撞父亲说：“爸爸，您总是这样，难道不愿公司赚钱？”

孙朴直说:“我掌握了公司的领导权,公司再赚钱不迟。”

孙希罕问道:“可现在公司亏损了,咱们也会亏损,咱们就不能分红,就没有钱养家了。”

孙朴直说:“所以我要利用这个机会,将陈雪雅一枪击下。”

孙希罕说:“爸爸,陈雪雅早就知道了事实真相,人家说原谅您的所作所为,您就别再欺负人家女孩了。”

父亲恼怒地喊叫道:“胡说,我欺负她?她们陈家欺负咱们孙家,她现在是女孩,当董事长总经理的时候,为什么不说自己是女孩呢?不说自己没有本领不能胜任呢?为什么逞强呢?”

孙希罕说:“我看她挺胜任的。”

孙朴直说:“胜任?如果是我,我就将奔马一举拿下,彻底击败,坚决不要奔马的保暖内衣。可陈雪雅就没有这个本领,心太软,不能胜任董事长总经理的角色。我看必须将这个女孩彻底击败,现在是机会,机不可失,时不再来啊。”

孙希罕说:“你们就别添乱了,现在公司够乱的了。”

孙朴直说:“那是她没本领造成的。”

51

董事们围着会议桌坐着。

孙朴直面带讥讽,侃侃而谈:“我听说陈雪雅不但没有追究她大哥和奔马签订合同的事,而且自己又签订了一个补充合同,就是只要奔马改进花色、样式,三人公司就接收那些保暖内衣。”

众人议论着,人声鼎沸。

孙朴直追问道:“请问到底有没有这件事?”

陈雪雅镇静地回答:“有。”

孙朴直眼睛里露出得意和凶狠的神情:“既然你知道现在天气已经暖和了,保暖内衣无法销售出去,为什么还要接收那些保暖内衣呢?你是不懂经营还是故意让咱们公司亏损,自己赢利呢?”

王云舟说:“老孙,不能这样委屈冤枉总经理吧。事情还没有开始,更没有结束,我相信总经理会让我们惊喜的。"

孙朴直说:"是惊喜了,的确是惊喜了。惊喜的是她们陈家人,不是我们其他的董事。"

王云舟说:"董事们说说吧,看看孙朴直先生说的是否有道理。"

一个董事说:"还是让总经理说说她的真实打算吧。"

孙朴直说:"真实打算,她是不会告诉我们的。"

陈雪雅说:"有什么好打算,我现在就可以告诉大家。我要那些保暖内衣,不是为了在这个城市销售,也不是为了在我国销售,是要出国销售,到南半球销售去。现在,咱们虽然是烈日炎炎,可南半球却是滴水成冰,所以我们只要把那些保暖内衣拿到南半球销售,利润就可以大增。"

众人鼓掌。

孙朴直问道:"难道这是真的吗?"

陈雪雅说:"咱们三人公司的章程里有这样一项,就是董事会不干涉总经理的经营。我想你们还是看我是否亏损吧,年底的时候如果我亏损了,我自然会下台的。"

王云舟点头称赞说:"好孩子,我没有想到,会有这一招呢。"

陈雪雅说:"放心吧,诸位董事,如果我亏损了,我就用我的私房钱垫付,我可以和诸位董事签订合同。"

大家都笑了起来。

王云舟夸奖道:"哪里找这样的经营者去啊!"

大家都鼓掌表示赞赏。

孙朴直无奈地看了王云舟一眼。就因为这个老家伙的支持,这陈家才总是能占据公司的领导决策地位。唉,看来自己这一生,是无法再占山为王了。他雄心不老,想起那一句话:大丈夫岂能一日无权?岂能在别人的掌握之中?

看来,他真的需要来一个彻底的了断了,和三人公司,和陈家来一个了断。然后,自己占山为王。在临死前也能当总裁、总经理、董事长了。

52

天越来越暖和了，奔马公司院子里的植物都变绿了。这些植物，是何彤专门从内蒙古引进的，有胡杨，有仙人掌，都是他下乡时经常看见的，耐寒、耐热，生命力特别强。和他的老马雕塑互相衬托，展示出何彤内心对蒙古草原和大漠的留恋，对生命力的崇拜。

一群燕子飞来了，但它们似乎对院子里的那些植物并不感兴趣，转了一圈，又飞走了。

何彤猛然发现了儿子在自己的后面观察自己。

何彤对儿子何有说："听说三人公司要把咱们的保暖内衣销售到南半球。"

何有说："我也听说了。"

何彤问道："咱们自己不能销售吗？听说利润很高呢，超过了在本地销售的一倍呢。"

何有说："听说是。"

何彤说："既然如此，为什么不组织人力到南半球销售呢？"

何有说："爸爸，我马上组织人到南半球去。"

何彤说："现在这些保暖内衣，就别再给三人公司了。"

何有说："那可不行，咱们跟人家有协议，不能违反协议啊。"

何彤说："什么协议，生意人就是以赢利为目的。"

何有说："爸爸，别忘了当咱们身处逆境的时候，是人家陈雪雅答应只要咱们改进样式，增加花色，人家就接收咱们的产品，确保咱们公司不再亏损。"

何彤说："可是陈雪雅也曾经陷害过咱们，也曾经不讲信用，让咱们吃过亏啊。"

何有说："那是竞争，不是陷害，和陷害是两回事。"

何彤坚决地说："反正我不想把保暖内衣卖给三人公司了。我们自己能赚钱，为什么还要卖给三人公司？"

何有说："可是我们没有海外关系，只是依靠自己的员工，到海外去刺探商情，这路费、住宿费用就得花多少您想过吗？”

何彤说：“到外国发展，是我早就有的想法，现在你可以实现我这个愿望了。”

何有无奈地摇头。

是啊，他现在不知道该和陈雪雅如何相处了，他不知道自己是否爱上了陈雪雅，只是觉得这个女人比别的女人更吸引他。当他和别的女人上床时，心里总是想着陈雪雅。但是，这个商场上的敌人，会和自己成为生活中的恋人吗？他自己也怀疑。虽然怀疑，但他现在不想伤害陈雪雅，让陈雪雅看扁了自己。可为了公司的利润，他又不得不让那个女人瞧不起自己。唉，这就是商人，不是艺术家。其实，他骨子里还是希望做一个艺术家，那样就可以随心所欲，想爱就爱，想恨就恨。但是，他爸爸就他这一个儿子，留下上亿财产，他必须将那些财产保存下去。

没想到啊，有钱也这样累人啊。

第九章　偷梁换柱

奔马公司在南半球的销售并未取得成功，回来后何有、何形父子先后乞求陈雪雅帮忙，何形甚至给陈雪雅下跪……继续逼迫三人公司购买保暖内衣，要挟陈雪松吸毒。

陈雪雅为帮奔马公司渡过难关，帮他们出了个主意，将保暖内衣的外套改造成夏天用的普通内衣，结果大获成功。

53

何有来到三人公司的时候，刻意打扮了一番。头发烫了，一卷一卷的，如卷毛羊一样，穿着白色的西服，里面是大红的领带。

王莹看着何有讽刺道："啊，又来施展美男计了。"

何有挺着大肚子说："感谢你们，认为我是美男，我其实并不英俊。"

孙希罕指着他的肚子讥讽道："刚知道自己并不英俊，太晚了。"

何有哈哈地笑了起来："其实有的人一生都不知道自己并不英俊，还以为自己是英俊小生呢。"

这时，陈雪雅走了进来。

何有对她说："陈小姐，真遗憾，我对不起你们三人公司了。"

孙希罕说："你和你的长辈的确不同。你的长辈对不起我们就说我们对不起他，你对不起我们呢，还知道说一句实话，的确有进步啊。"

陈雪雅问道："说吧，什么事？"

何有喃喃地说："我父亲听说保暖内衣在南半球非常畅销，就执意不把保暖内衣卖给你们了，我无论怎样劝说，都无济于事。"

孙希罕说："啊，见利忘义，这是你们奔马公司的传统，哈哈……"

王莹也讪讽地笑着。

何有说:“我真希望你们能够原谅我们。”

陈雪雅一副无可奈何的样子说:“好吧,无论你爸爸怎样说,我们都可以原谅他,因为他是个老人。”

何有说:“感谢你能够理解我。以后咱们要是总能这样互相理解,生意就好做了。”

陈雪雅说:“好吧,我这里没有问题。”

孙希罕说:“问题是当你们对不起我们的时候,就要我们理解你们;而我们对不起你们的时候,你们则变得凶神恶煞一样了。”

王莹说:“是啊,的确是这样。你们对我们总是特别苛刻,而一旦自己有问题又希望别人原谅你们、理解你们。”

何有连连说:“以后不会了,我保证。”

何有说着,拿出一份协议来,说:“陈小姐,我拟定了一个协议,就是废除保暖内衣合同的协议,双方都不赔偿对方。”

王莹说:“这不行,我希望你们赔偿我们。因为开始就是你们为了骗我们的钱搞的阴谋,现在你们又出尔反尔,当然要赔偿我们的损失了。”

孙希罕说:“是啊,就赔偿合同的一半损失500万吧。”

王莹说:“用不了那么多,就100万吧。”

陈雪雅拿起笔来,在协议上飞快地写下了自己的名字,然后盖上了三人公司的合同章。

王莹问道:“怎么,小妹,你不要奔马的赔偿了?”

陈雪雅说:“不要了。”

孙希罕问道:“为什么,又是美男计的结果?”

陈雪雅哈哈地笑了起来。

何有也盖上了奔马公司的合同章,写上了自己的名字。

陈雪雅说:“我现在可以告诉你了,我不过是有一个想法,觉得在南半球销售保暖内衣可能正合时宜。我希望你们真的能实现我这个想法,就是冬天在咱们这里销售,夏天就到南半球销售。”

何有惊愕地看着她:“怎么,没有确实的情报?”

陈雪雅说:“是我的创意。”

何有惊恐地说:“原来是无中生有啊。”

陈雪雅说:“是的,这个计策叫做无中生有。”

孙希罕拍手道:“好啊,无中生有击败了美男计,哈哈……”

何有无力地坐到沙发上,不断地擦着自己额头上的汗珠。

他再次后悔没有好好地追求陈雪雅,如果追到这个女人,自己还会吃这么大的亏吗?

也许,自己比这个女人更多一些艺术家的气质,为什么就不多一些理性的思考和论证呢?想不到这一次还是败在了陈雪雅的手上。

54

何有羞愧地对父亲说:“爸爸,咱们上了陈雪雅的当了。”

何彤站起来,把雪茄烟放到烟灰缸里,颤抖着手问道:“慢慢说,别着急,咱们又上陈雪雅什么当了?”他已经料到了陈雪雅不会轻易地让奔马公司占便宜。

何有说:“这其实……嘿,根本就没有那回事儿。”

何彤问道:“什么事啊?别着急,慢慢说。”

何有大口喝着可乐说:“陈雪雅说,根本就没有确实的情报说南半球需要保暖内衣,是她无中生有,骗咱们的。”

何彤无力地坐了下来,用颤抖的手把雪茄夹起来,继续吸着。

何有说:“爸爸,这丫头的确狡猾。她说到南半球销售保暖内衣,不过是她的一个想法,一个创意。”

何彤说:“可是这个想法就让咱们改变了主意。”

何有说:“也许,她散布这样的消息就是认为咱们会改变主意,然后撕毁合同,这样他们就可以不花一分钱地解决所有麻烦问题。”

何彤拍打着自己的脑袋,埋怨着自己:“唉,全都怪我啊,老糊涂了,轻易地改变自己的主意。本来这是一综大买卖,咱们可以狠狠地赚三人公司一笔,可现在……”

何彤竟然难过地流出了眼泪。

何有劝慰道:“爸爸,别难过,不过就是这个丫头的一个小计谋而已,我看也许她真给咱们提供了一个很好的思路和情报呢,也许南半球真的需要保暖内衣呢。”

何彤点头说:“你不是说已经安排人到南半球商谈销售咱们的保暖内衣了吗?”

何有点头说:“是的,已经安排人去了。我也想亲自去看看,看看是否有商机。”

何彤说:“好吧,这个思路好。不能总是在这个城市和周边销售,应该到外地、外国去寻找商机啊。”

何有说:“到外面难免会增加成本,也不一定就会赢利。”

何彤叹息道:“经商就是要赢利,不然总是亏损,那企业就要倒闭了啊。”

何有现在才知道,陈雪雅的确不像自己想象得那样单纯。这个女人,比狐狸还狡诈。这样的女人怎么可以爱呢?不能。自己绝对不能和这样的女人成为恋人,她智商太高,太可怕了。

是啊,哪个男人喜欢智商高的女人呢?自己认识的男人,基本上都喜欢低智商的女人,这样的女人好哄,不像那些高智商的女人,有一百双眼盯着你,一百个妙计测试你,跟这样的人活着太累啊!

55

孙希罕成了孙家人的希望。现在只有孙希罕一人在三人公司工作,孙朴直退休赋闲在家,孙希有因为刑满释放没有被安排工作。所以孙希罕一回家,父兄就会将他围在中间。

父亲孙朴直和大哥孙希有都看着他。

父亲问道:“事情进展得怎么样?陈雪雅是否全都接收了奔马公司的保暖内衣?”

孙希罕笑着说:“你们还不知道吧,陈雪雅再次胜利了,三人公司再次战胜了奔马公司。”

父亲问道:“怎样战胜的呢?”

孙希罕说："陈雪雅用了一个无中生有的计策，就让奔马相信了南半球可以销售保暖内衣，就撕毁了合同，不把保暖内衣给三人公司了，要自己到南半球销售，哈哈……"孙希罕得意地笑着。

父亲训斥道："人家的计谋，你得意什么呢？"

孙希罕说："我也是副总经理，当然也是胜利者啊。"

父亲气恼地在地上踱步说："我没想到这丫头总能转危为安渡过险境，真让人难以理解啊。"

孙希罕说："我看陈雪雅有计谋，是经商的天才。"

父亲说："可惜她姓陈，不是我孙家的子女。"

孙希罕说："爸爸，您何必总是这样呢，人家当董事长兼总经理，可以让公司赢利，咱们家是股东，公司赢利了咱家自然也有回报，这是好事啊！您为什么总是如此心胸狭窄，为什么呢？我真不明白。"

父亲说："如果再不能把总经理的大权夺回来，我看我们就只好退出股份了。"

孙希罕惊愕地问道："退出股份，为什么？"

父亲说："为什么？为的是我们孙家人能够当家做主，不至于总是在陈家面前当奴隶受摆布，可以自己当家。"

孙希有也拍手说："爸爸说得有道理，我看我们现在就应该退出股份。咱们自己干，凭爸爸的经商天才，我们孙家用不了几年就会超过三人公司和奔马公司，成为本市首富。"

孙希罕说："不，我不同意。"

父亲问道："为什么不同意？"

孙希罕说："咱们不应该现在就退股。现在正是公司需要资金的时候，咱们如果退股，必定会影响公司的竞争力的。"

父亲嘲笑道："我们退出股份，还要考虑三人公司的事情吗？我就希望三人公司没有竞争力呢，然后咱们好取而代之。"

孙希罕叫喊着："不，这样做太卑鄙了。"

父亲训斥道："胡说，有什么卑鄙的？公司的股份有我们孙家的，我们想什么时候退就什么时候退，这有什么卑鄙的？我们自己的钱，拿出来有什么卑鄙的?"

母亲走了进来,劝说着:"儿子,别激怒你爸爸,你爸爸现在特别爱生气,千万别惹恼他啊。"

孙朴直说:"不是我爱生气,我这个人向来大度,胸怀宽广,不爱生气。但为什么像我这样的有才能的人总是在别人的压制下生存呢?俗话说,大丈夫岂能总是甘居人下呢?"

孙希有对弟弟说:"弟弟,你就听从父亲的劝告吧,咱们自己开一家公司,把你从国外学的本领用到咱们家的公司吧。"

孙希罕说:"不是我不听你们的,我觉得现在正是三人公司需要资金的时候,我们现在退股,未免太不道德了。"

孙朴直说:"赚钱就别想着道德,想着道德就不能赚钱。"

孙希罕说:"可是人总不能违背传统道德吧?像你们做的那些事都是违背道德甚至是违法的啊,人家陈雪雅原谅了你们,你们还不迷途知返,还继续拆三人公司的台,你们说这样做对得起人家陈雪雅对得起三人公司吗?"

孙朴直理直气壮地说:"是的,我做的事情就是要对不起陈雪雅对不起三人公司。因为我要从陈雪雅的手中夺权,如果我们夺不到,我就自己干。"

孙希罕说:"你们愿意退股就退吧,我不跟你们干。我继续跟陈雪雅干。"

孙朴直愤怒地给了儿子一个巴掌:"混账,你总是吃里爬外,总是胳膊肘向外拐。谁给你的本领,是你的爸爸,你的家庭,如果不是出钱送你到国外读书,你不也是个无知青年吗?你说要知恩图报,不要忘恩负义,更不能恩将仇报,好了,你就报答我和你妈妈对你的养育之恩吧,你准备怎么报?"

孙希罕气恼地走进了自己的房间。他躺在床上,无论如何也睡不着。陈雪雅的影子总是在他的脑海中闪现。自己的确是爱上了陈雪雅,她那么美,那么智慧,简直超过了自己对一切女人的想象。

可是,他将陈雪雅想象得越完美,自己就越没有自信。是啊,这样一个完美的女人,一个精灵似的美丽的女人,自己一个普通男人,怎么可能得到人家的爱情呢?

唉,爱情真让人苦恼啊!

56

何有从国外回来了,阴沉着脸,根本就不像有什么收获的样子。所以何彤看着儿子,心里就打起了鼓。

何彤试探地问道:"儿子,这次出国怎么样,有收获吗?"

何有摊开两手说:"唉,不像我们想象的那样。"

何彤皱眉问道:"怎么,南半球的销售也不好?"

何有说:"中间还要有好多手续呢,价格低了,他们要反倾销,价格高了,又不好销,实在不好办啊。"

何彤说:"那么,咱们怎么办呢?"

何有说:"可以到南半球销售一部分,10 万件内衣,也就能销 1 万件吧。"

何彤摇头:"这么少。"

何有说:"我是说现在只有 1 万件的保暖内衣有了着落,其他的要等待时间和时机了。"

何彤说:"不能等。这些保暖内衣占用了我们不少资金,我们需要马上回收这些资金,然后周转,不然我们就不好办了。"

何有说:"其他的我看只有在国内销了。"

何彤说:"我看不好办。国内如此多的保暖内衣公司,光咱们这个城市就两家,实在是竞争对手太多了啊。"

何有说:"那么,就只有……"

何彤说:"怎么样,是求三人公司帮忙吗?"

何有说:"人家也是生产保暖内衣的公司,我看他们不会帮忙的。而且我们刚刚和他们签订了撕毁合同的合同。"

何彤说:"他们虽然是生产保暖内衣的公司,可现在是夏天,他们不生产保暖内衣,而我们已经生产出保暖内衣了,所以,他们如果真的有销路,我们当然可以找他们帮忙了,而且我们过去有过那样的合同呢。"

何有说:“没想到如今我们竟然落到这种地步了。”

何彤说:“为了生存,为了公司不倒闭,我看就是乞求一次又如何?”

何有说:“好吧,我不知道如何面对陈雪雅。”

何彤说:“其实,这么多年咱们两个公司总是在这样的关系中度过的,就是既联合又竞争,既互相勾结又互相拆台。”

何有说:“唉,商人啊,为了利益可以把朋友变成敌人,也可以把敌人变成朋友。”

何彤说:“对了,这就是商场。为了商业利益,为了金钱,敌人可以变成朋友,朋友可以变成敌人。”

何有决定再次会见陈雪雅。现在陈雪雅就是他的希望,就是商机,就是金钱,也是他的克星。为了公司,为了老爸,他决定不顾自己一个男人的脸面了。

他再次走进了陈雪雅的办公室。

陈雪雅看着他:“啊,从南半球回来了?”

何有说:“是啊,从南美到澳大利亚、新西兰,我整整周游了半个地球。”

陈雪雅问道:“怎么样,业绩不错吧?一定是带回了无数订单吧?你们奔马公司如果不能完成,一定要分一半给我们啊。”

何有说:“我不想像你欺骗我那样欺骗你,我告诉你实话,我的业绩非常差,我没有完成我父亲交给我的任务。”他在心里说,在这样的精灵面前,自己千万别再耍小聪明了。

陈雪雅说:“我不过是用其人之道还治其人之身。你们欺骗了三人公司,三人公司当然欺骗你们了,不过现在我们已经扯平了。”

何有只好装成很真诚地说:“好吧,我们就让过去结束吧,我们应该开创美好的未来。”

陈雪雅问道:“美好的未来什么样?”

何有说:“什么样?我们互相合作,互相帮助,不互相拆台。”

陈雪雅说:“我赞成这种关系。”

何有说:“这种关系,就从现在开始吧。”

陈雪雅说:“好吧,我赞成。”

何有说："我们生产了 10 万件保暖内衣，现在，南半球只能销售 1 万件，余下的 9 万件我们没有着落，我父亲已经得了血压高，就未来这批积压的保暖内衣，希望……"

王莹和陈雪松突然走了进来。

陈雪松说："何有，别再欺骗我们了，你们何家为了自己的利益，竟然拆我们陈家的台，来一个釜底抽薪，把我们几个工厂的好工程师挖走，把我父亲气死。之后你们又诱骗我签订了那种合同，欺骗我们三人公司，欺骗我。如今你们被我妹妹治得不知所措，又来要赖了，我看没那么容易吧。"

王莹说："是啊，合同已经签了，就是撕毁合同的合同，一切都说清楚了。过去我们三人公司和你们奔马公司签订的合同不再生效了，我看你就别指望我们三人公司接收你们的保暖内衣了吧。"

孙希罕也走进来说："何有，又来施展美男计了，哈哈……"

何有叹息道："唉，我是真心想和你们三人公司和好，没想到你们竟然这样对待我，这样误会我。"

孙希罕问道："如果不是你来求助我们，你会说这样的话吗？"

何有说："我觉得陈雪雅小姐是个善良的人，不会看着我们奔马公司倒闭的，更不会看着我爸爸难过得病的。"

陈雪松说："可惜，我没有我妹妹的本领和志气，看着我爸爸就那么去了。现在是我们三人公司报仇的时候了，是我们陈家报仇的时候了。我看你还是走吧，我妹妹不会就这样轻易被你蒙骗的。"

何有说："陈大哥……"

陈雪松冷笑道："啊，我们的对手如今也叫我大哥了，我真怀疑我的耳朵有毛病了。你们何家历来傲慢无比，把我们陈家当做最大的敌人，动辄欺辱、讽刺，如今怎么叫我大哥了呢？我不明白。"

孙希罕说："这还有什么不明白的，何家要完了，让那 1000 万压得喘不过气来，就想用这种美男计加奉承让陈雪雅头昏眼花，就接收了那 1000 万的保暖内衣。你们想陈雪雅就那么弱智吗？"

王莹说："陈雪雅不是陈雪松，她不会签订那样的合同的。"

陈雪松说："我的确不如我妹妹，是我妹妹让你们何家人低头了，实现了我父亲多年没有实现的愿望。我妹妹好伟大啊,哈哈……我也好高兴啊,哈哈……"

王莹说:"我也很高兴。"

孙希罕说:"我也很高兴。"

何有气愤地走近孙希罕:"你保证以后就不会遇到难题吗?"

孙希罕说:"可能遇到。"

何有说:"你们就不需要别人的帮助吗?"

孙希罕说:"当然需要。"

何有问道:"那你们现在这种态度,还希望别人帮助你们吗?"

孙希罕说:"我已经料到了,如果我们三人公司真的遇到困难,我们也不会求你们奔马公司的。因为我们知道,即使求你们,我们也不会得到帮助的。"

何有说:"如果我跟你们签订这样一个协议,就是君子协议,两个公司在遇到困难的时候互相帮助,你们看怎么样?"

孙希罕说:"我看没这个必要。"

王莹也说:"没有这个必要。"

陈雪松说:"可以跟别的公司签订这样的协议,和你们奔马公司,我看也是没有必要。"

陈雪雅不说话,只是注视着他们的激动。其实,她也经常激动,但是一激动,就想起死去的父亲。母亲经常说,你爸爸就是爱激动,才得了心脏病的,要想成大事,千万要平静,平心静气地面对一切。

何有说:"其他公司都是小公司,只有我们奔马公司和你们三人公司是大公司,我们可以互相帮助对方。"

孙希罕说:"可你们是这样的人,只需要别人的帮助,而不会帮助别人。"

何有说:"我们可以签订协议嘛。"

陈雪松说:"不要提什么合同协议了,一提起和你们奔马签订协议,我就害怕。一朝被蛇咬,十年怕井绳啊,我是害怕你们奔马公司了。"

王莹说:"是啊,你们奔马公司总是给我们设陷阱,我们不知道你们又想设什么陷阱了,我们都是善良人老实人,害怕你们呀。"

何有说:"我发誓,我们以后真的不会给你们设陷阱了。"

王莹说:"你发誓,你的父亲呢?你可以保证吗?"

何有说:"我也可以让父亲写出保证书。"

孙希罕说:"那些都是缓兵之计,如果我们要了你们的保暖内衣,你们马上就会翻脸,来一个翻脸不认人。"

陈雪松说:"是啊,来一个恩将仇报吧。"

几个人笑了起来。

何有气恼地说:"好吧,你们如此侮辱我,我会让你们为今天的行为付出代价的。"

何有走出陈雪雅的办公室。他没料到,陈雪雅一家人如此轻视他。他要报仇,要让陈雪雅付出代价,他要证明自己才是天下最有智慧的商人。

他作出了这样一个判断,从商的女人是不能爱的。他还是喜欢傻瓜似的女人,因为那样的女人让他不费大脑。

当他坐到自己的奔驰汽车上的时候,却笑了起来。为什么那么多女孩要爱从商的男人呢?那也许不是什么爱情吧。

57

何彤焦虑地抚摸着一个木雕的马,看着儿子问:"怎么样,三人公司答应了吗?"

何有没好气地道:"人家凭什么答应呢?"

何彤说:"你可以求求他们嘛,就说结成联合体,以后他们有困难了,咱们也可以帮助嘛。"

何有说:"爸爸啊,当初人家已经答应要咱们的保暖内衣了,可您一定要让我和他们签订撕毁合同的合同,要反悔。如今怎么样,咱们自己种下的苦果,咱们自己吃吧。"

何彤叹息道:"我没想到事情会变得如此糟糕。咱们的公司也是如此脆弱,压上1000万元的资金,就好像瘫痪了似的,什么都无法运转了。"

何有说:"肯定是这样的,虽然咱们有亿万资产,可那都是固定资产,没有多少流动资金,哪个个体企业有能力压上1000万元的资金,一压就是一年呢?我看没有几个企业会有如此大的实力的。"

何彤看着儿子:"那你说该怎么办?"

何有也是一脸的愁云:"我也没有什么办法。"

何彤不满地说:"什么,你是说咱们奔马公司就这样等死吗?"

何有说:"我可没这样说。"

何彤说:"既然不想死,就快点想办法啊。"

何有说:"我的办法全都想过了,到南半球推销,到外地推销,到三人公司推销,我全都做过了,可全都不理想。"

何彤打开冰柜,拿出一瓶葡萄酒,使劲喝下一口:"我失去了所有的尊严。"

何彤问道:"这么说,我们就只有一条道,等着倒闭吗?"

何有再次将葡萄酒倒进嘴里:"我不知道。"

何彤说:"我求求陈雪雅去吧,为了公司的生存,为了公司不倒闭,我只有豁出我这张老脸去了。"

何有看着父亲:"我看爸爸您还是别去。"

何彤问道:"为什么,我是求生存去啊。"

何有说:"去了也是白去。"

何彤说:"我这老脸还是值钱的吧?"

何有说:"过去您那么傲慢,对对手总是看不起,现在去求人家,人家还不报复您吗?讥讽您吗?您会生气的,这是得不偿失的事情。"

何彤训斥道:"什么得不偿失,该求人,就求;该要饭,就要;该傲慢,就傲慢。"

何有说:"得了,还是别去吧。"

何彤说:"为了公司的生存我一定要去。"

何有说:"人家不会答应的,人家凭什么要那些没有用处的东西?"

何彤说:"谁说没有用处,到了冬天马上就可以畅销了。"

何有问道:"既然如此,我们自己为什么不留下,等到冬天销售呢?"

何彤说:"我们奔马公司现在的实力不如人家三人公司,我们没有那么多流动资金啊。"

何有说："您终于承认我们的公司不如三人公司强大了。"

何彤说："我这个人最实事求是、最实际。过去，我们的确比三人公司强大，但现在经过陈雪雅的奋斗，三人公司已经超过了我们奔马公司。"

何有说："这就是您求人家的理由吗？"

何彤说："是的，大鱼吃小鱼，小鱼求大鱼，是我们商界的传统，这没有什么的。等他们有了困难，也会求我们呢。"

何有说："恐怕这一辈子都不会有那样的事了。"

何彤问道："为什么如此悲观？年轻人就要把眼光放远一些。"

何有说："如果您把眼光放远一些，恐怕我们不会遇到如此的麻烦。"

何彤给了儿子一个耳光："浑蛋，竟敢教训起老子了。"

何彤捂住脸说："您自己求人家去吧，我不愿意受侮辱。"

何彤骂着："没用的东西，要学会忍胯下之辱，当年韩信之所以成功，不就是能够忍胯下之辱吗？"

在这一点上，何有实在敬佩老爸。老爸才是真正的商人，需要傲慢，他就傲慢；需要低头，他就低头；需要可怜，就装可怜。他可以忍胯下之辱，还可以忍讥讽嘲笑。一切都是为了利益、金钱，等对方失败了，自己又会翻脸不认人。

是啊，商战怎么让商人都异化了，还谈什么尊严？商人哪有尊严？商人的尊严就是钱，没有了钱，才真正没有尊严啊！

58

何彤背着棍子走进三人公司。他大腹便便还背着棍子的样子，让人们吃惊而发笑。

陈雪雅和王莹、孙希罕都惊愕地看着他。

何彤竟然给陈雪雅跪下："陈小姐，我老头子负荆请罪来了。"

陈雪雅急忙将何彤扶起来："哎呀，大伯，这是怎么说的呢？我可是小辈，不敢接收您如此大礼啊。"

何彤拿下棍子，给了陈雪雅："陈小姐，你可一定要打我一顿啊。"

陈雪雅问道："这是为什么啊？"

何彤说："过去我目光短浅，瞧不起陈小姐，得罪了陈小姐，我不应该啊。我请求小姐惩罚我这个愚蠢的老头子。"

陈雪雅说："别这样，大伯，我可没有感到您的瞧不起，真的，我真的没感到。"

何彤说："唉，我还唯利是图，逼迫陈雪松签订了假合同，然后我又反悔，逼迫我儿子和你们签订了撕毁合同的合同。我糊涂啊，我市侩啊。"何彤说着，老泪纵横。

陈雪雅看着何彤脸颊上的泪水，不由得也升起一丝同情来："大伯，千万别伤心，我们没有计较这些事情，真的。"

何彤点头："那就好，我求求你，陈小姐，可怜可怜我这老头子好吗？"

陈雪雅说："千万别这样。"

何彤说："你如果不答应，我就给你跪下。"

何彤说着，又要跪下。

陈雪雅急忙扶住了他。

何彤说："你们知道，为了那保暖内衣，为了和你们竞争，我把流动资金全都投入进去了。如今那10万件保暖内衣，我儿子只在南半球销售了1万件，还剩下9万件，价值900万啊，我怎么能承受得起呢?！我希望你们帮帮我这老头子，怎么样？别让我的公司倒闭……"

陈雪雅没有说话，只是思考着。

何彤说："怎么样，陈小姐？你是善良之人，我知道你会答应的。"

何彤说着，掏出合同来："还是那个合同，你们帮帮我们吧。"

王莹肥胖的小手按住那合同："不能签字。"

何彤看着王莹，不知道为什么善良贤惠的王莹也忽然狠起来了。

王莹说："何先生，您不能这样，用可怜来蒙骗我小妹，让她签订合同。如果真的签了合同，我们要了你们的保暖内衣，就等于把你们的危机转嫁到我们三人公司了，我们是不会答应的。"

孙希罕也声色俱厉地说："是的，我们不能答应，无论发生什么事情，我们都不会答应的。"

何彤可怜巴巴说："我给诸位跪下了。"

孙希罕冷冷地说:“你少装出一副可怜相,想用这个骗取我们的同情,你打错了算盘。”

何彤哭了起来:“呜呜……”

陈雪雅说:“何大伯,千万别这样。”

何彤问道:“要不你们就要一半,行吗?”

王莹插话说:“一半也不能要。一半也是500万的巨款呢,我们不能要。”

何彤问道:“你们以后就永远不会求我们帮忙了吗?”

王莹说:“我们不会把危机转嫁给别的公司,如果我们想转嫁,你们也不会接受的,我是这样想的。”

孙希罕也说:“我也是这样想的。”

何彤慢慢地站起来说:“我只好自杀了。”

王莹说:“那是我们不愿看到的。”

何彤回头问道:“这么说你们愿意可怜我?”

王莹说:“如果你们公司倒闭,我们愿意资助您的生活。”

孙希罕说:“如果你们的保暖内衣降价,我看也是可以考虑的?”

何彤问道:“降价多少你们会答应呢?”

孙希罕说:“降价60%吧。”

何彤摇头:“那样我们还不如压着资金呢,等到冬天再销。”

孙希罕说:“那你们就等到冬天销售吧,反正我们不要。”

何彤慢慢地离开了三人公司。

何彤刚离开,王莹就迫不及待地说:“小妹,你可不能让这个老狐狸蒙骗了啊。他这也是一计,这叫做装可怜,让人怜悯。”

陈雪雅笑了起来:“哪有这样的一计啊。”

孙希罕说:“这太可怕了,少的来美男计,老的来苦肉计,反正就是一个愿望,就是把危机转到三人公司。”

陈雪雅说:“不过,咱们也应该为奔马公司考虑考虑啊。奔马公司现在压着1000万的流动资金,这保暖内衣销售不出去的确让他们难过啊。”

王莹说:“这是自作自受,是搬起石头砸自己的脚。”

陈雪雅说:“得了,你们还是多一点怜悯之心吧,如果咱们遇到这样的难题,咱们会怎样?"

孙希罕说:"会怎样,咱们决不会得到奔马公司的同情的。"

陈雪雅说:"我看不一定。"

孙希罕问道:"怎么,你忘了奔马公司是如何算计咱们的吗?那保暖内衣不就是算计咱们的苦果吗?不然怎么会大夏天的生产出这么多保暖内衣来呢?那是给咱们预备的啊,不是给自己预备的。"

王莹说:"小妹你是好了伤疤忘了疼吧。"

孙希罕说:"是啊,伤疤还没好,就忘了疼了。"

陈雪雅说:"好了,让我想想,是否应该有同情心。"

王莹说:"应该有同情心,但要在自己能够承担的情况下。"

孙希罕说:"对对手不应该同情。"

陈雪雅说:"你的父亲、大哥,也曾经是我的对手啊,我不照样同情了吗?"

孙希罕说:"不管怎么说那是咱们公司的事情,现在是对手公司的事情了,是不同性质的。"

陈雪雅还是拿起了电话。她现在满脑子都是大胡子艺术家的眼睛,还有那年轻的没有胡子的何有的眼睛,那是一双让女人动心的眼睛,她不愿看见那双眼睛那样可怜地看着她,她希望那双眼睛不要失去尊严。

59

陈雪雅走进奔马公司的时候,奔马公司的员工列对欢迎她,还有标语:"欢迎陈雪雅董事长莅临指导。"

何彤和何有像欢迎皇后似的欢迎着她,不断地给她鞠躬。

陈雪雅说:"何大伯,你们这样,让我受宠若惊了啊。"

何彤说:"我说今天早晨我房间门前怎么有喜鹊叫呢,我就知道我遇到喜事了,果然陈小姐驾到,我们公司的确遇到喜事了啊。"

陈雪雅说:"不一定是喜事啊。"

何彤说:"不,既然三人公司的董事长亲自来到我们奔马公司,我相信我们公司一定会转危为安的。"

陈雪雅说:"我只是为贵公司献出一计,也许对你们公司的销售有用处。”

何彤说：“快讲，也许真的有帮助呢。”

陈雪雅说：“我觉得对你们的保暖内衣，可以采取偷梁换柱的手法，就是……将保暖内衣改成夏天的内衣。”

何彤摇头：“这不可能。”

陈雪雅说：“只有这样了，我详细分析了你们的保暖内衣，自从我提出要求后，你们把保暖内衣做了改进，在保暖内衣的外面附加上一层花的外套，这样可以把外套拿下来，单独销售，里面的保暖内衣层，可以等到冬天销售，不知这个建议如何。”

何彤不断地摇头：“不行，不行，我看不行。夏天的内衣和这个内衣完全不一样，花色、样式，完全不一样，怎么可以在夏天销售呢？”

陈雪雅说：“如果你们不愿意这样做，可以把夏天的内衣给我销售。”

何彤问道：“你给多少钱？”

陈雪雅说：“10 元一件。”

何彤还是摇头：“不行，不行，这么便宜，我不答应。”

陈雪雅气恼地说：“那我只有走了，没有办法，你们还是自己想办法吧。”

何彤追到门口：“陈小姐，你每件再加五元吧。”

陈雪雅不答应。

何彤说：“加四元，三元。”

陈雪雅说：“一元也不加。”

何彤说：“这样我们只有自己销售了。”

何有问道：“陈小姐，你这一计叫……”

陈雪雅骄傲地告诉他：“偷梁换柱。”

何有咀嚼着这四个字，偷梁换柱。他惊喜地握住陈雪雅的手：“哎呀，陈小姐，你真是了不得啊！”

陈雪雅盯着他的眼睛：“有什么了不得的，不过普通的商战计谋罢了。”

何有拍了一下自己的脑门：“我为什么就没想到呢？”

何彤看出了儿子对陈雪雅的敬佩，也看出了陈雪雅看儿子的眼神有些异样,他悄悄地离开了办公室。

陈雪雅忽然看见办公室里也有一张油画,和那咖啡厅里的油画一模一样。陈雪雅微微笑了一下。

何有问道:“陈小姐笑什么?”

陈雪雅问道:“你真的喜欢达利?”

何有忽然拉住了陈雪雅的手不放:“我早就看出来了,你就是那个喜爱美术的小姑娘安琪儿,是吗?”

陈雪雅羞涩地笑了起来:“我也早就看出来了,你就是那个大胡子艺术家。”

何有哈哈地笑着,真和咖啡厅那个大胡子艺术家的笑声一模一样。

陈雪雅问道:“你为什么要装成别人?”

何有停止了笑,问道:“是啊,你为什么要装成别人?”

陈雪雅说:“也许,这就是现代人吧。人需要多种面孔,多种角色。”

陈雪雅抽回了自己的手。

何有喃喃地解释着:“其实,我在那里和那个小姑娘,都是逢场作戏。”

陈雪雅回敬道:“你和多少女人逢场作戏和我有什么关系?”

何有刚想解释什么,陈雪雅已经离开了他的办公室。

60

何有把一捆钱放到陈雪雅的桌子上。

他看着陈雪雅那白嫩的脸颊,还有那双迷人的眼睛。现在,他几乎每时每刻都想着这个白嫩的脸颊,这双迷人的黑眼睛。和这双眼睛比起来,他见过的多少双眼睛,都是那样浅薄,那样幼稚。

陈雪雅问道:“这是干什么?”

孙希罕反感地问道:“怎么,想收买我们董事长吗?”

何有说:“陈小姐,我们按照你的偷梁换柱的计策,将冬天的保暖内衣改成了夏天的内衣,销售到全国,收到了一部分资金,效果还不错,我这是感激你啊。”

陈雪雅问道:“你们销售的价格是多少?”

何有说:“反正不会是10元。”

陈雪雅说:“100?”

何有说:“差不多。”

陈雪雅说:“这么说外面的外套就卖了整个保暖内衣的价钱,是吗?”

何有笑而不答。

陈雪雅说:“其实我知道你们那个外套不止十几元,我只是不想接受,希望你们自己的货物自己处理罢了。”

何有说:“哎呀,陈小姐的计谋真是赛过诸葛啊。”

陈雪雅说:“这怎么可能?”

何有连说:“敬佩,敬佩。”

孙希罕说:“知道了我们的厉害,就别再打我们三人公司的主意了。”

王莹说:“我看不见得。有的人就是恩将仇报的人。”

何有将一张节目票放到桌上:“陈小姐,这可是外国芭蕾舞的票,我请你去看,答应我吧。”

王莹将票拿起,递给了孙希罕:“希罕,既然何有来认错,你就代表董事长看去吧。”

孙希罕拿起票:“好吧,我代劳了。我们董事长怎么有时间和你出去?”

何有苦涩地笑了一下,走了出去。

陈雪雅看着王莹:“大嫂,这是怎么了?”

王莹:“雪雅,你不能和他接触太多。”

陈雪雅问道:“为什么?”

孙希罕抢先回答:“没有看出来,他是在施展美男计吗?”

王莹警惕地说:“是啊,别忘了奔马公司的杀父之仇。他们会有什么好主意?”

这句话,就像刀子在陈雪雅那刚刚愈合的伤口又捅了一下,令陈雪雅打了一个冷战。是啊,自己为什么回国的,不就是要替父报仇的吗?!

孙希罕将票掏出,撕得粉碎:“雪雅,千万别上当。商场就是战场,咱可不能忘记啊!”

第十章　暗 度 陈 仓

孙朴直扳倒陈雪雅的计划不成功，就决心退出三人公司，自己开办新的公司。为防止陈雪雅提前知道他的动向，孙朴直暗度陈仓，偷偷地拉拢公司重要员工、人才，还做一些资金准备。

其实，陈雪雅已经洞察了孙朴直的动向，也在暗中准备着。

61

转眼又到了夏天。今年的夏天，吸引男人视线的不是满街的鲜花，而是那些时髦少女们。今年流行吊带装，少女们比赛似的裸露着上身，将那捂了一冬一春的白嫩皮肤亮出来，再配搭上各种款式的裤装、裙装，形成了都市特有的一道风景。

孙希罕走了一路，观察了一路。他觉得现在的女孩的确美，比他们这一代的女孩美。但说到智慧，她们肯定不如他们这一代女孩，比如她们肯定不如陈雪雅。他也不知道自己为什么总是想着陈雪雅，和陈雪雅在一起的时候，时刻想着陈雪雅的心思；不和陈雪雅在一起的时候，时刻想着陈雪雅的倩影。陈雪雅已经不是少女了，但是陈雪雅具有成熟女人的美丽，她穿着大方得体，不像眼前的这些女孩子肆无忌惮，无所顾忌。

父亲总是追问他公司的事情："陈雪雅帮奔马公司渡过难关了吗？"

孙希罕说："我从来没有遇到过这样的奇女子，真是足智多端，变幻莫测。开始奔马公司是要算计三人公司的，最初的主意还是爸爸出的呢，是诱骗陈雪松签订了一个合同……"

孙朴直不高兴地说："得了，我没问你这件事。"

孙希罕嘟囔着："本来是你要我说的嘛。"

孙朴直说:“我是问你,现在奔马公司的情况。”

孙希罕说:“奔马公司在陈雪雅的帮助下,渡过了难关。”

孙朴直问道:“噢,奔马公司是如何渡过难关的?”

孙希罕说:“是在陈雪雅的帮助下,把保暖内衣的外套变成了夏天的内衣,结果销售不错,为奔马公司回收了资金,这样,奔马公司就渡过难关了。”

孙朴直问道:“奔马公司和三人公司本来是对手,三人公司为什么要帮奔马公司呢?”

孙希罕说:“这是因为奔马公司的何有来了个美男计,何彤又来了个苦肉计,装可怜,陈雪雅同情可怜他们父子就帮助了他们啊。”

孙朴直说:“那奔马公司的何家和陈雪雅已经勾结起来了吗?”

孙希罕摇头:“不是勾结,只是正常的关系。”

孙朴直说:“你啊,太天真太幼稚了,还不明白商界的复杂性。”

孙希罕问道:“我不明白您的意思。他们互相勾结,为了什么呢?其实两个公司是对手,从销售上、生产上还要竞争啊。”

孙朴直说:“他们如果勾结,我看对我们不利。”

孙希罕说:“咱们不过是跟人家陈雪雅干的,这对咱们怎么不利了?”

孙朴直说:“你总是无法理解爸爸的意思。我不是说过了吗,实在没有办法得到总经理的位子,咱们孙家就另起炉灶。”

孙希有说:“是啊,爸爸说过几次了,咱们不能永远在陈家的阴影下生存啊。”

孙希罕说:“人也分几等,咱们这些人就是注定要在别人的领导下工作的,咱们没有能力当家的。”

孙朴直骂着:“混账,生来无能、窝囊、懦弱,我孙家应该生下来就是当家人,就是龙,为什么生来就是被领导者呢?”

妈妈走进来,拍着二儿子的肩膀说:“不要总是和爸爸争吵,惹爸爸生气,爸爸年纪大了啊,不能生气啊。”

孙希罕说:“是他们总是和我争吵的,不是我要和他们争吵的。”

孙朴直说:“我是为了你们兄弟啊,我的日子已经不长了,我已经60岁了，还能干多久，我是为了你们能够出人头地啊，不能总是在陈家的压迫下生活啊。”

孙希罕说：“是啊，您年纪大了，不能长久工作了，我们兄弟没有能力和人家竞争啊。”

孙朴直骂着：“没有用处的东西，总是瞧不起自己。”

孙希罕说：“人贵有自知之明，我的确不如陈雪雅，并且相差甚远，所以我没有能力和人家竞争啊。”

孙希有说：“我不这样认为。我觉得人与人之间没有多大的差距，尤其是我和陈雪雅，并没有多大的差距，如果让我和陈雪雅竞争，我不会比她差多少。”

孙希罕看着哥哥：“哥哥，你也太没有自知之明了吧？人家陈雪雅自从当上这董事长兼总经理，出了多少计策，全都大获全胜了，你有这样的计谋吗？”

孙希有说：“如果给我机会，我当然会有计谋。”

孙希罕讥讽道：“什么计谋，用妓女、吸毒引诱别人坑害别人？”

孙希有气恼地把杯子摔碎：“混账，你总是看不起你大哥，总是瞧不起我，是不是？”

孙希罕说：“我觉得咱们兄弟真的比人家陈雪雅差得远呢，真的。人家是天上的星星，咱们不过是地上的石头而已。”

孙希有气愤地说：“你崇拜她，我不崇拜她，她在我眼里不过是个普通的刁蛮的丫头而已。”

妈妈劝慰着：“你们别争吵了，兄弟、父子见面就争吵，家不像个家，这像什么呢？”

孙希有说：“主要是弟弟不尊重我和父亲。”

孙希罕说：“我是尊重你们的，是你们不尊重别人。”

孙朴直说：“得了，你们别争吵了，我宣布我这几天的思考结果。”

客厅里立即安静下来，一家四口人，全都严肃起来。

孙朴直咳了一声，慢慢地说：“我决定和陈家分道扬镳。”

孙希有拍手称快：“好啊，好啊，英明啊，英明！”

孙希罕说:“别这么快就说英明,也许是不明智的抉择。”

孙朴直说:“我说说我的理由。一,陈家已经压迫我们几十年了,公司的决策,总是陈家说了算,咱们孙家没有地位,没有决策的地位。二,将来如果没有自己的公司,就无法发展你们的特长你们的智慧,也不能让咱们孙家光宗耀祖。所以,我才决定和三人公司分道扬镳。”

孙希罕说:“我不同意。”

孙朴直说:“我已经料到你不会同意。”

孙希罕说:“我说说我的理由吧。”

父亲和母亲都看着他:“说吧。”

孙希罕说:“一,咱们和陈家是一个公司,三人公司存在已经不是一年了,公司赢利了,大家都受益,而且一直在受益,所以,我们没理由分开。二,公司现在正缺资金,我们不能随便把股份退出来,现在退出会给公司带来无法估量的损失,所以我觉得不应该退出。三,我认为,现在的形势是大公司竞争激烈,小公司无法立足,我们如果退出股份,自己成立一个小公司,是无法生存的。”

孙希有说:“我赞成爸爸的决定。一,我们虽然和陈家一个公司,但是陈家从来没有感激过我们,而总是把我们当做附属品,我们总是在陈家的阴影下生存,所以我们必须退出,自己独立生存。二,公司缺乏资金,正是我们退出的大好时机,我们就是要釜底抽薪,让陈家人知道我们的厉害,我们就是让三人公司垮台,让天下人都知道,三人公司有了我们孙家人,就可以兴盛,没有了我们,就要衰败。三,现在的形势,虽然是大公司竞争激烈,但也有小公司的存在空间,有些产品,就是小公司适合经营,大公司不适合经营的。”

孙朴直拍手:“好啊,我大儿子如果有锻炼的机会,早就超过陈雪雅了。可惜我作为父亲,没有给儿子一个锻炼的机会,我宣布这个公司就叫做孙膑公司。”

孙希有拍手:“好啊,公司的名字好啊!孙膑,多响亮的名字啊,既是我们孙家的祖先,也是智谋家的祖先,兵家的祖先。俗话说,商场如战场。我们孙膑公司如果托祖先孙膑的福,一定能够战无不胜的。”

孙希罕笑了起来，为父兄井底之蛙般的见地可笑，说："你们父子互相吹捧，竟然到了如此地步，我感到不适应。"

孙朴直说："以后公司里我是董事长，你哥哥是总经理，你应该听从我们的领导。你在公司不许和我们争吵，反驳我们。"

孙希罕坚定地说："不，我不能离开陈雪雅，不能背叛她。"

孙朴直问道："那么，你可以背叛你的爸爸和家庭了。"

孙希罕痛苦地说："我……我……"

母亲说："得了，儿子，我看你还是留在陈雪雅的身边吧，我喜欢那个姑娘。如果你真的能够追到陈雪雅，那真是我们家的福分啊。"

孙希罕点头："好吧，我就暂时留下来，以后等到父亲和大哥把事业搞大，我再去帮助父亲和大哥。"

孙希有说："现在正是缺人才的时候。"

孙朴直说："好吧，我同意你们妈妈的意见，你就暂时留下来吧，也许对我们有用处呢。"

孙希有说："是啊，给我们通通情报什么的。"

孙希罕说："我可不想做商业间谍，那多卑鄙啊！"

孙希有说："什么卑鄙，赚钱就是要卑鄙。"

孙希罕不服气地说："我不相信，赚钱必须卑鄙吗？"

孙希有说："是的，许多金钱都沾着鲜血。"

孙希罕说："令人恶心的比喻。"

孙希有说："其实就是这样的。"

孙朴直说："你们先别争吵了，听我说，我的打算是……暂时先不告诉陈雪雅他们咱们要撤出股份的事，咱们先做好准备，来一个暗度陈仓，把公司里有技术、有才华的人，全都揽到我们的公司，另外把三人公司的客户，也要揽到咱们公司，逐渐地过渡，等待时机成熟了，咱们再正式宣布从三人公司撤出来。"

孙希有说："还有一些资料、档案，我们也需要。"

孙朴直说："是啊，不过，不要让陈雪雅抓住把柄。"

62

陈雪雅坐在电脑前,查着资料。

王莹站到她的身边,低声说:“小妹,这几天,公司好像气氛不对。”

陈雪雅问道:“怎么不对了?”

王莹说:“好像……不对。”

陈雪雅问道:“说啊,到底怎么不对了?”

王莹说:“孙家的人,到处找人谈话,吃饭。”

陈雪雅问道:“孙家哪个人,孙希罕吗?”

王莹说:“不是,是孙希有还有孙朴直。”

陈雪雅问道:“他们要干什么呢?”

王莹说:“好像……反正,那些职员全都表情严肃,好像有些不对。”

陈雪雅说:“孙家人……要干什么呢?不会是要夺权吧?”

王莹说:“不是,夺权不会找员工谈话,吃饭。”

陈雪雅说:“找孙希罕问问吧。”

王莹说:“他怎么会出卖自己的父亲和哥哥呢。”

陈雪雅说:“孙希罕这个人正派,还书生气,我看他们家要是有什么情况,他会告诉我的。”

王莹说:“好了,那就凭你的魅力来说服他吧。”

孙希罕已经不敢见自己了,也许孙家真的想采取什么策略,分裂公司了吧。

陈雪雅拿起电话,拨通了孙希罕的手机。孙希罕接到陈雪雅的邀请,既激动,又惭愧,但他还是决定和陈雪雅谈谈。

陈雪雅和孙希罕坐在咖啡屋里。咖啡厅播放着轻松的音乐,面对陈雪雅美丽的眼睛,端着浓浓的咖啡,孙稀罕似乎回到了欧洲。

陈雪雅轻轻地搅着咖啡里的方糖,不时地看一眼孙希罕。

孙希罕已经是魂不守舍了,慌乱地低垂着头。

陈雪雅说:“我今天邀请你出来……我是想……”

孙希罕羞涩地说:“如果你有什么想法,就说出来吧,咱们是同学,那么多年了,互相了解的不少了。”

陈雪雅说:“可是我对你还有些不了解。”

孙希罕说:“别开玩笑了,我每天都和你在一起,过去是一起读书,现在是一起工作,还有什么不了解呢?”

陈雪雅说:“你有事情瞒着我。”

孙希罕有些不自在了,眼睛不敢看陈雪雅,而是看着桌上的咖啡。

陈雪雅说:“我已经和几个员工谈话了,他们把真相都告诉我了,可是你呢,作为同学、同事、朋友,竟然向我隐瞒了这么大的事情。”

孙希罕的汗珠已经流出来了。

陈雪雅说:“孙希罕,你说我什么地方对不起你们孙家呢?”

孙希罕说:“没有。”

陈雪雅直截了当地问道:“既然如此,为什么还要这样……总是这样对我,对待公司呢?”

孙希罕说:“他们就是这样的人。”

陈雪雅问道:“你说的是谁?”

孙希罕说:“我爸爸和我哥哥。”

陈雪雅说:“这样说来,几个员工说的是真的了?”

孙希罕点了点头。

陈雪雅失望地说:“原来,孙家真的是在暗度陈仓,在悄悄地准备撤出股份啊。”

孙希罕尴尬地说:“我坚决不同意。”

陈雪雅问道:“你能当家吗?”

孙希罕摇头:“不能。”

陈雪雅说:“那说这个还有什么用呢?”

孙希罕说:“我坚决不和他们一起撤走,我留下来和你一起工作。”

陈雪雅问道:“怎么,你要留下一些股份?”

孙希罕说:“这个我恐怕无法当家,股份都是我爸爸的,我只能留下一个人,帮助你工作。”

陈雪雅说:“我能够和你爸爸哥哥谈谈吗?”

孙希罕说："别，他们会以为我出卖了他们，他们现在正在暗度陈仓准备呢。他们说要保密，特别是不能让你知道。"

陈雪雅说："可是我已经知道了，并且做好了准备。"

孙希罕说："可惜，我……不能阻止他们啊。"

陈雪雅说："这个没关系，迟早会这样。我回来就看出来了，你爸爸和哥哥绝对不是那种久居人下的人。"

孙希罕问道："这么说你理解他们？"

陈雪雅说："理解。"

孙希罕说："好吧，我回去转告他们，让他们谢谢你的理解。"

陈雪雅说："让他们公开准备吧，别搞什么暗度陈仓了。"

孙希罕苦涩地笑了笑说："好吧，我转告他们。"

陈雪雅说："咱们跳舞吧，轻松一下，别总是让自己那么紧张，那样会让自己变老的。"

在优雅的乐曲中，两个人轻松地跳起了舞。孙希罕搂着陈雪雅，感觉到陈雪雅的乳房就像两只白色的鸽子，不安分地跳动着，好像要飞出去。

孙希罕突然说："你知道，我是不能离开你的。"

陈雪雅问道："为什么？"

孙希罕说："是……你知道的。"

陈雪雅问道："是为了卧底吗？"

孙希罕气恼地推开了陈雪雅："真让人扫兴。你为什么总是把一切都跟生意、经营结合起来呢？为什么这样没有人情味呢？"

陈雪雅笑着说："生在商品社会，人就是要有这种商品意识，干什么都要注入那种因素。"

孙希罕说："我告诉你，我留下来是为了你，不是为了我们家。"

陈雪雅问道："是为了得到我吗？"

孙希罕点头："事到如今，我也只好说了，我爱你，你是知道的。"

陈雪雅说："现在谈这些，为时过早。"

孙希罕说："怎么，你不希望和我……"

陈雪雅说："我现在满脑子都是公司的事。我要振兴三人公司，继承爸爸的遗志,让三人公司变成全国性的大公司,所以我现在还不想谈情说爱。”

孙希罕问道:“是对我不感兴趣吗?”

陈雪雅说:“不,我没有说过啊。”

孙希罕说:“即使你不说,我也知道。我并不是弱智,我知道你心里想的是什么?”

陈雪雅问道:“哦,你说说看,我心里想的是什么?”

孙希罕说:“你是觉得,你应该和一个比你富有的人恋爱,以你的身价不可能做我的恋人。”

陈雪雅笑了起来:“干什么那么敏感,我怎么就不知道自己是那样想的呢?”

孙希罕说:“你刚才说,你脑子里都是商品,是市场,是公司,是经济,那么你的婚姻也一定和商品,和公司,和市场,和经济有关了。”

陈雪雅说:“我考虑过,幻想过我的婚姻,和市场,和经济,和公司,和商品都没有关系,我真的是那样想的。”

孙希罕问道:“那是什么时候?”

陈雪雅说:“是我上学的时候。”

孙希罕说:“那个时候人都非常单纯,喜欢幻想,就像外国童话里的公主和王子一样,爱情那么甜美,浪漫,根本就没有丝毫的商品的痕迹。”

陈雪雅说:“是啊,你说得非常对,我真的是那样想的。我的白马王子和我一起奔跑在一片白雪皑皑的田野上,我们跑啊,跑啊,最后跑到一座童话般的王宫,是一座城堡,里面都是童话般的家具,浪漫的图画、乐器,还有无数的气球……”

孙希罕追问着:“说啊,下面呢?”

陈雪雅失望地说:“我梦见的那个白马王子,根本就没有,我到处寻找,也没发现。”

孙希罕说:“是没有那么魅力十足、英俊潇洒的小伙子吗?”

陈雪雅说:“有的人表面上英俊潇洒、魅力十足,可只要和他们稍微接触,就发现了他们俗不可耐的本质。那金玉其外败絮其中的本质,我讨厌极了,痛苦极了。”

孙希罕问道:“怎么,你恋爱过了?”

陈雪雅说:“没有。”

孙希罕说:“可我好像觉得你恋爱过似的,好像是恋爱专家似的,那么成熟,那么冷静,那么没有激情。”

陈雪雅说:“也许我注定不能恋爱了。”

孙希罕惊骇地问道:“为什么说这样的话?”

陈雪雅说:“我对人的要求过于严格。”

孙希罕失望地说:“我明白了,你是说还没有遇到你理想的男人。”

陈雪雅不再说话,只是慢慢地品味着咖啡。

孙希罕说:“我非常惧怕一点。”

陈雪雅抬头,看着孙希罕:“什么呢?”

孙希罕说:“惧怕我也被列入癞蛤蟆一类的男人之中。”

陈雪雅笑着说:“为什么这么说?”

孙希罕说:“我知道会有无数男人追求你,喜欢你,但你瞧不起他们,把他们暗暗比做癞蛤蟆,心里嘲笑他们是吗?”

陈雪雅说:“你当然不属于那样的男人了。”

孙希罕说:“为了你这一句话,我会高兴一辈子的。”

63

孙希罕拿着皮包走进家,一副懒散的样子。

孙朴直看着儿子教训道:“总是这样懒散,年轻人应该振作,向人家陈雪雅那样,干一番事业,光宗耀祖。”

孙希罕说:“是啊,我也是这么想的。”

孙朴直说:“哼,这么想的,可是你像根本就没有任何理想的人。”

孙希罕说:“我当然有理想。”

孙朴直问道:“你的理想是什么?”

孙希罕说:“我目前的理想就是和陈雪雅结婚。”

母亲和父亲全都笑了起来。

父亲说："好啊，我希望你和陈雪雅结婚。但是结婚以后，陈雪雅不能吞并我们的公司，你倒应该吞并陈雪雅的财产。"

这时，孙希有走了进来，一副沮丧的样子："爸爸，坏事了。"

父亲看着他："干什么这么大惊小怪的，应该沉着。"

孙希有说："我跟那些员工说，我们孙膑公司马上就成立了，要他们做好准备，可他们却突然改变了初衷，反悔了，说不跟我们离开三人公司了。"

孙朴直问道："为什么？"

孙希有说："他们说陈雪雅知道了咱们正在暗度陈仓，要撤出三人公司。陈雪雅也在暗中准备，和咱们较量，拉拢人，保护资料，拉拢客户。听说陈雪雅已经亲自跟好多客户和员工谈话了，许诺了好多好处。"

孙朴直惊愕地看着孙希罕："是你……是你……"

孙希罕低垂着头。

父亲抓住他的衣服，气恼地说："你竟然出卖你爸爸和哥哥？"

孙希罕说："爸爸，我说实话，陈雪雅跟我谈话，我向她说了实话。我发现她已经知道了我们家的情况，她已经跟员工谈话了，员工把你们全都出卖了，所以出卖你们的是你们谈话的那些员工，不是我。"

母亲也为儿子辩护说："是啊，儿子怎么会出卖自己的爸爸呢，我看，不可能。"

孙希有说："可能，可能。在他眼睛里，我们都不如陈雪雅重要，他不但不为我们提供情报，却为陈雪雅提供了情报，唉，我这个弟弟啊。"

孙希罕不满地说："别这样挑拨我和爸爸的关系，根本就不是我说的。在我出卖你们以前，已经有人出卖你们了。"

孙希有说："你终于承认你出卖我和爸爸了。"

孙希罕转向爸爸，说："爸爸，我说实话，人家陈雪雅也在暗度陈仓，人家也做好了准备，就是不让我们拉走人，还有资料，还有客户，所以你们失败了。"

孙朴直狠狠地给了儿子一个嘴巴，说："全都是你这没用的东西，如果没有你，陈雪雅怎么会知道我们的计划？"

孙希罕捂住自己的脸说："分明在我之前，就已经有人出卖你们了嘛。"

孙朴直骂着:“还说,还说,别人出卖,在所难免,可是你不能出卖自己的爸爸和哥哥,明白吗?”

母亲为儿子辩护着:“陈雪雅不是在儿子那里知道的情况,所以还是别这么委屈他了吧。”

父亲说:“好吧,事到如今,我只好向陈雪雅摊牌了。明天我们就撤出我们孙家的股份,成立孙膑公司。”

孙希罕坚持说:“我不能跟你们走,我要留下来,为了……为了……”

孙希有说:“为了陈雪雅。”

孙希罕说:“是的。”

孙希有说:“一个女人,竟然比自己的爸爸和哥哥还重要。”

孙希罕说:“你们不需要我。”

孙希有说:“陈雪雅更不需要你。”

孙希罕说:“可我需要她。”

孙朴直说:“好吧,就让他留下来吧,也许对我们有些用处。”

64

各位董事坐在会议室里,充当听众。

陈雪雅侃侃而谈:“各位董事,今天我们召开董事会,讨论孙朴直先生从三人公司退出的问题。我听了孙朴直先生的申请,感到非常惊讶,我为自己没有能力保住三人公司的大股东感到内疚,想挽留孙先生,可是遭到了拒绝,请大家谈谈自己的看法吧。”

孙朴直眼睛转了几圈说:“这是我在三人公司开的最后一次董事会了。我之所以要退出三人公司,主要是自从我和陈先生、王云舟先生组建三人公司以来,我曾经付出了极大的努力,为公司作出了卓越的贡献,但是我的回报……并不丰厚。”

陈雪雅插话:“请会计师谈谈,我已经做好了准备。”

会计师拿出账簿说:“自从孙家加入了三人公司以来,每年都分得红利,一共为379万元。”

陈雪雅说:“还有孙家人的工资呢?”

会计师说："孙家人的工资收入，一共是382万元。"

陈雪雅问道："那么，当出孙家入股的股份是多少呢？"

会计说："是13万元。"

众人全都议论起来。

陈雪雅问道："孙先生，以你13万元的股份，一共获得了几百万元的收入，您说还少吗？"

孙朴直说："如果我们自己干，恐怕也是亿万富翁了吧？"

陈雪雅说："好吧，您接着说。"

孙朴直说："关键的问题是，我希望我们孙家人能够当家，能够成为董事长、总经理。我们不希望总在陈家的阴影下生存，更不希望我的子孙们永远是陈家的附属品。"

陈雪雅说："如果这样说，我完全同意孙先生的看法。的确，我们不能将董事长和总经理的位子让出来，我想这才是孙家极力退出三人公司的理由吧。"

孙朴直说："是的，关键的问题就在这里，希望你们不要阻止我退出。"

陈雪雅说："我不会阻止您退出的。"

王云舟说："老孙啊，当年咱们两个和陈先生一起创业的情景，我历历在目啊！当年我们一起奋斗，才创造出这样好的前程，你也获得了比较丰厚的收益，可是你突然要离开三人公司，我看这是亲者痛、仇者快的决定啊，我反对你们离开。从人情上、资金上、经营上几方面考虑，我都不希望你们离开三人公司。"

众人议论着："是啊，不应该离开三人公司，不应该撤出股份啊。"

王云舟说："如果你们撤出股份，势必会影响三人公司的实力和前途。"

孙朴直说："我可以不撤出股份，但我的条件陈雪雅小姐恐怕不会答应的。"

陈雪雅说："你的条件就是担任董事长或者总经理，我当然不会答应。"

孙朴直站立起来，喊叫道："那我就马上撤出股份。"

陈雪雅说："好吧，我已经做好了准备，你就马上撤出股份吧。尽管我非常尊重您，希望您留下来，但是没有办法，您总是和我们南辕北辙，所以我也没有办法,无可奈何。"

王云舟说:"我还是要说几句,我们三人公司开始的时候是三人,现在只是剩下我一个老人了,我非常难过。我们当年曾经发誓,我们弟兄三人不能同年同日生,但求同年同日死,我们要像刘关张结义一样,永远不分开。可这刚刚多少年啊,陈家大哥就撒手人寰,现在你也要离开我们,自己干去了,唉,真让我难过啊。"

孙朴直说:"没有办法,道不同,不能为谋啊。"

王云舟说:"你的道是什么,就是要自己当董事长吗?"

孙朴直说:"是的。说来让大家笑话了,我就是想当董事长、总经理,好不枉来一生。"

陈雪雅说:"这个理想无可厚非,我同意孙先生离开我们公司。"

众人都惊讶地看着陈雪雅。陈雪雅的脸很平静。

65

孙希罕走进陈雪雅的办公室,面带羞赧:"雪雅,我……"

陈雪雅看着他问:"你们家的公司筹备好了吗?"

孙希罕说:"他们早就筹备好了,早就开始暗度陈仓了。"

陈雪雅说:"开业的时候,一定要通知我啊。"

孙希罕说:"我不打算和我爸爸共事。"

陈雪雅说:"经过慎重考虑,我觉得你还是跟随你们家,退出公司为好。"

孙希罕问道:"怎么,你不相信我,担心我做孙家的间谍吗?"

陈雪雅说:"不,不,我没有那个意思。"

孙希罕说:"你就是那个意思,担心我盗窃你们陈家的商业情报。"

陈雪雅说:"你千万别误会。"

孙希罕说:"那你到底是怎么想的呢,难道是为了何有才不挽留我吗?是要远远地离开我吗?"

陈雪雅说:"你啊,越扯越没边了,这和何有有什么关系?"

孙希罕不满地说:"什么关系,自从那个何有……追求你以后,你就不愿理睬我了，不像原来那样了。”

陈雪雅说：“我要纠正你几句，一，何有根本就没有追求我，二，我过去也没对你超过同事和同学关系，所以你千万别误会。”

孙希罕说：“好吧，那我问你到底需不需要我。”

陈雪雅说：“我的公司当然需要你了。”

孙希罕问道：“既然需要我，为什么要赶我呢？”

陈雪雅说：“我是觉得你们家的公司刚刚建立，正缺人手，所以你应该帮你爸爸创业去，报父母的养育之恩啊。”

孙希罕问道：“我明白了，你还是不相信我是不是？”

陈雪雅说：“真的不是那个意思。”

孙希罕说：“如果你没那个意思，我就留下了。”

陈雪雅说：“如果你真的要留下，我欢迎你，你的股份没有了，完全被你爸爸撤走了，可你的工资还是不能少，和过去一样好吗？”

孙希罕说：“我可以不要工资。”

陈雪雅问道：“这是为什么？”

孙希罕说：“你知道，我留下来，根本就不是为了钱。”

陈雪雅说：“我……不明白你的意思。”

孙希罕说：“我已经表白多少次了，你应该明白的。”

陈雪雅说：“你啊，在工作时间我真的不想谈这个。”

孙希罕说：“好吧，咱们就在下班以后谈。”

陈雪雅说：“咱们好像已经谈过了。”

孙希罕说：“我不会放弃的。”

陈雪雅说：“以后的事情，谁也说不准啊……”

孙希罕听得出来，陈雪雅并没有完全拒绝他，这就是说以后他还有机会。他看着她问：“真的吗？”

陈雪雅点了点头。

王莹走进来：“小孙啊，为什么不和你爸爸一起走呢？”

陈雪雅说：“我已经挽留下他了。”

王莹说：“你大哥说，他想代替这个职务。他现在身体好了，他希望出来工作,也许会对他身体好一些。”

孙希罕说:“我可以干别的,甚至没有职务都可以,只要让我留下来。”

王莹低声对陈雪雅说:“不能把副总经理的位子给他了,他现在是定时炸弹。”

陈雪雅看着孙希罕,思考着。是啊,也许商场中根本就不可能有朋友,只有利益上的伙伴,当然更不能有恋人了。

唉,自己也许有些幼稚吧,为什么总将自己的婚姻和这商场中的人联系起来呢?像何有这样的对手,怎么可能和她产生爱情?也许真的有了爱情,也不能结婚。因为,她担心他们看中的是她的金钱、财富。而这些财富,她不可能交给何家人,因为这是父亲的心血。

她拿起一支香烟,点燃。这些日子,不知为什么,自己竟然学会吸烟了。她在打火机那锃亮的金属面上,看见了自己的脸颊。自己那变形的脸颊,在那上面很丑陋、很憔悴。唉,自己真的变成黄脸婆了。

她将香烟狠狠地在烟灰缸里揉碎。

第十一章　隔岸观火

孙朴直终于退出了三人公司，自己开办了新的商业公司——孙膑公司。

孙膑公司开业的当天，就受到了奔马公司的攻击。孙膑公司在奔马公司的几个大的攻势面前，无还手之力，面临倒闭。

陈雪雅想帮孙膑公司，可是，人们劝说陈雪雅先采取隔岸观火的态度和做法，以教训孙朴直。

66

这个夏天，始终没有下雨，天上却总是挂着一个火红的太阳。太阳火辣辣的，阳光格外灼热，将那些高楼晒得像个大火炉，火炉再反射出热能，这个城市，就变成了一个巨大的火炉了。再加上那些建筑物上的空调，汽车上的空调放出的热量，在这个城市就无法行走了。柳树杨树槐树全都是蔫蔫的，低垂着，渴望着风，渴望着雨。富人们坐车可以享受空调，穷人就没有那样的福气了，他们在街头走着，或者蹬着自行车，甚至是三轮车，汗流浃背地在太阳的暴晒下无精打采地走着。有的干脆就停下来，寻找一块巴掌大的绿荫，躲避几分钟太阳，马上就有在太阳下撑着伞的卖冰糕冰棍的老太太老头走向他："买冰糕吧，一元一个，别舍命不舍财。"年轻人一般在这个时候，总要慷慨地拿出钱买冰糕的，一番今朝有酒今朝醉，明天宁可再受罪的神情。可是老年人，就舍不得掏钱买冰糕了，他们的钱，是给晚辈买冰糕的，自己却舍不得吃。

在穷人为吃一个冰糕算计的时候，那些富人想的是如何把冰糕做得更小和掺杂更多的不值钱的附加品。

何有兴冲冲地对父亲说:“爸,特大好消息,您听了一定会高兴的。”

何彤问道:“什么好消息?”

何有说:“这个消息,一定会让您高兴得多吃几碗饭的。”

何彤问道:“到底是什么好消息啊?”

何有说:“三人公司解体了。”

何彤惊喜地看着儿子:“这是真的?”

何有说:“是真的。三人公司解体了,孙家分出来成立了孙膑公司,单独另起炉灶了。”

何彤问道:“他们为什么分裂?”

何有说:“还不是为了争抢权力嘛,现在的人,最喜欢的就是权力了。孙家不愿意在陈家的领导下,默默无闻地工作,希望自己也要当家做主,孙朴直希望自己也当一回董事长,体现人生的价值。”

何彤笑起来:“哈哈……哈哈……”

何有附和着父亲笑着。

何彤笑着说:“当初有人拉我跟他们一起经商,可是被我拒绝了。商界就是自己干最好,为什么呢?赚钱的事情,不能合伙,合伙只能是开始,最后都会分道扬镳的。我一家人一个公司,省去了和别人打交道的麻烦,我不愿干了,传给我儿子,不像那个孙朴直、王云舟,传给儿子女儿的只能是一个副董事长和一个副总经理,哈哈……”

何有说:“是啊,爸爸,免得跟别人勾心斗角。自己干,赚了亏了,都不会受别人的气。”

何彤踱着步,看着窗户外面说:“这三人公司,是咱们奔马公司的心腹大患,我早就希望这个公司解体甚至倒闭。我竟然接连败在那个小丫头的手里,越发地让我心里不痛快。今天三人公司解体了,我们不能错过这个机会,应该抓住这个机会将三人公司一举干掉,以解我心头之恨。”

何有说:“爸爸,当初陈雪雅帮咱们渡过了难关,您不是发誓要永远感激三人公司,和三人公司世代友好合作吗?”

何彤说:“记住,商人都是口蜜腹剑的主,为了赚钱,为了不倒闭,他们可以撒谎,可以给别人跪下,可以认输,可以道歉,可以发誓。但是遇到下一个机会,他们还是他们,还是过去的他们,还是其他商人的对手。”

何有说:“啊,记住了。”

何彤说:“你先调查一下,然后组织咱们的人,搞出一个计划来,看看咱们从何处下手,将三人公司,不,现在是两个公司,一举拿下。”

何有说:“爸爸,我看三人公司,就是那个陈雪雅的公司,实力还是非常强大,而且这丫头足智多谋,我们不应该先把矛头对准她,我们现在还不是陈雪雅的对手。”

何彤说:“过去我们不是陈雪雅的对手,是因为双方实力有差距,现在孙家从三人公司分了出去,我看双方实力就差不多了,只要我们计策对,我看还是有把握击败陈雪雅的。”

何有说:“爸爸,商界的规律是什么?”

何彤问道:“规律,什么规律?”

何有说:“您不是经常说,商界就是大鱼吃小鱼,小鱼吃虾米吗?”

何彤说:“是啊,是这样啊,没有资金实力的公司,最容易被大公司吃掉啊。”

何有说:“我看那孙膑公司的实力非常小,孙朴直的年纪也大了,他的两个儿子又不是经商的材料,所以我看还是先集中精力、资金打击这个小公司,将他们击败,然后再集中精力对付陈雪雅。”

何彤点头:“好吧,儿子,就依你说的办。”

何有在自家的别墅花园里慢慢地走着,现在他满脑子都是如何击败陈雪雅,陈雪雅现在在他的脑子里,已经不是女人,更不是有魅力的可以发展成妻子的女人了,陈雪雅现在就是他的敌人。近些日子,他不断地更换女人,为的就是忘记陈雪雅。是的,商战中的敌人怎么可以成为恋人妻子呢?不可能!自己不能太幼稚了。在商人面前,第一位的就是金钱。

67

天还是那样炎热。太阳高悬在天空,就像在人们的脑袋上安了一个大火球,无论你走向哪里,那火球都一直跟着你。天空似乎没有了云彩,云彩已经让太阳烤化了。马路也被烤得软软的了,路旁的花草树木也都没有了精神。

此时孙家的商场却是鞭炮齐鸣,锣鼓喧天。孙家人似乎不怕热。

孙朴直和儿子孙希有和员工一样,站在门前,欢迎着进来的顾客。

门前所有的广告牌子上都写着:“开业大吉,所有商品,一律降低30%。”

这时,开过来几辆大汽车,上面的广告牌子写着:“奔马公司的所有商场,从今天起所有商品一律降价40%。”

汽车上,也是锣鼓喧天,喇叭不停地广播着:“各位市民,我们奔马公司,是本市第一大商业公司,从今天起,我们将遵照公司董事会的决议,将所有商品降价40%,欢迎广大顾客惠顾,凡是在奔马公司购买商品的顾客,还可以参加商场抽奖,大奖的第一名将获两室两厅住房一套,价值人民币65万元;第二名将获得汽车一辆,价值人民币16万元;第三名将获得价值人民币10万元的汽车一辆。”

无数的顾客从孙膑商场跑出来,喊叫着:“啊,快走啊……到奔马公司的商场买东西去啊……”

这时,孙朴直气恼地奔向了汽车,叫骂着:“何彤那老浑蛋……想干什么啊?我孙朴直刚刚开业,就这么整我啊?”

几个人奔跑着,喊叫着:“快走啊……到奔马公司的商场买东西去啊,可以得到房子汽车啊……”

孙朴直拦截住一个叫喊的人说:“你一定是奔马公司的员工,是不是?”

那个人推倒了孙朴直,跑走了。

孙朴直站起来,冲着那些汽车喊叫着:“何彤……你这老浑蛋……”

顾客几乎都跑光了,商场格外冷清。

外面,奔马公司的汽车上,喇叭继续喊叫着:“到奔马公司所有的商场购买商品……”

孙希有走出来,找到了父亲,悲哀地说:“爸爸,顾客全都跑光了。”

孙朴直叹息着:“唉,我没想到,何彤这个老东西竟然来捣乱。”

孙希有说:“我还以为陈雪雅会给咱们来一个致命一击呢,陈雪雅按兵不动,何彤倒来了一拳。”

孙朴直坐下来，慢慢地吸烟，说："这一拳，打得我头昏眼花啊。"

孙希有说："爸爸，咱们也抽奖，奖金来一个三室的房子，价值人民币100万的，咱们跟他们斗到底。"

孙朴直骂着："愚蠢，人家何彤多少资本咱们孙膑公司多少资本？"

孙希有说："可咱们也不能就这么看着他欺负咱们啊，他这么整咱们，咱们公司会赢利吗？还不倒闭吗？"

孙朴直叹息着："号称孙膑公司，还是用计谋好，别和他们硬拼。"

孙希有说："什么计谋，给他们栽赃，说他们出售假冒伪劣商品？"

孙朴直说："你啊，就是那一套，地痞流氓的本领。"

孙希有说："那您想个主意。"

孙朴直说："让我想想吧。"

孙希有说："何彤的奔马公司有几个大商场、大工厂，咱们呢，就一个商场，无法跟他全面对抗。"

孙朴直说："这些我还不知道吗？"

孙希有不敢说话了，只是默默地看着父亲。

孙朴直站起来，慢慢地走向自己的商场。孙希有也跟随着父亲，走向商场。

商场里只有雇员，他们一起向孙朴直鞠躬："董事长好，总经理好。"

孙朴直竟然高兴起来。

孙希有问道："爸爸，有主意了？"

孙朴直说："我想，第一步，我还是走对了，我有收获了。"

孙希有问道："什么收获？"

孙朴直说："过去在三人公司，没有员工向我鞠躬，他们只是向陈雪雅鞠躬，现在咱们的员工向我鞠躬了，说明我第一步已经成功了，我做了董事长了，哈哈……"

孙朴直的脸上荡漾着得意。他一生期待的，就是占山为王。过去由于自家资金不足，他总是在陈家的阴影下生活，自己的光辉让陈家的光辉给覆盖住了。唉，自己一定要在临死前给两个儿子打下孙家自己的江山。这个江山，和陈家，和任何人家的姓氏都没有关系，它只属于孙家。

然而，商场并不是治气的地方，可以在情场治气，切不可在商场治气。

孙朴直并没在三人公司的一线干过，所以他缺少的不只是资金，还有经验，更没有现代商场所需要的现代经营管理理念。

68

奔马公司加紧了对三人公司的围剿，计策接连取胜。

何有向父亲汇报说："爸，咱们的数家商场今天销售已经突破了1000万了。"

何彤兴奋地说："好啊，好啊，太好了。这样的形势，从来没有过。"

何有说："也许我们应该早就这样干了。"

何彤说："这样干……干长了，百姓也就习以为常了，也就没有吸引力了。"

何有说："可是百姓总是抱怨说还没有抽到大奖。"

何彤说："可以先拿出一个第三名出去，一辆普通的家庭轿车。"

何有算计着："今天的销售额是1000万，就算咱们的利润是10%，利润也有了100万了，拿出一个10万的轿车，应该不成问题。"

何彤说："咱们的商品全都打折了，打了40%，所以，咱们的利润是60万元。"

何有说："就是60万，咱们也可以拿出10万的轿车了。"

何彤说："好吧，准备好了，明天咱们就拿出一辆轿车去，我亲自发奖。"

何有说："另外咱们的货物应该再供应齐全些。"

何彤说："好吧，你就当家吧。"

何有坐上了自己的汽车，开始去享受自己的胜利果实了。有个夜总会的老板，给他打电话，说新来了一个洋女人，要他先品尝，要价是一个晚上一万元。

也许这样的消遣，比在那个贫穷的艺术家村，更让人兴奋吧。

想起陈雪雅，他忽然觉得女人做董事长很可怜，根本就不敢享受自己辛苦赚来的钱。比如，他何有和众多的男董事长总裁们就敢和众多的女人睡觉，而陈雪雅这样的女董事长们，却必须在房中独守寂寞。唉，女人真可怜。想到这里,他兀自笑了起来。其实和陈雪雅比起来,自己已经是胜利者了,因为自己是男人,男人,是天生的胜利者,而陈雪雅是女人,女人,是天生的失败者。这样算下来还是自己获胜了,哈哈……他今晚一定要把对女人的仇恨,全都发泄到那个洋女人身上……

69

孙朴直和孙希有垂头丧气地走进家,就像路旁的被晒蔫的树木花草一样。

孙希有的母亲问道:“开业第一天,怎么样?”

孙朴直摇头,无力地坐下。

孙希有说:“唉,那个奔马公司,率先向咱们发动了进攻。他们所有的商品,全部降低40%,另外,设立了大奖,一等奖是房子,二、三等奖是汽车,百姓被奖品吸引了,全都跑到奔马的商场去了。”

母亲问道:“这么说……咱们的商场没有多少顾客?”

孙希有点头说:“不是没有多少,是根本没有。”

母亲叨唠着:“我就知道,咱们和三人公司分开不行,咱们没有那样的实力和那些大财团斗。”

孙希有叹息着。

孙朴直说:“别气馁,我就不信,我孙朴直——孙膑的后代,孙武的子孙,不是他们那些常人的对手。”

孙希有说:“是啊,我也不信,我们不是那些常人的对手。”

母亲说:“哎呀,你们这父子啊,说别人是常人,你们难道是超人吗?既然是超人,怎么还这样垂头丧气的呢?”

孙朴直说:“好了,不垂头丧气了,咱们吃饭。”

这时,孙希罕走了进来。

孙希罕问道:“爸爸,大哥,开业……怎么样?”

孙朴直没有理睬他。

孙希有说:“咱们孙膑公司开业,你这个家庭重要成员,竟然不到公司看看。”

孙希罕辩解道："我们公司也有事，我不能离开我的工作啊。"

孙希有气愤地走到弟弟面前，质问道："你的工作，你的工作，难道家里的事情不是你的工作吗？"

孙希罕问道："怎么了，咱们不是说好了嘛，咱们分工，我还留在陈雪雅的身边，你们自己开办公司，是爸爸答应的。"

孙希有说："哼，咱们家正是缺人手的时候，你却给别人帮忙。"

孙朴直说："得了，别埋怨他了，我看他留在陈雪雅身边非常好，便于我们掌握三人公司的动态。"

孙希罕没有说话，脱下外衣，坐了下来。

孙朴直问道："今天陈雪雅和三人公司的员工对我们开业，有什么反应？"

孙希罕说："没有任何反应，没有一个人议论。"

孙朴直问道："奔马公司大举向我们进攻，难道三人公司和陈雪雅也没反应吗？"

孙希罕问道："怎么，刚开业奔马公司就向咱们大举进攻了？"

孙朴直说："是啊，我就奇怪，这么大的事，作为商界的第一大亨，陈雪雅怎么就没有反应呢？"

孙希罕说："我见过她了，可她根本就没提起这个事啊。我还以为咱们公司开业非常平静呢，没想到奔马公司率先向咱们发起进攻了，是用什么方法进攻的呢？"

孙希有说："咱们打七折，他们就打六折，还把宣传车开到咱们商场门前，大肆广播，鼓动消费者到他们奔马公司的商场购物，还设立了大奖，奖品是房子、汽车。"

孙希罕激动起来："咱们也还击嘛，咱们再打折，五折。另外咱们设立的奖品，比他们还高还吸引人，不就可以把他们打下去了吗？这有何难的？"

孙希有骂着："呸，无知。咱们家要是有那个实力，还用这么发愁吗？"

孙希罕问道："怎么，咱们家不是有几百万吗？这区区的40%和房子、汽车算什么呢？"

孙希有说:“那几百万元已经用来购买商场和商品了,商场小,商品少,咱们还没有办法呢,哪来的钱去设立奖项呢?”

孙希罕说:“那咱们就贷款啊。”

孙希有说:“已经贷了,不然凭咱们那几百万,能开得起这么大的商场吗?”

孙希罕说:“那就继续贷吗,陈雪雅就非常有气魄,敢贷款。”

孙希有说:“别提她,提起她我就生气。”

孙希罕说:“如果咱们听她的劝告,不退出三人公司,何必承担那么大的风险呢?如今咱们的老底全压上了,还贷了那么多款,一旦销售不畅,咱们不就倒闭了吗?不就破产了吗?”

母亲惊骇地问道:“啊,这么快就破产倒闭了?”

孙希罕说:“那还不快吗,兵败如山倒,根基动摇的大厦,一遇到风吹草动,马上就会坍塌的。”

父亲说:“胡说,你这比喻恰当吗?”

孙希罕说:“我不过做了一个比喻。”

孙希有说:“这个比喻不恰当,有爸爸在,咱们不会失败不会破产倒闭的。”

孙希罕说:“溜须拍马不会挽救企业的命运。”

孙希有说:“看样子你已经成竹在胸了。好,现在就把这个任务交给你,你就想办法把奔马公司击败,为咱们家出一些力吧。”

孙希罕说:“我……我……”

孙希有讥讽地问道:“刚才还侃侃而谈呢,怎么一提办法就默默无声了呢?白在陈雪雅身边工作了,也没学会什么?”

孙希罕说:“如果让我出主意,我就出。”

孙希有说:“好吧,你就说吧。”

孙希罕说:“但你们别埋怨我。”

孙希有说:“主意还没有出,怎么就提起埋怨的话呢?到底是什么主意啊?”

孙朴直说:“还是快些说出来让我们听听,如果可行,我们就采纳。”

孙希罕说:“我的主意是……马上关门,把商场还给陈雪雅,还是加入三人公司,我在中间作保,你们保证不再给三人公司捣乱,好好工作,我就求陈雪雅原谅你们。”

孙朴直骂着:“呸,亏你说得出来,就这个主意?我们刚分出来就回去?我们是傻瓜?是疯子?白折腾,瞎折腾,我们为什么啊?”

孙希罕说:“为什么,为了咱家不破产,为了咱家能够继续当富翁,为了以后还可以生存,为什么?”

母亲说:“我看,儿子说得对,应该这样。”

孙朴直站起来:“胡说,你们都是胡说。我孙朴直做梦都想当老板,当董事长,今天我刚刚有了自己的公司,刚刚有人叫我董事长,向我鞠躬,我的梦想刚开始,我为什么要结束自己的梦想呢?就为了那么一点小困难?”

孙希罕喃喃地说:“爸爸,我不了解情况,我只听见你们说,我就感觉困难不小,问题非常大,这不是开玩笑的。你是商界的老人,你比我了解事情的严重性。”

孙希有说:“不像你说的那样严重,即使关闭商场,咱们商场的房屋、商品也是钱,也不会像你说的那样,眨眼间就没了。”

孙希罕说:“此话差矣。再拖些日子,没有人购买商品,咱们没有利润,贷款如何还?还有成本、员工的工资,这些费用怎么出?”

孙希有说:“有爸爸在,不要你为我们泄气。”

孙希罕摇头:“爸爸,我看还是回到三人公司安心养老吧?”

孙朴直骂着:“胡说。无能之辈,窝囊废!刚遇到这么一点困难,就说这样的丧气话,呸,我需要你干什么?还是呆在陈雪雅的身边吧,我这里根本就不需要你……”

孙希罕无可奈何地说:“你们难道一定要输得身无分文身败名裂吗?”

孙朴直说:“是的,我就是这样一个人,只要我认准的事情,我就一定要做到底。”

孙希罕说:“既然如此,你们不听我的我也没有办法。”

母亲说:“儿子,还是求求陈雪雅吧,让她来帮帮你爸爸和大哥吧。”

孙希罕问道:“怎么样,需要我求助陈雪雅吗?”

孙希有和孙朴直都不说话了。

孙希罕笑了起来："明白了，就是需要是吗？"

70

陈家一家人在一起吃饭。无论大家多忙，这晚饭都要在一起吃，这是陈家的传统。在一起吃饭，大家可以亲近亲近，还可以议论议论这一天发生的事情。

母亲拿出晚报，说："你们看，发生这么大的事，你们竟然不知道啊。"

陈雪松、陈雪雅和王莹都争抢报纸。

王莹手快，把报纸抢了过来。

陈雪雅说："大嫂，给我们念念吧。"

王莹念道："奔马公司出击大获全胜，孙膑公司开业冷冷清清。本报消息，今天从本市著名的大集团三人公司分出来的孙膑公司正式开业了。这个公司以百货、服装、家电、食品等商品销售为主，可公司刚开业，就受到本市最大的商业集团奔马公司的强有力的阻击，奔马公司在孙膑公司周围，大肆围攻孙膑公司，展开了猛烈的宣传战和阻击战，在孙膑公司降价30%的基础上，又加10%。另外，奔马公司还设立房屋、汽车等购物大奖。据目击者说，已经有消费者因为购得电视机而获得一辆10万元的别克轿车。这两大商业集团的较量，以奔马公司全面胜利而暂告一段落。奔马公司的几大商场，一天就实现了销售额1000万元，而孙膑公司，第一天的销售额仅374元，孙膑公司的董事长孙朴直先生面对惨败，大骂奔马公司的董事长何彤不是东西。现刊发本报记者拍摄的照片6张，以飨读者。"

王莹念完，哈哈地笑了起来。

陈雪松也大声笑着。

陈雪松说："我看这孙家应该如此，他们终于得到了报应。"

王莹说："是啊，他们从来没有在三人公司安分过，不是分裂、破坏，就是搞阴谋，终于分出去了，现在自己也得到了报应了。"

陈雪雅说："真没想到，他们竟然输得这样惨啊。"

母亲说："刚开始，还早着呢，不能说这就是失败，你爸爸刚开业的时候,也是这样遭到了奔马公司的阻击,也是差点倒闭。当年是你爸爸力挽狂澜,才使得三人公司转危为安的,现在三人公司和奔马公司的实力不相上下了。”

王莹说:“妈妈,咱们有小妹掌舵呢,他们孙膑公司有什么?孙朴直和他大儿子,他们的本领都在那摆着呢,我看他们斗不过奔马公司。”

陈雪松说:“那孙朴直总是自以为是,认为他是天下第一,不然怎么叫孙膑公司呢。”

王莹说:“我看,他们没有孙膑的本领。”

母亲说:“如果再这样下去,他们也许会倒闭的。”

王莹说:“如果倒闭了,再求助咱们三人公司,咱们可不能答应他们。”

陈雪雅说:“如果他们没有资金、资本、资产,还怎么进入公司当股东呢?”

母亲说:“看在老股东的面子上,还是应该给他们一点面子,给他们一碗饭吃啊!”

陈雪雅答应着妈妈说:“我一定会的,妈妈。”

母亲说:“好啊,妈妈真高兴,看着你们这么善良,妈妈真高兴。”

陈雪松大口地吃着饭。

母亲说:“你大哥的戒毒也见成效了,看他现在胖多了啊。”

母亲抚摸着儿子那如面包似的胖脸。

陈雪松看着王莹,说:“全靠王莹的帮助。”

母亲说:“哎,还有你妹妹的帮助呢。”

陈雪松说:“妹妹是家里人,我就不感谢她了。”

王莹说:“我和你的关系比小妹近明白吗?应该感谢小妹,不应该感谢我。”

陈雪松说:“那不对,妹妹和我是兄妹,我们都姓陈,而你姓王明白吗?”

王莹说:“你这人啊,怪不得总是处理不好各种关系,思维方式有问题,总是本末倒置。”

母亲和小妹都笑了起来。

这时,电话铃响起。

母亲拿起电话:“喂,是哪位?”

母亲示意陈雪雅说:“你的电话。”

陈雪雅接过电话说:“你还是明天再说吧,现在天这么晚了,明天到公司去吧。”陈雪雅放下电话。

母亲说:“是孙希罕的电话。”

王莹说:“一定是他求咱们帮忙的。”

陈雪松说:“不能帮。”

母亲说:“帮忙,看怎么帮法,和奔马公司打仗?也降价?也设立大奖?”

陈雪雅说:“那样孙膑公司就先倒闭了。”

母亲说:“是啊,他们没有和大公司竞争的实力,再这样下去,只能率先倒闭。”

陈雪雅说:“那么他们要干什么?借钱?”

王莹说:“是啊,不借给他们,让他们找银行吧。”

陈雪松说:“我看咱们最好的对策就是隔岸观火,看热闹。”

王莹说:“咱们公司的销售其实也受到了影响,不过我觉得奔马公司不会每天都降价的,那样他们也无法承受了。”

陈雪松说:“不管怎样,咱们就是不出手,就是要隔岸观火。”

陈雪雅说:“只是……孙希罕的关系……”

王莹说:“哎,小妹,不能心软,不能让孙希罕再担任副总经理了,应该把这个职务给你大哥。”王莹看了几天丈夫的好脸色,竟然忘记丈夫是什么东西了。

陈雪雅犹豫着:“可是……怎么跟孙希罕说呢?”

王莹说:“为了商业秘密啊,我跟他说。”

陈雪雅说:“这样做不好吧?”

陈雪松说:“还是我说为好。”

第十二章　草船借箭

孙朴直在倒闭的前夕,向陈雪雅求救。

陈雪雅告诉孙朴直,再挺一段时间。奔马不断地向孙膑公司发起攻势,在全市引起轰动,媒体频频曝光,报道。陈雪雅给孙朴直的计策是,草船借箭,借机吸引更多媒体和百姓的目光,以提高自己的知名度。这些都是不花钱白白得到的好处。

71

陈雪雅的办公室还没有开门。孙希罕在门前踱步。

一会儿,陈雪雅和陈雪松还有王莹都走了过来。

孙希罕说:“雪雅,把我急死了。”

几个人走进了房间。

陈雪雅说:“到底发生什么事了,这么焦虑啊?”

孙希罕说:“你们真的不知道?”

王莹说:“不知道。”

孙希罕拿出报纸,给陈雪雅说:“我看这些记者比我知道的还多。”

陈雪雅瞄了一眼报纸说:“你说,到底需要我们做什么?”

孙希罕说:“说这样的话,我有些难为情。但是为了我爸爸我大哥,为了我们家,我不得不向你们求助。”

陈雪雅说:“说吧,需要我们做什么呢?”

孙希罕说:“帮助,帮助啊!”

陈雪雅问道:“怎么帮助呢?”

孙希罕说:“雪雅是谋略大师,我相信你一定会有好主意的。”

陈雪雅沉思着。

孙希罕说:“我父亲说陈家和我们孙家是世交,应该出手帮助。”

王莹和陈雪松都笑了起来。

孙希罕问道:“你们笑什么?”

陈雪松说:“你爸爸曾经说,他不得不和陈家分开,是因为陈家给了他太多的痛苦。”

王莹说:“他还说孙家一直生活在陈家的阴影下。”

孙希罕叹息道:“我爸爸那个人啊,实在是……唉,就像个孩子,希望你们别计较他,他现在是老顽童。”

王莹说:“我们不会计较孙大伯的。但是让我们出手帮助孙膑公司,我看也不现实。”

陈雪松说:“是啊,这不符合我们三人公司的原则。”

孙希罕说:“你们为什么这么说,难道你们真的是见死不救的人吗?”

王莹说:“不是,当然不是。”

孙希罕说:“好吧,既然不是,就请伸出手来拉我们家一把吧。”

王莹说:“你说得可怜,其实你们离死还差得远呢。”

孙希罕说:“就是因为担心,我们才这样乞求你们的。不然,我自尊心那么强,会求别人帮忙吗?”

王莹说:“看在你的面子上,我们应该帮忙,可是……”

孙希罕说:“大人有大量,你们就别计较我父亲的过去了好吗?”

陈雪松说:“我不能忘记过去你爸爸和大哥对我的迫害。”

孙希罕转向陈雪雅说:“雪雅,你说吧,到底帮还是不帮?”

陈雪雅说:“当然帮。为了你,为了你家和我家世代的交情,我们当然要帮忙了。”

孙希罕说:“好吧,就凭这句话我就敬佩你,比过去尤其敬佩你了。”

王莹说:“但是,如何帮忙呢?”

陈雪雅说:“这就需要我们认真研究了啊。”

孙希罕说:“可是,现在我们家马上就支撑不住了啊,我们需要三人公司快速出手啊。”

王莹说："这不符合商业规律，这么大的商场，刚开业就支撑不住了，这能让人相信吗？"

孙希罕说："开办一个新的大型商场，至少需要上千万的资金，可是我们家只有几百万，大部分资金是贷款，我们实在无法承受奔马那么大的打击啊。"

这时，秘书小姐来电话说："奔马公司的总经理何有求见。"

陈雪雅说："请吧。"

门开了，何有走了进来。

孙希罕激动地冲向前，揪住了何有的衣服，骂着："你这混账东西……把我们家坑害得好苦啊……"

陈雪松和王莹急忙把孙希罕拉开。

王莹说："有话慢慢说，别这么没有理智。"

孙希罕问道："我问你，到这里来干什么？"

何有冷笑道："我可以开门见山地告诉你，我来这里是请求三人公司隔岸观火的。"

孙希罕骂着："呸，办不到。"

何有说："我相信三人公司的董事长兼总经理陈小姐是非常聪明的人，她不会因为孙膑公司而伤害了我们奔马公司吧。"

孙希罕说："雪雅已经答应了，为了我，为了我们家和陈家的友谊，她一定会帮忙的。"

何有说："我相信那是陈小姐的推托之词。"

孙希罕说："雪雅有情有义，这一点谁都知道。"

何有说："这商业规律就是如此，大鱼吃小鱼，小鱼吃虾米，没有办法，谁让你们孙膑公司这么弱小呢？"

孙希罕问道："这商场难道就没有法、没有理、没有情了吗？"

何有说："当然有。我们奔马公司做的事就符合法律、情理啊。我们不做任何违法的事情，为国家多交税，这符合法律！我们能够用资金、实力、智慧战胜对手，是讲究道理的吧！我们把那些没有信用的小公司，从商界挤出去，我相信也是符合三人公司的意愿的。"

孙希罕说："我相信雪雅会明辨是非，不会听从你的蛊惑的。"

何有说："我已经说得很清楚了，消灭孙膑公司，对三人公司也有好处。"

孙希罕说："我们现在是唇齿相依，你们用不正当的手段降价，吸引顾客，实际上也对三人公司有影响。我相信昨天三人公司的营业额也是大幅度下降的，所以为了自身的利益，我们三人公司还是要出手帮助孙膑公司的。"

何有问道："你们三人公司？难道你还留在三人公司？"

孙希罕说："是的，我还是三人公司的副总经理。"

何有笑了起来，说："啊，你爸爸真有本领，竟然把主意打在过去的老东家身上了，兔子还不吃窝边草呢，可你们孙家人专门吃窝边草，竟然让你在里面做间谍。"

孙希罕愤怒地喊叫着："胡说，你这是诬陷我……"

何有冷笑道："你现在的所作所为，完全是站在了孙膑公司的立场上，根本就没有替三人公司考虑。如果你真的为三人公司考虑，就不会劝说陈小姐出手帮助孙膑公司了。因为陈小姐如果真的出手帮助了孙膑公司，扶植了孙膑公司，将是养虎为患，为自己种下祸根。如果当初三人公司不吸收孙朴直先生，现在就没有公司分裂的现实了，哈哈……"

孙希罕再次气恼地冲向了何有："你这混账东西……"

何有躲着孙希罕。

孙希罕气愤地不停地追逐着何有，攻击着何有。

陈雪松笑着说："没想到你们都选择我们的公司作为战场，哈哈……这隔岸观火，好，实在是好啊！让他们两家打起来，互相消耗，咱们好从中得利。隔岸观火，好啊！"

72

天总算阴了下来。有了乌云，人们就盼望着下雨，但雨水却迟迟不肯落下来。还好乌云总算遮住了太阳，让人们不再受到暴晒，但天闷得让人喘不过气来。

有人冲着天空喊着："老天爷，求求你，快下雨吧……"

可是，空中打了一阵雷，那雨水就是不下来，让人们空欢喜了一场。

这天，孙希罕的心比这天气还躁，还闷。他刚走进家门，父兄就急切地围拢到他的身边。

孙朴直和孙希有焦急地问道："怎么样，陈雪雅答应帮忙吗？"

孙希罕把皮包扔到沙发上说："不想帮忙。"

孙朴直骂着："我就知道陈雪雅不会帮忙的。"

孙希有说："可是，弟弟却对这个女人很有好感。"

孙希罕说："何有也在三人公司。"

孙朴直惊愕地问道："他去那里干什么？"

孙希罕说："他去动员陈雪雅，不要帮助咱们，还挑拨咱们的关系，让陈雪雅不要忘记孙家给陈家带来的麻烦和痛苦。"

孙朴直骂着："好恶毒啊！"

孙希有说："弟弟，你看出来了吧，关键时刻，没人帮助咱们，必须靠自己，没有别人可以依靠。"

孙希罕叹息着："没想到，真没想到啊！"

孙希有说："你早就应该想到。"

孙希罕说："不过我始终认为，三人公司、陈雪雅、王莹会帮助我的。"

孙希有说："现实已经给了你一个狠狠的耳光。"

孙希罕踱着步说："如果没有何有在，我想陈雪雅就让我说服了。"

孙希有说："丢掉幻想吧，弟弟，商场就是战场。如今尤其是如此，别对陈雪雅抱有幻想了。"

孙希罕问道："不指望陈雪雅，还有什么办法，你说？"

孙希有无奈地叹息着："我……听爸爸的。"

孙希罕问道："爸爸，你说，还有什么办法吗？"

孙朴直没有说话，思考着。

孙希罕说："还是听我的劝告，早点关闭，免得受更大的损失。"

孙朴直说："不，刚开业就倒闭，我心不甘啊。"

孙希罕说："咱们不能开这样大的商场，咱们没有这么大的实力，咱们开一个小一点的商店或者公司，还是有希望的。”

孙朴直说：“越小，越不好生存，竞争太激烈了啊。”

孙希罕说：“如果咱们开一个特色店，也许还能生存，经营别人不经营的特殊商品可能会好一些。”

孙朴直说：“既然已经开业了，何必再退缩呢？我孙朴直不是那样的性格。”

孙希有说：“我也不是那样的性格。”

孙希罕说：“我想过了，我决定辞去三人公司的职务，回来帮助爸爸和大哥。”

孙希有说：“好啊，现在咱们家正缺你这样的人才啊。”

母亲走进来说：“千万别辞去三人公司的职务。”

孙希有问道：“妈，您不愿意弟弟给咱们家帮忙？”

母亲说：“不是，我是这样想的，一旦你们父子失败了，倒闭了，破产了，依靠你弟弟的工资，咱们一家人还可以生存。”

孙希有说：“咱们就那么悲哀吗，会输得血本无归吗？”

母亲说：“只要再继续开下去，就是这样的下场啊。”

孙朴直说：“再维持几天看看奔马的表现吧。也许他们不敢再继续降价了，那样对他们也没好处啊。”

73

奔马公司的空调始终开着，何彤的脸上脖子上依然淌着汗。

何有走了进来，对父亲说：“爸，陈雪雅没有表态是否支持孙家。”

何彤说：“没有表态……说明她的确憎恨孙家。”

何有说：“孙希罕在，我没有说给三人公司一些补偿。”

何彤说：“当然，不给三人公司补偿最好，就担心陈雪雅加入进来，和孙家联合，共同对付咱们。”

何有说：“看样子陈雪雅没有忘记孙朴直带给陈家的痛苦。不然在孙希罕的乞求下，她会表态支持孙膑公司的。”

何彤说：“时间就是金钱，这话说得对。趁三人公司没有进入，咱们抓紧时间向孙膑公司进攻,一鼓作气,把孙膑公司挤垮,让孙朴直回家养老吧。”

何有问道:“还用那样的方法吗?”

何彤说:“对,不必变幻招术,就是降价和设立奖项,就可以招揽顾客,就可以把孙膑公司拖垮。”

父子俩对自己的智慧深信不疑,对付陈雪雅还有些费力,对付孙家父子,还不是易如反掌?

74

孙膑公司门前,还是门可罗雀。

孙朴直的汽车开来,孙朴直和两个儿子走下汽车。

商场门前,依然是冷冷清清的。

孙朴直感慨地对孙希罕说:“你看,咱们公司就是这样不景气啊!”

不远处,奔马公司的宣传车上,依然宣传着奔马公司降价和设立奖项的决定。

孙希罕看着奔马公司的汽车说:“太气愤了,他们太欺负人了。”

孙希有说:“是的,奔马就是这样欺负咱们啊。”

孙希罕说:“干脆,咱们再降价,吸引顾客。”

孙朴直说:“咱们没有那样的实力,如果再降价,咱们就赔本了,除去成本、各项费用、贷款利息,咱们没有多少赢利的空间了。”

孙希罕说:“可是我们不能看着对手拿着刀架在咱们脖子上啊。”

孙希有说:“弟弟,我的脾气比你大,可现在我们必须学习父亲,忍耐,再忍耐;冷静,再冷静。”

父子三人走进了商场。

员工们全都向他们鞠躬:“董事长好,总经理好。”

孙朴直对孙希罕说:“你在三人公司可以享受这样的待遇吗?”

孙希罕问道:“这有什么用处?”

孙朴直说:“让人崇敬,能够让自己感觉到做人的快乐、尊严。这些我过去在三人公司根本就没有享受到,因为员工们知道我没有权,我不是董事长,也不是总经理,我没有开除他们的权力,更不能让他们得到提拔重用,更不能给他们奖励,所以他们从来不向我鞠躬,只向陈家人鞠躬。我看着那个场面就生气,就因为这个,我也要自己开公司,明白吗?"

孙希罕说:"自己开公司,在得到员工崇敬的同时,也得到了压力,更大的压力。过去在三人公司,您感受过别人攻击的压力吗?有痛苦吗?没有。因为承受危险危机的是别人,是陈家人,咱们只是挑毛病的,白拿股份的。所以您的身体一直很好,而陈老先生,早就得了心脏病,一生气,就气死了。"

孙朴直抓住了孙希罕的手说:"儿子,我忙得差点忘记了,我有杀手锏了。"

孙希罕问道:"可以挽救咱们孙膑公司?"

孙朴直说:"是的。"

弟兄俩都看着爸爸。

孙朴直得意地说:"我可以用这个事实提醒陈雪雅,她和我的矛盾是矛盾,但是和何有父子是冤仇,是何彤采用了釜底抽薪的办法,把三人公司的优秀人才挖走了,才气死了陈老先生的。走,咱们马上找陈雪雅去。"

孙朴直快速地坐上了汽车,孙希罕也坐上汽车。

孙希有刚想上汽车,父亲说:"不,你在这里看守商场,陈家人看见你,就不会有好脸色。"

孙希有只好走进商场。

孙朴直和孙希罕父子两人走进了陈雪雅的办公室。

陈雪雅急忙站起来:"啊,孙伯伯驾到,欢迎,欢迎啊。"

秘书端进饮料。

孙朴直坐下说:"我喝茶。"

秘书急忙换了茶水。

陈雪雅看着孙希罕:"怎么,你真的要辞职?"

孙希罕说:"我不能看着父亲和哥哥遇难见死不救。"

陈雪雅说:"没有那么严重吧?"

孙朴直说:"比那个还严重。"

陈雪雅说:“刚开业怎么会呢?”

孙朴直叹息道:“那奔马公司来势凶猛,我们难以招架啊,我们这么小的公司,怎么能跟奔马这样的亿万资产的公司较量?只能是螳臂当车,自取灭亡啊。”

陈雪雅笑了起来:“我记得孙伯伯总是特别自信,如今奔马公司刚刚出拳,怎么就倒下了呢?这可不是孙伯伯的性格啊。”

孙朴直叹息了一声说:“实不相瞒,那奔马公司的降价和设立大奖,直接打击了我的公司,把消费者全都吸引过去了,我的公司现在非常萧条,几乎没有消费者了,不相信,陈小姐可以到我的公司看看去,再这样下去,我的公司就倒闭了啊。”

陈雪雅说:“孙伯伯从来都是实话实说,怎么想的,就怎样说,我怎么会不相信呢?!”

孙朴直说:“我现在想提醒陈小姐一句,那奔马公司的何家父子是狼,不是人。”

陈雪雅说:“这样说竞争对手,我可不敢苟同啊。”

孙朴直问道:“我问你,你父亲当年是怎么死的?”

陈雪雅说:“我父亲……我当然不会忘记了。”

孙朴直说:“你如果记得,就应该为父亲报仇,为我的老哥哥报仇啊。”

孙朴直说完,作戏似的掏出手绢,擦着自己的眼睛。

陈雪雅说:“伯伯,放心吧,我不会忘记我父亲是怎么死的了。”

孙朴直说:“现在正是你报仇的好机会。”

陈雪雅明知故问地问道:“现在是机会,我怎么觉不出来呢?”

孙朴直说:“那何家父子,向我们发动了进攻,其实也是向你们发动进攻啊。因为他吸引了顾客,你公司的商场也就减少了顾客,你和我一样深受其害啊。所以他何有、何彤不但伤害了我们孙膑公司,也伤害了你们三人公司,更伤害了全市所有同类商业公司啊。因此我希望你们站出来,既帮助了我们,也帮助了自己,尤其是你,还为父亲报了仇,可谓一举数得,何乐而不为呢?”

陈雪雅思考着。

孙朴直说："如果你忘记了父亲是怎么死的了，我也没有办法，天下还有认贼作父的呢，什么人没有呢？天下人形形色色，什么人没有呢？"

这时，王莹和陈雪松走了进来。

王莹和陈雪松向孙朴直打着招呼："哎呀，孙大伯，怎么有时间，拜访小辈呢？"

孙朴直说："我现在的处境，想必你们已经知道了。"

陈雪松说："大伯总是设计陷害别人，怎么对别人的陷害无能为力了呢？"

孙朴直愤怒地看着陈雪松："你……"

王莹说："别这样说，大伯，想必是确实遇到困难了，不然，不会来求咱们小辈的。过去，大伯总是说陈家人、王家人不行，现在恐怕也不能指望陈家人、王家人了。"

孙朴直气恼地拉着儿子："走，我早就说过，做人、处事必须依靠自己，你看到了吧，他们就是这样对待你的友谊的。"

孙希罕痛苦地说："我实在没想到。"

孙朴直和儿子走了。

王莹说："小妹，你千万不能帮助他们啊。"

陈雪松说："帮助了他们，就是东郭先生帮助了狼。"

陈雪雅说："不过，我觉得……有孙膑公司牵制奔马公司，对咱们三人公司还是有利的。"

陈雪松说："可他们没有本事活下来，你又有什么办法让他们活下来呢？"

陈雪雅说："我想了一计，没有来得及说呢，孙朴直就急匆匆地走了。"

王莹说："他现在是热锅上的蚂蚁，不知怎么爬了啊。"

陈雪松故意开心地笑着。

陈雪雅问道："大哥，看到别人落难，为什么这么开心？"

陈雪松说："妹妹，你别忘了，当初他们是怎么设计陷害大哥我的啊？差点让我进坟墓啊。"

陈雪雅说："孙朴直提醒我，不能忘记何有、何彤如何设计陷害爸爸的。”

陈雪松说：“设计，如今奔马公司用的是商业手段，可孙朴直对我用的是什么手段？是流氓手段、黑社会手段啊！”

王莹说：“是啊，想起来那何有还是比孙朴直正派一些。”

陈雪雅说：“商界的竞争对手都差不多。”

75

孙朴直和孙希罕走进自己的商场。

员工们依然向他们鞠躬：“董事长好。”

孙希有迎上：“爸爸，怎么样？陈雪雅答应帮忙吗？”

孙朴直说：“别说了，她就是不肯帮忙啊。”

孙希有愤然说：“我早就料到了。”

孙希罕说：“我实在没有料到，陈雪雅竟然见死不救。”

孙朴直说：“儿子，看到了吧，争气吧，不能指望任何人。”

这时，陈雪雅走了进来。

孙朴直和两个儿子全都惊愕地看着她。

陈雪雅和王莹走到孙朴直身边。

孙朴直问道：“两位小姐，是来看我的笑话的吧？”

王莹说：“小妹是来帮忙的。”

孙朴直不相信地看着陈雪雅：“怎么，陈小姐真的愿意帮忙？”

陈雪雅说：“伯伯，我想了一计，叫做草船借箭。”

孙朴直思考着：“草船借箭……”

陈雪雅说：“你们没有做广告吧？”

孙朴直说：“我没有钱做广告，另外，我们这些年纪大的人也不信那个。”

陈雪雅说：“可是，您的孙膑公司现在的知名度竟然超过了我的三人公司啊。”

孙朴直说：“开玩笑。”

陈雪雅说：“这就是您草船借箭的结果啊。”

孙朴直说:“我不明白。”

陈雪雅说:“您看报纸,这是调查公司今天的调查结果,仅昨天一天,就有100万市民,了解了您的公司,还有您的大名。”

孙朴直说:“我看看。”

孙朴直接过报纸看着。

陈雪雅说:“伯伯,您说这是为什么呢?”

孙朴直问道:“为什么?”

陈雪雅说:“就是因为昨天媒体强力宣传的啊。”

孙朴直说:“我尽发愁了,没注意媒体。”

孙希有说:“我们没有花钱做广告,也没有邀请记者,可是记者却追逐我们。”

这时,一群记者进来,驾上了照相机、摄像机拍摄着。

孙希有驱赶着他们:“照什么照,走……”

陈雪雅说:“别,这就是草船借箭,这是好事啊。”

孙希罕道:“啊,我明白了,你是说……”

陈雪雅点头说:“是啊,孙伯伯开业,竟然没有花钱做广告,而奔马公司为了和新开业的孙膑公司争夺消费者,花费了巨资做广告、宣传、设计、策划,表面上,奔马公司虽然暂时取胜,但孙膑公司却从奔马公司花费的巨额广告费用中获得了巨大的好处,也就是说,孙膑公司在对手奔马公司的攻击下,获得了巨大的知名度。这些知名度,如果要靠孙膑公司自己花钱取得,恐怕至少要几百万元,而孙膑公司一举成名,却没有花费一元钱,全是奔马公司的花的钱。所有市民、记者都知道奔马公司是冲孙膑公司来的,记者拼命地写文章、发照片,市民都看热闹,这就是您草船借箭的成功啊。”

孙朴直苦笑着点了点头:“啊……啊……是啊,是啊。”

孙希有问父亲:“爸爸,原来这是你的设计,是计谋?”

孙朴直说:“当然是我设计的了,当然……当然……是了,凭我孙朴直,怎么会败在何家父子的手里呢?”

众人哈哈地笑着。

一些记者把话筒对准了孙朴直和陈雪雅。

孙希有驱赶着他们。

孙朴直说："别，让他们写、照，我这个计谋，就是不花钱提高知名度，为什么害怕记者呢？平时我们要花钱才能上报纸、电视、电台，如今我们不花钱，就在媒体上频繁出现，何乐而不为呢？"

孙希有频繁点头："是，的确是。"

孙希罕问道："爸爸，既然是您的计谋，为什么还要我求三人公司帮忙呢？为什么不早告诉我？"

孙朴直恼怒地说："你这蠢材，知道什么？"

孙希有问道："爸爸，难道咱们真的可以依靠这个取胜？"

孙朴直含糊地说："取胜……差不多吧。"

孙希有问道："如何取胜，咱们商场这样冷清？"

孙朴直说："别着急嘛。"

76

何彤拿着报纸看着，一条新闻让他大动干戈。

忽然，何彤狠狠地把报纸甩到地上。

何有问道："爸爸，怎么了，为什么生气啊？"

何彤说："原来咱们是中了这老狐狸的计了。"

何有问道："什么计？"

何彤说："你自己看看晚报吧。他们说孙朴直用的是草船借箭的计谋，孙朴直资金少，又想提高知名度，苦于没有资金做广告，就希望用何彤的资金提高孙膑公司的知名度，何彤父子果然中计，媒体到处宣传奔马公司，同时不忘评价孙膑公司，这样无形中就用奔马公司的钱提高了孙膑公司的知名度。"

何有捡起报纸看着。

何彤问道："有何感想？"

何有说："我不相信。"

何彤问道："不相信什么？"

何有说："不相信孙朴直如此狡猾。"

何彤说:“不过,事实的确如此。孙膑公司刚开业,默默无闻,可是由于咱们花费了大量的广告费用策划宣传,对准了孙膑公司,所以孙膑公司一开业就一举成名。”

何有说:“这是……客观的,我想这未必是孙朴直真实的想法,计谋。”

何彤说:“即使是客观的,我想我们也不该花我们的广告费来宣传孙膑公司。”

何有说:“可是我们已经和报纸、电视都签订了合同,我们要在那些媒体宣传3个月呢。”

何彤说:“宣传咱们可以,告诉媒体,不许再提起孙膑公司了,不能把他们和咱们这样的大公司相提并论,那样太抬举他们了啊。”

何有说:“那些商业版面的记者编辑,恐怕不会听咱们的。咱们两个商业公司竞争,正是报纸、电视等媒体的好题材,他们一定会狠狠地炒作一番的,绝对不会放弃的。”

何彤说:“没想到我花钱让孙膑公司和孙朴直出名了,我真的没想到啊!”

何有说:“我也没想到。”

何彤说:“报纸上说,市民们每天都在谈论奔马公司和孙膑公司的竞争。”

何有说:“是的,这成了街谈巷议的谈资。”

何彤说:“这对我们当然有好处,可我们不愿意也对孙膑公司有好处!”

何有说:“没办法,报纸、电视就是依靠这样的炒作赚钱,拉广告的。”

何彤说:“哼,我看咱们一定要坚持下去,坚持打折,坚持设大奖。今天就把一等奖、二等奖全都让消费者得到,房子、汽车都拿去,把所有的媒体记者都请到,我要亲自发奖。”

何有说:“如果一等奖发了,那会影响消费者购买商品的积极性的。”

何彤说:“这是第一组,还有第二、第三无数组房子、汽车等待消费者呢!”

何有说:“是,我马上组织去做。”

何彤说:“如果总也没有一等奖,消费者该怀疑咱们是假的了。”

何有说："实际上，好多有奖购物都是商场操纵着开奖的时机。"

何彤说："要大方，才能取信消费者，不能欺骗，否则就没有立锥之地了。"

何有说："我明白了。"

77

天还是那么炎热，太阳火辣辣地悬挂在天空中。就在这火辣辣的太阳底下，奔马公司搭建了一个舞台。

何彤、何有父子慢慢地走向舞台。

舞台下，无数消费者在翘首以待。

舞台旁边，一支乐队演奏着动听的曲子。

几个美丽的小姐并排站在舞台上。

一个司仪喊着："现在，就请奔马公司董事长何彤先生开奖。"

记者们抢拍着镜头。

何彤戴着白手套，在装着无数号码的箱子里面寻找着。

何彤拿出一个纸团，打开，念着："8960328 号，成为一等奖获得者。"

一个中年男人兴奋地疯狂地奔向了舞台，喊叫着："啊……我中奖了……啊，我有房子住了……啊，我中奖了……"

记者们奔向了这个中年男人。

那男人不理睬记者，只是疯狂地奔向了何彤，问道："我的房子钥匙呢？"

何彤拿出钥匙，摇晃着。

一个美丽的小姐说："何先生，还没有核对这个人的身份证件呢。"

那个中年男人已经抢过钥匙，奔到了台下，还是疯狂地喊着："啊……哈哈……我有房子了……啊……买了一箱白酒，花了100元，就得了一座将近100万元的房子……啊……天下最值的事啊……哈哈，回报率是一万倍啊……"

何有走到舞台中，对准话筒说："朋友们，你们看见了，只要购买我们奔马公司的商品，您就有机会发财，有机会获得房子、汽车。"

美丽的小姐们一起喊着："骑奔马，发大财，骑奔马，发大财……"

记者们围绕着何有问着："请问，奔马公司设立这样的大奖不会亏本吗？"

何彤说："如果说亏本，那是欺骗，我设立了这样的奖项，不单纯是为了回报消费者，也是为公司多赢利。"

记者问道："那么，自从奔马公司设立了大奖，奔马公司的几个商场一共赢利多少呢？"

何彤兴奋地说："每天的销售额都在1000万以上。"

78

孙家父子在自己商场门前徘徊着。

走来走去的，全都是员工向他们打招呼。

孙希有问道："爸爸，您说那草船借箭是你的计谋，可是这计谋，并没有阻止奔马公司向我们进攻啊。"

孙朴直含糊其辞地说："哦，这个……也许……大概……"

孙希罕说："爸爸，您的毛病就是自欺欺人，既欺骗自己，又欺骗别人。"

孙朴直恼怒地看着他："你是在和父亲说话吗？"

孙希罕说："爸爸，对不起，我必须指出您的短处，否则咱们这个公司就要倒闭了。"

孙朴直说："我不需要你指出我的短处。"

孙希罕说："和倒闭比起来，还是应该让我说几句话为好。"

孙朴直看着他："你要说什么？"

孙希罕说："开始您就以为自己的才华超过所有人，当然包括陈雪雅，其实这是自欺欺人。其次您又陶醉在员工向您鞠躬这个自欺欺人的境界里，但这对我们公司的赢利，并没有多大的用处。"

孙朴直训斥道："我需要别人尊敬，尽管向我鞠躬并不能给我带来金钱，但是可以抚慰我在三人公司留下的心灵的创伤。"

孙希罕说："请让我说完。"

孙朴直说："还不知道你要说什么。"

孙希罕说:“第三,这所谓的草船借箭,其实并不是您的计谋。否则就没必要让我乞求三人公司了。”

孙朴直没有反驳儿子,而是痛苦地闭上了眼睛。

孙希罕接着说:“爸爸,我觉得这是陈雪雅糊弄咱们欺骗咱们的一个计谋。”

孙朴直睁大眼睛说:“哦,你是这么看的?”

孙希罕说:“是的。爸爸和我都求她帮忙,她为了麻痹咱们,又堵住咱们的嘴,就想出了这样的计谋,说是草船借箭。而您竟然中计,自己麻痹自己,自己欺骗自己,也欺骗别人。还说是自己想的计谋,叫草船借箭。唉,真让我难过。”

孙朴直无可奈何地说:“这个计谋……其实不是计谋,不过是一种认识,对事物的认识而已。我现在不得不承认,这个陈雪雅的确高出我们一头。其实,这件事客观上的确起到了草船借箭的作用。奔马公司花费了大量的金钱做广告,媒体给奔马公司宣传的同时,为了抬高奔马公司,竟然贬低我们孙膑公司,因此我们也从中受了益,提高了知名度,的确是这样的。”

孙希罕问道:“可结果呢,我们并没有转危为安啊。”

孙朴直说:“如果我们公司挺过这一段,我们的春天就会来到,我们现在不是已经有了知名度吗?”

孙希罕问道:“那么我们如果挺不过去怎么办?”

孙朴直说:“那就……”

孙希有说:“弟弟,别这样逼爸爸,爸爸的心情刚好一些。”

孙希罕说:“大哥,我们应该正视现实啊,我们现在该怎么办?奔马公司再次加大了进攻,我们公司如果再没有多少人来购物,就只能倒闭了。”

孙希有问道:“咱们就没有别的方式来和奔马公司竞争了?”

孙朴直说:“不知道,让我们共同想想吧。”

79

何有再次走进三人公司。他看见了陈雪松,但是没有理睬他,在何有的眼睛里,陈雪松不过就是一个行尸走肉,没有灵魂,没有思想,没有气节,只有欲望和贪婪。这样的人，还是不理睬的好。

陈雪松不高兴地看着他："没想到，你竟然对我熟视无睹，好像我不存在似的。"

何有不得不向他伸出了手。

可陈雪松并没有和何有握手。

何有不高兴地说："你太没有礼貌了。"

陈雪松讥讽道："哼，礼貌，你还知道礼貌？"

何有说："我受过高等教育，当然知道礼貌。"

陈雪松说："可你为了达到自己的目的，欺骗我和你们签订合同，那也是礼貌的行为吗？"

何有说："那都是以前的事了，我们还是不提了吧。"

陈雪松说："我一辈子都不会忘记我是如何被人欺骗、耍弄的。"

何有冷笑道："没办法，商场就是智慧的角斗场，智力低下的人，只能被耍弄，把自己的金钱往别人的口袋里装，然后还要感谢别人。"

陈雪松说："以我现在的智慧就足以对付你这智慧发达的人了。"

何有冷漠地打量着他："你……不可能。"

陈雪松说："我知道你干什么来了，是来找我妹妹吧？"

何有问道："是的，她在哪儿？"

陈雪松说："我不高兴就不告诉你。"

何有说："你竟然像个孩子。"

陈雪松得意地说："心理医生说，成年人如果像个孩子，就可以长寿。"

何有说："我给你钱，你就会马上告诉我的。"

陈雪松说："笑话，我陈雪松是大家子弟，怎么会看得起你那几个小钱？"

何有说："100 万也是小钱吗？"

何有在手上晃动着支票，陈雪松贪婪地去抢，何有把支票又放进自己的口袋。

何有说："马上告诉我，你妹妹在哪里？"

陈雪松说："在……和我太太一起去下面的商场了。"

何有说："啊，好，你终于把消息告诉我了。"

陈雪松说："把支票给我吧。"

何有说："这不是给你的，是给你妹妹的。"

陈雪松骂着："你竟然耍我。"

何有嘿嘿地笑着："我说过，智商低下的人，只能在这个圈子里受到耍弄，哈哈……"

陈雪松气恼地向何有出拳，何有躲藏着，陈雪松紧紧地追赶着何有，终于，他追到了。

何有说："好吧，我告诉你，这钱真的是给陈雪雅的。"

陈雪松问道："你凭什么给她钱？她根本就不需要钱，我才需要钱呢。你们为什么不雪中送炭，为什么都是锦上添花？"

何有说："你又错了，商人既不雪中送炭，也不锦上添花。"

陈雪松说："那，你拿100万干什么？"

何有说："商人只是做生意。"

陈雪松说："啊，是来求我们的吗？"

何有说："这也是生意，我希望你们三人公司不要卷进我们和孙膑公司的竞争中去。我们付出100万的代价，明白吗？"

第十三章　狐假虎威

在孙朴直的乞求下，陈雪雅决定援救孙膑公司。孙膑公司重新加入三人公司，但这次加入，是松散的联盟，只是借助三人的品牌优势来扭亏为盈。

孙膑公司这一招果然奏效了，第一次赢利。

80

孙朴直父子站在自家商场门前，向远处眺望着。

一些观众在远处望着他们的商场指指点点，但没有几个人肯进来。

孙朴直带头拉客了，他走向观众，介绍着自己的商场：“看看我们的商场吧，到我们商场看看吧，不买商品也可以的，到我们商场就是客人。”

观众问道：“客人，你这个主人邀请我们进来，你给我们什么？”

孙朴直说：“给什么……我想，你们到里面看看，置身在我们这样干净豪华的环境中，本身就是一种享受啊。”

观众说：“享受？你们商场和人家大商场比起来，又算得了什么呢？”

孙希罕不高兴地说：“我觉得我们和那几个大商场比起来毫不逊色。”

观众不相信地摇头：“哎呀，太夸张了，你们太夸张了。你们怎么能和那些大商场比呢？人家那里……太大了，你们这里太小了啊……”

人们说着，一个个都走了，谁也不肯进来。

孙希有问道：“难道咱们商场真的比别的商场小很多吗？”

孙希罕说：“你又不是没去过那几个所谓的大商场，其实都差不多。”

孙希有说：“我当然去过。是小一些，但也不至于不能接受吧？”

孙希罕说：“其实，这就是人们的心理空间。企业大，城市大，人们就感觉空间大，其实空间不一定大。”

孙希有问道：“不是说草船借箭让咱们商场知名度大大提高了吗？”

孙希罕说：“是提高了，但还没有高到和奔马公司一样的程度。”

孙希有说：“没想到创业这么艰难啊。”

孙朴直说：“别灰心，我相信咱们不会比他们几个大公司差多少的。”

孙希罕说：“其实我还是主张和三人公司合作。”

孙朴直问道：“不是合并吧？”

孙希罕说：“您一直反对合并，我怎么敢提出这样的主意呢？”

孙朴直说：“说说看，看看是否对我们有用。”

孙希罕说：“我觉得还是应该依靠大公司谋发展，否则咱们就无法立足，就会很快让奔马公司吃掉。”

孙朴直说：“我明白了，你是不是要我和陈雪雅联合？”

孙希罕说：“您听说过狐假虎威吗？”

孙朴直说：“当然听说过。”

孙希罕说：“三人公司就是老虎，咱们过去在三人公司的时候也是老虎，如今咱们出来了，就什么都不是了。”

孙希有说：“至少是一条狼。”

孙希罕说：“我们什么食物都觅不到，我们要饥寒交迫而死了，我们还不如一只兔子、一只绵羊呢。”

孙朴直不耐烦地问道：“你到底想说什么？”

孙希罕说：“我是说我们必须做老虎。”

孙朴直说：“当然要做老虎，不然我们为什么要出来自己创业呢?! 我们不就是为了自己发展壮大做老虎吗?!”

孙希罕问道：“可结果怎么样呢？”

孙朴直说：“结果……刚刚开始，还没有结果。”

孙希罕说：“其实结果已经出来了，结果就是……咱们已经被奔马这只老虎吃掉了一半。”

孙朴直问道：“我们让他吃掉什么了，胡说。”

孙希罕说：“连续多少天没有赢利，甚至销售额不能支付利息，企业越来越弱，不是让人家削弱的吗？不是让人家吃掉的吗？”

孙朴直无可奈何地走着，踱着步道：“想起这些，我就睡不着觉。”

孙希罕说：“爸爸，我们必须正视现实。”

孙朴直说：“我正视现实了，可有什么用呢？我们自己无能为力，别人又不帮助咱们，有什么办法呢？”

孙希罕说：“爸爸，我也几夜没有睡觉了。”

孙朴直的眼眶湿润了，握住儿子的手说：“儿子，让你们跟着我受委屈了。”

孙希罕说：“不，这正是我们锻炼的机会。我在想陈雪雅为什么可以在总经理的位子上应付自如？不就是因为她父亲过去经常教诲她，还让她参加企业的管理吗？她在国内上大学时就懂得管理，就有了企业管理的经验。还有那个何有……”

父亲说：“你们过去没有锻炼的机会，是因为我就不是管理者，不过是一个参与者，不然我为什么要脱离三人公司，就是为了你们啊，让你们锻炼，让你们成为陈雪雅那样的精英啊！”

孙希有说：“那陈雪松也锻炼过，为什么就不成气候呢？”

父亲说：“那人，地道的纨绔子弟、浪荡公子，不会成气候的。”

孙希罕说：“爸爸，我觉得咱们还是先借三人公司的名气用一下怎么样？”

孙朴直问道：“如何用法？”

孙希罕说：“加入三人公司啊。”

父亲骂着：“胡说，我冥思苦想煞费苦心才想到一些借口，从三人公司分出来，难道还要回去吗？我怎么说？说我失败了，说我错了，我承认错误，我检讨，我认罪，然后给陈雪雅、陈雪松、王莹跪下，乞求人家接受我吗？”

孙希罕说：“爸爸，您太敏感了，人家不是那样的人。”

孙朴直说：“不是那样的人，他们就该帮助咱们。可到现在，他们也不伸出手来帮助咱们，还说不是那样的人，我不相信。”

孙希罕说：“我是说和他们组成松散的联盟，并不是像过去那样加入他们的核心层，而是委托他们管理咱们商场一年，加入他们三人公司一年。一切都以三人公司的名义，委托他们经营，用他们的牌子，这样百姓、市民就会认可了。等到消费者习惯了经常来咱们商场，那时咱们再脱离三人公司也不迟啊。"

父亲沉思着。

孙希有说："我坚决反对。"

孙希罕反驳说："千万别说坚决反对。"

孙希有说："我就是坚决反对。当初父亲为了咱们的利益挣扎了多少年，才把股份撤出来，如今再次加入他们三人公司，我们不是和过去一样没有了经营权、采购权、人事权吗？我们不是照样在别人的领导下工作吗？"

孙希罕问道："你要那些权力有什么用呢？"

孙希有说："既然没用，我们为什么要分开呢？"

孙希罕说："我早就反对分开，不然我们就没有今天的尴尬和痛苦了。"

父亲说："早晚要走这一步的，不能后悔，更不能互相埋怨。要咬牙挺过来，明白吗？"

孙希罕说："爸爸，我说的也是权宜之计，利用三人公司的名气、资本、经验渡过难关，否则我们就真的会倒闭的。"

父亲痛苦地闭上了眼睛。

第十四章　欲擒故纵

奔马公司竟然采取了欲擒故纵的方式，俘虏了吃喝嫖赌的陈雪松，他们聘请陈雪松担任奔马公司的副总裁，并且先给陈雪松支出了报酬。

陈雪松拿到金钱，就是吸毒和嫖娼。

王莹决定立刻离开陈雪松，再也不和这样的男人生活在一起了。

之后王莹从三人公司分出，自己也开商场了。

81

保姆把何有领进陈家客厅。

陈雪雅和母亲、陈雪松、王莹都惊讶地看着他。

何有说："对不起，是我不让她通报的。我担心你们再不让我进来。"

陈雪雅说："不会的，请坐。"

何有坐下。

保姆给何有端上了茶水。

何有说："几次到三人公司，全都碰壁，所以只好到家中拜访了。"

陈雪松说："何有，我知道你又是来贿赂我妹妹的。"

母亲训斥儿子道："不要这么无理，三十多岁的人了，怎么还像孩子一样无知无理呢？"

陈雪松说："我最了解何有了，他是黄鼠狼给鸡拜年——没安好心。"

母亲依然训斥道："你马上到自己的房间去。"

陈雪松说："不，我就在这里，要亲眼目睹这个阴谋家的阴谋。"

何有说："既然是阴谋，就一定不会摆放在光天化日之下的。"

王莹问道："何有先生，你是无事不登三宝殿的，我知道你来我们家肯定有事。”

何有说：“不过是来看望伯母还有诸位的。”

陈雪松冷笑道：“你怎么会看望我妈妈呢，笑话。”

王莹说：“何有先生是奔马公司的当家人，我想不会这样闲在吧？”

陈雪松说：“我不是跟你们说过，这小子要用100万收买咱们公司，要咱们别帮孙膑公司吗？”

客厅里出奇地安静，大家都感到了尴尬。

何有笑了一下说：“好吧，既然陈先生已经点破了题，我只好说出实话了。”

陈雪雅说：“好吧，这样最好。”

何有说：“我父亲委托我给三人公司送来100万的支票。”何有说着，将支票拿出放在桌上。

陈雪松急忙拿起支票，欣赏着。

母亲训斥道：“放下。”

陈雪松只好放下，但是依然贪婪地看着支票。

陈雪雅说：“俗话说无功不受禄，我们凭什么接受奔马公司的100万呢？”

何有说：“这是我们奔马公司给三人公司送来的感谢酬金。”

陈雪雅说：“感谢我们什么呢？”

何有说：“感谢三人公司没有在关键时刻拆我们的台。”

陈雪雅说：“我们怎么会拆你们的台，为什么呢？”

何有说：“我们知道，孙膑公司曾经请求三人公司帮他们打败我们，可三人公司并没有这样做，所以才会有奔马公司的大获全胜。”

陈雪雅说：“其实三人公司即使帮助孙膑公司，也不会扭转奔马公司大获全胜的结局。”

何有说：“不，不，陈小姐是谦虚。我们知道，现在在陈小姐的领导下，三人公司蒸蒸日上，实力、影响都超过了我们奔马公司，如果三人公司真的帮助孙膑公司，那么失败的肯定是我们，这一点我们非常清楚。”

陈雪雅说：“不会吧，我们哪有那么大的本领？孙膑公司和奔马公司不能相提并论，孙膑公司只有几百万的资产，而奔马公司有上亿资产，这怎么可以同日而语呢？”

何有说：“奔马公司再强大，也不能和三人公司相比啊。”

陈雪雅说：“不，在何有先生的领导下，我相信奔马公司很快就会在本市商界独占鳌头的。”

何有依然谦虚着：“不，还望三人公司继续在我们和孙膑公司的竞争中袖手旁观，我们就这一点希望，真的没有什么别的奢望了。”

何有说着将支票递给了陈雪雅。

陈雪雅看了一眼支票对何有说：“不，我们不能接受。”

陈雪松喊叫了起来：“那可是100万啊，白给的为什么不要？”

陈雪雅说：“我们三人公司从来不要别人的，只依靠自己赚钱。”

陈雪松不满地说：“那不是白要，我们付出了，我们没有帮助孙膑公司。我也参与了决策，这里面至少应该付给我三分之一吧？”

陈雪雅说：“不，我们一元钱也不能要。”

陈雪松说：“你大方，是因为你有钱，你可以支配上亿资金，而我连零花钱都没有。”

母亲训斥道：“别在外人面前说这个了，也不难为情。”

陈雪松说：“你们总教训我，从来没安慰过我体贴过我，我一个男人、一个富家子弟为什么不能有100万的零花钱呢？”

母亲说：“你难道不知道为什么不能给你钱吗？”

陈雪松竟然咆哮起来：“你们还是不理解我不相信我，是不是？我早就不吸毒了，我也不嫖娼了，我为什么不能有钱呢？”

何有顺水推舟说：“好吧，这100万，你们就收下，给陈先生好了，作为男人他的确需要体面。”

陈雪松把支票装了起来：“现在的何有先生，能说出这样的话来，我知道他是在我妹妹面前装出来的，要给妹妹一个好的印象。不过，我还是给何有先生一个面子，就要了这100万，哈哈……”

陈雪松要走出去。

陈雪雅厉声叫着：“站住。”

陈雪松不相信地看着妹妹:“怎么了,对我如此严厉,我可是你大哥啊。”

陈雪雅说:“大哥,你做得太过分了。”

陈雪松说:“过分,人家来送钱咱们为什么不要?咱们平时呕心沥血地赚钱,现在有人把钱送上门来,咱们为什么不要?”

王莹和母亲都说:“把支票还给人家。”

母亲说:“我真的不敢相信,这就是我的儿子,简直就像无赖。”

王莹说:“自从……吸毒以后,他就变得这样无赖了。”

陈雪松喊叫着:“啊……你们还说我吸毒,我早就戒了。”

陈雪松说着,拿着支票就向外面跑去。

陈雪雅喊叫着:“马上叫保安……把他劫回来……”

一会儿,几个保安就把陈雪松押了回来。

陈雪雅掏出陈雪松口袋里的白粉给母亲和大嫂看。众人全都惊愕地看着那白粉。

母亲颤抖着:“怎么,你又吸毒了?”

王莹哭了起来:“你怎么就改不了啊。”

何有冷笑道:“只要吸毒,就很难改掉。”

陈雪松这时如虚脱的病人似的颤抖起来,满脸的汗珠,在地上翻滚着。

王莹问道:“怎么了,你?”

母亲哭泣着:“唉,我怎么就这么没有福气啊,遇到这么一个儿子啊……”

陈雪松痛苦地说:“我实在戒不了啊。”

王莹问陈雪雅:“小妹,你是怎么发现他还吸毒的?”

陈雪雅说:“看他的脸色,他的神情。”

王莹喊叫着:“我跟你……离婚……”说完,王莹跑了出去。

陈雪松喃喃地说:“我就希望你们都离开我……还给我自由……”

陈雪雅说:“你的自由是什么?就是吸毒、就是妓女吗?”

陈雪松依然喃喃地说:“把100万……给我……我需要钱啊……”

陈雪松的眼睛直勾勾地盯着陈雪雅,让陈雪雅有些害怕。这个哥哥,难道精神上真的出了问题?

82

太阳隐没在树的后面,晚霞依然灿烂。月亮默默地等待着晚霞的退出,悄悄地爬上树梢。

孙家一家人坐在葡萄架下吃饭。孙朴直不愿待在空调房间里,觉得那样出不来气。他又希望每天享受天伦之乐,必须跟儿子老婆一起吃饭,所以大家只好陪着他在外面享受暴晒了一天的树木和土地的烘烤了。

还没有吃饭,一家人就都汗津津了。

为缓解丈夫和儿子的烦躁,孙夫人想了一些话题,将注意力从那闷热中解脱出来。

孙夫人问道:"这几天的销售额怎么样?"

孙希罕摇头说:"还是不好,在危机线以下。"

孙朴直说:"别说这个了,说这个我就吃不下饭了。"说着,他放下了碗。

孙希有说:"都是何家父子捣乱,我看我就跟他们拼命了。"

孙朴直训斥道:"净是混账话,商人要依靠计谋战胜人家,就像陈雪雅一样,有本事长一个陈雪雅的脑袋,为什么总是拼命拼命的,还想进监狱吗?"

孙希罕说:"爸爸,我看就下决心吧,咱们来一个狐假虎威,依靠三人公司的名声,也许会转危为安呢。"

孙朴直叹息着说:"不知道他们要什么条件?"

孙希有说:"爸爸,要什么条件咱们也不能答应。"

母亲说:"我看儿子这主意不错,这是没有办法的办法,要是自己能赢利,斗得过奔马公司,咱又何必这样呢?"

孙朴直说:"我也没脸找陈雪雅说这样的话啊。"

孙希罕说:"我去说。"

孙希有说:"你,还不把咱们家给卖了?"

孙希罕气恼地说:"那你去说。"

孙希有说:"我才不去求那个丫头呢。"

孙希罕说:"只有我去说了。"

孙朴直说:“好吧,我跟着你一起去吧。”

孙希有说:“爸爸,您这么大年纪了,又是长辈别去丢面子了。”

母亲说:“唉,死要面子活受罪啊。”

孙希罕说:“为了活命,我看面子还是先丢一边吧。”

孙希罕说着穿上外衣,走了出去。

孙朴直犹豫着:“好吧,儿子,你先求求陈雪雅也好,免得我在她那里遭拒绝。”

孙希罕到了陈家门外,犹豫了好半天,也不好意思进陈家的门。是保安看见他,问道:“孙先生,怎么不进去啊?”

孙希罕这才尴尬地走进了陈家。

陈雪松阴阳怪气地看着孙希罕笑着:“啊,今天是怎么了,我们的敌人全都来了,哈哈……”

孙希罕说:“全都来了?”

陈雪松说:“是啊,那个何有刚走,送来100万的支票,你干什么来了,也是送支票来吗?如果送支票就给我,我不多要,10万就行,我就可以帮助你们。真的,我说话算数。”

陈雪雅从自己的房间走了出来:“希罕,你这么晚来,一定有重要的事情吧?”

孙希罕说:“是的。”

陈雪雅问道:“什么事情,说吧。”

孙希罕问道:“何有走了吗?”

陈雪松看了哥哥一眼说:“刚走。”

孙希罕问道:“你不会帮他吧?”

陈雪松说:“我妹妹当然不会,她没要那100万的支票,我想要,可她不让。”

孙希罕低声问道:“你大哥怎么变成这样了?”

陈雪雅说:“都是毒品害的。”

孙希罕摇头道:“怎么变成了这个样子?”

陈雪雅说:“我不会帮助奔马公司的,如果我帮他们扼杀了孙膑公司,那……我就对不起你们一家了。”

孙希罕说：“可是你也不会帮助我们吗？”

陈雪雅说：“我不是已经献计了，就是草船借箭？”

孙希罕说：“可惜那不是立竿见影的事，现在还没有见到成效。”

陈雪雅说：“无论如何对提高孙膑公司的高知名度，还是有好处的。”

孙希罕说：“现在如何渡过难关，我们还不知道呢。”

陈雪雅笑了一下说：“你过去可没有这么悲观啊，现在这是怎么了？”

孙希罕说：“过去没有遇到这样的风险。”

陈雪松加入到他们的谈话中来，坐在了他们中间，慢慢地喝酒：“他们不许我吸毒，也不许我吸烟，我喝酒他们就不能干涉了吧，否则我这一生还有什么意思呢？”

孙希罕问道：“不吸烟、不喝酒就没有意思了吗？”

陈雪松说：“正是。凡是男人，必须要品尝这香烟和美酒的滋味，这才是人生，才是享受。像我妹妹，只会赚钱，不会花钱，不会享受，没有意思，太枯燥了啊。哈哈……”

陈雪雅训斥说：“大哥，别打断我们的话，让人家把话说完。”

陈雪松不满地说：“自从我没了董事长和总经理的职务，家人甚至仆人都不拿我当人看了，我妹妹，当然更不尊敬我了。”

陈雪雅气恼地说：“大哥，别说了。”

孙希罕见到这种情况，就说：“我快说吧，我的意思是……我们孙膑公司希望来一个狐假虎威，借助三人公司的名声，从困境中走出来，不知道你是否答应。”

陈雪松冷笑着：“狐假虎威，哈哈……有意思，哈哈……”

陈雪雅问道：“我不明白怎样狐假虎威？”

孙希罕说：“其实你是个聪明绝顶的人，肯定会明白这狐假虎威的含义。”

陈雪雅说：“这个词汇的含义我当然明白，可我不明白孙膑公司是如何打算的。”

孙希罕说：“就是借助三人公司的名声，走出困境。”

陈雪雅说:“三人公司的名声,可以帮孙膑公司走出困境吗?”

孙希罕说:“我现在也不清楚,思路还不太清晰,就是咱们两个公司如何合作。”

陈雪松讥讽道:“不清晰就别说,自己还没想好,怎么大半夜的来这里说这些呢?”

孙希罕说:“我只是这样想,希望借助三人公司的名声,算是三人公司下属的一个子公司,我爸爸和大哥还不答应呢。”

陈雪松说:“我们还不答应呢。刚分出去又回来,干什么呢?我们这里不是酒店,想来就来,想走就走。”

孙希罕说:“我想还是松散联合好,或者是把孙膑公司委托给三人公司经营,或者是利用三人公司的名气,搞一些商业活动,出售一些商品。不知道你是否会答应?”

陈雪雅说:“让我考虑一下。”

陈雪松说:“我就不答应。分出去了,无法活了,又回来了,你们也好意思提出这样的无理要求!哈哈……”

孙希罕气愤地:“你……”他实在是不知道说什么才好。

陈雪雅说:“别跟他一般见识,他喝醉了,你没看见吗?”

孙希罕无奈地说:“我就是这个建议。我觉得我们现在走投无路了,只有这样做了,希望你能答应我们,我们孙家不会忘记你们陈家的好处的。”孙希罕说着,眼睛里饱含着泪水。

陈雪雅说:“别这样动感情,商场最忌讳激动了,激动往往会带来不可估量的损失。”

孙希罕站了起来,越发地激动:“不激动,你知道我们现在的处境吗?我们马上要倒闭了,我们商场每天的销售额还不到1000元啊,我们要破产了,我们现在连银行的利息都还不起了啊,还让我不激动?”

陈雪松依然幸灾乐祸着:“哈哈……激动什么呢?哈哈……破产了,倒闭了,怨恨哪个啊?当初你们是身在福中不知福,一定要分出去,如今你们知道了吧,赚钱不是那么容易的事,哈哈……还这样激动……”

孙希罕看着陈雪松,愤怒地走出了陈家。

孙希罕害怕父兄对自己期望过大,因为他觉得自己实在没有力挽狂澜、转危为安的本领,如果自己真有那样的本领,就会勇敢地追求陈雪雅了,正因为知道自己的能力,所以直到今天都不敢大胆地追求陈雪雅。

回到家,父亲、哥哥、母亲都用期待的目光看着他。

他叹息了一声,脸上露出几分歉意。

孙希有冷笑了一声说:"我就知道结局会是这样。"

父亲问道:"难道……陈雪雅真的不同意……"

孙希罕说:"她没说。"

孙希有问道:"但也没说同意是吗?"

孙希罕只好点头。

父亲无力地坐在沙发上。

母亲说:"唉,真没有想到她竟然如此无情。"

父亲说:"生意场,就不能讲情。"

母亲说:"可是,当年……"

父亲说:"别提当年了,当年的事和现在没有关系。"

孙希有问道:"那咱们到底怎样办呢?"

父亲说:"再支撑一段,支撑几天是几天吧。"

孙希罕说:"我在路上忽然想起,我没有说出咱们的条件,这样人家是不能答应的。"

父亲说:"她没有提条件吗?"

孙希罕说:"没有。"

父亲说:"我看……就给他们一些优惠条件,每年的利润给他们30%。"

孙希罕没有说话,他在思考着。

孙希有说:"太多了。"

孙希罕说:"如果没有人家的牌子,人家的管理,我看30%咱们也赚不到。"

孙朴直叹息着,没有说话。

孙希罕只好再次去求陈雪雅。

孙希罕走进,开门见山地对陈雪雅说:"雪雅,我们给三人公司30%的利润,这样你们能接受吗?”

陈雪雅问道:“你还没有说出怎么合作呢?”

孙希罕说:“怎么合作……我们加入三人公司一年,就一年,我们用三人公司的牌子,三人公司派人经营和管理孙膑公司的商场。”

说完,孙希罕不敢看陈雪雅。他担心她会更加瞧不起自己,将自己不当男人。但是实在没有办法啊,谁让自家掉进深渊了呢,没有自己的低三下四,公司就不会爬上岸来。

陈雪雅问道:“这样能对孙膑公司的经营产生影响吗?”

孙希罕说:“三人公司是老公司了,这品牌在百姓中具有吸引力,我看一定会有影响的。”

陈雪雅说:“如果真是这样,那咱们就签订合同吧。”

孙希罕高兴地问道:“你真的答应了?”

陈雪雅问道:“我为什么不答应呢?”

孙希罕说:“如果你不答应,我们就倒闭了。”

陈雪雅说:“不一定吧。”

孙希罕眼里含着泪水,他真想扑上前,将陈雪雅抱住,但他又不敢。

83

孙膑公司门前,张灯结彩,锣鼓喧天,鞭炮齐鸣。

彩色标语上写着:“热烈祝贺孙膑公司加入三人公司。”

在鼓乐声中,孙朴直走到众人面前,对大家说:“我非常高兴我们孙膑公司能够加入三人公司。加入三人公司以后,我们的经营领域就更加开阔,经营范围更加宽广,经营理念更加先进,经营管理更加科学,经营质量更加有保证……”

陈雪雅走到众人面前说:“非常欢迎孙膑公司加入我们三人公司,从此我们三人公司又多了一个子公司,希望大家像关心爱护我们三人公司一样关心爱护孙膑公司,像相信我们一样相信孙膑公司,像监督我们一样监督孙膑公司。”

陈雪雅剪断了商场前面的彩色丝绸。

顿时鞭炮齐鸣,锣鼓喧天。

商场的门打开了。陈雪雅和孙朴直首先走进了商场。

销售人员已经穿上了三人公司的服装,向陈雪雅和孙朴直鞠躬。

陈雪雅说:“不要向我们鞠躬,要向消费者鞠躬,他们才是咱们的衣食父母。没有消费者,我们就没有衣穿,就没有饭吃,就没有生存的可能,所以我要告诉全体员工的就是:给你们饭碗的不是老板,而是消费者。”

工作人员全都喊道:“明白。”

陈雪雅说:“好吧,向消费者鞠躬吧,就像尊敬老板一样尊敬消费者,尊敬父母一样尊敬消费者;感激老板一样感激消费者,感激父母一样感激消费者,好吗?”

消费者拥进商场。

陈雪雅带头向他们鞠躬。

无数的记者,抢拍着陈雪雅鞠躬的镜头。

员工们也学着陈雪雅的样子,向消费者鞠躬。

可是,孙家的父子三人,却不向消费者低头。

陈雪雅低声对孙朴直说:“大伯,应该鞠躬。”

孙朴直傲慢地说:“我不向任何人鞠躬。”

陈雪雅说:“那我们就只好按照合同办事了。”

孙朴直问道:“合同上没有要求老板的条款啊?”

陈雪雅说:“合同上说,孙膑公司的全体工作人员,必须遵守三人公司的章程,听从管理人员的要求。我们三人公司就是这样要求的,让工作人员向消费者鞠躬。”

孙朴直说:“不,我不是普通的工作人员,我不能向消费者鞠躬。我就是为了接受工作人员的鞠躬,才从三人公司走出来的。我只接受别人的鞠躬,不向别人鞠躬。”

陈雪雅说:“伯伯,我代替您向消费者鞠躬吧。”

陈雪雅说着,大声对众人说:“孙老板年纪大了,又有血压高,不能低头鞠躬,那我就代替他向大家鞠躬了。”陈雪雅说着,向消费者鞠躬。

人们议论着:“哎呀,看,这就是本市首富陈雪雅啊。”

人们拥挤在她面前。

陈雪雅说:"我没有什么好看的,还是看看我们的商品吧。"

记者们拍摄着。

孙膑公司真的赢利了。

孙朴直拿着报纸念着:"孙膑公司用让利换来三人公司的品牌,陈雪雅用鞠躬换来孙膑公司赢利。"

孙朴直摇头:"难道,孙膑公司赢利就是因为陈雪雅那鞠躬吗?"

孙希罕和孙希有走到父亲后面,看着报纸。

孙希罕埋怨父亲,应该知恩图报。

孙朴直却哼了一声:"儿子,我告诉你,商场恩怨是什么? 就是利益。没有恩情,没有仇恨,只有利润,明白吗?"

84

这次真的要下雨了。火辣辣的太阳被厚厚的云层遮住,变得阴沉沉的,雷鸣伴着闪电从空中传来,眨眼间雨点就落了下来。

何有和父亲何彤在这个时候,将汽车开进了自家的商场。

商场经理跟着他们,走进了商场。

服务员们向他们鞠躬。

何有问道:"这几天的销售额怎么样?"

商场经理说:"大幅度下滑。"

何有问道:"滑落多少?"

商场经理拿出账簿,说:"大概在60%左右。"

何彤不高兴地皱眉,问道:"为什么会这么多,你们找过原因吗?"

商场经理说:"两个原因,持续热销以后,开始滑落是自然的;另外的原因就是三人公司和孙膑公司联合,夺走了我们的顾客。"

何彤问道:"你认为,咱们的品牌和三人公司的品牌哪个更响?"

商场经理说:"旗鼓相当。"

何彤说:"我不同意你的说法,我认为他们的品牌现在不如我们响亮。"

商场经理急忙说:"是,不如我们响亮。"

父子两人查看了一下库存,然后坐上汽车走了。

风雨交加,汽车玻璃被雨点打得噼啪作响。

汽车在路上慢慢行驶着,何彤和何有坐在汽车里。

何彤愤怒地说:“无论如何,三人公司也要帮助孙膑公司是吗?”

何有说:“是的。从现实原因看,他们要和我们争夺本市第一富商的宝座;从历史原因看,他们本是一个公司,有历史的渊源,人情不允许他们看着孙膑公司倒闭啊。”

何彤说:“那么我们无法把孙膑公司干掉了?”

何有说:“是的,现在不能。因为他们狐假虎威靠上了三人公司这棵大树。”

何彤恼怒地说:“三人公司对我们赠予的100万无动于衷,却对孙膑公司感兴趣,我实在不能理解。”

何有说:“对于100万来说,孙膑公司更重要。100万大概只是他们一天的利润,但孙膑公司所起的作用大概价值上亿了。”

何彤问道:“区区的小公司怎么有那么高的价值呢?”

何有说:“他们的价值就是……让我们多一个对手。”

何彤说:“如此说来,我又小看了陈雪雅。”

何有说:“是啊,她的确是谋略家啊!”

何彤说:“那么,你看我们该怎么办?”

何有说:“我这儿一直在想,我们如果想在这个城市称霸,就必须整垮三人公司。”

何彤问道:“下定决心了?”

何有说:“是的,下定决心了。”

何彤说:“好,只要咱们父子想法一致,就一定能整倒三人公司的。”

何有说:“不一定。”

何彤问道:“怎么,你没信心?”

何有说:“和他们争斗了那么多年,我总结出的一条经验就是必须有适合三人公司的妙计,否则我们还会败在陈雪雅的手下。”

风雨过后,天气稍微凉快了些。

天空变得晴朗了。天特别的蓝,树叶特别的绿,连空气都新鲜了许多,被炎热烘烤了很长时间的市民,心情也舒畅了许多。

何彤和何有在自家的花园散步。

何彤将一枝红色的牡丹摘下来,放在手心欣赏着。牡丹上挂满了水珠,显得格外水灵。他触景生情,想到自家的企业现在远不如眼前的景色美丽,颇有萧条之意,就像到了秋天。难道我何彤的风头真的过了?现在真的要看陈雪雅的吗?

何彤问道:“儿子,怎么样,你想好了吗?用什么计策和陈雪雅斗呢?”

何有说:“我那天在陈家看见陈雪松,他还没有戒毒,我想了很多。”

何彤担心地说:“儿子,咱们千万不能和毒品打交道,别忘了孙希有就是引诱陈雪松吸毒进监狱的。”

何有笑了起来:“爸爸,我怎么会做那样的事呢?”

何彤问道:“那你为什么又提起陈雪松吸毒呢?”

何有说:“我认为陈雪松可以利用。”

何彤问道:“如何利用呢?”

何有说:“我们……资助他,给他钱。”

何彤摇头:“资助他吸毒?”

何有说:“当然不是。我看出来了,陈家为了让陈雪松戒毒,采取了掐断他财路的方法,就是不给他钱,而这个败家子对于金钱的渴望,十分强烈。”

何彤说:“无论如何,我们也不能资助他吸毒啊?”

何有说:“当然不会资助他吸毒,但我们可以给他钱。”

何彤说:“给他钱……对于我们和三人公司斗,有什么用处呢?陈雪松这个人是个废物,没有任何利用价值。”

何有说:“有的人干好事没有价值,但如果干坏事,还是有价值的。”

何彤说:“不能把宝压在陈雪松身上。这个人没有任何利用价值,没有任何用处。”

何有说:“我只希望把陈雪松吸收为公司成员,这样就可以了。爸爸,您不会阻止吧?”

何彤说："我当然会阻止了。"

何有说："爸爸，成功与失败就在此一举，您千万不要阻止。"

何彤说："不，我绝对不会让这个败家子来咱们公司的。这个人没有任何用处，没有技术，没有经验，没有知识，没有上进心，就是一个纨绔子弟，我们不能用这样的人，更不能指望他帮我们整垮三人公司。"

何有说："爸爸，如果我们录用他为公司职员，给他高薪，他就会继续吸毒；如果他继续吸毒，他老婆王莹就会和他离婚，那么三人公司就会进一步解体了。到时三人公司就会一分为三，变成一人公司了，您觉得这个结果怎么样？"

何彤说："这个结果当然好，可王莹真的会为陈雪松而放弃和陈雪雅在商业上的合作吗？"

何有说："如果和陈雪松闹翻，王莹还怎么和陈雪雅合作呢？两个人怎么见面呢？所以我断定，陈雪松的作用应该比一颗导弹还要大，等于一个原子弹。"

何彤思索着。

何有说："爸爸，您不会反对我这个计划吧？"

何彤说："我觉得王云舟不会同意和三人公司分家。"

何有说："爸爸，他虽然一直追随陈家，可他就这么一个女儿，他对女儿非常疼爱，他也不会容忍自己的女儿永远和一个毒鬼生活一辈子的，一旦女儿离婚，他还怎么和陈家人在商业上来往呢？势必会退出的。"

何彤说："我看不一定。这王云舟的胆子比孙朴直小，不敢自己经营商场。"

何有说："但王莹不是等闲之辈。王云舟没有多少本领，王莹可是跟着陈雪雅学了很多东西，她也不会轻易地把自己的青春埋没在一个烟鬼身边的。上次我就亲眼所见，王莹得知陈雪松还没有戒毒，就跑了出去，喊着要和他离婚。"

何彤点头："好吧，儿子，你就实施这个计划吧。记住，千万不能违法犯罪啊。"

何有笑着说："爸爸，我没那样弱智。"

何彤点了点头，信任地看着儿子。

何有急匆匆地走出花园。

85

陈雪松走进一家豪华酒店。一个服务员问道："是陈先生吗？"

陈雪松打量着那个小姐："你是怎么知道我的？"

小姐说："我专门干这个的，在门口等候客人。听主人介绍过您，所以能判断出您来。"

陈雪松笑了起来："啊，是这样啊，快带我见何有先生。"

小姐将陈雪松引到一间包间。

何有站起来和陈雪松握手："哎呀，陈先生，能请到你真是我们奔马公司的荣幸啊，哈哈……"

陈雪松问道："噢，真的有那么荣幸吗？"

何有说："来，咱们坐下谈。"

两个人落座。小姐端上酒菜。

陈雪松说："你知道，我还没有落破到吃不上饭的地步，我的家人虽然不给我钱，但我可以随便吃喝，最名贵的酒，最美味的食品都不缺。"

何有说："当然，我当然知道。"

陈雪松说："好吧，我就给你一个面子。"

陈雪松说完，将那酒杯中的酒一饮而尽。

何有说："我是来向你道歉的。"

陈雪松问道："向我道歉？"

何有说："是啊。"

陈雪松问道："为了诈骗三人公司合同的事？"

何有说："不，为了那100万。"

陈雪松说："其实，你没错。凭什么把100万给我呢？你们不能从我身上得到一元钱的回报。三人公司是我妹妹当家，你们把钱给我也是白给。"

陈雪松说着，又将酒一饮而尽。

何有说："我们知道你是一个非常优秀的企业家，我们非常敬佩你的管理才能。”

陈雪松斜睨了何有一眼说:“又要挑拨我和我妹妹的关系？你在商场上不是我妹妹的对手,就想在我们家内部制造矛盾对不对?”

何有急忙辩解说:“哎呀,哪的话,在你们家内部制造矛盾就可以把三人公司搞垮吗？不可能的。”

陈雪松说:“你们知道就好,我看还是别费心机了吧。”

何有说:“我们奔马公司现在事业越来越大,急需一批管理人才,现在有经营经验的管理人才越来越少,让我们焦急啊。”

陈雪松不屑一顾地瞥了何有一眼:“这和我有什么关系呢?”

何有说:“我们奔马公司的董事们希望陈先生到我们奔马公司工作,担任副总经理,年薪 100 万元。”

陈雪松惊愕地睁大了眼睛。

何有掏出一张纸:“请看,这就是我们董事会的决定。”

陈雪松看着那盖有公章的决定。

何有说:“我们公司的董事们一致通过,聘请陈雪松先生为奔马公司的副总经理。”

陈雪松转着眼睛思考着。

何有问道:“怎么,陈先生嫌我们公司小吗?”

陈雪松说:“当然不是,奔马公司的规模比三人公司还大呢。”

何有问道:“嫌薪水少吗?”

陈雪松说:“100 万,我一个人够用了。”

何有问道:“那就是嫌副总经理的职务小?”

陈雪松说:“不,我妹妹还不给我三人公司副总经理的职务呢,再说了你才是总经理啊。”

何有问道:“那是嫌什么呢?”

陈雪松说:“我是……”

何有追问道:“担心什么呢?”

陈雪松直率地说:“你们奔马公司和三人公司是对手,所以每一项决策,都会对三人公司不利,我在思考这决定是不是有什么阴谋。”

何有微笑着，阴险地打量着陈雪松的眼睛："你认为有什么阴谋呢？"

陈雪松说："现在我还不知道。不过从我过去和奔马公司打交道的经验来看，奔马公司没有对我们三人公司做过什么好事。"

何有说："我可以实话实说。为什么聘请你担任我们公司的副总经理？第一，我们看重的是你的才能、经验、名气。在商界，哪个不知道陈先生是陈老先生的公子？哪个不知道陈先生曾经担任过三人公司的董事长兼总经理？第二，现在三人公司对你弃之不用，这实在可惜啊。陈先生的满腹经纶不就没有用处了吗？第三，如果我们用了陈先生，势必造成一个轰动效应，就像曹操用了张僚、关羽一样。对对手我们尚且可以重用，那么对其他的人才呢？奔马公司当然更可以重用了，这样人才就会纷纷来到奔马公司，为奔马公司效力，我们的人才越来越多，我们的事业还愁不发达吗？"

何有的话，让陈雪松不断地点头。

何有问道："陈先生，愿意接受我们的邀请吗？"

陈雪松说："让我考虑考虑。"

何有说："如果你不愿意接受我们的邀请，我们就打算邀请孙家子弟，不过孙家子弟不如你影响大啊。"

陈雪松说："当然，我们陈家是本市商界的老大，他们孙家怎么可以和我们陈家比呢？"

何有掏出钱说："陈先生，先付给你一半的定金，50 万，如果你到我们公司效力，其余的 50 万，年底再给你。"

陈雪松看着那钱，眼睛里立刻放出光芒，贪婪的欲望立刻显露出来。

何有观察着他，在眼睛周围掠过一丝得意的微笑。

陈雪松把那支票拿起来说："好，我答应了。"

何有拿出一个本子说："陈先生，别反悔啊，再反悔，我们可就追究你的法律责任啊。"

陈雪松说："我不会反悔的。"

何有说："如果你家人反对怎么办？"

陈雪松说："现在没人管得了我，我太太回了娘家，我母亲、我妹妹把我的董事长和总经理的位子夺走，不给我钱，还不许我到其他公司任职吗？"

何有说:“是啊,我们就是同情陈先生的遭遇。一个大男人竟然不许继承父亲的基业,一定要将自己的位子让给妹妹,嘿嘿……实在不可思议啊,嘿嘿……”

陈雪松愤怒地说:“是啊,想起这些事我就满肚子的火,真不知道该往哪里发泄啊。”

何有说:“既然陈先生答应了我们的聘请,那就把那火用到工作上吧。”

陈雪松说:“不过,我可告诉你们,让我做你们的间谍,盗窃三人公司的商业机密,我可决不答应。”

何有说:“我怎么会让你整自己家的公司呢?”

陈雪松说:“让我给你们工作可以,但我决不帮你们整三人公司。”

陈雪松说着,毒瘾发作。

陈雪松如蛇一样扭动着自己的身体,额头渗出汗珠。

何有暗中笑着说:“我派人送陈先生回去。”

陈雪松摸着口袋里的钱,站起来,慢慢地走了。

何有看着陈雪松的背影,心中未免有些难过。自己在陈雪雅的心中已经变成了一个无耻的流氓了吧?唉,竟然差点和这个女子成为恋人。可没有办法啊,在商战中,自己必须赢利,只有赢利才是硬道理。

86

王莹堵气地把皮包扔在沙发上,她那白嫩的胖脸上,带着愤怒和疲劳。

王云舟看着女儿,问道:“怎么,又和陈雪松赌气了?”

王莹说:“他……还在吸毒。”

王云舟惊愕地看着女儿:“什么,他不是在戒毒所戒毒了吗?”

王莹说:“是啊,可最近他又开始吸了。”

王云舟说:“怪不得人们都说,只要是吸了毒,就一辈子不能戒掉。原来还真是这样啊。”

王莹说:“我要跟他离婚。”

王云舟说:“离婚……你真的想好了?”

王莹说:“想好了,我实在不能忍受了。这样的男人,谁也无法和他一起生活,吃喝嫖赌,五毒俱全,真让人恶心。”

王云舟说:“可你想过和陈家的关系吗?要是和陈雪松离婚,咱们家和陈家的关系,可就无法维持了。”

王莹说:“我觉得陈雪雅会理解我的。她是留过学的,思想开放,再说他也知道他哥哥到底是个什么样的人,所以她不会阻拦的。另外,离婚与咱们和陈家的合作是两回事,离婚是生活上的事情,不能和生意上的事情搅和在一起。”

王云舟说:“话是这样说,可你一旦和陈雪松离婚,咱们就无法和陈家一起共事了,因为见面的时候,会觉得尴尬。”

王莹说:“我不能因为生意就这样委屈自己。我现在看见陈雪松就恶心,我实在不能和这个人凑合了啊。”

王云舟说:“那么离婚后咱们也从三人公司分出来,和孙家一样自己开公司,你准备好了吗?”

王莹说:“还没有,过去我没考虑过这件事。”

王云舟说:“就是啊,还没有考虑过怎么能仓促分出来呢?想想孙家吧,他们差点倒闭、破产,连银行利息都无法偿还,咱们可别走那样的路啊。”

王莹忧虑地说:“我就是不离婚也要和这个人分居了,我要住在家里。”

王云舟说:“好吧,我同意。”

这时,有人按门铃。

王莹开了门,陈雪雅和母亲走了进来。

王云舟急忙站起:“哎呀,老亲家,欢迎来我家做客啊。”

陈母说:“唉,我是来赔礼道歉的啊。”

王云舟问道:“这是……向谁赔礼道歉啊?”

陈母说:“唉,我没有管教好儿子,他还在吸毒,还是这样不争气啊,让王莹生气了,我对不起你们啊。”

王云舟说:“不能这样说,陈雪雅也是你教的,是陈雪松自己不争气,也是别人引诱的结果啊。”

陈雪雅说:“大嫂,我和妈妈来求你了,看在我们的面子上,就回去吧,我们实在喜欢你，看见你受委屈，我们心里也是特别难过啊。”

王莹哭了起来。

陈母说：“唉，的确啊，我这个儿媳妇天下实在难找啊。贤惠、厚道、疼爱丈夫、孝敬婆婆，可我儿子……唉，我都脸红啊。”

陈雪雅说：“回去吧，为了孩子。”

王莹问道：“小妹，如果你的丈夫吃喝嫖赌，总不悔改，你会怎样？”

陈雪雅说：“我和妈妈同意你和哥哥离婚。但我们希望你继续住在我家，就当我的姐姐好吗？我们不能离开你，小侄子也不能够离开母亲啊！”

陈母说：“是啊，离婚就离婚吧，陈雪松的确不配做你的丈夫，如果我是你，我也要离婚的。”

王莹竟然破涕为笑：“妈妈，您真是这样想的？”

陈母说：“真的，我也是大学毕业，通情达理。我知道女人不容易，也知道谁是谁非，是陈雪松的错误，你没有一点责任。”

陈雪雅笑了起来：“妈妈，我大哥这样，您的确有责任啊。”

陈母说：“唉，咱们娘三商量商量，如何教训他好吗？”

王云舟说：“看看，婆婆都这样说了，还是回去吧。”

王莹无奈地点了点头。

87

陈雪松狂妄得意地对母亲、妹妹、妻子宣布：“我宣布，我现在被奔马公司聘为副总经理了，哈哈……”

几个女人全都惊愕地看着他。

陈雪松把聘书放到桌子上：“你们瞧不起我，不给我重任，但我是人才，就是人才，有人喜欢我，看得起我，哈哈……”

陈雪松把钱放到桌上：“先给了50万，我的年薪是100万，哈哈……我有钱了，我不需要向你们乞求，要几个小钱了，哈哈……”

王莹说：“这里面一定有阴谋。”

陈雪松说：“我开始也是这样想的，是阴谋。可现在我深信，是奔马公司要通过聘任我来昭示天下，证明自己求贤若渴，是想借此吸引天下人才都到奔马公司。不像你们嫉贤妒能,明明知道我有才能,却要压制我,把我的董事长的位子夺走。哼,我就是要到奔马公司工作,我要报复你们,证明自己有能力,要做给你们看,我陈雪松不像你们说的,是纨绔子弟、是花花公子、是只会吃喝嫖赌的酒囊饭袋,我是一个懂管理的人才、天才。"

母亲问道:"你觉得你是人才吗?"

陈雪松说:"当然是。"

母亲说:"可你担任董事长兼总经理的时候,公司却是负债累累。"

陈雪松说:"你们不给我时间,一定要让我马上退位,你们应该给我时间。"

王莹说:"假如你真的改好了,不吸毒,不再和别的女人接触,即使你给咱们的对手工作,我也支持你。"

陈雪雅说:"是啊,大嫂说得对。假如你真的改了吸毒的毛病,你就去吧,我们支持你到奔马工作。"

母亲怀疑地看着儿子:"我怀疑这其中有诡计。"

陈雪松说:"我干什么你们都不往好处想。"

母亲说:"如果你不到戒毒所也可以戒毒的话,那么……"

陈雪松恐惧地说:"什么,又让我到戒毒所?我不去。到了那里就失去了自由,大门紧闭着,不许随便出入,甚至不许吸烟喝酒,我受不了。"

母亲问道:"你可以戒毒吗?"

陈雪松说:"我可以。"

母亲说:"假如你真的可以戒毒,那么我们就同意你到奔马工作。"

陈雪松说:"好吧。"

王莹问道:"他们没有要求你为奔马提供情报吗?"

陈雪松说:"我不是孩子,我已经声明了,坚决不给奔马当间谍。"

王莹说:"如果是那样的话,他们为什么要让你担任他们奔马的副总经理呢?"

陈雪松说:"我不是说过吗,是因为……"

王莹说:"你是人才,是吗?"

陈雪松说:"是的。"

王莹笑了一下说："好吧，你真的改悔了，我就留下来。"

88

陈雪松走进奔马公司，受到了贵宾般的接待。

何彤、何有热情地和他握手。

何彤说："我们为能聘请到陈先生这样的人才感到荣幸。"

陈雪松自信地说："你们放心吧，我绝对不会让你们失望的。"

何彤说："你愿意分管什么工作？"

陈雪松犹豫着："我……"

何彤说："这样吧，你先适应几天，熟悉几天，然后董事会再做决定好吗？"

陈雪松点了点头说："好吧。"

何彤按了一下铃，一个女人走了进来。

陈雪松惊愕地注视着她，原来是小曲子。

何彤说："这就是你的秘书小姐，有什么事情，你就吩咐她吧。"

何彤和何有全都走了出去。

陈雪松急忙奔向小曲子："你怎么在这里？"

小曲子诱惑的目光勾引着陈雪松说："我……为了你啊，我听说你到了这里，我就报名参加了应聘，就被选中了啊。"

陈雪松怀疑地摇头："这是阴谋，是他们事先预谋好的阴谋。"

小曲子说："如果你不喜欢我，我就走，给别人当秘书去。"

小曲子迟疑地慢慢地走近陈雪松。

陈雪松也注视着她。

小曲子坐在了陈雪松的怀里，陈雪松猛地将小曲子抱住。

在奔马公司的另一个房子里，几个工作人员正在录像。屏幕上出现的是陈雪松和小曲子拥抱、接吻的镜头。

陈雪松和小曲子继续接吻着。

忽然，陈雪松把小曲子放下来，打着哈欠。

小曲子问道："怎么，又犯毒瘾了？"

陈雪松说:"小曲子,我求求你了,给我找一点白粉……我给你钱……"陈雪松说着,将一把钱塞给了小曲子。

小曲子扭捏作态地说:"我才不引诱你吸毒呢,这是犯罪。"

陈雪松说:"这不是你引诱……是我让你买的……责任全在我……"

小曲子说:"好吧,到时千万别把我给卖了啊。"

陈雪松说:"我一定……"

小曲子出去。

陈雪松用针在自己的胳膊上扎着。

一会儿,小曲子又走了进来。

陈雪松急忙问:"怎么样?"

小曲子打开了一个包。

陈雪松贪婪地吸食着白粉。

小曲子看着他。

突然,何有带人走了进来。陈雪松惊恐地看着何有。

何有问:"你在干什么?"

陈雪松支吾着:"我……"

何有问道:"是吸毒吗?"

陈雪松说:"我实在受不了了,我……求求你们,就原谅我这一回吧。"

何有说:"我们不能要一个吸毒者做我们的副总,这样对我们公司的影响太不好了。"

陈雪松痛苦地说:"我……"

何有说:"不过,如果你愿意为我们提供三人公司内部的一些情报,我们愿意继续给你提供资金。"

陈雪松思索了一会儿,说:"我明白了,这是圈套。"

何有说:"不过我们并不希望你为我们做什么,我们知道,其实你也不了解三人公司的秘密。"

陈雪松慢慢地走向门口,然后推门走了出去。

何有把一把钱塞到小曲子手里,小曲子兴高采烈地走了出去。

陈雪松回到家时,脸上带着羞愧。

王莹问道:“怎么,这就下班了?”

陈雪松说:“他们让我为他们提供三人公司的情报,我没有答应。”

王莹说:“怪不得他们要聘请你做他们的副总呢,我就知道是心怀叵测。”

陈雪松瘫痪似的躺在床上。

这时,一个保姆送进一个录像带:“夫人,您的急件。”

王莹看着录像带,然后把录像带塞到录像机里。

屏幕上,出现了陈雪松和小曲子在一起搂抱、亲吻的镜头,以及陈雪松吸毒的镜头。

陈雪松注视着镜头,惊恐地站了起来。

王莹的眼泪流了下来。

忽然,王莹伏在床上号啕起来:“呜呜……啊……”

陈雪松愤怒地将电视机砸得粉碎。

陈母和陈雪雅闻声都跑了过来。

母亲问道:“又怎么了?”

王莹说:“你们看看吧,陈雪松还在吸毒,还在和那个妓女那样……”

母亲和陈雪雅看着那破碎的电视机,莫名其妙地问:“你是怎么知道的?”

王莹说:“录像,录像。”

母亲把录像带取了出来。

陈雪松喊叫着:“圈套……又是圈套……”

陈雪雅猜测着:“是奔马公司给你录的像吧。”

陈雪松说:“我不知道这里面是圈套啊。”

王莹说:“我实在无法忍受了,这样的男人,没有一点毅力,没有一点节制,总是放纵自己,如果你不放纵自己,别人怎么会引诱成功呢?”

王莹收拾着箱子。

陈雪雅叹息着:“我就知道奔马公司没有好主意。”

陈雪松说:“我没想到他们如此下贱。”

王莹骂着:“是你自己下贱。这样的事情为什么不发生在别人的身上?

为什么总是找到你？你为什么不解释解释呢?”

陈雪松捂住了自己的脑袋,叹息着。

王莹走出了房间:“我会让律师跟你联系的。”

王莹走出去,又回过头,对母亲说:“我感谢您对我的厚爱,可我实在不能忍受下去了,他一而再再而三地和妓女接触,还吸毒,永不悔改,我实在无法忍受了啊。”

母亲叹息着:“不怨你,如果我是你,也会这样的。”

89

王云舟独自一人拉着二胡《二泉映月》,音乐旋律格外忧伤、凄凉。

王老先生自从妻子去世,就一直忧郁,别人都知道他和妻子感情不好。但妻子去世后,王老先生并没有开始新的生活。

王莹走了进来,坐下,没有打搅父亲。

父亲拉完曲子,已是满脸泪水。

王莹也流着眼泪,泪水在脸颊慢慢地流淌着。

父亲发现了女儿,问道:“王莹你怎么又回来了?”

王莹说:“爸爸,我知道,您的婚姻就不幸福,您和我妈妈一直不好,我妈妈去世以后,您一直想和……”

父亲摇头,打断了女儿的话:“别说了,现在我已经老了,我不想……”

王莹说:“如果您真不想再婚了就和我一起生活吧。”

父亲打量着女儿:“怎么,又和陈雪松闹翻了?”

王莹说:“爸爸,我这次真的下定决心了,我真的要和他离婚。这人吃喝嫖赌,没有一点优点,现在他还在吸毒、嫖娼。”

父亲说:“当初……他也不是这样的人啊。唉,全都怪我,要你恋爱要找门当户对的,不然就不会有这样的悲剧了。”

王莹说:“过去的事我也不想说了,我就希望爸爸您支持我跟他离婚。”

父亲说:“好吧,我支持。这样的男人怎么可以在一起生活呢?! 唉,真没想到,陈雪松竟然堕落到这种地步,简直是猪狗不如啊。”

王莹说:“我不想再回去了,和陈家人也无法再见面了。”

父亲问道:“你是说……真的和他们分道扬镳?”

王莹点了点头。

父亲把二胡放到桌上,在地上踱着步:“闺女啊,我已经老了,如果你自己挑大梁,真的能行吗?”

王莹说:“我觉得没问题。”

父亲问道:“那经营什么好呢?”

王莹说:“和三人公司一样,也经营超级市场。另外,工厂……”

父亲急忙摆手说:“工厂就别再考虑了,以后再说吧。还是先经营商场吧,商场赚钱快,也是我的本行,我在这个行业也有名气,有熟人,这样业务会好开展。”

王莹点了点头说:“好吧,我就听爸爸的。”

父亲问道:“就是不知道陈雪雅同意不同意。”

王莹说:“同意不同意我都要这样办。我也不想永远在别人的指挥下工作、生活,我有我的人格、尊严,我也想当老板。”

父亲叹息道:“当初孙朴直想分开,我就不理解他,瞧不起他,现在我才知道,他为什么要分开了。”

王莹说:“是啊,爸爸,我也是。当初不理解孙朴直一家为什么要分出去,以为背靠大树好乘凉,其实还是自己奋斗好,自己的公司,自己说话算数,无论失败、成功,自己都高兴啊。”

王云舟说:“好吧,如果你真这样想,我看就分出来吧,我亲自到陈太太那里去说。”

王莹说:“好吧,就麻烦爸爸了。”

90

盛夏以来最大的暴雨降临了,连续几天的暴雨,将大地湮没在一片汪洋中。树木被雨打得喘息着、抖瑟着;鸟儿躲藏在树上的小洞里,惊恐地看着外面。现在人们不是盼望下雨,而是盼望太阳快些出来,将雨水赶走。

王云舟沿马路边慢慢地走着。他没有汽车,公司的汽车也很少坐,他愿意做闲云野鹤一样自由的人,不愿麻烦别人,不愿惊动别人。

他来到了陈家。

陈夫人道歉说："哎呀，兄弟啊，我正要到你家道歉啊，我实在对不起你啊，我们雪松实在不争气啊。"

王云舟说："得了，既然他们已经离婚了，我看就别说陈雪松了。"

陈夫人说："又到戒毒所了，他不想去，是我命令保安把他强行送去的。"

王云舟说："唉，真没想到啊。"

陈夫人问道："兄弟，这次来……"

王云舟说："啊，王莹觉得还是自己干好一些，希望分开，自己成立一个公司，希望陈夫人能够同意。"

陈夫人说："我给女儿打一个电话。"

王云舟说："好吧。"

陈雪雅接到母亲的电话，就急匆匆地来到了王莹的住处。

王莹尴尬地笑着说："来了，请坐。"

陈雪雅坐下说："我不能叫你大嫂了，真遗憾啊。"

王莹说："希望你们都能理解我。"

陈雪雅说："我理解，真的理解。如果我遇到这样一个男人，我也要和他离婚的。"

王莹说："理解就好，我希望孩子……在我这里，我可以经常带他回家看望你们。"

陈雪雅说："我同意。"

王莹说："我能猜出你来的目的。"

陈雪雅笑着："我真的舍不得你走啊。"

王莹说："可是，现在……这样的关系，心里有了阴影，看见你们陈家人，我就会想起这段不幸的婚姻，我心里就难过、痛苦，所以我希望离你们远一些，这一点你们也可以理解吧。"

陈雪雅说："可以理解。"

王莹说："所以……我还是希望自己成立一个公司，自己奋斗。"

陈雪雅说："我提出这样一个建议，不知你是否同意。"

王莹说："说说看。"

陈雪雅说："你可以到外地或者外国旅游一个月，我给你出费用，你也换换大脑，心情可能会好一些。你的工作我暂时让别人代替。"

王莹说："你没有理解我的意思，我的意思……"

陈雪雅说："我知道你的意思，现在王伯父就在我家，我妈妈给我打了电话，我这才跑出来找你。"

王莹说："小妹，你就支持我吧。我希望这一生也能当一次老板。"

陈雪雅笑着说："你现在不是老板吗？"

王莹说："现在……我希望自己做经理。"

陈雪雅说："我可以把总经理的位子让给你。"

王莹说："别，我就想像孙朴直那样，分开。"

陈雪雅说："大嫂，不，现在我就叫你姐姐吧。你知道，咱们三家的资金在一起，三家的智慧在一起，我们才勉强是奔马公司的对手，没有被奔马公司挤对破产、倒闭。现在孙朴直已经分走了，分走了那么多的资金、固定资产。如今你再分开，咱们一分为三，咱们三家全都不能生存下去了，马上就会被奔马公司一个一个地吞噬掉啊。我真的为未来担心啊。"

王莹说："我当初也不理解为什么孙朴直一定要分开，如今我才明白了。"

陈雪雅说："我明白了，你也和孙朴直一样想的是吗？"

王莹说："是的，我就是想当大老板，不想在别人手下当二老板、三老板。"

陈雪雅打了一个冷战，说："好吧，王莹姐，我就……同意你分开吧，明天你到公司财务处结账吧。"

王莹说："昨天晚上，我已经和爸爸算过了。"

陈雪雅说："我一定会多给你一些，给你一个价值 450 万的商场，好吗？"

王莹平静地说："好吧，谢谢你。"

陈雪雅说："你以后有什么困难还可以来找我，咱们永远是姐妹，你永远叫我小妹好吗？"

王莹流出了眼泪："好。"

陈雪雅走出了房间。

王莹透过玻璃窗，看着陈雪雅上了汽车。汽车飞速地开出去，不一会儿就离开了她的视野。王莹这才把自己脸颊上的泪水擦干。

但是，泪水总也无法擦干净，无休止地从眼眶中流出来，流到脸颊上。

几天的暴雨终于结束了，天空出现了彩虹。彩虹有七种颜色，在天空搭建成了一个美丽的多彩的桥。

王莹在这样的天气宣布开业了。

王莹终于有了自家的公司，她那憨厚的胖脸上，始终洋溢着笑容。

门前，鞭炮齐鸣、锣鼓喧天、彩旗招展。

王莹和父亲迎接着顾客。

陈雪雅的汽车停了下来，她从汽车里走了出来。

她走向王云舟："大伯。"

王云舟激动地说："哎呀，陈小姐亲自驾到，实在不敢当啊。"

陈雪雅看着王莹："王莹姐，你应该告诉我一声开业的日期啊。"

王莹尴尬地说："你那么忙，我不想打搅你啊。"

陈雪雅说："再忙也应该给你祝贺来啊！你为我们做了那么多工作，我应该感谢你啊。"

王莹说："别说谢谢，我也是给自己工作啊。"

奔马公司的何彤、何有也从汽车上走了下来。

王云舟急忙迎接："哎呀，奔马公司的董事长和总经理全都来了，实在是不敢当啊。"

何彤和王云舟握手："以后，咱们就是一家人了。"

王莹警惕地看着他们："一家人？"

何彤说："是啊，你们单独开业，也是商界的一员，不是一家人了吗？"

陈雪雅问道："原来，王家也是商界的一员啊。"

何彤支吾着："这个……"

何有说："原来他们听命于陈小姐，没有自主权，所以不能算是商界的头面人物啊。现在他们自己开业，当家做主了，啊，祝贺，祝贺啊！"

何有说着,将一束鲜花递给了王莹。

陈雪雅走近何有:“你现在终于可以松一口气了,你成功地把三人公司解体了,再也没有和你们一样大的公司和你们较量了。”

何有说:“不,三人公司解体和我们奔马公司没有关系。现在人们更追求自己的人格、价值、自我表现,所以他们独立开业,我想也体现了时代潮流啊。”

陈雪雅直言不讳地说:“我知道,你为了对付我,已经是煞费苦心、殚精竭虑了。”

何有说:“我想你也是无力对付我们奔马公司,也是费尽了心思啊。”

陈雪雅说:“我真后悔。”

何有问道:“什么事情?”

陈雪雅说:“竟然相信了你们的花言巧语,帮你们渡过了难关。”

何有笑了起来:“哈哈……陈小姐善用谋略,难道不知道花言巧语、口蜜腹剑也是谋略的一种吗?”

陈雪雅叹息道:“没想到我还像过去那样天真,竟然相信了狼也有良心发现的时候。”

何有说:“我和你不一样,我就不相信狼可以良心发现。”

陈雪雅说:“所以你就成功了,是吗?”

何有说:“陈小姐其实也是成功人士啊,甚至比我还要成功。”

陈雪雅笑着问道:“哦,你也承认有不如我的时候吗?”

何有说:“我经常说,我的名气不如陈小姐,我的才华不如陈小姐,我的谋略当然就更不如陈小姐了。”

陈雪雅说:“你知道就好,我觉得竞争远没有结束。”

何有说:“我知道,竞争是一辈子的事情。”

陈雪雅问道:“下面,何有先生还想用什么计谋整我们三人公司呢?”

何有冷笑道:“下一步……不是现在可以说的时候。”

陈雪雅说:“好吧,我等你出手。”

第十五章 浑水摸鱼

三人公司彻底分裂了，由一个分成三个。

奔马决定浑水摸鱼，将水搅和得更浑，不断地挑拨离间，鼓动王莹和孙朴直向陈雪雅索要三人公司的无形资产。

陈雪雅痛苦不堪。

91

奔马公司的院子里，种植着野草。草是何彤专门从内蒙古买来的，是他放牧养马时经常咀嚼的草。当年他的马就特别爱吃这种草，这让经常饥饿的他也开始尝试吃这种草。如今他发达了，不忘过去，就将这种草引进来，种植在公司的院子里。

何有走来："爸，您知道陈雪雅现在的心情吗？"

何彤问道："看样子陈雪雅对我们已经怀恨在心了。"

何有说："一定的。"

何彤说："不如一鼓作气，将三人公司彻底击溃，以解我20年的心头之恨。同时为咱们以后全面收购其他公司做准备。"

何有说："我想，下一步就从这三人公司的品牌上打主意。"

何彤问道："什么主意？"

何有说："这三人公司是咱们的心腹之患对吧？"

何彤说："是啊，从老陈到陈雪雅，这父女一直是我的对手、敌人，我恨不得让他们明天就倒闭，就破产。"

何有说："我也是这么想的。那三人公司一直是我们奔马公司的竞争对手，从我们的虎口里抢夺食物，把我们的顾客拉走，把我们的钱掏出去，我也非常憎恨三人公司。”

何彤说：“既然三人公司已经解体，我看咱们的机会来了，我们不能失去这个机会，应该集中全部精力、财力、人力、物力，将三人公司击败。”

何有说：“是的，一定的。不过三人公司还是一个巨人，我们还没有能力把他们彻底击败，不能吃下这个庞然大物，不然，我们自己就要消化不良，自己也会生病的。”

何彤说：“宁可生病，我也要把三人公司吃掉。”

何有说：“恐怕要两败俱伤。”

何彤说：“我宁可两败俱伤。”

何有说：“我们不会比三人公司的下场好多少。”

何彤问道：“如此说来我们还没有等到时机，是吗？”

何有说：“是的，爸爸。三人公司的价值多少？”

何彤说：“上亿。”

何有说：“孙家和王家从三人公司分出多少资金？”

何彤说：“听说……孙家是300万，王家是400万。”

何有说：“那么陈家还剩下多少？”

何彤说：“还剩下亿元啊。”

何有说：“是啊，陈家秋毫未损啊。”

何彤思索起来：“我就奇怪，那孙家和王家怎么就分那么少的资金呢？”

何有说：“这里面的数学题，没有算好呗。”

何彤说：“是啊，陈家当庄家，其他人赚的，全都是陈家的了，这样的题，孙朴直这个老狐狸怎么就没有算好呢？”

何有说：“孙家和王家只是算了当初的股份，还有就是赢利的部分，按照股份多少来计算，可为什么剩下的还有那么多资产呢？”

何彤说：“亿元资产不过是评估所评估的，不一定准确啊。”

何有说：“我正是要把这个算术题，给孙家和王家算计算计。”

何彤说：“啊，明白了。”

父子俩得意地笑了起来。

92

葡萄串上还挂着水珠,皎洁的月光将那水珠照得更加晶莹。孙家还是在葡萄架下吃饭。

母亲问道:“现在商场的效益怎么样?”

孙希罕说:“不错,自从咱们挂上了三人公司下属商场的牌子以后,商场立刻来了顾客,虽然不说是顾客盈门,但总算是收支平衡,略微赢利了。”

孙朴直问道:“就是因为三人公司的牌子吗?”

孙希罕说:“还有经营的关系,是用了人家三人公司的经营班子,经营理念啊。”

孙朴直问道:“就没有咱们父子什么事了?”

孙希有说:“是啊,真是笑话,咱们家的商场赢利了,竟然把功劳全都算在了陈雪雅的身上,我看你简直是崇拜陈雪雅,成了陈雪雅的俘虏了。”

孙希罕说:“我就是崇拜陈雪雅,就是陈雪雅的俘虏怎么样?”

孙希有说:“这没有用处,应该俘虏别人,让别人崇拜你,这才是男人的本色。不应该崇拜女人,成为女人的俘虏。”

孙希罕问道:“那么,请问先生,哪个女人崇拜您呢?是您的俘虏呢?”

孙希有说:“商场的姑娘,几乎全都崇拜我,全都是我的俘虏。”

孙朴直说:“我警告你们,不许在商场和女职工恋爱,那样你们会变得不讲原则,拿公司的原则做交易的。”

孙希有说:“正常的恋爱也不许吗?”

母亲说:“如果是爱情,当然可以了。”

孙希罕说:“我看,人家是喜欢你的地位吧。”

孙希有说:“地位,也是爱情的一部分。”

孙希罕反驳说:“当然不是,爱情不应该看重地位,更应该看重对方的……人格,还有……喜欢对方。”

孙希有说:“男人如果没有地位,任何女人都不会喜欢的。”

孙希罕说:“我觉得单纯为了地位而来,那绝对不是真正的爱情。”

孙希有讥讽道:“好像你是恋爱专家,竟然指点起我的爱情来了。”

父亲母亲全都笑了起来。

母亲说："老大吗，进过监狱，如果有商场的员工爱上，当然就可以发展下去了；老二吗，外国留过学，应该找一个品貌一流的姑娘。"

父亲说："还必须门当户对才行。"

孙希有不满地说："好像我处处比弟弟低一等似的。"

父亲说："当然是低一等。人家是留学生，你呢，根本就没进过大学的门。"

孙希有说："可是，真正的爱情跟学历也没有关系。"

父亲说："好吧，你说没有关系就没有关系，反正不能找一个只是喜欢你的钱和副总经理位子的姑娘来。"

孙希有说："我问过了，是不是为了我的位子和金钱才追求我的。"

母亲急迫地问道："姑娘怎么回答？"

孙希有说："她说不是。"

母亲说："啊，不是就好。"

父亲说："如果你问贼，是不是贼，贼会如何回答？"

孙希有不满地说："爸爸，怎么可以把那个如花似玉的姑娘跟贼相提并论呢？"

父亲说："我就知道，你单纯喜欢人家的相貌。"

孙希有说："哪个年轻人不喜欢姑娘的美丽呢？"

父亲说："门当户对是第一位的。"

孙希罕说："人品、人格是第一位的。"

母亲说："全都是第一了，我看必须贤惠，这是当今时髦女人最缺乏的。"

这时保姆进来："先生，有一个何有先生求见。"保姆把名片递给孙朴直。

孙朴直看着名片，惊愕地问道："何有……从来没有到过咱们家啊。"

孙希罕说："黄鼠狼给鸡拜年，没安好心。"

孙朴直说："那也应该见见。到客厅去。"

一家人全都到了客厅，保姆将何有引进来。

孙朴直和两个儿子,轮流和何有握手。

何有说:“打搅了。”

孙朴直问道:“没想到何有先生竟然到我家来了。”

何有说:“早就应该来拜访啊。”

孙希有说:“可惜我还没有忘记,当初奔马公司围剿我们孙膑公司的事情,差点让我们倒闭、破产。”

孙希罕说:“是啊,奔马公司带给我们无限的伤痛,我想问问,今天来是否又是旧伤痛上再添新伤痛呢?”

何有说:“商场如战场,怎样厮杀都不过分。”

孙希有不屑一顾地哼了一声:“你也太狠毒了,怎么练的?差点让我们父子自杀,还说不过分。”

何有说:“其实,我们是朋友。”

孙朴直说:“曾经是朋友。”

何有说:“不错,商人与商人之间,只要有利了,就一定是朋友。”

孙朴直问道:“怎么,听话音,奔马公司愿意让一些利来分给我们公司吗?”

何有说:“我是来给你送钱的。”

孙希罕说:“啊,我明白了,你是专门围剿小公司的。还是专门围剿新开业的小公司的,我知道了。你是联合我们,围剿新开业的王莹公司是吗?”

何有冷笑道:“不,可惜你猜错了。”

孙希罕问道:“那是围剿哪个公司呢?”

何有说:“不是围剿哪个公司。”

孙希罕问道:“这个我就不明白了。你既不围剿别人,又拉我们当同盟军,还说要给我们送钱,我不相信像你这样狡诈的商人,唯利是图的商人,会白白给我们送钱来?我不相信,除非太阳从西边出来。”

孙希有故意讥讽地附和弟弟的话,笑着。

何有笑了一下,说:“兄弟,我告诉你一件事情,你就可以获得3000万的资金。”

孙希有说:“一句话就值3000万吗?”

何有说:“是的。”

孙希罕冷笑道:“那你就是巫师了。”

孙希有说:“这是欺骗,还是玩笑?”

何有坚定地说:“是商业理念。”

孙希罕讥讽道:“原来,是卖狗皮膏药来了,哈哈……”

孙希有也讥讽道:“是否卖得过于贵重了?一块狗皮膏药就值3000万?”

孙希罕说:“我们也是商人,不是愚昧无知的人,不会上当的。”

孙希有说:“所以还是请你回去吧,把这个狗皮膏药卖给奔马公司的员工吧。”

兄弟俩故意大声笑着:“哈哈……”

何有有些恼怒:“你们……全都是……不能启迪的人。”

孙希有说:“想启迪我们什么?是围剿弱小的公司,欺辱弱小的公司,把他们挤对倒闭,把他们的钱掏出来,装进自己的口袋吗?”

孙希罕说:“你什么时候学会了为别人考虑呢?”

何有转向孙朴直:“先生,你的两个公子真是不可救药,不可理喻。”

孙朴直不高兴地问道:“你到底来干什么?就是来和他们较量嘴皮子的吗?”

何有说:“我的时间非常少,我没那么无聊。”

孙希罕说:“的确无聊。”

何有说:“我是来告诉你们,你们从三人公司分出以后,分得的资金太少了。只有区区300万是吗?”

孙朴直说:“这已经比我们的股份多几十倍了。”

何有问道:“那你们到底占三人公司多少股份呢?”

孙朴直说:“25%。”

何有问道:“现在三人公司有资产多少?”

孙朴直说:“听说是上亿元。”

何有说:“所以孙膑公司应该分得3000万元才对呀。”

孙家人全都安静下来。

何有接着说："企业有一些无形资产，往往不被人们重视。比如，企业的品牌，企业的信用，全都是无形资产，这些资产，其实是企业最宝贵的。一个企业如果被大火烧掉，还可以贷款，重新开业。但是一个企业如果没有了无形资产，比如信用，比如品牌，那么这个企业就没有活路了。所以我希望你们把属于你们的无形资产要回来。"

何有说完，走出了房间。

孙朴直问道："他说得有道理吗？"

孙希罕说："他就是来挑拨离间的。"

孙希有说："是啊，我觉得这小子不惜体力和自尊来到咱们家，一定没有好主意的。"

孙朴直说："不，这是一个好主意，我差点忘记了，我们应该分得那些无形资产。"

孙希罕说："爸爸，不是咱们不如何有。咱们分出来的是部分资产，无法分得无形资产。比如，信用就是三人公司的，品牌也是三人公司的，我们怎么能得到那些无形资产呢？"

孙朴直说："那就让陈雪雅折成钱还给咱们。"

孙希有说："啊，这个主意不错，爸爸，就让陈雪雅给咱们钱，不然咱们就不干。"

93

王莹公司开业几天了，业务还算不错。王莹请父亲帮助自己。

打佯了，王莹就和父亲一起算账。

何有走了进来，注视着他们父女。

王云舟惊讶地看着他："哎呀，何先生，怎么突然造访？没有远迎，实在失礼啊。"

王莹看了何有一眼："请坐。"

她继续在电脑前敲击着键盘。

何有说："商场经营如何？"

王云舟说："不好，不好啊。开头总是很难，人家不认识你的商场，不了解你的商场，不相信你的商场啊。"

何有说："所以我说品牌就是巨大的资产啊。"

王云舟说："是啊，过去我们在三人公司的时候，亲眼目睹了消费者对三人公司的信任、崇拜，可现在完了，我们没有了那棵大树，没有了那金子招牌，一切都要从零开始了。"

何有说："其实三人公司应该有你们三分之一啊。"

王云舟说："是啊，我们已经分得资产了，不然我们怎么会得到这个商场呢？"

何有说："不，我是说无形资产，那品牌、那信用，你们应该分得。"

王云舟和王莹全都看着何有："那……些……怎么分呢？"

何有说："现在三人公司价值亿元，是评估所评估的，这其中有相当一部分属于无形资产，就是信用和品牌，你们从三人公司只是分得了一些有形资产，对那些无形资产，却没有得到分文，你们想想，这公平吗？"

王云舟看着女儿。

女儿说："我们当然知道那无形资产的价值，但是我们无法分得那些无形资产啊，因为主体依然是陈雪雅的三人公司而不是我们啊。"

何有提醒说："你们不是主体，但是你们应该分得部分无形资产。"

何有说完，就慢慢地走了出去。

王莹看着他的背影，问道："爸爸，这个人为什么来这里说这些？"

王云舟说："你不明白吗？他是来挑拨三人公司和咱们的关系的啊。"

王莹说："是啊。"

王莹和父亲刚刚回家，孙家人又来拜访。

保姆走进来说："先生，孙朴直先生来了。"

王云舟说："今天怪了，冤家对头全都来到了。请！"

保姆走了出去。一会儿，孙朴直走了进来。

王莹和孙朴直打着招呼："孙大伯好。"

孙朴直点头："啊，你们好。"

孙朴直坐下。

王云舟问道:“老孙,今天生意怎么这么轻闲呢?”

孙朴直说:“我是来跟你商量一件重大事情的。”

王云舟问道:“哦,重大事情?”

孙朴直说:“事关咱们两个公司的成败。”

王云舟问道:“有如此大的事情?”

孙朴直说:“我问你,那三人公司的无形资产,比如品牌、信用属于谁?”

王云舟说:“当然属于三人公司了。”

孙朴直问道:“三人公司主要是谁组成的?”

王云舟说:“老陈、你还有我啊。”

孙朴直说:“所以那三人公司的无形资产也应该属于咱们三家所有啊。”

王云舟说:“可是咱们从三人公司分出来了,怎么还能享受那些无形资产呢?”

孙朴直说:“必须享受那些无形资产的好处,那好处太多了,有上亿元的价值呢,所以我们不能轻易放弃啊。”

王云舟说:“可是三人公司的主体是陈雪雅的公司,咱们不过是支体啊,咱们既然分出来了,还怎么享受那些无形资产呢?”

孙朴直说:“这就需要咱们和陈雪雅共同商量了。”

94

三人公司的会议室里,烟雾缭绕。

陈雪雅和王云舟、孙朴直坐在会议室里。

孙朴直说:“我们之所以选择这个会议室,就是向陈小姐证明,这个三人公司不是陈家一家的,也有我们两家一份,你说,是吗?”

陈雪雅说:“我完全同意两位伯伯的看法。”

孙朴直说:“那么,我现在有两点要说。一是如果只有一家享受三人公司的无形资产,就应该把另外两家的折合成钱给他们;二是我们三家全都使用三人公司的品牌,我们的商场挂三人公司的牌子,我们也要生产服装、陶瓷、化妆品,也要使用三人公司的品牌。”

陈雪雅说:“这两点我都不同意。”

孙朴直看着她:“这是为什么?”

陈雪雅说:“一是我们没有那么多现金给你们两家,这现金太多了。二是三家共同使用三人公司的牌子,就会不珍惜,用不了几天,就会砸了牌子。我的意见是,我们在媒体发布声明,三人公司从此消失,三人公司的品牌和信用,由我们三家共同继承,但是任何一家不能独自使用,如果使用,就给另外两家补偿。”

王云舟说:“三人公司从此消失,太可惜了啊。”

陈雪雅说:“没有办法,我们只能从零开始了。”

95

夏天快过去了,太阳不再那样酷热,阳光变得柔和起来。何彤非常喜欢这样的季节,在这样的季节,他喜欢站在自己公司院子里的树下,看着那逐渐由绿变黄的叶子,回想当年在内蒙古大草原时的情景。那里的秋天,才是真正的秋天,漫山遍野的金色,萧瑟的秋风,还有那些奔腾的骏马,苍穹中飞翔的雄鹰,柔软的白云,就连风也是男子汉似的风,刮起来就是铺天盖地,迅猛异常,刮得天昏地暗,人马躲藏。不像这城市的风,就像温柔的女人,慢慢的,缓缓的,细细的,没有一点杀伤力。唉,自己怎么就离开了那个大草原,在这个城市里生活了大半辈子呢?唉,想不到啊,想不到啊!

在何彤抚摸着白马塑像回忆过去的时候,儿子跑了进来。

何有兴冲冲地对父亲说:“爸爸,好消息,三人公司解体了。”

何彤点头:“你说的……我已经看见报道了,三人公司真正解体了,陈雪雅的公司改为陈氏公司了。”

何有说:“最关键的就是咱们的计谋成功了。他们为了争夺三人品牌,闹得不欢而散,最后决定,哪个公司也不用三人品牌了,这样咱们就取得了决定性的胜利了。”

何彤问道:“决定性的胜利吗?”

何有说:“是啊,决定性的胜利。”

何彤说:“这样说未免过于乐观了吧?”

何有说:“不,爸爸。咱们现在是决定性的胜利,因为咱们对手三人公司已经解体了,咱们奔马公司,是咱们这个城市商界中唯一的超级大公司了,另外咱们奔马也是商界唯一的知名品牌了,咱们的对手,三人的品牌已经消失了啊。”

何彤说:“我现在就担心陈雪雅,不担心孙膑公司和王莹公司,那两个公司不足惧。”

何有问道:“陈雪雅过去战胜咱们,依靠的是什么?不就是三人公司的品牌还有雄厚的资金吗?如今这两个优势陈雪雅都没有了,我看她也就没有可以战胜咱们的法宝了。”

何彤问道:“这么说,咱们是该向他们发动总攻击的时候了?”

何有说:“是的,爸爸。是该向他们发起总攻击了。”

何彤说:“那我们还是先吃掉孙家和王家的公司吗?”

何有说:“不,先吃陈雪雅。”

何彤摇头:“啃骨头怎么可以先啃硬的呢?”

何有说:“这叫做擒贼擒王啊,不然咱们吃孙家和王家,那陈雪雅还是要帮助他们,他们是唇亡齿寒的关系。只有将陈雪雅吃掉,那些小公司才能真正让咱们吃掉。这样整个城市的商界就都成咱们的了。”

何彤说:“好,当然好。咱们可以实现吗?”

何有说:“当然了。”

何彤问道:“你说,你准备用什么办法向陈雪雅发动攻击呢?”

何有说:“我希望先采取切断陈雪雅货物来源的办法,就是提高价格收购商品,让那些供应商把商品全都供给咱们,这样陈雪雅就没有能力跟咱们较量了。因为她现在没有多少资金了,要是跟咱们较量价格,她只有自杀了。”

何彤摇了摇头说:“不可取。”

何有问道:“为什么?”

何彤说:“现在商品过剩,到处是商品,如果你提高收购商品的价格,陈雪雅就可以从别的渠道进货,这样吃亏的只有我们。”

何有说:“我还有一个办法,就是办连锁店。凡是愿意成为奔马公司子公司的，我们全都接受，包括孙膑公司和王莹公司。而我们就是不接受陈雪雅的公司，逼她倒闭，没有人到她的商场购买东西。”

何彤问道：“别的商店为什么要成为奔马公司的连锁店呢？这样做对人家有什么好处呢？”

何有心想，这样做的好处很多。比如，可以提高知名度，可以从我们公司进一些价格比较便宜的商品，还可以从我们这里得到一些管理经验，好处大得很啊。可是这一切，都必须说服父亲啊。

96

陈雪雅开着汽车将大哥接回了家。

陈雪松进了家门，兴奋地号啕大哭。

母亲给儿子擦着眼泪，问道：“这次真的戒了吗？”

陈雪松回答：“戒了，在戒毒所没有戒不成功的人。”

陈雪雅问道：“哦，他们用什么办法呢？”

陈雪松说：“主要是用中药。”

母亲说：“儿子，媳妇也跑了，以后千万别再吸毒了啊。”

陈雪松点着头，答应着。不过他那鬼鬼祟祟的目光，还是让陈雪雅有些怀疑。因为他本就不是个有城府的人，心里有什么，马上就可以显现出来。陈雪雅看出来了，陈雪松的心里肯定在琢磨着一些不可告人的阴谋。不过，像他这样的智商，也不会再掀起大波澜的。

这时，那个夜总会的女孩走了进来，说：“陈总，发生大事了。”

陈雪雅叫这个女孩小倩：“小倩，说吧，发生什么大事了？”

小倩说：“就您出去接陈先生这天，就发生大事了，咱们旁边的商场，全都变成奔马公司的商场了，对咱们形成了围剿之势。”

陈雪雅惊愕地问道：“为什么，是他们购买的吗？”

小倩说：“不是，是奔马的连锁店。”

陈雪雅沉吟着。

母亲说：“是全部？”

小倩说：“咱们周围的商场商店，一共有 16 家，全都变成奔马的连锁店了。”

陈雪松说:“我们陈家和何家不共戴天。”

小倩说:“陈总,您看怎么办啊?”

陈雪雅说:“你先回去吧,我考虑考虑。”

母亲说:“你们应该惊醒了,这何家从一开始就针对我们陈家下手,不是来釜底抽薪,就是趁火打劫,我看他们是一定要把咱们整倒闭才罢休啊!”

陈雪松说:“我早晚要跟他们拼了。”

母亲指着儿子的头说:“你啊,头脑简单,应该学学你妹妹,多动动脑子。”

陈雪松说:“我妹妹这么动脑子,也没把奔马公司整倒啊?”

陈雪雅说:“关键的问题是我过于善良了。我总是想,我们做我们的生意,他做他的生意,为什么要把他们整倒呢?我们应该井水不犯河水啊。”

母亲说:“可他们总不放过咱们啊。”

陈雪松说:“我真后悔,因为我的过失,如果不是我的过失,也许公司就不会是现在这个样子了。”

母亲说:“你知道后悔就好。”

陈雪松说:“妹妹,妈妈,给我一点工作吧。”

母亲问道:“闺女,怎么样,给你哥哥一点工作吧。”

陈雪雅说:“好吧,第一件事就是去看望王莹。”

母亲说:“是啊,应该去。”

陈雪松嘟囔着说:“不,是她先提出离婚的。”

母亲说:“王莹是个好人,你那个样子,人家还忍耐了那么长时间,这件事都怪你啊。”

陈雪雅说:“我相信,你以后再也找不到像王莹那样的好人了。”

陈雪松说:“这可不见得。”

97

何有走进王莹公司的时候,王莹注视着他。

王莹说："我明白你的来意了。"

何有问道："说吧。"

王莹说："现在街头的商场商店，全都挂着奔马的牌子了，我想你也是来动员我加入奔马连锁店的吧？"

何有说："啊，你真聪明。"

王莹说："我告诉你我不加入。"

何有问道："为什么？"

王莹说："我知道你这动作是针对陈雪雅的，是不是？"

何有说："不针对任何人，只是为了我们奔马的影响，我们要成为本市商界的老大。"

王莹说："我知道你们就是针对陈雪雅。"

何有说："即使就是针对她，我觉得也没有什么错啊。商场如战场，我们商界的同行都是竞争对手，所以我这样做，也是可以理解的吧。"

王莹说："我们王莹公司也深受其害啊。"

何有说："所以我来就是为了说服你，加入我们奔马公司。"

王莹说："我之所以从三人公司分出来，目的就是想自己闯天下，把王莹的品牌做好，同时也希望自己能够从中得到锻炼。"

何有说："没有奔马的保护，我想你们都会像陈雪雅一样，被埋葬的。"

王莹恼怒起来："你也太高看自己了吧？我虽然不再和陈雪雅沾亲带故的了，可我对陈雪雅还是有好感的，你这样说未免过分了。我觉得你不一定是陈雪雅的对手，就像我们过去一样，你总在陈雪雅面前失败。"

何有笑得非常阴险："总是失败吗？为什么分出去的不是我们奔马公司，而是陈雪雅呢？奔马的品牌没有消失，消失的是三人的牌子。"

王莹说："这些都是短暂的。我觉得要想长久，这企业就得像人一样，还得真诚、厚道，不狡诈，讲信用。"

何有问道："这么说你是不愿加入我们奔马公司了？"

王莹说："是的。"

何有说："如果你后悔了，我还可以等你。"

王莹说："放心吧，我不会后悔的。"

何有说："现在，只有你和孙膑公司还有陈雪雅没有加入我的奔马公司，可你们全都在我奔马的包围之中了，你想想你们能够长久吗？"

王莹说："我知道加入了奔马公司，就等于帮你们围剿了陈雪雅，我不会做那样的事情的。"

何有说："商人只承认实力，不应该还有别的原则。"

王莹说："我的原则就是做人第一，利润金钱第二。"

何有见无法说服王莹，只好愤然地离开了。

98

从王莹那里出来后，何有又来到孙膑公司。

孙朴直问道："何有先生，又有什么高见了吗？"

孙希有说："没什么高见。"

孙希罕说："对奔马也许是高见。"

何有说："我上次对你们的提醒如何？"

孙朴直问道："就是关于无形资产的提醒吗？"

何有说："是啊。"

孙朴直说："那个……对我们没有任何帮助，我们没得到任何好处。"

何有说："好了，我今天来有一个忠告，希望你们能够接受。"

孙希罕说："这样的语气，非常不友好。"

孙希有说："是啊，非常不客气。"

何有说："你们周围的变化，我想你们也知道了。"

孙希罕说："知道，周围的商场都加入奔马公司了，挂上了奔马的牌子。"

何有冷笑道："有什么感想？是世界末日到了吗？"

孙希罕笑了起来。

何有问道："为什么笑呢？值得笑吗？"

孙希罕说："我知道你是针对我们三家的，可这样的所谓谋略未免太低劣了吧。"

何有说："低劣吗？说说看。"

孙希罕说："我当然不会告诉你这低劣之处了。"

何有说："我想忠告你们的是，我并不是针对你孙膑公司和王莹公司的，我的谋略只是针对陈雪雅的。所以我希望你们马上加入奔马公司，否则悔之晚矣。"

孙朴直说："我们之所以从三人公司分出来，为了什么，就是不想身靠大树。"

何有说："可你们为了渡过难关，曾经再次披上了三人公司的外衣啊。"

孙朴直说："那样也不难堪。因为三人品牌是我们三家共同创造的，我们也可以用。不像加入你们奔马公司，加入奔马就等于承认了我们过去奋斗的失败，承认了我们在商界已经向别人彻底投降了，我们自己无法生存了，是要依靠我们过去的敌人——奔马才能生存下去。"

何有说："其实事实就是这样。现在如果你们不加入奔马公司，我看你们的确无法生存下去了。"

孙朴直说："怎么可能呢？我的两个儿子已经成熟，我的孙膑商场也已经赢得了市场的信任，百姓的青睐，所以我们还是可以生存下去的，我们不想加入奔马公司。"

何有说："如果你们加入奔马，我们可以给你们优惠，少要你们一些利润。"

父子三人全都笑了起来。

何有气恼地看着他们："你们笑什么？"

孙朴直说："即使你给我们钱，我们还不愿意加入呢，何况你还要我们的钱呢？"

孙希有说："真是痴人说梦。"

孙希罕说："现在奔马的何有先生有些自我膨胀了，在陈雪雅的可怜下获得了生存的何家父子，刚刚有所好转，就利令智昏了。这样下去对你们没有任何好处。"

何有喊叫着："不许你们这样教训我，我是本市最大的商业集团的总经理，我的成功告诉我，我才是本市最有资格教训别人的企业家。你们没有资格教训我，明白吗？"

孙希罕说:“其实你并不是成功者。”

何有说:“如果说我不成功,我问你,咱们两个公司哪个更大?”

孙希罕说:“论实力,要看真正的实力。”

何有问道:“是资产还是固定资产?是无形资产还是流动资金??”

孙希罕心里想着,你啊,我早就看出来了,你们父子全都是市侩小人,唯利是图的世俗小人。当初,你们为了那保暖内衣要自杀的时候,我就劝说过陈雪雅,千万不能被你们的可怜相蒙蔽,可当你爸爸给陈雪雅下跪的时候,陈雪雅就帮助了你们。我就知道你们都是狼,是没有良心的人,你们一定会恩将仇报的,不会放过陈雪雅的,果然你们现在就开始吃陈雪雅了。

何有气恼地走出门,突然他又回头说:“我告诉你们,这商界也如同自然界,就是优胜劣汰,就是强者生存,你们明白吗?感谢我给你们上了一课吧!”

孙希罕追着何有说:“我也告诉你,通过陈雪雅对我们的帮助,对你们的帮助,我明白了这样的道理:一个人总会遇到困难的,如果自己得到了别人的帮助,就应该回报,而恩将仇报的人是不会再得到别人的帮助的,也会让世人唾弃的。”

何有嘟囔道:“笑话,我们是全市最大的商业集团,我们需要谁的帮助呢?”

第十六章　擒贼擒王

擒贼擒王,奔马公司决定向陈雪雅发动猛烈攻势,要彻底打垮陈雪雅,免得陈雪雅和奔马争夺本市商界第一的宝座。

奔马和无数企业联合,组成松散的联合体,围剿陈雪雅的企业,陈雪雅面临危机。

99

转眼就到了中国的传统节日中秋节,原三人公司的三家代表人物又聚到了一起。

陈雪雅、陈雪松还有陈夫人,孙朴直夫妇及孙希罕、孙希有,王莹和父亲王云舟,大家围着一个大桌子坐着。

桌上摆满了佳肴美酒。

陈夫人端起酒杯说:"来,今天是中秋节,让咱们一起团圆一下。"

几个人全都端起了酒杯。

陈夫人忽然抹了一把眼泪:"唉,我真怀念当初咱们一起创业的日子。咱们就像一家人一样,那样和气,那样团结,没有一点纠葛。"

王云舟叹息道:"可惜陈大哥已经去世了,不然我们可以在一起好好地喝酒。"

孙朴直说:"想起来,都是金钱在作怪。过去我们穷,渴望金钱,于是拼命地奋斗,也没什么外心;现在有钱了,反而都有了外心了。"

陈夫人说:"别这么说,你们分出去也是必然的。现在就是这样,流行一家一个企业。"

陈雪雅说:"妈妈,您落伍了,现在又联合起来了。"

孙朴直说："是啊，合并，重组，联合成趋势了。"

王云舟说："我现在想起来还是联合好。联合起来我们可以共同使用我们三人的品牌，我们不能轻易把那个品牌放弃，那是我们共同创造的财富，是金矿，我们不能放弃啊！"

王莹说："是啊，奔马公司现在销售的就是自己的品牌。奔马那些小公司，为了获得品牌，就狐假虎威，打着奔马的牌子，跟咱们争夺顾客。"

孙希罕说："我看那些小公司也没占便宜，听说他们给奔马上交不少的利润呢。"

孙希有说："何有曾经拉拢我们孙膑公司加入奔马公司，被我爸爸拒绝了，我们知道谁是我们的敌人。"

王莹说："是啊，我们知道这是奔马为了对付陈氏公司采取的计谋。"

陈夫人忽然哭了起来。

陈雪松问道："妈妈，怎么了？这么高兴的日子怎么哭啊？"

陈夫人说："我真高兴啊，朋友就是朋友！当初你爸爸说，他死后，有困难了就请孙朴直和王云舟帮忙。你看还没有请他们帮忙呢，他们就主动帮忙了。这真是路遥知马力，日久见人心啊！"

孙朴直叹息道："唉，分开以后才觉得，友谊比金钱珍贵得多啊！"

王云舟说："是啊，友谊、人情、善良的确比金钱更值钱啊！"

陈雪雅说："你们没有加入奔马，也受到了奔马的包围夹击，也受到了影响，销售额也下降了许多，我感谢你们。"

孙希罕说："我们不会加入奔马公司的。即使他们不要我们的利润，我们也不会加入的。我们知道兔死狐悲这个成语，如果他们消灭了陈氏公司，就该收回奔马的品牌了，我们也会遭到抛弃和狙击了。"

王莹说："是啊，我们知道这是奔马的权宜之计。"

王云舟说："小商人和大企业家的区别在哪里？就在于小商人只是看重眼前利益，一叶障目，不见泰山，为了眼前利益，可以牺牲自己长远的利益。我们不会这样做的，我们希望做大企业家。"

众人全都笑了起来。

陈雪雅说："我建议我们三家重新联合起来，组建三人公司，重新使用三人品牌，你们赞成吗？"

王云舟说："我们早就有这个想法啊，一家干，势单力孤，不能成势啊。"

孙朴直说："好吧，我赞成三家联合起来，成立三人公司，共同使用三人品牌。我希望，我们这次联合不像上次那样，而是三家企业，是松散的联合体，共同使用三人的品牌，共同拥有一个董事会，商量大政方针。但我们不要互相干涉对方的经营怎么样？"

王云舟说："但严格的管理和监督是必要的。为了公司的声誉，为了公司的品牌。哪个公司违反了公司的章程，就要受到惩罚，比如，不能销售假冒伪劣的产品，不能做违反公司章程的事等。"

孙朴直说："好，我赞成。"

陈雪雅说："我看我们应该先把我们三人的品牌捡起来。"

孙希罕说："是啊，那的确是我们的金矿啊，我们不能放弃！"

王莹说："我们和奔马较量，关键是要运用我们的品牌优势。"

孙希有说："可人家奔马的品牌优势，比我们更大啊！"

孙朴直说："根本就不大。要说我们三人的牌子，我想可以超过奔马几十倍。"

陈雪雅说："过去我们曾经创造过辉煌。"

王云舟说："要说我们三人的品牌，的确不比奔马的牌子差。奔马的牌子现在让一些小商店给糟蹋了，我听说一些小商场，花钱买了奔马的品牌，开始兜售假冒伪劣商品，欺骗消费者。"

陈雪雅急迫地问道："王伯伯，真的有这样的事情？"

王云舟说："是我们王莹公司的职员说的，我相信他们说的是实话。"

陈雪雅说："那咱们就从这个点出击，击溃奔马的猖狂进攻。"

王云舟说："好吧，我回去以后再详细地问一下。"

陈雪雅说："拜托了，王伯伯。"

王云舟说："击败奔马是咱们大家共同的事啊，别忘了咱们现在又是一个集团了。"

陈夫人说："是啊，以后咱们又是一家人了。"

陈雪雅说："我看这个集团，就由孙伯伯、王伯伯担任董事长和总经理吧。”

陈夫人说:“好吧,我同意。”

陈雪雅说:“过去我比较固执,坚持自己要当董事长、总经理,结果你们走了。”

孙希罕说:“这个集团,还是由陈雪雅当董事长吧。”

陈雪雅说:“反正也不是一个企业,就是一个松散的联盟,就不必考虑股份的多少了。因为我们并没有共同出资啊,就是以品牌为纽带,结合的一个松散的集团,所以三家的股份都是三分之一,全都平等。”

孙朴直高兴起来:“好吧,我赞同这个提议。”

王云舟说:“好吧,感谢陈家的大度。”

孙朴直说:“既然陈小姐大度,让给我担任三人公司的董事长,那么我就不谦虚了,我就当了。”

孙朴直的兴奋,溢于言表。

王云舟说:“我的身体不好,我们的公司就是叫王莹公司,所以我们家的人选,还是由我女儿担任吧。”

陈雪雅说:“好吧,那就由王莹姐担任总经理吧。”

王莹急忙说:“哎呀,我可不行。现在我们公司的事情,我都忙不过来,如果再加上集团的事情,我恐怕要虚脱了啊。”

大家全都笑了起来。

陈雪松说:“如果你们全都谦虚,那我就不客气了。”

母亲急忙说:“你还是做一些别的工作吧,你不能胜任总经理。”

陈雪松不高兴地慢慢吸着烟。

陈雪雅说:“王莹姐,你必须担任。”

王莹问道:“为什么必须?”

陈雪雅说:“因为,你还没有担任过集团的总经理,应该锻炼锻炼啊,也许你会做得比我好呢。”

王莹说:“好吧,不过我有个提议,就三月,我们轮换一下,好吗?”

陈雪雅说:“好吧。”

孙朴直也无奈地说:“好吧。”

100

彩色的旗帜迎风招展，锣鼓喧天，鞭炮齐鸣。

陈雪雅拿着话筒，喊着："现在，我宣布三人公司正式成立了。由三人公司董事长孙朴直先生、总经理王莹女士剪彩……"

音乐中，孙朴直和王莹拿着剪刀，剪断了红色的绸子。

一群记者蜂拥而上。

记者们没有追逐孙朴直和王莹，却是追逐着陈雪雅。

一个记者问道："陈小姐，原来三人公司是你担任董事长兼总经理，现在为什么改换成孙朴直和王莹了呢？原因是什么呢？"

陈雪雅回答说："原因吗……这个集团和过去的公司不一样了。过去我们是一个紧密的企业，如今这个集团，就是松散的联盟，所以董事长不是按出资多少担任的。"

记者们问道："那么，你们结合到一起，应该说是重新结合，是不是和奔马公司的围剿有关呢？"

陈雪雅说："我们重新结合，为的是发挥我们三人品牌的优势，不针对任何人。"

记者问道："听说奔马公司曾经拉拢过孙膑公司、王莹公司加入奔马公司，而他们没有加入，那么你要他们担任董事长和总经理，是不是对他们的回报呢？"

陈雪雅说："我们集团的章程规定，集团的董事长和总经理，都是轮换担任的，也就是说，是荣誉职务。"

这时，小倩和孙希有急匆匆地走了过来。

小倩和陈雪雅耳语着。

孙希有和父亲耳语着。

陈雪雅急忙走到孙朴直面前："孙伯伯，怎么办？"

孙朴直说："记者全都在这里，正好举行记者招待会，太好了。"

陈雪雅说："好吧，我同意。"

王莹也说："我知道了，就像咱们商量的一样。"

孙朴直大声说道："各位记者，我们的职员，刚才在奔马公司的几个商场买到了假冒伪劣的商品，记者朋友是否愿意乘我们的汽车前去看看呢？"

记者们说："好啊，这真是特大新闻了。"

记者们一个个地上了汽车。

孙希有和小倩也上了汽车。

他们路过了一个小商场，下了汽车。

门前，挂着奔马公司的牌子。

小倩和孙希有指着这个商场说："看啊，这里有假冒的电视机和烟酒。"

记者们蜂拥而入，拍摄着。

商场经理喊叫着："你们是干什么的？"

记者们回答："我们是记者……"

经理喊叫着："快，把他们赶出去……马上关门……"

101

何彤和何有拿着报纸看着。

何彤念着："看，报纸是怎么说的，三人公司重组，大获全胜，奔马公司售假，名声扫地。"

何有喊叫着："这些人，我和他们有协议，不许他们销售假冒伪劣商品，可他们就是这么没眼光，只看眼前利益。"

何彤懊恼地说："我们的名声，让他们这几个小商店给败坏了。"

何有说："我马上驱逐他们，把他们驱逐出奔马公司。"

何彤说："我看应该把他们全部驱逐出奔马公司，也许当初咱们的决策就是错误。"

何有懊恼地说："现在许多媒体都关注这件事情，三人公司也趁火打劫。"

何彤说："马上发表声明，说明那些销售假冒伪劣商品的公司，跟咱奔马公司没有关系。"

何有说："好吧。我还要跟这些公司马上解除合同。"

何彤问道："这么说你的围剿三人公司的计划，就算失败了？"

何有说:“应该说……来日方长啊。”

何彤说:“好吧,儿子,我赞成这样的勇气和智慧。来日方长,别着急,那三人公司就像百足之虫,死而不僵啊。”

何有说:“是啊,况且他们又重新联合起来了啊。”

一个秘书走了进来:“总经理,有几十个记者要求采访销售假冒伪劣商品的事情。”

何有骂着:“这群世俗小人,你光彩了,他们就追着你;你失意了,他们就鞭打你。”

何彤说:“让他们滚……开……”

何有说:“慢,让他们进来,我要接受他们的采访。”

秘书答应着,走了出去。

一会儿,一群记者蜂拥而至。

记者们拍摄着,询问着何彤和何有。

何有说:“所有问题,都由我一个人回答,因为我父亲年纪大了,不能激动。”

一个记者问道:“总裁先生,听说技术监督局要处罚奔马公司是吗?”

何有说:“我想说的是,销售假冒伪劣商品的并不是我们奔马公司。”

记者问道:“可那商场确实挂着奔马的牌子啊。”

何有说:“那是我们松散的联合体企业,我们有合同,如果他们在销售上出现问题,由他们自己负责。”

记者问道:“这样说来,奔马的领导不对这些销售假冒伪劣产品负责了?”

何有说:“我们马上采取措施,和这些小商场断绝关系,将他们驱逐出去。”

102

王莹急匆匆地走进陈雪雅的办公室,一脸焦急的样子。

陈雪雅问道:“王莹姐,咱们商场销售情况怎么样?”

王莹说:“自从媒体给奔马曝光以来,咱们三人公司的几个商场,全都销售得非常好。”

陈雪雅说:“真是天赐良机啊!”

王莹拿出报纸,递给陈雪雅说:“可何有竟然拒绝承担责任,说这不是他们奔马公司干的事。”

陈雪雅看着报纸:“咱们出钱聘请律师,帮助消费者打官司,起诉奔马公司的领导层,要求他们公开向全市人民道歉并赔偿消费者的损失。”

王莹说:“好啊,这一招的确高,可以让奔马进一步丢脸。”

陈雪雅说:“擒贼擒王嘛。为什么只处罚追究那些小商场的责任呢?问题的关键在奔马,是他们管理得不好嘛。”

王莹说:“好吧,我看,还应该召开记者招待会,帮助记者分析问题。”

陈雪雅说:“我看,我们可以化名写文章,公开谴责奔马公司的领导,把他们搞臭。”

王莹表态说:“我赞同。”

陈雪雅说:“还是你写文章吧,你的文章好。”

王莹说:“你才是女才子啊!”

孙希罕走进来:“我爸爸让我询问一下,咱们下一步怎么办? 还用不用开会。”

陈雪雅说:“我们两个正在商量呢,要组织律师,帮助消费者打官司,起诉奔马公司的领导层,并向购买了假冒商品的消费者赔偿损失。”

孙希罕说:“好啊,我赞成。”

陈雪雅说:“咱们几个商场,千万不能进假冒伪劣商品啊!”

孙希罕说:“只要咱们不将那些不讲信用的小商场招进来,三人公司的牌子就不会倒。”

陈雪雅说:“树立一个品牌不容易,要花费无数的心血、金钱、智慧,但是要糟蹋一个品牌,只要一个假冒伪劣的商品就可以办到。”

孙希罕赞叹着:“高论。”

第十七章　避实就虚

陈雪雅和孙朴直、王莹继续向奔马发动反攻。

假冒伪劣商品事件，让奔马失去了销费者，并赔偿1800多万元的损失。奔马的总裁焦头烂额。奔马变得一钱不值，一落千丈。

103

秋天的凉意已经很明显了。何彤从窗户里向外面望着，秋风将那些发黄的叶子扫落下来，又将那些叶子卷起来，那可怜的叶子就在空中飞舞着，院子里一片萧瑟。

何彤不禁打了个激灵。唉，秋天，深秋是他最不喜欢的季节了，因为深秋是走向衰败的季节，没有绿色，只有萧瑟。

何有将一张报纸递给了父亲。

何彤看着报纸，愤怒地说："有这么多消费者要求奔马公司赔偿。"

何有说："没想到啊，数目太多、太大了啊！"

何彤说："人家还要求赔偿精神损失。"

何有摇头："购买了假冒伪劣商品，应该由那几个小商场赔偿。"

何彤说："唉，现在的消费者啊，真不好对付啊！"

这时，电话响了起来。

何有拿起电话："喂……"

电话里传来焦虑的声音："总经理，现在商场没法开下去了，来了无数的消费者，要求退换商品。"

何有坚持说："不换。"

那个声音说："不换人家就不走。"

何有说:“我马上去。”

何彤摇了摇头说:“这就是副作用,这个效应太不好了,咱们也许就毁在这个假冒伪劣商品上了。”

在奔马公司的大商场里,围了无数的消费者,他们举着商品,有人甚至是把电视机、空调也搬来,要求奔马公司退货。

人们喊着:“退货,退货……我们要我们的钱……我们要我们的钱……”

经理汗津津地对大家说着:“你们别这样,你们购买的商品都是真的,我保证……我发誓……”

人们喊着:“我们不相信你们……”

何有走了进来。

经理急忙走近他说:“总经理,你看,怎么办啊?”

何有说:“我向大家解释。”

他站在高处,喊着:“我是奔马公司的总经理,何有……”

人们立刻围上他:“你马上把我们的钱还给我们……你这骗子……”

何有声嘶力竭地喊着:“各位女士……先生……你们听我解释……这次发生的假冒伪劣事件,并不是我们奔马公司的大商场,而是那些小商场,他们不讲信誉,私自购进假冒伪劣商品,欺骗消费者,我们已经和他们解除了合同……”

人们喊着:“那几个小商场的经理,全都携款逃跑了,你知道吗?”

何有惊愕地说:“不知道。”

人们越来越焦躁不安了:“所以你必须赔偿我们的损失。”

何有的嗓子几乎喊破了:“我们已经跟他们解除了合同,这是我们的声明……这个声明……已经开始生效了……”

人们喊着:“我们不管……我们就是看着奔马的牌子买的商品……你们必须赔偿……”

何有说:“那些假冒伪劣的销售者欺骗了你们,你们却要找我算账,这太不公平了……”

人们说:“我们不管……是你们奔马的牌子欺骗了我们,谁让你们奔马公司和这样的商场达成协议呢？让他们挂你们的牌子呢？”

一个老人说：“我就不相信，你们没有在这些小商场中得到好处。”

何有喊着：“我们要警惕三人公司派人来这里浑水摸鱼……保安……严格清查……三人公司的人……”

消费者喊着：“我们不管这些……我们就要我们的钱……还我们的钱……”

人们喊着：“奔马公司的商品全都是假的，凡是在奔马购买的商品……全都不能用……”

何有指着那个人说：“你这是胡说，我保证我们奔马公司大商场销售的商品全都是真的，没有假冒的，我保证……”

人们问道：“你保证……哪个为你保证呢，你这奸商……骗子……”

何有说：“我的公司为我担保，我们奔马公司可是本市最大的公司啊！”

人们说：“那都是欺骗消费者……”

何有说：“不，不，我们真的没有欺骗过消费者，我发誓。当然也有错误，比如，和这些没有信誉的小商场结盟，并且允许他们使用我们奔马的牌子，结果让他们败坏了我们奔马的信誉、品牌，这个教训是深刻的，我应该检查……”

人们说：“你检不检查跟我们没关系，我们就要退货，那是我们的血汗钱……还我们的钱……还我们……”

何有说：“我觉得这有些不合理。比如一个人杀人了，应该是这个人死罪，为什么要杀死这个罪犯的爸爸呢？”

人们说：“我们不杀死你，我们就要求赔偿，你儿子欺骗了别人，他逃走了，你这监护人应该赔偿吧？”

何有说：“其实，我们并不是父子关系，我们就是松散的联盟啊！”

人们说：“可他们使用的是奔马的牌子啊。”

何有说：“我们是一个集团，但他们还是自己经销，自己管理，我们就收取一些管理费。”

人们说：“谁让你们把奔马的牌子卖给他们呢，你们从中受益了，就应该承担责任。”

何有说：“啊，我太冤枉了啊……”

人们喊着说："你今天不赔偿，我们就不走……"

何有说："好吧，你们就打官司去吧，如果法院判决我们赔偿，我们就赔偿。"

人们喊着："不让他走……"

几个保安冲了进来，把何有保护出去。

但是，很快人们再次围拢住他，喊着："赔偿我们的损失，你这骗子……"

愤怒的人们，开始殴打何有。

商场的工作人员和保安，急忙保护何有。

愤怒的人们又殴打保安。

保安喊着："这是犯罪……你们……这是犯罪……"

何有被保安和工作人员护卫着从人群里逃了出来。

满脸伤痕的何有躺在商场后面的沙发上呻吟着。

经理说："还是上医院吧。"

何有说："怎么出去啊。"

经理说："走后门。"

保安说："后门也被人们堵住了。"

何有说："没想到有这么多人购买了假冒商品。"

经理说："太多了，太多了啊，足有几百万的商品了。"

保安说："其实，从第一天起，他们就销售假冒商品。"

经理说："这些人和咱们签订合同，就是为了销售假冒商品。"

何有愤怒地喊叫道："你们为什么不早说？"

经理说："我们也是……刚刚知道的啊，没有想到，问题这么严重啊！"

何有砸着沙发："这些市侩小人，把咱们奔马毁了啊……"

经理说："是啊，咱们奔马公司就毁在这些小人手里了。"

何有说："唉，这是教训啊。"

这时，几个记者蜂拥进来："何有先生，您刚才被愤怒的群众打了吗？"

何有说："我怀疑，有坏人在捣乱。"

记者问道："您就不检讨检讨自己的责任吗？"

何有说:“我的责任?我已经检讨了,我的责任就在于……把那些没有信誉的商店拉到了我们的集团,结果是害了别人,又害了自己啊。”

记者问道:“那么开始你们为什么那么做呢?急匆匆地不做调查,就把全市几乎所有的商场,全都拉到奔马的怀抱里呢?”

何有搪塞着:“我们当然是为了扩大我们的影响,还有就是帮助那些小企业,带动全市商业企业的销售。”

记者问道:“听说,你们是为了围剿三人公司的陈雪雅?”

何有说:“不,不,不是这样的。”

记者说:“俗话说,害人之心不可有。害人也就害了自己,这件事情,是否说明了这样一个道理呢?”

何有愤怒地吼叫着:“不是……不是……给我出去……”

经理说:“别这样对待记者。”

何有说:“我不相信,依靠记者会发财。”

104

陈雪雅穿着白色的运动服,在萧瑟的秋风中跑着,跑了一圈,有些微汗,她感觉周身血液循环加快,舒服了很多。这才回到了办公室里。

王莹和孙希罕正在看报纸。

王莹念道:“看,记者们是怎么评说奔马的:奔马掌门人恼羞成怒,被骗消费者怒不可遏,结果打成一团。”

孙希罕和陈雪雅全都挤到王莹的身边看着。

陈雪雅说:“啊,何有坚决不退赔,怪不得消费者恼羞成怒呢。”

孙希罕说:“关键是那些销售假冒商品的小商店的经理,全都跑了,消费者无处退赔,只得找何有算账了。”

王莹说:“这是何有自己种的恶果,自食恶果吧。”

孙希罕说:“我看,奔马要彻底栽在这个假冒商品的事件上了。”

王莹说:“是啊,我看用不了几天,奔马就会彻底栽倒了。”

这时,小倩走了进来。

陈雪雅和王莹看着她问:“情况怎么样?”

小倩说："我走遍了奔马的几个大商场，全都一样，只有要求退赔的，没有购买商品的了。"

陈雪雅说："好吧，谢谢你，下去吧。"

小倩走了出去。

陈雪雅看着王莹："下一步该怎么做？"

王莹说："你们说吧。"

孙希罕说："雪雅是女诸葛，还是她说吧。"

陈雪雅笑着说："诸葛可是男人啊。就你是男人，你就先说吧。"

孙希罕说："我看我们切莫再做东郭先生了，应该乘胜追击。"

王莹问道："现在如何乘胜追击呢？好像咱们无法插足啊。"

孙希罕说："咱们不是花钱替那些消费者聘请律师了吗？那就是插足啊。"

陈雪雅说："是啊，争取聘请最好的律师，请全国闻名的律师，争取打败奔马。"

王莹说："是啊，这也是义举啊。为消费者聘请律师，是咱们为全市消费者做的一件好事啊。"

孙希罕说："别担心奔马反对，恼羞成怒。当时他们就是为了整治咱们才那样做的，把小商场全都拉到自己的门下，对陈氏公司形成围剿之势。咱们千万别可怜、同情何有这种人。"

王莹说："是啊，何家父子是狼，千万不能同情他们。"

陈雪雅说："我知道，你们是针对我说的，你们担心我同情他们？"

孙希罕说："是的，就是针对你说的。"

陈雪雅说："好吧，我发誓，决不同情他们。我同情的是消费者，他们购买了假冒商品，理应得到赔偿。"

王莹说："我估计，这官司打下来，奔马就应该赔偿几百万，另外奔马的名声就彻底扫地了。"

孙希罕兴奋地说："那可太好了，这全市的商界少了奔马，可就安定了。"

陈雪雅说："那可不一定。"

王莹说："到时，咱们就开始争斗了是吗？"

陈雪雅说："也许吧。"

孙希罕说："不过我相信，那时咱们的争斗，也不会像和奔马那样残酷。"

105

何有垂头丧气地走进父亲的房间。

父亲问道："官司怎么样了？"

何有低声说："判决咱们败诉。"

父亲恼怒地问道："什么，咱们败诉？"

何有说："是啊，咱们败诉。"

父亲问道："那几个逃跑的经理抓住了吗？"

何有说："还没有。听说他们跑出国门了。"

父亲问道："他们骗人，凭什么让咱们赔偿？"

何有说："凭什么，凭他们打着奔马的招牌。"

父亲问道："那需要赔偿多少？"

何有说："现在知道的，就已经有 1864 万元了。"

父亲激动起来，不停地在地上踱步，然后狠狠地挥舞拳头，骂着："浑蛋……王八蛋……"

何有劝说着父亲："爸爸，别这样，这是小数目，对于咱们这样的大公司来说不算什么。"

何彤说："我是觉得窝囊。"

何有说："我也觉得窝囊。可没有办法，谁让咱们把他们全都招到门下了呢？"

何彤说："关键的问题是，咱们以后的名声就完了，我煞费苦心建立起来的奔马品牌，一夜之间就瓦解了，崩塌了啊。"

何彤说着，又喊起来："浑蛋啊……"

何有说："爸爸，这没有什么，咱们可以东山再起啊。"

何彤说："哪有那么容易啊。一个企业，名声就是这个企业的前途、未来;没有了名声,就没有了前途、未来啊!"

何有说:"全都怪我,唉!"

何彤到这时,好像已经想通了似的,又劝说起儿子来:"得了,别想了。其实我也有责任,未能尽快地把陈氏公司击败,咱们的确是利令智昏了啊!"

何有说:"我觉得,咱们并没有错。"

何彤说:"是啊,和对手斗争,有什么错呢?"

何有说:"错就错在咱们的智谋上。"

何彤说:"对,咱们这个围剿不但没有成功,反而是赔了夫人又折兵了啊。"

两个人全都笑了起来。

何有说:"爸爸,我发现您比我乐观。"

何彤说:"是的,我们这一代人,经受的苦难、坎坷比你们多多了。我们当年那么困难都过去了,咱们现在还有一个上亿资产的大企业,还有那么多商场,咱们还担心什么呢?!"

何有说:"是啊,爸爸,别担心了,咱们今天喝酒去。"

父亲说:"走,喝酒去,哈哈……"

106

奔马商场里,格外冷清,只有售货员,没有一个顾客。

何彤和何有走进了商场。

商场经理急忙向他们走来:"董事长,总经理。"

何彤问道:"一直这样冷清吗?"

经理说:"对,一直是这样冷清。"

何彤叹息道:"没想到我何彤竟然也到了山穷水尽的地步了。"

何彤伤感地抹着眼泪。

何有说:"爸爸,别担心,会好起来的。"

何彤说:"我知道,你是在安慰我。一个企业如果毁了名声,就像姑娘毁了脸,很难再嫁出去了。"

何有说："不会的，爸爸，现在不是过去，即使破了相，通过整容，也会让脸重新变得美丽的。"

何彤说："谈何容易啊！"

何有说："爸爸，我已经想好了，咱们一定可以东山再起。"

何彤问道："快说，什么主意？"

何有说："就是……唉，其实，也没什么新鲜花样，就是大张旗鼓地宣传我们的企业，告诉消费者，销售假冒商品的，并不是我们奔马，而是那些……挂着奔马牌子的小商场。如今那些小商场不再挂我们奔马的牌子了。"

其实何彤心里也明白，百姓们知道各个大企业的历史，可他们就是这样，一旦认准你这个企业不好，就会不理睬你了，这就是百姓的脾气。看来百姓就是上帝，消费者就是上帝这话一点不错。上帝千万不能得罪啊！这是他 20 年经商的深刻体会。

两个人又走出了商场。

经理追出了门问道："大家都传……奔马要裁员了？"

何有看着父亲。

何彤说："裁员，怎么会呢。反正我们实行的是效益工资，没有赢利，我们就不发工资。"

经理说："那还不如裁员呢。"

何彤说："好吧，有愿意辞职的，可以回家。"

第十八章　金蝉脱壳

奔马公司为重塑形象，做起了公益事业，建过街天桥，免费培训下岗职工……

同时他们将战略重点转移到房地产上，决定开发富人小区。

107

与奔马公司的冷清相比，三人公司的商场却是一片火暴，商场里挤满了顾客，各处都能看见拿着钱排队付款的人们。

陈雪雅问道："王莹姐，这几天的销售怎么样？"

王莹兴奋地说："哎呀，大幅度增长啊，哈哈……"

陈雪雅说："是啊，我的商场也是如此。自从奔马出事以后，我商场的营业额就以20%的速度增长，几乎天天增长，这营业额直线上升。"

王莹说："是啊，奔马不好，百姓就到咱们商场购买商品了。"

陈雪雅说："百姓购物，选择的首要条件就是没有假冒伪劣商品的商场，这就是信誉。"

王莹拿出报纸说："看，何有又在报纸上大做广告了。说销售假冒商品的全都是小商场，他们已经不允许那些小商场挂奔马的牌子了，哈哈……"

陈雪雅说："短时间内，这样的广告不会起作用的。"

王莹说："我猜也是的。"

这时，陈雪松走了进来。

王莹站起来："我走了。"

陈雪雅看着她："别走，这是何必呢？"

王莹重新坐下："好吧，就再坐一会儿吧。"

陈雪雅悄悄地走了出去。

陈雪松看着她:“王莹,相信我,已经悔改了。”

王莹说:“就像这广告,人们已经不相信广告的作用了。”

陈雪松突然跪下:“王莹,我向你道歉。”

王莹的眼泪流了下来。陈雪松抓起王莹的手,亲吻着。王莹抽回自己的手。

陈雪松说:“相信我,王莹,我真的戒毒了。”

王莹飞快地跑了出去。

陈雪雅从里面的房间走了出来。

陈雪松说:“唉,她还是不相信我。”

陈雪雅说:“你给她带来的创伤太重了。”

陈雪松说:“可是我已经悔改了啊。”

陈雪雅说:“好像理全都在你这里,你想犯错就犯,想改就改,人家呢,只有接受的分。”

陈雪松说:“我悔改了,难道她还不能原谅我吗?”

陈雪雅说:“这需要一个过程。”

陈雪松说:“我看她已经有别人了。”

陈雪雅说:“不,还没有。”

陈雪松说:“得了,我还不如再找一个姑娘呢,何必永远等着王莹呢?”

陈雪雅说:“首先,你对不起人家,要是再不真诚,人家为什么要接受你呢?”

陈雪松喊叫道:“好吧,我们都忘记对方,这是最好的结局。”

108

何家父子俩一天也睡不安稳,每夜都噩梦缠身,梦境几乎都是一样的,就是梦见奔马公司破产,家里所有的物品都被查抄,父子俩流落街头。

这天,父子俩吃完饭,继续讨论奔马公司的前景,何有说:“爸爸,咱们的广告,还是不起作用,这100万算白花了。”

何彤说:“不一定白花,我看也许在百姓心里,会激起了一点波浪呢。”

何有说:“可这波浪,还没有达到推动百姓到奔马购物的程度。”

何彤说:“别着急,别着急,我也变得慢性子了,哈哈……”

何有说:“我觉得,现在咱们奔马的形象在百姓的眼里已经完了,我们应该重塑奔马的形象。”

何彤说:“咱们花100万做广告,不就是重塑奔马形象吗?”

何有说:“我看原来的路子走不通,就绕开原来的路子,来一个避实就虚的方法,重塑奔马形象。也花100万元,就可以事半功倍,达到1000万元的效果。”

何彤问道:“避实就虚……怎么个避实就虚呢?详细说说看。”

何有说:“我想好了,咱们应该多做一些公益事业,重塑奔马的公众形象。”

何彤点头:“啊,我赞成。到底干什么呢?”

何有说:“我已经想好了,选择百姓最喜欢最盼望的事情干,让百姓高兴,这样百姓就会感谢奔马,奔马就可以在百姓心中重新矗立起一座丰碑了。”

何彤说:“好啊,我赞成,我赞成。你就选择项目吧,咱们投资。”

109

孙希罕急匆匆地走进三人公司,对陈雪雅说:“雪雅,你看,奔马又有新花招了。”

陈雪雅问道:“哦,什么新花招?”

孙希罕说:“走,跟我看看去。”

两个人走出了门。

孙希罕和陈雪雅走上了过街天桥。

电视台的记者正在拍摄,一个主持人正在采访何有。

何有站在天桥上,得意地说:“过去我们市没有过街天桥,只有斑马线,百姓希望建过街天桥,可城市建设经费有限,这就需要我们这些企业作一些贡献。我们奔马公司,急百姓之所急,市长之所急;想百姓之所想,市长之所想,投资100万,建立了这座过街天桥,目的就是让我们的百姓更方便,让城市更现代。我们奔马的理想就是让全市百姓幸福、快乐、安康。”

孙希罕对陈雪雅说:“这小子,真会说。”

陈雪雅说:“奔马花了100万,就在本市最繁华的地区,建立了一个永久性的广告牌,划算啊。”

孙希罕说:“是啊,你看,上面写什么,奔马桥。”

陈雪雅说:“其实,在这里购买一个广告牌,几年下来,也是100万,何有还是会算账啊。”

孙希罕说:“真是狐狸精啊。”

陈雪雅说:“这个人的确不简单。”

孙希罕忌妒地说:“你还夸奖他。”

陈雪雅笑了起来:“他如果真能从这个泥潭爬出来,真的不简单!”

孙希罕骂着何有:“他是个魔鬼。”

这时,他们听见何有在话筒前边又说出另一个打算:“我们打算开办免费培训班,培训我们市的下岗职工,培训的内容包括缝纫、厨师、美容等,全都是百姓日常需要的技能,为的是让这些下岗职工掌握一门生活就业的本领。”

那个女主持讨好地问道:“奔马公司做这些事情,不赚钱吧?”

何有哈哈地笑起来:“我们做这些公益事业,不为赚钱,还要赔钱的。”

主持人问道:“那是为什么呢?”

何有说:“问得好,我们为什么要这么做呢?”

何有思索起来。

孙希罕在一旁插嘴说:“人做了坏事,总想着再做好事,扭转人们对自己的坏印象吗?”

何有斜睨了他一眼:“不,我们奔马公司从来没有做过坏事,如果说失误的话,那就是允许那些小商场加入了我们奔马公司,而又疏于管理,造成了一些小企业销售假冒伪劣商品。”

孙希罕讥讽道:“知道,承认就好。”

何有气恼地说:“可这并不妨碍我们为百姓做好事啊!我们为百姓做好事,为的是什么呢?人们总是用商人的目光来衡量这些事情,好像商人捐助、奉献,也是为了商业利益。其实,错了。商人的公德并不比一般百姓差,所以百姓能够做的事情,我们商人也应该做到。”

孙希罕摇着头说:“虚伪。”

陈雪雅拉着他走远了。

两个人在繁华的路上走着。

陈雪雅问道:“你这是何必呢?”

孙希罕问道:“怎么,我不该揭穿他吗?”

陈雪雅说:“我知道,他这是在重塑奔马的公众形象。”

孙希罕问道:“你说会成功吗?”

陈雪雅说:“我觉得,任何投资都会得到回报的。”

110

奔马商场依然冷清,何彤和何有在商场里踱步时的心情也和过去繁华时大相径庭。何彤过去在自己的商场踱步,犹如国王在检阅自己的国土,而今天好像是清点物品等待着商场被拍卖和清盘。

经理在后面紧紧跟随。

何彤感慨道,过去我们商场是熙熙攘攘,人们拥挤着,快乐地购物,可如今……

何彤又增添了几分悲哀的神情。

何有说:“别着急,爸爸,别为这个伤了身体。”

何彤问道:“你那个重塑奔马形象的计划,也没得到回报啊?又白花了那么多钱。”

何有说:“不对。刚才报纸登了,说经过调查,我们奔马的公众形象已经从销售假冒伪劣商品,变成关心城市建设,关心下岗职工,关心百姓生活了,越来越好了。”

何彤说:“我觉得,我们只要不间断地在这方面投资,一定会有所回报的。”

何有说:“爸爸,下面我想出台另外一个计谋了。”

何彤看着儿子。

何有左右看了一下,低声说:“就是在报纸、电视上做广告,发动百姓来奔马购买假冒伪劣产品。”

何彤板起脸颊:“胡说,还说有假冒伪劣产品吗?我们奔马从来就没有假冒伪劣产品。”

何有笑了起来:“爸爸,您误会了。”

何彤问道:“那是什么意思?”

何有说:“这是计谋,就是惹起百姓的注意,我们出 100 万,凡是在奔马商场购买到假冒伪劣商品,奔马公司就奖励这个消费者 100 万元。”

何彤说:“啊,这个点子不错。”

何有说:“我的意思就是告诉百姓,我们奔马根本就没有假冒商品。凡是购买了假冒伪劣的产品,我就奖励你 100 万元。”

何彤说:“好点子,干,马上在报纸、电视上登广告。”

何有说:“广告永远有效。”

何彤坚定地说:“对,永远有效。”

何有对经理说:“听见了吧,凡是在我们的商场购买了假冒伪劣的商品,我们就要付出 100 万元。”

经理急忙点头,奉承道:“好主意。”

何彤说:“主意虽好,可我们真的有那个承受能力吗?”

何有问道:“经理,你说呢?”

经理说:“我保证,没有一件假冒伪劣的商品。”

何彤说:“没有假冒的容易,可没有劣质的商品,可就不容易了。”

经理说:“肯定没有。”

何彤说:“如果有了,我可就要开除商场所有的职工。”

经理说:“董事长尽可放心。”

何彤说:“好吧,我等着好消息。”

焦急地等待,是最让人难受的。经过难熬的一天,奔马公司的广告终于见报了。

何有拿着报纸对父亲说:“爸爸,看,咱们的广告登出来了。”

何彤看着,念着:“啊,好,只要在奔马所有的商场购买到假冒伪劣商品,就可以获得100万元的奖励。注意索要票据,没有票据无效。”

何有说:“爸爸,咱们再上商场看看去吧。”

何彤说:“我相信,商场一定会熙熙攘攘的。”

这时电话响起。

何彤拿起电话。

经理急切地声音:“董事长、总经理,咱们的大门已经被挤破了。”

何彤兴奋地笑了起来:“哈哈……我就盼望这一天呢……哈哈……”

何有悄悄地走了出去。

111

奔马商场重新恢复了热闹,聚集了人气。

何彤和何有观看着顾客,神情喜悦、兴奋。

何彤说:“没想到,我何彤再次渡过了难关,逢凶化吉,走出泥潭啊!”

何有附和着笑着:“是啊,爸爸,是爸爸有福气啊!”

何彤说:“什么是我有福气,是我有一个智勇双全的儿子啊!”

何有谦虚地说:“还不是爸爸您的影响吗?!”

何彤得意地笑着。

两人走了出商场,坐上了汽车。汽车急速行驶着。

窗外,树上的叶子已经被秋风吹得干干净净,只有光秃秃的树枝在秋风中颤抖着。但那些爱美的年轻人的服装,依然艳丽。姑娘们的花裙子,在这深秋中显得越发醒目。

何有专注地注视着窗外那些姑娘,心中泛起一丝涟漪,自己也该有个家了。可自己没有爱着的姑娘,也没有爱自己的姑娘。有人说,人每天都想着金钱,就会失去人性。也许是真的吧。为什么自己不会爱了呢?难道自己真的失去了人性了?还是被金钱彻底异化了呢?他想起来了,自己已经很久没有去那个艺术村了,还是应该去啊,只有到了那里,才能找回自我。父亲捅了儿子一下,何有这才将思绪转到车里。

何彤说:“咱们不能把自己永远拴在商业和制造业上,应该多条腿走路。”

何有说:“是啊,世界上的大财团,全都是多条腿走路。”

何彤说:“你看,咱们还应该在哪方面投资呢?”

何有说:“要说赚钱,还应该是房地产。”

何彤笑了起来:“哈哈……咱们父子又是不谋而合啊!”

何有也兴奋起来:“怎么,爸爸也是这么想的?”

何彤说:“是啊,我也是这么想的啊!”

何有问道:“那咱们先在哪里开发呢?”

何彤说:“市中心地带,已经没有地方开发了,我看还是在外围吧。”

何有说:“外围……会不会不好销售呢?”

何彤说:“不好销售?那是别人开发的房屋,咱们奔马公司开发的房屋,没有那样的问题。”

何有问道:“还是因为咱们奔马的名气吗?”

何彤说:“不单纯是名气,关键的问题是咱们决策科学、合理。”

何有暗自发笑。

何彤斜睨了儿子一眼:“怎么,你不这么认为?”

何有急忙点头说:“是这样。”

何彤矜持地一笑。综观那些销售不畅的房产,全都是因为决策有问题。比如,现在的百姓,需要的是小户型,可他们却要盖中户型,百姓根本买不起。可那些有钱人呢,又愿意买大户型,但又没有。他们是以不变应万变,这怎么能行呢?他们想永远一种房子应对天下人,这怎么能行呢?在外围开发房屋,费用低,地价相对低,这就可以开发大户型,豪华型甚至是复式跃层,这样的房子是针对有钱人的,特别是那些有汽车的人。那里空气好、安静,特别适于居住,他们还有汽车,远一点怕什么呢?”

何有也觉得,百姓不愿到外围去,他们没有汽车。

何彤更坚定了自己的打算,盖房子不能面对普通百姓,普通百姓没有钱。可我们有那么多顾客吗?

何彤心动了一下。

112

郊区的土地上,还带着残留的玉米秆,偶尔还有顽强地在秋风中抖动的小草,生命力旺盛的秋虫,随风飘飞的干瘪的玉米叶子。

铲车隆隆地响着,把土地挖成一个一个的大坑,也将那些生命的残余物埋葬在冰冷的土坑里。

何彤和何有站在一旁,欣赏地看着那些铲车。

一群记者蜂拥而来,他们围着何彤和何有拍摄着。

一个记者问道:“请问,这个小区是本市最大的小区吗?”

何彤傲慢地说:“当然,我何彤建就建全市最大的小区,最大、最好,是我们奔马的一贯追求。”

记者问道:“这个小区有别墅吗?”

何彤说:“当然有,有200套别墅,每个别墅面积在200平方米至450平方米。”

记者问道:“本市有那么多富人吗?”

何彤回答:“当然。据统计,本市100万元以上的富人就有1万人。”

记者说:“可他们已经有房子了啊。”

何彤说:“他们还可以有房子,还可以拥有10套房子,因为他们有钱嘛。”

记者问道:“可现在最需要房子的是百姓,你们为什么不建一些百姓需要的房子呢?”

何彤说:“那是政府做的事情,政府有经济适用房,这是给百姓预备的。而商人是为了赢利才建房子的,这和政府的出发点不一样。”

何有捅了父亲一下。

何彤不高兴地说:“我谈的是商业规律,这没有什么,开发商如果不赚钱,就不会投资。”

记者问道:“可奔马号称最注重公众形象的啊,比如建过街天桥,办免费的下岗职工学习班。”

何彤说:“这和赢利不矛盾,如果我们总是不赚钱,那我们也拿不出钱来做公益事业。”

记者问道:“那为什么不在这里建一些百姓需要的价格低廉的房子呢?

为什么要面对富人呢?”

何彤气恼地说:“你们啊,总是纠缠不清。我告诉你们,这个小区,就是面对富人的,面对穷人的房子,由政府开发,明白吗? 商人不会开发面对百姓的不赚钱的小房子,价格低廉的房子,明白吗?”

记者故意问道:“商人为什么就不能为百姓考虑呢?”

何彤说:“不是我们不为百姓考虑,我们考虑的是赚钱,明白吗?”

记者们故意笑着。

何有说:“还是我来回答吧。”

记者们全都围上了何有。

何彤不满地说:“你说什么,我还没说完呢。”

何有低声对父亲说:“爸爸,应该注意公众形象。”

何彤说:“我不过是实话实说罢了。”

何有说:“赚钱的事,不应该在记者面前说。”

何彤说:“赚钱天经地义,这有什么呢?”

何有说:“还是我说几句吧。我们奔马公司,历来把公众利益、百姓利益放在第一位。比如,我们在市中心建了座过街天桥,投资100万;我们还投资100万办了下岗职工免费培训班;我们还投资100万设立奖金,凡是购买了奔马的假冒伪劣商品,就可以获得100万元的奖励。”

有记者问道:“那是否是权宜之计呢? 因为奔马在公众形象不佳的时候就注重公众形象,而在赢利以后,就不注重自己的公众形象了呢?”

何有说:“不,怎么会呢? 我们历来把公众形象、公众利益放在第一位。”

何彤气恼地走出了工地,坐上了汽车。

何有还在工地诡辩着:“我们奔马之所以变成全市最大的商业企业,原因就是全市百姓的支持和厚爱,我们不能忘记全市百姓的恩惠。”

记者问道:“既然如此,你们为什么不在这个小区建一些价格低廉的适合百姓需要的小户型呢?”

何有说:“我们还会继续开发的,继续面对百姓开发房屋的。”

何有也神情不快地走出工地,坐上了自己的奔驰。

第十九章　假道伐虢

三人公司也看到了房地产市场的暴利，决定立即开发房地产市场。

奔马恼怒三人公司的跟随，决定再次围剿三人公司，他们购买了三人公司小区周围的土地，试图将自己开发的小区连成一片。

他们堵塞了三人公司小区的所有道路，逼迫三人公司将小区卖给他们，三人公司的销售受到影响。

113

转眼就到了冬季，雪花飘落在大地，大地变得一片洁白了。那些干秃的树枝上，挂满了雪，煞是好看。

陈雪雅看着落地窗外那漫天的雪花，一副痴呆的神情。哦，雪花，你是那么纯洁，那么美丽，有你在，那些龌龊的东西应该感到羞耻啊！

秘书提醒她，马上要开会了。

陈雪雅回头，发现董事们都来了。

陈雪雅坐到自己的位置上，说："大家都知道了，奔马公司已经将重点放在了房地产开发上，我们三人公司也不应该错过这个机会。"

王莹说："我同意。房地产开发是最赢利的行业之一，而我们经营的商业，利润越来越低，就是那保暖内衣和陶瓷，也不赚钱。"

王云舟说："听说房地产开发，投资巨大，咱们这样的商业公司恐怕没有那么大的实力吧？"

孙朴直说："我也听说了，那奔马公司贷款几个亿呢。"

王云舟说："是啊，奔马资产上亿，我们三家公司加在一起才有亿元资金，所以我们恐怕不能搞房地产开发。"

孙朴直也说："是啊，房地产开发，如果销售得好，就赚钱，可销售不好呢，恐怕就要赔啊。"

孙希有说："我同意爸爸的观点，我们孙膑公司，不同意开发房地产。"

王云舟看着女儿。

王莹说："爸爸，咱们不能保守，您总是说，经商就是冒险，让女儿冒一次险吧。"

王云舟点头："好吧，女儿，爸爸支持你冒险。"

孙希罕对父亲说："爸爸，您就和两家一起开发房地产吧，现在房地产开发方兴未艾，正是热潮，如果晚了，咱们就要落伍了。"

孙朴直说："我的经验告诉我，凡是为了赶潮流而上马的项目，全都会随着时间的推移而降温，进而亏损。"

孙希有说："爸爸说得对，比如……"

孙希罕反驳说："哥哥，你能不能有些自己的思考。"

孙希有说："自己的思考，爸爸就是我的大脑。不，我就是听爸爸的，爸爸怎么说，我就怎么做。"

大家全都笑了起来。

孙希罕说："那你们就把我的股份分出来，我把股份加入陈雪雅的公司，我们共同搞房地产开发。"

孙朴直惊愕地看着儿子："怎么，你要分出去？"

孙希罕说："是啊，我想自己经营公司，我不想跟着爸爸这样因循守旧地干下去了。"

孙朴直气恼地对儿子喊叫起来："你这畜生，竟敢说你爸爸因循守旧，真是没教养。"

孙希有也骂着："弟弟，你真是个叛徒。"

孙希罕说："当初你们从三人公司分出去，雪雅也没骂你们叛徒，如今我想分出去，你们就骂我是叛徒，这未免太不公平了吧！"

孙朴直说："我和陈雪雅是什么关系，我和你是什么关系，这能一样吗？"

孙希罕说："什么关系，还不是一样的吗？！"

孙朴直气恼地给了孙希罕一个耳光。

孙希罕捂住自己的脸喊叫着:“我是你儿子,但你也必须尊重我,我们都是一样的人。”

孙朴直笑了起来:“胡说,我是你爸爸,怎么会和你一样呢?”

孙希罕说:“我就是要把我的股份分出来,再也不跟你们俩合作了。没有创新,没有想象,没有诗情画意,就知道赚钱,太无聊了。”

孙朴直说:“诗情画意,笑话,买卖就是实干,根本就没有什么诗情画意,那是想象。”

孙希罕说:“可跟陈雪雅在一起,就有诗情画意,就有想象,就有创新,就有智慧。”

孙朴直拉着孙希有说:“走,咱们走,让他跟着人家诗情画意,去想象吧。”

陈雪雅说:“哎,别走,孙伯伯,我还有事呢。”

孙朴直站住,但并没有坐下:“你说吧。”

陈雪雅说:“既然孙伯伯不想和我们合作开发房地产,我和王莹……共同开发,我们希望使用三人的牌子,好吗??”

孙朴直思考了一会说:“那,你们应该付给我孙家三分之一的利润啊。”

王莹和陈雪雅全都惊愕地叫起来:“什么?三分之一,太多了啊。”

孙朴直说:“必须是三分之一,否则,我就不同意你们使用三人的牌子。”

孙朴直说着,走出了房间。

孙希罕说:“你们别生气,他就是这样一个人,鼠目寸光,没有一点远见。”

王云舟说:“既然他不同意,我看,你们还是另外起一个执照吧,叫做……什么呢?名字非常重要。”

孙希罕说:“叫……今朝房地产公司怎么样?”

陈雪雅说:“我看,不错。”

王莹说:“好吧,就用它吧。”

孙希罕问道:“哎,我和爸爸闹翻了,我也跟你们干,你们愿意吗?”

王莹说："求之不得呢，我们给你高薪，每月一万。"

陈雪松说："为什么给他那么多，我辛辛苦苦地工作，每月才2000元，和他相差五倍，这未免太不公平了吧。"

孙希罕说："哦，陈大哥一月才2000元啊，的确少得可怜啊。"

王云舟说："你们几个年轻人聊吧，我回去了。"

陈雪雅说："王伯伯，怎么决定您都会支持吧？"

王云舟说："当然。但还是要小心谨慎为好。"

陈雪雅说："好吧，咱们说正事吧，奔马在郊区开发的那块地，正是市里划拨出的新住宅小区的地方，我们如果开发，也只好在那里开发了。"

王莹说："好吧，咱们就再和奔马摆一个战场。"

陈雪雅说："我看，咱们和奔马的较量，就从设计开始，他面向富人，咱们面向穷人，看哪个销售得快。"

孙希罕说："当然是穷人最需要房子了，富人大都有房子了。"

王莹说："是啊，咱们就搞小户型，每户50至80平方米怎么样？"

陈雪雅说："对，就这样。"

孙希罕说："厅千万别太大，没有用处。百姓不需要30平方米的大厅。"

王莹说："需要，可目前还没有达到那种程度。"

孙希罕说："是啊，不能拿自己的富有和百姓比。"

陈雪雅说："咱们贷款去吧，贷款一个亿怎么样？"

孙希罕说："我听说，越是小户型，越浪费资金。"

王莹说："咱们还是先招聘一批建筑工程师吧，也是高薪聘请。"

陈雪雅说："好吧，孙希罕，就把招聘的事交给你了。"

孙希罕说："好吧，我马上就开始，做广告招聘。"

陈雪雅和王莹要走，陈雪松也紧紧地跟着。

陈雪雅问道："为什么总跟着我们啊？"

陈雪松说："我想跟王莹谈谈。"

陈雪雅笑了起来："那为什么不跟王莹说啊。"

陈雪雅急忙快步走了出去。

王莹也要走出。

陈雪松拦住了她:“王莹,给我一次机会吧。”

王莹说:“给你无数次机会了,可惜你都没抓住。”

陈雪松说:“我这次一定会珍惜的。”

王莹问道:“你真的戒毒了?”

陈雪松说:“真的。”

王莹说:“好吧,我考验你一年,如果你真的戒毒成功,我就和你复婚。”

陈雪松问道:“怎么那么长时间?”

王莹说:“一年还长吗? 我等待了那么久,你只等待一年还多吗?”

114

又一个春天来到了,大地复苏,柳树已经可以看见嫩绿的芽了。

工地上,格外热闹,塔吊把一块一块的水泥板吊起来,装在高楼上。

陈雪雅看着没有完工的高楼说:“你们看,这新型建筑材料这么快,就像搭积木一样。”

孙希罕说:“实际上,这建房子就是搭积木。”

王莹说:“不过千万别像积木那样容易坍塌。”

孙希罕说:“放心吧,咱们聘请的是最好的建筑队伍,另外,有监理公司管着,不合格咱们不接收。”

陈雪雅向远处望去:“啊,奔马公司的房子可真快啊,比我们的房子快得多啊。”

王莹说:“走,咱们看看去。”

陈雪雅说:“好,看看去。”

孙希罕说:“别,不能去。”

陈雪雅说:“你啊,知己知彼,百战百胜。咱们看看去,将来销售咱们还要跟他们竞争呢。”

王莹说:“走,咱们注定和奔马竞争一辈子了。”

两个女人嬉戏着,走向了奔马公司的工地。

孙希罕无奈,也只好跟着她们来到了奔马的工地。

何有和何彤父子俩,正在奔马的工地上视察。

何彤问道:"咱们的房子预售情况怎么样?"

何有说:"不好。"

何彤问道:"期房不是很好销吗?"

何有说:"现在不是过去了,现在房子越来越多,人们不像过去那样迫切了。"

何彤说:"这对咱们及时还贷可是不利啊。"

何有说:"的确不利。现在我正在组织人宣传、策划,让那些富人全都来购买咱们的房子。"

何彤说:"告诉他们,凡是购买了奔马的房子,事业就像奔马一样,一日千里。"

何有说:"是一日万里。"

何彤说:"对,一日万里,哈哈……"

这时,陈雪雅和王莹、孙希罕来到了奔马的工地。

何有讥笑地问道:"啊,偷艺不应该让我们发现啊。"

孙希罕立刻恼怒地还击道:"偷艺,真是笑话,我看是你偷了别人的艺吧。"

何有问道:"我们开发房地产,战略转移,你们马上也跟踪而至,现在又来看我们工地,不是偷艺是什么呢?"

陈雪雅说:"开发房地产,你们在这个世界上并不是第一个,在这个城市也不是第一个。"

王莹说:"我们跟奔马的设计思路、销售思路完全不一样,何谈偷呢?"

何有说:"啊,我知道,你们总是和我们对着干。我们面向富人,你们就面向穷人;我们开发别墅和大户型,你们就开发小户型是不是?"

孙希罕问道:"你们是怎么知道的,这也是我们的商业秘密,从来没有对别人说过啊。"

王莹说:"这情报是偷来的吧?"

几个人全都笑了起来。

何彤说:"我听说,你们开发的房子,成本比我们的高许多,我估计你们一定会亏损的。”

陈雪雅说：“感谢老前辈的提醒，我不会让我们企业亏损的。”

何彤说：“我是说在这新一轮的较量中，你们已经失败了，不如把房子让给我们，让我们来销售。”

年轻人全都笑了起来。

何彤恼怒地看着他们：“笑什么，我是为你们考虑。”

孙希罕说：“奔马还为我们考虑，这真是天方夜谭。”

何彤说：“现在我以一个前辈的身份警告你们，你们的房子不会赢利的。”

陈雪雅问道：“为什么这么说，难道建小户型就一定亏损吗？”

何彤说：“我们的工程师、会计师反复论证，认为小户型的墙体多，占的空间大，销售的建筑面积就小，所以，同样一座楼，我们的销售就会比你们的销售赚得多，你们相信吗？”

陈雪雅说：“当然相信。”

何彤说：“所以，加上利息、成本、贷款，你们根本就不会赢利，所以不如现在就把房子给我们，我们将……”

几个年轻人全都看着他。

陈雪雅说：“说吧，把你的如意算盘全都说出来吧。”

何彤说：“我可以按照你们不亏损的价格给你们钱。”

几个年轻人再次笑了。

何彤恼怒地说：“如果你们不听我的劝告，恐怕连葬身之地都找不到。”

陈雪雅说：“那我们就葬身在这工地上。”

何彤说：“几个亿，大部分是贷款的，你们无法偿还这个贷款。”

陈雪雅说：“感谢您的提醒。”

说完，几个年轻人就走了。

何有看着他们的背影说：“爸爸，他们不会把房子让给我们的。”

何彤摇头说：“我看，他们不会赢利，一定会亏损的。”

何有说：“好像算销售收入有公式，但每个人有每个人的算法。”

何彤说：“无论他们怎样算，也不会赢利的，他们销售不会好的。那些穷人,你就是再减一半的钱,他们也买不起。”

何有问道:“他们如果真把房子卖给咱们,咱们怎么办?”

何彤说:“改造,把那些全部改造成大户型。”

何有说:“那可就亏本了。”

何彤说:“不,现在还没有建完,不会亏本。”

115

三人公司的几个决策人愁眉苦脸地坐在土堆上。

孙希罕说:“销售不好,没有多少人愿意到那么远的地方买房子。”

王莹说:“也许那个老狐狸说得对。”

陈雪雅问道:“你们说怎么办,把房子卖给他们?”

孙希罕说:“我舍不得。咱们为了这房子,跑坏了3辆汽车,花了无数的金钱了,从土地局、建委、规划局、自来水公司,到煤气公司、暖气公司,一共盖了96个公章啊,凭什么还没有赚钱就给奔马呢?”

陈雪雅想,贷款以后,最忌讳的就是不能马上偿还贷款,那样,就会在银行失去信誉,以后再贷款就困难了。经商,如果没有银行的支持,就像没有了血液,就无法活下去。

王莹说:“别着急,咱们再考虑考虑。”

陈雪雅说:“不能慢,马上决策。”

孙希罕说:“这么快,又不是打仗。”

陈雪雅说:“就应该像打仗一样。”

陈雪雅和王莹、孙希罕只好去找奔马公司。

何有和何彤惊愕地看着他们:“啊,你们这是怎么了,怎么想起老对手的公司了?”

王莹说:“两位何先生,你们不是希望我们把房子给你们吗?”

何彤问道:“难道你们真的愿意把房子卖给我们吗?”

陈雪雅说:“是啊,真的愿意。”

何彤还是摇头,不相信地问:“为什么?”

陈雪雅说:“因为……不听老人言,吃亏在眼前啊。”

何彤问道:“我还是不敢相信,你们就这么听我的劝告吗?”

陈雪雅坚定地说:“是的,我们非常愿意听您的劝告。”

何彤说:“那我现在提出,你们把三人公司,整体卖给我们奔马,你们愿意吗?”

几个年轻人大笑起来。

何彤说:“既然你们愿意听我的劝告,我当然可以随意提出劝告了。”

陈雪雅说:“你可以随意提出劝告,可我们是不随意听从劝告的。”

孙希罕说:“是啊,对我们有利的劝告,我们就可以听,否则,我们就不听。”

陈雪雅说:“是啊,你说个价吧,我真的把房子卖给你们。”

陈雪雅说着,将一本成本的表格放在了何彤的身边。

何彤把那表格推开,坚定地说:“一个亿。”

陈雪雅看着他那肥胖的脸说:“笑话,我们花费了多少,您知道吗?”

何彤说:“我不知道,我也不想知道。”

陈雪雅说:“那我们就无法谈下去了。”

陈雪雅把表格拿了回来。

何有又将表格拿过去,看着。

孙希罕说:“只能高于我们的成本价格。”

何有说:“不可能。”

孙希罕问道:“为什么不可能?”

何有说:“是因为你们销售不出去,才找到我们,所以我们必须压低价格,否则我们也是无法销售出去的。”

孙希罕拉着陈雪雅说:“走,咱们打错算盘了,咱们不可能占到便宜的。”

王莹也说:“是啊,咱们走吧。”

陈雪雅欲走。

何彤喊着:“一亿零十万。”

陈雪雅摇头:“简直是玩笑,我们花费了两个亿。”

何彤喊着:“一亿零二十万。”

陈雪雅说："我们可能将这楼盘留下来，自己欣赏。"

何彤喊着："零三十万。"

陈雪雅说："你们以为是甩卖吗？"

何彤讥笑地说："你们压在手里，银行的利息都无法交上去。"

陈雪雅说："可是你们呢，和我们一样，也是贷款上亿元啊，咱们的下场是一样的。"

何有说："大不相同。我们的楼，主要是面对富人的，别墅200套销售得差不多了。另外，富人有汽车，他们可以住在远一些的地方，而你们面对的是穷人，所以，咱们的差距是决策的差距。"

何彤说："是啊，不是什么人都可以开发房子的。虽然你父亲给你们留下了商场，你们可以跟我较量，可是你父亲没有给你们留下房地产开发的经验，你们只好败在我的脚下了，哈哈……"

陈雪雅说："谁胜谁败，现在判断还为时过早。"

孙希罕说："是啊，我觉得你刚才说的别墅已经销售一空，是假话。"

王莹说："据我们所知，我们的销售比你们要好，"

几个年轻人走了出去。

何彤说："想占我的便宜。"

何有说："不过，爸爸，咱们的楼盘的确不如他们销售得好啊。"

何彤说："加大宣传力度。"

何有说："我看，咱们的价格的确高了些。"

何彤说："人家都说，房产的价格，应该和时间成正比，所以不必着急，时间越长，那楼就越值钱。"

何有说："可是，咱们的贷款该到期了。"

何彤说："不还。"

何有说："那，咱们的名誉……"

何彤说："咱们的名誉，也不如房子重要，我不能赔本啊。"

何有说："我看宁可赔本，也应该把贷款还上。"

何彤说："不，我不那么看。金钱没有了，什么都没有了。"

何有说："爸爸，金钱没有了，可以赚，可是信誉没有了，可就永远没有了啊。”

何彤说：“咱们的信誉好像曾经没有过，可经过咱们的避实就虚，不是又来了吗？”

何有说：“爸爸，那是过去。如果几次失去信誉，企业就不好生存了啊！”

何彤固执地说：“别紧张，再坚持几个月，销售一定会好起来的。”

116

陈雪雅和王莹、孙希罕站在工地上。楼已经拔地而起。

陈雪雅说：“我看，咱们还是马上把这些楼尽快处理出去，不然，贷款就到期了。”

王莹说：“听说银行可以给买房子的人贷款，这不就救了那些没有钱也没有房子的穷人了吗？”

孙希罕说：“可百姓没有到银行借款的经验，好像不敢贷款。”

王莹说：“那咱们就把银行的人邀请到咱们的销售地点来啊。”

陈雪雅说：“好主意。我看咱们明天就开始，一定不能拖延，因为还清贷款，咱们才有信誉。”

几个人又到了他们自己的商场。

陈雪雅问一个购物的人：“如果不用你花钱，就可以住房，你相信吗？”

那个人说：“这是天方夜谭。”

陈雪雅说：“可这样的好事就发生在我们三人商场，我现在就给你一把钥匙。”

陈雪雅说着，将一把钥匙掏了出来：“不过，你要办理贷款手续。”

那个人半信半疑地看着陈雪雅。

陈雪雅这时将银行的小姐引了出来。

陈雪雅说：“各位请看，这位就是银行的小姐，就是来为各位百姓办理贷款手续来的，凡是购买我们的房子，都可以贷款。”

那个人说：“我还没有看见你们的房子呢？”

陈雪雅指着门外的大汽车说：“好吧，我们的汽车随时可以开动，带诸位去现场看我们的房子。”

117

何彤和何有父子俩在工地上视察着。

何彤远远地望着三人公司的工地，叹息道：“没想到，自从有了银行贷款，这三人公司的房子，销售得还真火暴啊。”

何有说：“听说，开始老孙不同意他们用三人公司的牌子，后来看见他们销售得火暴，儿子又在那里分了红，就允许他们使用三人公司的牌子了。”

何彤说：“使用老牌子，对销售就是有好处。”

何有说：“咱们自从有了银行贷款，房子销售得也是越来越好。”

何彤说：“可总是不能跟三人的火暴相比啊。应该好好调查清楚，做生意，关键是要弄清楚消费者需要什么，不需要什么？”

何有说：“是，爸爸，我明白了。”

何彤说：“我看你还不明白，不然为什么到现在还没有弄清楚富人不愿购买咱们房子的原因呢？”

何有说：“我马上组织人调查。”

何彤说：“不，咱们亲自去调查。”

何有说：“那就让我去吧，就不麻烦您了。”

何彤说：“什么话，怎么是麻烦呢？我需要知道这里面的真实的原因。”

何有说：“好吧，咱们就召开一个富人座谈会。”

何彤摇头：“这又是一个愚蠢的决策。”

何有问道：“为什么呢？”

何彤说：“富人大都非常忙，他们是不会参加一个企业的座谈会的。因为这个企业对于他们没有任何约束力，咱们不是政府，不会给他们买卖，所以他们是不会来的。”

何有问道：“那怎么办呢？”

何彤说：“咱们亲自到富人家里或者是企业里征求意见。”

何有说：“这，没有必要吧？”

何彤问道:“为什么没有必要?”

何有说:“咱们是上亿资产的大公司,何必为了区区一套百万元的房子去看人家的脸色呢?”

何彤说:“别忘了我曾经还给陈雪雅下过跪呢!”

何有说:“那是什么时候?”

何彤问道:“什么时候,生死存亡的时候,下跪也是可以理解的啊!”

何有说:“可是现在不是那个时候了,咱们的销售开始好转,自从有了银行贷款,我们的客户就源源不断了。您又何必亲自征求意见呢?”

何彤语重心长地说:“儿子啊,现在同样是生死存亡的关键时刻啊!咱们贷款是多少,是几个亿啊!儿子,刚刚销售出几套房子就忘乎所以了吗?咱们做企业的,时刻站在生死存亡的边缘上,时刻有死的危险,时刻有倒闭的危险啊,儿子啊!”

何有说:“好吧,别教训我了,我就跟您去征求意见。”

何彤和何有来到一个非常有名的工业企业,他们坐在大厅里,可没人理睬他们。

何有找到了一个年轻人,说:“我们是奔马公司的董事长和总经理。”

秘书急忙站起来:“啊,大名鼎鼎的奔马公司啊,大名鼎鼎的何彤、何有先生啊。”

何有和何彤露出得意的神情:“我们想和你们董事长和总经理谈点事。”

秘书急忙进去,一会儿和董事长一起走了出来。

董事长热情地拿出自己的名片,递给了何彤、何有:“欢迎两位大企业家光临。”

何彤和何有也把名片递给了他。

何彤和何有坐下。

何有说:“我和我是父亲来到贵企业,是想征求一下您的意见。”

那个企业家莫名其妙地看着他们:“咱们没有生意来往谈何意见?”

何彤笑着说:“啊,不是这个意思,是我们奔马在城市的外围建造了一个富人居住区,可并不像我们想象的那样,销售不太好,我们是想听听你们这些董事长、总经理的意见,这是什么原因呢? 是来……来……咨询的。”

何彤说着,掏出钱,放在桌上:“这是奔马公司的咨询费。”

那个企业家把钱推给了何彤:“啊,我也没付出什么技术和智慧,千万别拿钱。”

何彤说:“我们只是希望您告诉我们实话,那些企业家为什么不愿到那个小区居住呢?”

那个企业家说:“这个问题啊,我看你们诚恳,可以跟你们谈谈。我想问问你们,你们也是富人,为什么不愿到那里居住呢?”

何彤和何有支吾着:“这个……”

何有说:“我们是给别人建造的房子啊,我们怎么能先住进去呢?”

那个企业家说:“我们可以换位思考,如果是我建造的那个居住区,你们会购买吗?”

何有不假思索地说:“肯定购买。”

那个企业家说:“可是,我不会购买。”

何彤谦虚地问道:“请问这是为什么呢?”

那个企业家说:“那个小区,虽然在房子的设计上比较好,可配套设施还不行啊。没有健身房,没有娱乐的地方,另外,绿化、停车全都和旁边的小区一样,没有特殊的区别啊!”

何彤站起来,给那个企业家鞠了一躬:“感谢您的指教啊,我们在设计的时候,只是关注了房子的设计,没有想到房子外面的设计啊!”

企业家说:“最不能容忍的是和旁边那个穷人小区在一起。您知道,富人是不愿和穷人住在一起的。”

何有问道:“这未免过于偏激了吧,我们小区有围墙,保安人员,富人不会受到干扰的。”

企业家说:“尽管如此,富人也是这样想的。”

何彤问道:“可现在,木已成舟了啊。”

企业家说:“我问问你们,你们现在的住宅,跟穷人的住宅在一起吗?”

何彤说:“当然不是。”

企业家问道:“为什么不是呢?”

何彤说:“好了,我明白了,这些原因是只能意会不能言传的啊。”

企业家说:“是啊,就是这样,只能意会,不能言传,就是这个原因。”

何彤说:“是我们先选择这个地方开发的,可那三人公司也跟随而至,他们总是这样,始终与我们为敌人。追着我们竞争,我们也没有办法。”

企业家说:“如果他们也是面向富人销售,那么你们两个小区,全都可以火暴。”

何彤说:“可他们的规划就是面向穷人的,你是知道的,我们没有办法啊,已经是木已成舟了。”

企业家说:“这就是我的实话,既然你们是来听实话的,我就告诉你们。”

何彤急忙说:“谢谢! 谢谢!”

第二十章　围魏救赵

奔马的举动，激怒了三人公司，他们将资金和攻势用在了商场的较量上。

奔马在银行贷款过度，又无法及时销售，在商场中败给了三人公司。

两个大公司，将继续角斗下去。

118

工地上的竞争，已经到了白热化的程度。

何彤用拐棍指着外围说："我们在三人公司的工地那一边，再建一个小区，里面建一些富人用的玩的设施，比如，富人俱乐部、会所、游泳馆、健身房等。"

何有说："可现在这个小区怎么办？"

何彤说："现在这个小区已经建好了，没有办法再建别的了。"

何有说："可那些富人是因为不愿意和穷人接触，才不愿购买这里的房子啊。如果我们让他们到别的小区玩，必须经过三人公司开发的小区，这样，他们就更不愿买咱们奔马开发的房子了。"

何彤说："这就是我的规划，还是把三人公司这个工地吃掉。"

何有说："怎么可能，人家已经销售了，而且销售得不错。"

何彤说："尽管已经销售了，并且销售得不错，但还是没有人居住，所以我们实施这个计划还不晚。"

何有问道："你是说……把三人公司的这个小区买来？"

何彤说："是啊，把咱们所有的小区全都连成片，全都属于咱们何家。"

何有笑了起来："怎么可能？当初您给人家那么低的价格人家不卖，现在人家的销售好起来了，人家更不会卖给咱们了。”

何彤说：“陈雪雅不卖也得卖，这就是我的计划，叫做假道伐虢。”

何有问道：“我不明白，请爸爸指教。”

何彤说：“我们要购买三人公司那边的土地，然后把它开发成富人小区。按照规划，我们这些小区必须连成一片，都走一条路。也就是说，我们的第一个小区在最外面，三人公司的小区在第二块土地上，里面的小区，还是我们开发的小区，这样，我们就可以控制里面和外面的道路和土地，我们在开发里面小区的时候，就可以顺便把三人公司的这个小区灭掉，收到我们手里。”

何有说：“这怎么可能。现在人家三人公司已经将部分房子销售出去了，也就是说，部分房子的产权已经是个人的了。再说了，即使那些产权还在陈雪雅手里，她现在也不会把这个小区卖给我们了，因为他们有销路了，商人就是唯利是图，自己能够赚钱的事情，怎么可能让给别人呢?”

何彤说：“我决定抬高价格，让陈雪雅发财。”

何有惊愕地看着他：“怎么了，您为什么变化得如此之快?”

何彤说：“因为我看到了商机。”

何有说：“我现在只是看到我们的房子销售不畅，我们的贷款已经快到期了，我们危机四伏。”

何彤不高兴地喊叫起来：“是的，儿子，现在虽然咱们危机四伏，但只要我们完成了这个计划，我们马上就可以柳暗花明了。哈哈……”

何有说：“难道银行还会贷款给我们吗?”

何彤说：“是的，只要咱们的计划可行，银行就会把钱贷给咱们。”

何有还是摇头，心事重重地看着远处的那块土地。

何彤说：“儿子，我告诉你，现在咱们的销售遇到了困难，可是当我们把这些小区连成片以后，这个小区就成了本市最大的富人区，我们马上就可以让这块土地增值10倍，甚至100倍啊。”

何有不相信地嘟囔着：“这怎么可能?”

何彤说：“我告诉你，富人一多，商人就会接踵而至，像销售汽车的、销售电器的、经营娱乐业的，哈哈……太多了，我们这小区，不就可以……”

何有说："哦，明白了，您是说我们建造的那些球场、俱乐部、商场全都可以销售给商人是吗？"

何彤说："就是这个道理，一个小区，就无法办成这些事情。必须有很多的小区，很多的人，商业才会发达，这是最简单的经验。"

何有说："我们也会经营啊，何必销售给别人呢？"

何彤说："不，我们只开发小区，把那些副产品销售给别人，这样我们才会赢利更快。"

何有说："也许在这块土地上，我们会建造一个新型的城市呢。"

何彤说："是的，我就是这个意思。这新型的城市，全都属于奔马公司，这里的一切，全都是我们的。我们不能让三人公司抢我们的机会，所以必须现在就把他们赶走，灭掉他们。"

何有说："我看没那么容易吧。"

何彤说："我是这样想的，如果我们提高价格，陈雪雅是不会轻易放弃这个机会的。"

何有说："正因为陈雪雅聪明，她才会看出这块土地的价值，增值的空间，所以我觉得……"

何彤说："别空想，我们马上和她摊牌，你去联系。"

何有答应着："是。"

何彤、何有来到了陈雪雅的办公室。

陈雪雅和王莹、孙希罕看着他们。

陈雪雅站起来，和他们握手："啊，何先生，快请坐。"

何彤坐下，说："陈小姐，你知道我的性格，历来是讲究效益，开门见山，不浪费时间，所以我才会成功。"

陈雪雅说："何有先生来电话，说您有重要的事情，一定要我们几位都别出去，等着你们，不知何先生有什么重要的事情？"

何彤干咳了一下说："我对上次没有答应购买你们的小区的事非常后悔。"

孙希罕接茬说："啊，原来是吃后悔药的，后悔已经晚了，我们不会再改变我们现在的决策了。"

何彤说："我知道你们现在销售得非常好。"

王莹说："既然知道，何必还来浪费时间呢？"

孙希罕说："您刚才可是说，是不愿浪费时间的人啊。"

何彤说："我想问一下，你们这个小区的销售总收入，可以达到多少？"

孙希罕说："这是商业秘密。"

王莹说："是啊，特别是对我们的对手，我们不会轻易透露我们的商业秘密的。"

何彤尴尬地咳着。

何有说："这是一本明白账。我们知道你们的销售收入，不会超过两个亿。"

孙希罕说："怎么会呢？"

王莹说："要远远高于这个数字。"

何有说："你们的销售对象是穷人，普通百姓，价格不会很高，高了，也不会销售得这么火暴。"

陈雪雅说："销售得的确火暴，你们到底想干什么呢？"

何有说："另外，你们建造的是小户型，用的材料多，成本也高，所以你们不会赢利很多，尽管销售火暴。"

何彤说："是啊，不如还是把整个小区卖给奔马。"

几个年轻人全都笑了起来。

何有问道："可笑吗？"

孙希罕说："的确可笑。"

王莹说："当初我们价格那么低，要给你们，你们却不愿要，如今看我们销售火暴，却非要这个小区，我们真不明白。"

陈雪雅说："也许你们是看着火暴，才中途动了邪念的吧？"

几个年轻人越发地大笑起来。

孙希罕说："其实你们是真正的商人，商人是买涨不买跌。"

何有刚想说什么，父亲制止了他。自己对陈雪雅说："不错，我们就是这样想的。叫做买涨不买跌，所以看你们涨，我们就心里发痒，就想买。"

孙希罕说："不，我们不卖。"

何彤问道:“请问你们是商人吗?”

孙希罕反问道:“为什么问这个,这还用说吗?”

何彤说:“商人就要赚钱啊,现在赚钱的机会来了,为什么不赚呢?”

王莹说:“我看,还是你们认识上有偏差,我们现在建造的小区,已经销售大半了,如果你们喜欢我们的房子,我们可以把剩余的房子全都卖给你们。”

何彤说:“不,我们购买的是全部小区的产权。”

陈雪雅说:“这个……我们不能卖。”

何彤问道:“多少钱,你们也不卖吗?”

陈雪雅说:“你们到底给多少钱呢?”

何彤说:“你们要多少呢?”

陈雪雅说:“至少三个亿。”

何有说:“你们投资两个亿,赚钱也就一千万,何必如此贪婪呢? 想在我们这里多赚9000万元,实在是痴心妄想。”

陈雪雅说:“我就是痴心妄想的人,如果你们答应,我们就可以谈下去,如果不答应,我看我们就无法谈下去了。”

何有说:“爸爸,咱们回去吧。”

何彤迟疑着,像是有心谈判下去似的。

何有说:“爸爸,咱们还是先回去吧。”

何彤点头:“好吧,陈小姐,我们先谈到这里,以后再谈。”

陈雪雅说:“再过几天,我们的房子就该售完了。”

何彤说:“这也没关系,我要的是整个小区。”

孙希罕说:“我奉劝你们,还是别打这块地盘的主意吧。”

何有说:“在这个城市,我们何家还没有干不成的事情。”

孙希罕反驳说:“我提醒你一件事情,你们始终想做,可就是没有做成。”

何有说:“我实在想不出还有什么事情,我们奔马还有什么不能办成功?”

孙希罕说:“比如,吞并我们三人公司,你们始终想这样做,可就是没有做成功。相反,我们三人公司越来越活跃,越来越壮大。”

何有恼怒地喊叫道:“我早晚要成功的。”

何有和何彤走出了三人公司。

几个年轻人望着他们远去的背影哈哈大笑。

停了一会儿,孙希罕问道:“我就奇怪,他们怎么惦记上咱们这个小区了?如果他们买咱们这个小区,咱要三个亿,他们就彻底地亏了。”

陈雪雅说:“这个小区,咱们也就赚2000万,如果咱们要2.3亿,他们就亏了。相反,咱们就可以多赚1000万。”

王莹说:“我也奇怪,怎么突然间他们就看中这个小区了呢?”

陈雪雅说:“咱们调查一下。”

119

陈雪雅和王莹、孙希罕在一起吃饭。

孙希罕说:“现在已经调查清楚了,奔马公司在咱们那个小区的另一面,又购买了土地,听说马上要开发了。”

王莹说:“啊,我明白了,他们是想假道伐虢啊,借机把咱们这个小区收拾了啊。”

陈雪雅说:“怪不得他们要购买咱们这个小区的产权呢,如果他们把这三个小区连成一片,奔马就可以大开发了啊。”

孙希罕说:“现在他们也可以开发啊?”

陈雪雅说:“如果几个小区全都属于他们,他们就可以统一规划,统一开发,然后转手倒卖给其他的商人,比如娱乐业的、食品酒店业的、百货业的,这样他们就可以发大财了。”

王莹说:“那样他们赚的钱就不是一个亿了。”

孙希罕说:“这老小子的确狡猾啊。”

陈雪雅叹息,这件事情也怪自己没眼光。开始规划局、建委的人问她是否愿意在这个地区多购买几块地,多开发几个小区,可她担心销售不好,担心没有资金,就拒绝了。那么,何彤既然有这样的眼光,他为什么也没有多购买几块地呢?为什么到现在才后悔了呢?他们大概也是没有眼光吧,也是现在刚发现这成片开发的利润大吧。既然这样，我们为什么要把这小区卖给他们呢？我们为什么不自己成片地开发呢？认识到了这个成片开发的好处，我们那个小区就不是多几千万的利润了，利润还会成倍增长。所以那个小区，咱们干脆不卖了。对，坚决不卖了。

陈雪雅说："如果咱们也成片开发，你们觉得是否可以赢利呢？"

孙希罕说："奔马能够赢利，我们当然也能赢利了。"

王莹说："而且我们赢利也不是几千万的事了，如果几千万，我们也就把这个小区卖给奔马了。"

孙希罕说："我建议，咱们来一个反购买，我们去购买奔马的那个已经建好的小区，你们看怎么样？"

大家都笑了起来。

陈雪雅说："好，当然是好，可我们怎么能够说服何彤那个老狐狸，把那个新小区卖给我们呢？"

王莹说："走，咱们也去他们的老窝购买他们的产业，谈判不成，心里也痛快。"

几个人走了出去，不一会，他们就来到了奔马公司。

何彤说："我的秘书说，你们来电话，要来我们奔马的总部，我非常高兴。我知道你们都是聪明人，不会放弃这样一个赚钱的机会，哈哈……"

何有吩咐秘书："马上拿最好的葡萄酒来。"

秘书走出，拿进一瓶法国葡萄酒，倒了几杯。

何彤端起来："来，祝贺咱们合作成功。"

孙希罕问道："你们真的答应和我们合作？"

何彤说："当然。不然我们为什么到你们的总部和你们谈判呢？"

何有说："慢，我知道你们同意把小区卖给我们，但我想问问你们的底价到底是多少？是不是我们可以接受的价格？"

王莹说："我们说过把我们小区卖给你们了吗？"

何有和何彤全都不解地看着王莹。

王莹问道："我们说过吗？"

孙希罕说："没有。我怎么没有听见呢！"

陈雪雅说："是的，我们三人公司决定不卖那个小区了。"

何彤问道："既然你们不卖那个小区，为什么到这里来呢？你们干什么来了呢？"

孙希罕说："我们想问一下，你们的小区是否可以出卖。"

何彤气愤地拍着桌子说："简直是侮辱我何彤，我何彤从来是购买别人的产业，怎么轮到别人购买我的产业呢？"

孙希罕讥讽道："我就奇怪了，奔马到我们三人公司购买我们的产业，我们就不觉得是侮辱，那我们三人公司到你们奔马公司购买产业，怎么就是侮辱了呢？"

何彤这才平静下来，说："你们三人公司……和我们不一样。"

王莹反驳道："有什么不一样的，咱们都是资产上亿的企业，而且都是商业企业出身，我看咱们完全可以相提并论。"

陈雪雅说："得了，何彤先生，您不必生气了，总之我们来，不是卖我们小区的，相反是来购买你们小区的。如果你们同意，我们就继续谈，如果不同意我们就回去了。"

王莹说："是啊，就像你们到我们办公室一样，我们也是来购买你们的产业的。"

孙希罕说："您可是说过，买卖人有利就干，唯利是图。我们带来了令人鼓舞的利润，那就是给你们两个亿，购买你们小区的产权。"

何彤和何有大笑起来。

孙希罕问道："怎么，可笑吗？"

何有说："我们投资上亿元，利润额也是上亿元，现在就已经价值两亿元了。"

王莹说："那就多给你 100 万吧。"

何有说："你们回去吧，我们不卖。"

孙希罕说："再加 100 万。"

何彤说："那是不可能的。"

王莹说："再加 100 万。"

何有说："别侮辱我们了，300 万的利润，平时我们是不经营的。"

孙希罕反驳道："这我就不相信了，你们商场，连一元钱的东西都经营，现在怎么300万就嫌少了呢，这可是300万啊。"

何有说："300万在我们的小区，只是三套别墅。"

孙希罕说："三套别墅还少吗？"

何彤说："如果你们加到三个亿，我还可以考虑。"

孙希罕说："这个数额，你们不能接受，我们也不能接受的。"

何彤说："那我们只好就此结束了。"

何有说："不过，我告诉你们，我们已经将你们小区周围的地全都买下了，我们愿意怎样开发，你们可就不能干涉了，因为那是我们的地。"

陈雪雅说："现在是法治社会，我相信你们这么聪明的人，不会干违法的事情吧。"

何有说："法律……当然，我们要做合法的事。哈哈……"

何彤说："我也奉劝一句，不要敬酒不吃吃罚酒啊。"

陈雪雅说："我不明白这是什么意思，怎么你们还要对我们动用武力？"

何彤说："商人杀人不见血。"

何有说："是啊，几时看见商人杀人用刀枪呢？"

陈雪雅说："那用什么，计谋？"

何有说："计谋加金钱。"

王莹说："如果我没有记错的话，奔马几次向我们三人公司进攻，全都是以失败而告终。"

何有说："几次……失败，言过其实了吧？"

孙希罕说："如果需要我提醒的话，那么，我就回忆一下，免得健忘的人们忘记过去的失败。第一次是什么釜底抽薪，结果，失败了；第二次是借刀杀人……"

何彤不耐烦地喊叫道："别说了，我对此没有兴趣。"

孙希罕说："啊，提起你们失败的经历，你们当然是没有兴趣了。"

何彤说："那是过去，以后再也不会有失败的词汇在奔马存在了。"

王莹讥讽道："是吗？"

何有说："这次该你们失败了。"

在三人公司的小区，孙希罕和王莹、陈雪雅几个人慢慢地走着。

孙希罕说："我就奇怪了，听说奔马公司把我们小区东边的土地买下了，这样加上他们西边那个小区，就是两面夹击，现在他们怎么把咱们北边、南边的土地全都买下了呢？"

王莹说："是啊，就像上次商场事件一样，在我们周围布满了奔马。"

陈雪雅说："何彤和何有就是这样，贪大求全，上次他们失败了，这次他们还是要失败。"

孙希罕说："上次和这次不一样。"

王莹问道："有什么不一样呢？"

孙希罕说："上次……主要是经营商品，另外，他联合了无数的小企业，那些小企业不讲信誉，损害了奔马的形象。如今，这奔马的小区、土地，都是奔马的，是他们一家。"

陈雪雅觉得，现在奔马已经是力不从心了。上次他们围剿我们，联合了那么多小企业，如今虽然没有联合小企业，可他们靠的是贷款。他们建设一个小区，购买土地、建设费用及配套费用，需要上亿元的资金，可他们资产也只有亿元，其余都要贷款。一旦他们不能按时还贷，那么银行就要查封他们的企业，起诉他们，到时，他们还是失败。是啊，只要按兵不动，他们就不能把小区连成片，就无法像他们想象的那样赢利、赚钱。现在最好的办法就是按兵不动，看他们怎么办。

这时，几个业主跑来："哎呀，你们是总裁吧？"

孙希罕问道："什么事？"

业主说："我们想搬家，可四周的道路，全都被堵住了啊。"

几个人惊愕地面面相觑。

孙希罕说："竟然有这种事？"

陈雪雅说："咱们小区可是经过规划局批的啊，四周的路，也是经规划局批的啊。"

王莹说："奔马把咱们的小区堵死是违法的。"

业主说："我不管谁违法，我们买了房子，我们就要走路，明白吗？"

陈雪雅说："当然，是我们的错。"

这时,又走来几个业主:“我们退房子……我们退房子……”

孙希罕劝解道:“别激动,咱们慢慢说。”

那几个业主说:“还说什么呢?我们买房子为了什么?怎么就无法走出去了呢?我们要工作啊,要上班啊。没法上班,谁给我们开工资啊?”

愤怒的业主喊叫道:“这个月的工资,你们给开。”

业主越来越多,喊叫道:“我们要上班……你们赔偿损失……我们要退房……”

陈雪雅说:“好了,大家不要喊叫了,我向大家道歉,我给大家解释,这绝对不是我们的错,是奔马公司把四周的土地全都购买了,对我们形成夹击……”

业主喊叫道:“我们不管……我们不管你们商人的争斗……我们要出去……”

陈雪雅说:“好,我们马上就找他们的头目,让他们把出行的道路让开。”

业主说:“那我们今天的损失怎么办?”

陈雪雅说:“我们公司赔偿。”

孙希罕说:“应该由奔马赔偿。”

王莹说:“咱们先赔偿,然后再起诉奔马,让他们赔偿。”

陈雪雅说:“走,咱们看看去,太气人了。”

120

推土机轰隆轰隆地响着,推出一座一座的土山。道路,被土山阻隔。

陈雪雅和王莹、孙希罕来到推土机前,大声喊叫着:“停下……停下……”

工人根本就不听他们的话,依然开着推土机。

陈雪雅和王莹、孙希罕被推土机赶到了一旁。

业主们喊叫着:“停下……”

可是,工人还是不停止地工作着。

业主们对陈雪雅说:“你们看见了吧,他们就是这样,四面八方的道路,全都让这小山阻挡住了,我们根本就无法出行。"

陈雪雅说:"别着急,我会想办法的。"

陈雪雅说着,急匆匆地走向自己的汽车。

陈雪雅和王莹、孙希罕愤怒地走进奔马公司。

何彤和何有看着他们。

何彤问道:"怎么,后悔了吧?"

陈雪雅说:"何先生,你们这样做是违法的。"

何有说:"我们奔马公司干什么事情全都经过法律顾问亲自谋划,相信他们不会干违法的事情的。"

陈雪雅说:"你们的推土机把我们小区的道路全都阻断了。"

何有说:"哦,是这样的事情啊!"

王莹说:"这事情还小吗,那么多业主无法出去工作。"

何有说:"这件事情……就找我底下的建筑公司的经理谈吧。"

陈雪雅说:"我就找你们,你们是背后的主谋。"

何有冷笑道:"不要这样说话,我们奔马公司干什么事情,全都有自己的程序。你们如果反映情况,还是先到我秘书那里去吧。"

孙希罕气恼地说:"得了,何有,何必在这里装相呢?我们也是商人,并且资产不比你少,何必在我们面前摆架子呢,我相信比尔·盖茨也没有你的架子大。"

陈雪雅和王莹全都笑了起来。

何有问道:"我不知道什么比尔·盖茨,我就知道我是奔马的总经理。"

王莹说:"不过一个总经理,我们都是总经理啊!"

何有说:"你们到底有什么事,就请讲吧。"

孙希罕说:"我们已经说过了,你们的施工队,把我们的小区的道路全都堵死了。"

何有说:"我也说过了,这样的小事,由我们施工队长解决,再大就应该由建筑公司经理解决了。"

陈雪雅说:"好吧,咱们只好到法庭上解决了。"

何有说:"好吧,你们就请律师打官司吧,等官司完了,我们的建设也就完了。”

王莹骂着：“何有，别太猖狂了，你以为有几个钱，就可以无法无天了吗？”

孙希罕说：“告诉你，你有的，我们全都有，金钱、地位、影响，我们三人公司不比你差！”

何有说：“哦，这么说，你是来比金钱、地位和影响的？哈哈……”

何彤一脸的轻蔑，现在三人公司和奔马公司相提并论、平起平坐的时代已经结束了。这几个小区建设完毕，奔马公司就是一个有十亿资产的大企业了，资产可以超过三人公司几倍，甚至是几十倍了，看来俘虏陈雪雅指日可待了。

陈雪雅脸色很平静，似乎在说，我相信，你们不会成功。

陈雪雅说：“虽然你们对我们三人公司的小区实施了包围战术，只要不把我们的小区卖给你们，你们的如意算盘就不能成功，你们即使把那几个小区建设完毕，也不会像你们想象的那样把小区的房子全都卖掉，那么拖几年，你们的贷款就全部到期了，你们就会彻底地倒闭。”

何彤反问道：“你们一个小区，能起那么大的作用吗？”

陈雪雅说：“是的，我们这个小区在你们所有小区的中间，犹如你们的心脏，所以你们无论怎样规划，建设什么项目，都离不开这个心脏地带，明白吗？”

何彤说：“可是，我们可以绕开你们这个小区！”

陈雪雅说：“好啊，那就绕开吧。”

王莹说：“其实，我们如果存心和你们做对，我们就把我们这个小区的业主迁移到其他的小区，我们宁可受一些损失，然后呢，我们在这个小区建设一个开发区，把房子租赁给其他小企业主，那样，你们的整个规划就会受到破坏，你们销售一定会受影响的。”

何彤支吾着：“你们……这是何必呢？”

王莹说：“何必，既然是角斗，就可以使用各种手段了。”

何彤说：“我们都是商人，自己赢利，也要让别人赢利啊。何必让别人吃亏，自己也吃亏呢？”

王莹说:“这样的话,应该问问你们自己,为什么各种手段全都使用呢?你们为什么让推土机把我们小区的道路全都堵死呢?”

孙希罕说:“是啊,这不是无赖手段吗?”

何彤说:“这些……都不是我们的责任,我们调查清楚再说吧。”

陈雪雅说:“我不相信,一个施工队长竟敢把别的小区的道路堵死,一定有大人物支持吧?”

何彤支吾着:“我们一定调查,调查。”

陈雪雅说:“调查,你们应该马上让推土机把土推干净,让我们业主自由地出入小区,明白吗?”

何有说:“好吧,我们就调查一下。”

推土机依然轰隆地响着。

业主们无奈地看着那推土机。

陈雪雅走到推土机前,愤慨地喊叫着:“停下……停下……”

孙希罕和王莹也走了过来。

陈雪雅问道:“怎么样,到规划局检举奔马了吗?”

孙希罕说:“去了。”

陈雪雅问道:“他们为什么不制止呢?”

孙希罕说:“他们说,他们只管规划,不管施工。”

陈雪雅说:“那这样的事谁管呢?”

孙希罕说:“他们说到建设局去。”

陈雪雅说:“那就派人快去啊。”

孙希罕说:“也去了,建设局的说这不归他们管。”

陈雪雅问道:“建设局不管建设,管什么呢?”

孙希罕说:“他们说,只是宏观管理,具体施工,归质量局管。”

陈雪雅恼怒了:“那就马上派人到质量局啊。”

孙希罕说:“也去了,质量局说,楼房有质量问题,他们才出面呢。”

陈雪雅问道:“那这样的事,到底归谁管呢?”

愤怒的业主喊着:“你们要是没有能力解决道路问题,我们就退房……我们退房屋……马上退房……”

陈雪雅无力地说:“好吧,那就给大家办理退房手续吧。”

王莹和孙希罕都惊愕地看着她:“怎么,真的退房?”

陈雪雅说:“真的退。”

王莹说:“你可要考虑清楚啊。”

陈雪雅说:“考虑了,我们不能让百姓住在没有出路的小区里。”

孙希罕说:“这个问题咱们马上就可以……”

陈雪雅说:“遗憾的是,咱们没有能力办成。”

王莹突然说:“我想起来了,咱们请记者前来曝光,那些官僚主义者最害怕曝光了,奔马也最害怕曝光了。”

陈雪雅眼睛一亮:“好啊,就请记者来。”

121

何有和何彤看着报纸,思考着如何对付陈雪雅这新的一招。

何彤说:“报纸、电视一曝光,那些政府部门都来了电话,要求我们马上把道路让开。看,记者说我们什么,说我们为富不仁。”

何有说:“管他呢,反正咱们没有违法。”

何彤说:“怎么没有违法,咱们堵住了人家的道路。”

何有说:“可是,咱们是在施工啊,那些地已经属于咱们了。”

何彤问道:“这样说来咱们并没有违法?”

何有说:“是啊,并没有违法啊。”

何彤说:“可是,不让人家走,我看我们总是没有道理啊。”

何有说:“奔马不是没有道理,因为三人公司并没有购买小区外面的土地,而三人公司小区外面的土地都归咱们了,这样三人公司要想购买道路,必须出钱,否则我们就绝对不让他们的人出入我们的土地。”

何彤说:“可是,让媒体反复曝光,对我们奔马的声誉总不是好事啊。”

何有说:“可咱们没有违法啊,是记者说错话了啊。”

何彤说:“那我们也召开记者招待会,讲清楚真相。”

何有说:“好吧,咱们父子一同讲吧。”

奔马公司的礼堂,也坐满了记者。

何彤和何有坐在前面。

何有说："现在我们请各位记者来，是想说明事实的真相。我们和三人公司关于道路之争的真相。"

何彤说："好吧，还是让我来说吧。"

何有说："其实我们和三人公司，并没有什么道路之争，我们是在我们自己购买的土地上施工。"

何彤说："还是把规划局的批文拿出来，让各位看看吧。"

一个员工把批文的复印件拿出来，给大家看。

何彤说："三人公司只是购买了自己小区的土地，他们建设的是自己的小区，可他们并没有购买小区之外的土地，更没有投资兴建道路，这样我们并没有错，我们是在自己的土地上施工啊。"

何有说："是啊，各位已经看了，我们并没有在别人的土地上施工，我们何错之有呢？"

一个记者说："可是，我想请教何有、何彤先生，没有购买小区外面的土地，就不能走路了吗？"

何有回答说："我们并没有反对和阻止他们走路啊？"

记者问道："你们把人家道路全都堵死了，人家还怎么走呢？"

记者们纷纷谴责着奔马："是啊，这是你们的错误。虽然你们购买的土地对三人公司的小区形成包围之势，可你们没有权利阻止业主走路，出入小区啊！"

一个记者说："是啊，有钱购买了土地，就可以剥夺别人走路的权利吗？"

何有无奈地说："你们为什么不理解我们呢？"

记者们说："我们当然不理解你们，因为我们是站在人民的立场上。"

何彤说："我们可以让三人公司小区的业主走我们的土地，但是三人公司必须购买使用我们土地的权利。"

记者们说："那是你们的事情，但是我们不会支持你们堵死道路的。"

122

三人公司开发的小区周围依然被土山堵着。

陈雪雅和王莹、孙希罕站在土山周围，忧心忡忡地看着。

这些日子，媒体反复曝光，政府部门也表态了，可奔马公司就是按兵不动。

王莹说："看来，咱们只有拿起法律的武器了。"

陈雪雅说："打完官司，需要一年。"

王莹说："一年，咱们的业主早就退房了。"

孙希罕问道："咱们怎么办？"

陈雪雅说："怎么办，还是要打官司，宁可花费一年的时间。"

王莹问道："如果再有业主退房子呢？"

陈雪雅说："那就退回人家的钱。"

王莹说："那样咱们可就亏了。"

陈雪雅说："宁可亏，也不能让业主出不去啊。"

这时，何有和何彤出现在他们面前。

孙希罕喊叫着："你们站住……"

何彤和何有站住。

何有说："我已经通过记者招待会说明了我们的态度，这些土地是我们购买的，如果你们真的想在这里出入，那么对不起，你们需要花钱购买出入权。"

王莹说："你们太霸道了吧？"

何有说："是的，有钱我就可以办到无数的事情，甚至让你们无法走路。"

何有说完，冷笑着。

孙希罕说："可是你们的土地，也应该让别人走路啊？"

何有说："当然，当然。"

孙希罕说："是啊，我看过规划图纸了，我们小区的四周，全都是道路，和你们小区连接，通过你们的小区，然后到大道上，你们不能不许业主出入你们的小区吧?!"

何有说:"当然可以啊。"

王莹说:"既然可以,为什么还要堵死道路呢?"

何有说:"那要等我们施工完毕啊。"

孙希罕说:"你们施工,不能阻止别人走路。"

何有说:"我们不但要让土山阻塞你们的道路,我们还要用铁丝网把我们所有的小区,全都围拢起来。"

陈雪雅愤怒地喊着:"何有,你太过分了。"

孙希罕说:"别激怒了业主,砸了你们奔马公司。"

何有冷笑道:"激怒业主,砸了我们的公司?我看是要砸你们公司吧,哈哈……"

一些业主再次围拢过来,喊着:"我们要退房子……"

何有冷笑道:"看,麻烦来了。"

陈雪雅咬牙说:"好,就先退房子。"

何有看着陈雪雅说:"这次,你们可真的失败了啊?"

陈雪雅说:"我看,还不一定呢。"

何有说:"没想到,号称女诸葛的陈小姐,竟然对奔马的计策,无计可施,哈哈……"

孙希罕说:"我们到法院起诉你们……"

何有说:"法庭肯定会调解,让你们购买我们的土地使用权的。"

孙希罕说:"不可能的,我们不会把金钱给你们的。"

何彤说:"小伙子,不要固执,固执的人总是要失败的。"

123

王云舟和孙朴直、孙希罕、孙希有、王莹、陈雪雅、陈雪松及陈夫人再次坐在了一起,慢慢地品尝着佳肴美酒。

陈夫人说:"今天,咱们三人公司再次遇到了困难,邀请大家来,共同商量商量。"

陈雪雅说:"咱们那个小区,由于道路被奔马公司堵死了,业主纷纷退房,咱们这个小区已经亏损了。”

孙希有说:“那就起诉他们啊。”

孙希罕说:“起诉了。”

孙希有问道:“结果怎么样?”

孙希罕说:“法庭还在调查。”

王云舟说:“法庭的确不能马上作出判决。”

孙朴直说:“听说咱们小区四周的地,都被奔马买了是吗?”

孙希罕说:“是。”

孙朴直说:“那么奔马也就有了道理了啊。”

王云舟愤慨地说:“可是,奔马总应该让业主自由出入小区吧?”

孙朴直说:“应该,你那是道德问题,经济和法律不是那样考虑的。”

王云舟说:“他们竟然不顾媒体和政府部门的呼吁,执意这样做,未免太不像话了。”

孙朴直说:“有的商人只要金钱,是不要脸面的。”

王云舟说:“那么这种情况将永远持续下去吗?”

孙朴直说:“我看即使奔马建好了他们小区,也不会给咱们留下道路的。”

王莹说:“是啊,他们就是要整咱们,让咱们的房子卖不出去。”

孙朴直问道:“以后呢?”

陈雪雅说:“他们是想购买咱们这个小区,然后连成一片,大面积地开发,这样就可以发大财了。我们测算了一下,如果他们成片开发,就可以赢利几个亿。”

孙朴直说:“我们不能成片开发吗,我们再把他们围起来,看他们如何?”

王云舟说:“是啊,我也这样想。可那需要冒险啊,我们三人公司历来稳重,不愿冒险。”

王莹说:“那样需要贷款几个亿,也就是咱们三人公司资产的四倍左右。”

陈雪雅说:“银行恐怕也不会给咱们贷那么多吧。”

孙朴直问道："那奔马为什么可以贷来呢？他们也需要那么多资金啊。"

陈雪雅说："这里面有猫腻儿，规划局给他们批了规划，不一定给咱们批规划，另外贷款、征地，奔马全都可以做到，而为什么咱们就不可以，到处都碰壁呢。"

孙朴直和王云舟全都摇头。

孙朴直说："明白了，那何彤历来搞歪的邪的。"

王云舟说："咱们三人公司历来正派，咱们绝对不搞那些。"

孙希有说："我们不搞歪的，就斗不过他们啊。"

孙希罕说："不一定。过去咱们不是斗过他们多少次了吗？"

孙希有反驳说："可是现在，你们却让人家整得落花流水，亏损了。"

孙希罕说："别着急嘛。"

孙希有说："不着急，那个小区的开发，也有咱们的投资啊。"

孙希罕说："哥哥，你就知道咱家的投资，现在投资最大的是陈家。"

孙希有说："是啊，陈家最应该着急啊。"

王云舟劝解道："不要争吵了，现在咱们还是一家，应该团结起来，一致对外。"

陈夫人说："是啊，咱们应该像王先生说的那样啊，团结起来啊。"

孙希有问道："那么，一旦这个小区赢利了，是按照投资分红呢，还是按照三家三人分红呢？"

孙希罕气恼地说："哥哥，你就这样，总是看得这么近，为什么不从大局着眼呢？想想三人公司的未来和前途吧。"

孙希有说："商人当然是看重利益了，我首先考虑的就是我们孙家应该从中得到什么好处。"

陈雪松讥讽："啊，孙希有先生说得有道理。过去孙家就只考虑自己的利益，如今孙家还是只考虑自己的利益啊，哈哈……"

孙希有质问道："难道陈家不考虑自己的利益吗？如果不考虑自己的利益，那么就应该让这个小区的利润按照三分天下的原则来分红。"

陈雪松说："现在这个小区亏损了，那么也应该按照三分天下的比例来摊派了，孙膑公司也应该承担亏损了。哈哈……”

孙希有说：“哼，你们赢利的时候没有想到我们孙家，现在亏损了，倒把我们邀请来，何其自私啊。”

孙希罕说：“哥哥，别冤枉人家。当初雪雅曾经邀请咱们入股，可是开发这个小区前，爸爸拒绝了人家，明白吗？”

孙希有说：“可你们使用了三人公司的商标来销售房子啊，这也是咱们孙家对这个小区的贡献啊。”

孙希罕说：“是的，所以咱们也是有投资的。”

孙希有说：“我看咱们孙家应该撤销这个投资，让陈家赔偿咱们的损失。”

陈雪松质问道：“你们孙家没有投资，有什么损失呢？”

孙希有说：“你们使用了三人公司的品牌，就是用了我们的资金。”

陈雪松说：“好了，既然你们投资了，也是股东了，那么这个小区亏损，你们当然应该承担责任了。”

孙朴直这时也加入到他们的争论当中。他说：“我不赞成陈雪松的看法，我们没有投资，我们不承认你们亏损的事实，我们也不能承担亏损的责任，不负责亏损的赔偿。”

陈雪松问道：“那么将来我们小区再赢利了呢？”

孙朴直沉吟着：“赢利……”

孙希有说：“那当然有我们一份啊。”

陈雪松讥笑道：“这就奇怪了，亏损了就没有你们的份，赢利了就有你们的份，哈哈……天下竟然有这样的好事，哈哈……”

陈夫人说着自己的儿子：“不要讥笑孙伯伯。”

王莹也笑了起来：“你们想的的确太过于狭隘，咱们三人公司本来就是一家，我们之所以生存下来，没有被奔马吃掉，就是因为我们三人公司团结。”

王云舟说：“是啊，你们不要争吵了。我们三人公司现在又到了关键时刻，如果不团结，我们就会被奔马吞掉了啊。”

孙朴直说：“我知道现在到了关键时刻，小区的房子没有销售出去，银行的贷款又到期限了，那贷款是上亿元，相当于整个三人公司的资产，所以，我还是赞成我大儿子的意见，不加入你们小区建设了，赔偿损失，你们两家赔偿吧。”

孙朴直说着，站起来：“对不起，我还有事，先走了。”

陈夫人说：“别这样，应该同舟共济嘛。”

王云舟说：“是啊，老孙，你这是干什么？”

孙朴直坐了下来：“我可以帮你们谋划，可是说好了，银行一旦起诉，法院来查封财产，可不能查封我们孙膑公司的，我们孙膑公司可没有投资这个小区。”

孙希罕说：“爸爸，关键时刻您总是这样自私。”

孙朴直对儿子怒吼道：“胡说，这是是否倾家荡产的大事，弄不好人家法院就来查封家产和商场了，咱们怎么能够义气用事，把家产和商场全都鼓动没了呢？”

孙希有说：“爸爸，咱们还是走吧。”

陈雪雅说：“好吧，我现在告诉你们，如果真的查封财产，我们陈家自己承担。”

孙朴直问道：“可以签订协议吗？”

陈雪雅说：“当然可以。”

王云舟说：“我们王家可以跟陈家共同承担。”

王莹说：“爸爸，我同意。”

124

晚上，格外寂静。陈雪雅依然独自坐在电视机前，但眼睛却没有看电视，而是一副若有所思的神情。

母亲走了进来，看着女儿说：“闺女啊，实在不行，就把那个小区卖给奔马吧，反正他也会出大价钱，咱们还不会亏。”

陈雪雅说：“不，不卖。”

母亲说：“商人就是重利，只要咱们这个小区能够赢利，咱们就卖。”

陈雪雅说：“不，这个小区是我建造的第一个小区，是我的作品，我不能卖给奔马。”

陈雪松走进来说：“反正要卖，只要赚钱就行。”

陈雪雅坚定地说：“不卖，就是不卖。”

母亲叹息着，再不卖，贷款可就到期了，到时人家银行可就来逼债了，你还得让银行拍卖。

陈雪雅似乎总是有办法。

陈雪雅说：“会有好办法的，我还没有输给奔马过呢，我相信，这次我还能战胜奔马。”

这时，王莹走了进来。

陈夫人对王莹说：“哎呀，你可来了，快劝劝你小妹吧。”

陈雪松看着王莹：“我看，咱们还是谈谈吧。”

王莹对陈雪松说：“我不是说过，给你时间吗，只要你真的改了，我就答应跟你复婚。”

母亲说：“哎呀，这太好了。”

陈雪雅说：“我想了一个办法，快帮我参谋参谋。”

王莹说：“说吧。”

陈雪雅说：“干脆，咱们就不在那个小区做文章了，咱们把战线还是转移到商场上来。”

王莹说：“可是，人家奔马是在那个小区跟咱们斗啊。”

陈雪雅说：“是啊，咱们就来一个围魏救赵。”

王莹沉思着：“围魏救赵……”

陈雪松说：“人家是在那个地方跟你较量，你却逃跑，这能战胜人家吗？”

陈雪雅说：“其实，现在奔马特别虚弱，因为他们贷款是资产的四倍，我们把那个小区放在那里，就是不卖给奔马，奔马就无法达到自己的目的，就无法实现整体成片的开发，他也就无法赚钱，到时银行贷款到期了，他就会垮的。”

王莹说：“到时，咱们的银行贷款也到期了啊。”

陈雪雅说：“相信我，他们用不了多久就会向咱们妥协，挂白旗的。”

王莹说：“你详细说说。”

陈雪雅说："这件事情，必须由三家共同来做，才能做成，否则就无法战胜奔马。我们陈家现在没有那么大的力量，所以必须经过孙朴直和王伯伯的同意，三家介入才能成功。"

王莹说："那咱们明天再见面谈谈。"

第二天王云舟和王莹，孙希罕、孙希有、孙朴直，陈雪雅、陈雪松和母亲，重新坐了下来。

陈雪雅说："我想了一个计策，叫做围魏救赵，请教各位。现在奔马把所有的精力、金钱，差不多都投入到了房地产的生意上来了，可他们还是没有那么大的资金，所以又贷款四个亿。现在奔马的日常开销，全都来于商场，所以我的意思是暂时不管咱们那个小区，就是守着不卖，把精力暂时投入到咱们几个商场上来，在商场上战胜奔马，让奔马在商场上垮下来，这样他们就没有收入了，连正常生活都无法保证，奔马也就没有心思在那个小区耗费精力了。这需要咱们几个商场同时行动，共同降价，共同围剿奔马，给奔马来一个措手不及。"

王云舟赞成这个围魏救赵的计策，他奔马把商场当做老窝，不会轻易丢下的，所以奔马必然抽出资金来顾及商场，这样他的开发就没有资金了。我就不相信，他们还敢贷款，再贷款，他们就超过资产的五倍了。

孙朴直问道："如果降价，这损失……怎么办？"

孙希罕不满地说："爸爸，您总是这样，为什么这样呢？这是共同行动啊。"

孙朴直说："我这是担心我们企业的损失，我们企业和陈氏企业不一样，我们家底小，资金少，没有陈氏那样抗拒风险的能力。"

孙希有说："是啊，说得容易，我们孙膑公司的损失谁来负责？"

陈雪雅说："有多少损失，我们来负责。"

孙希有说："那需要签订合同，写清到底赔偿我们多少损失。"

陈雪雅说："降价，其实不会有损失的，看似损失，其实可以多销，我觉得应该赢利才对。"

孙朴直说："不，不能这样算账。开始必然会损失的。"

王云舟说："降价多少，才是关键的问题。"

陈雪雅说:“所有的商品,一律打九折。”

王云舟说:“这能吸引顾客吗?”

孙朴直说:“可是我们现在只有10%的利啊,现在是微利时代啊。”

陈雪雅说:“那就降价20%,那部分损失全部由我承担。”

孙希有说:“应该先把资金给我们。”

孙希罕说:“现在正缺资金呢。”

孙希有不满地说:“你为什么总是替别人说话?”

孙希罕说:“因为真理总不在咱们家人手里。”

陈雪雅说:“另外,咱们也设立大奖,奖品为咱们小区的房子。”

125

奔马公司的父子俩,似乎总是在发愁。这个早晨,他们来到奔马公司的商场。

商场格外冷清。

何彤和何有走了进来,满脸都是烦恼。

经理急忙汇报:“一天了,都这样安静。”

何彤不满地说:“安静,哼,还是你们无能。”

经理说:“顾客全都跑到三人商场去了。”

何彤说:“从明天起,咱们也降价20%,奖品也是咱们小区的房子。”

何有担心地说:“爸爸,咱们现在可是捉襟见肘了。”

何彤说:“可咱们不能输给三人公司啊。”

何有说:“咱们现在可没有资金赔啊。”

何彤愤怒地喊叫着:“那就把商场里的东西全部卖掉,宁可亏损……”

何有说:“不行,降价20%,咱们就要向厂家付10%的利润,等于咱们卖一件商品就赔10%。”

何彤还是怒吼着:“难道你不懂什么叫做奔马精神吗?那就是勇往直前,你看见过好马回头退缩的吗?没有……”

何有心里暗暗叫苦,为的是遇到了那个智慧非凡的女人。

尾　声

又是一个春天来到了，在飞机场，陈雪雅和孙希罕携手走着。他们重新到欧洲去，但不是留学，而是到那里开拓市场。

飞机起飞了，银色的飞机昂首飞入蓝天，在白云中向着远处翱翔。

陈雪雅在飞机的窗口向下望着，她看见了长城，看见了比长城还美丽还雄伟的城市，以及蜿蜒的河流，绿色的田野。

孙希罕的目光总是不能离开自己心爱的妻子，他觉得，她的确是个完美的女子，相貌美丽、智商、情商都在一般人之上。啊，自己真的是天下最幸福的男人了。

陈雪雅感到了孙希罕的目光。孙希罕在她心目中，并不是理想的丈夫，但年近30的她，实在无法找到自己少女时梦想的白马王子。这也许就是人生的缺憾吧。唉，没有办法，只有在最爱自己的男人中，挑选一个做自己的丈夫了。

现在，陈雪雅再次想起那个何有，那个在商战中凶狠的何有，那个在艺术家村潇洒跳舞的大胡子艺术家。的确，他在那个艺术家村很性感，可在商场上，这个人的确不讨人喜欢……